Achim Zons

Von
Schafen und
Wölfen

Achim Zons

Von Schafen und Wölfen

Thriller

C.H.BECK

Dieser Roman basiert auf der Realität des Lebens.
Aber er ist Fiktion, fiktiv in jeder Figur.

Für Rosi

© Verlag C.H.Beck oHG, München 2025
Wilhelmstraße 9, 80801 München, info@beck.de
Alle urheberrechtlichen Nutzungsrechte bleiben vorbehalten.
Der Verlag behält sich auch das Recht vor, Vervielfältigungen dieses
Werks zum Zwecke des Text and Data Mining vorzunehmen.
www.chbeck.de
Umschlaggestaltung und Composing: geviert.com, Michaela Kneißl
Umschlagabbildung: Shutterstock
Satz: Fotosatz Amann, Memmingen
Druck und Bindung: CPI – Ebner & Spiegel, Ulm
Printed in Germany
ISBN 978 3 406 82979 6

verantwortungsbewusst produziert
www.chbeck.de/nachhaltig
produktsicherheit.beck.de

Dies ist eine wahre Geschichte.
Nichts davon ist wirklich passiert.

PROLOG

Als Helen und David das Eckbüro betraten, war es Punkt acht. Dicht an dicht saßen die Ressortleiter und leitenden Mitarbeiter des Verlags auf Stühlen, auf dem Sofa, den Sesseln, zum Teil auf Fensterbänken und Heizkörpern. Helen Christensen, die Eigentümerin des Verlags, hatte hinter ihrem Schreibtisch Platz genommen, David Jakubowicz, der Chefreporter, und Alex Khan, der Chefredakteur, rahmten sie ein.

Unverzüglich begann Helen Christensen mit ihren einführenden Bemerkungen. «Vielen Dank, dass Sie trotz des kurzen Vorlaufs zu dieser frühen Stunde hergekommen sind. Ihnen dürfte bekannt sein, dass wir eine Sache von äußerster Dringlichkeit verhandeln. Da morgen Nachmittag der Fusionsvertrag unterzeichnet werden soll, läuft uns die Zeit davon. Bedenken Sie das bitte bei allem, was Sie gleich sagen möchten.»

Helen war bekannt dafür, knapp und klar zu formulieren, weshalb ihre Konferenzen in der Regel nicht lange dauerten. Es war daher nicht überraschend, dass sie auch jetzt gleich zur Sache kam.

«Zunächst die Tatsachen. Wir sind seit gestern Abend im Besitz von Informationen, denen zufolge Adam Rycart, der abgewählte US-Präsident, an einer Erbkrankheit leidet, die bereits kurz vor seinem Amtsantritt vor vier Jahren im Rahmen der amtsärztlichen Untersuchung entdeckt wurde. Rycart hat damals den Gendefekt nicht öffentlich gemacht. Die Beweise deuten nun darauf hin, dass er jetzt, vier Jahre später, seine Patientenakte mit den ihn belastenden Untersuchungsergebnissen verschwinden ließ. Und zwar aus dem Geheimarchiv des Kapitols just am 6. Januar, als der Mob das ehrwürdige Gebäude stürmte. Ob es einen Zusammenhang zwischen diesen beiden Ereignissen gibt, wissen wir nicht. Noch nicht.»

Da David, ihr ältester Freund und Berater, den Anschein machte, etwas sagen zu wollen, legte Helen ihre Hand auf seinen Arm und fuhr fort: «Besonders wird Sie wohl interessieren, dass bei den gewalttätigen Aktionen am 6. Januar ein Mann eine zentrale Rolle spielte, hinter dem wir nun seit fast zwei Wochen her sind. Es handelt sich um den Zeugen, den Emma Bricks unter dem Namen Brandon Lee kennengelernt hat.» Sie blickte zu der jungen Frau, die sie kurz vor der Konferenz angerufen und hergebeten hatte. «Ohne Emma wären wir nicht im Besitz des brisanten Materials.»

Alle schauten zu der jungen Frau, die hinten auf einer Fensterbank saß. «Bisher sind wir davon ausgegangen», fuhr Helen fort, «dass uns dieser Brandon Lee einige bislang unbekannte Informationen über den Sturm aufs Kapitol liefern könnte. Jetzt aber haben wir Beweise, dass er in dem Chaos offenbar *under cover* einen ganz anderen Plan verfolgt hat: den Diebstahl der Krankenakte des Ex-Präsidenten. Nach unserer Kenntnis ist dieser Lee derjenige, der die Originalakte gestohlen und dann seinen Auftraggebern übergeben hat.»

Ruhig blickte sie in die Runde. «Woher wir das wissen?» Die Antwort gab sie sich selbst. «Brandon Lee ist am gestrigen Abend im Haus von David Jakubowicz gefunden worden. In seinem Hauswirtschaftsraum. Tot.»

Im Raum herrschte für ein paar Sekunden eine tiefe Stille. Dann entlud sich die Spannung, und alle redeten gleichzeitig. Und schon prasselten die Fragen auf Helen ein.

«Weiß Rycart von den Beweisen in unserem Besitz?»

«Ist die Polizei eingeschaltet?»

«Wo ist der tote Amerikaner jetzt?»

«Hat Bobby Meyers Ermordung etwas mit der Sache zu tun?»

Helen hob eine Hand, und sofort kehrte wieder Ruhe ein. «Ich weiß, die Elemente der Geschichte sind unwiderstehlich: im Zentrum der unberechenbare, irrlichternde Adam Rycart, dessen Karriere wir ein Ende setzen könnten. Darüber hinaus das persönliche Drama, dass er offenbar die Erbkrankheit an mindestens zwei seiner Kinder vererbt hat. Dann noch zwei Frauen, die Mütter dieser Kinder, die vermutlich nicht wussten, in welche Gefahr sie sich gebracht haben, als sie sich mit diesem Mann einließen. Und jetzt am Ende ein doppelter Wettlauf mit der Zeit. Rycart hat nur noch eine Chance, wiedergewählt zu werden. Und wir haben nur noch bis morgen Zeit, eine kluge, zukunftsweisende Entscheidung zu treffen. Und trotzdem ...»

Sie ließ den Satz in der Schwebe, warf einen Blick in die Runde, und das Schweigen im Raum verdichtete sich. «Und trotzdem leitet mich letztlich die Frage, ob jeder hier die Lage vollständig begriffen hat.»

Alle schauten sie ernst an. Sie hatten den zweifelnden Unterton wahrgenommen.

«Denn meine Entscheidung, ob wir die geschilderten Informationen öffentlich machen oder nicht, hat Konsequenzen. Gravierende Konsequenzen.»

Sie räusperte sich. «Noch in der vergangenen Nacht habe ich mit Anthony Zara gesprochen. Er hat unmissverständlich deutlich gemacht, dass es die Fusion nicht geben wird, wenn wir das Material verwerten.»

Jetzt schwoll das Gemurmel an. Und der eine oder andere sagte leise, dass das doch nicht die schlimmste Lösung des Dramas wäre.

Aber Helen war noch nicht fertig. «Zur ganzen Wahrheit gehört leider auch, dass in zwei Monaten der Dispositionskredit des Verlags für das Alltagsgeschäft ausläuft, was bedeutet, dass wir von da an die Gehälter nicht mehr zahlen können. Unsere Bank hat klargemacht, den Kredit ohne die Sicherheiten der Amerikaner nicht zu verlängern.»

Augenblicklich war es ruhig.

Aber nur für einen kurzen Moment. Denn Alex Khan, der Chefredakteur, ergriff das Wort. «Könnte eine Sensationsstory den Verlag retten?»

Helen nickte. «Die Vermarktung der Story könnte uns vielleicht retten. Aber nur, wenn wir absolut sicher sind, eventuelle Schadensersatzklagen nicht zu verlieren. Deshalb bitte ich ganz ernst um Ihren Rat. Kurz: Was sollen wir tun?»

Alle sammelten sich. Jedem war klar, dass es um viel ging, denn es gab keine Blaupause für diesen Moment.

Da hob Justitiar Mackenroth, ein Brillenträger in den Fünfzigern mit einem zarten, blassen Gesicht, höflich die Hand. «Dürfte ich …?»

«Selbstverständlich», rief Helen.

«Worin … Worin besteht konkret Rycarts Verfehlung?»

«Er hat die Bürger seines Landes über seinen Gesundheitszustand getäuscht und damit seine Wähler willentlich in die Irre geführt», antwortete David Jakubowicz.

Mackenroth faltete die Hände: «Wir müssen also unterscheiden zwischen dem Gendefekt des Ex-Präsidenten, der bei ihm bisher *nicht* zu einem schlimmen Ausbruch geführt hat. Und auf der anderen Seite der Erbübertragung auf einen oder mehrere Nachkommen.»

Helen bemerkte mit Genugtuung, wie Fritz Rosental, der Geschäftsführer, diskret mitschrieb.

«Genau», sagte sie.

Mackenroth fuhr fort. «Bleiben wir einen Moment bei der

Falschaussage in Bezug auf den eigenen Gesundheitszustand. Diese Falschaussage ist, denke ich, juristisch unerheblich und lediglich moralisch fragwürdig, denn ein an einer Erbkrankheit leidender Präsident nimmt ja in Kauf, eine Amtszeit nicht durchhalten zu können. Das ist unverantwortlich. Aber … Aber wohl nicht strafbar.»

«Tatsächlich?», meldete sich Khan mit hochgezogenen Brauen.

«Ja. Denn es ist das fundamentale Recht eines jeden, medizinische Behandlungen zu verweigern. Einen Erwachsenen gegen seinen Willen zu behandeln, ist sogar strafbar. Was im Umkehrschluss bedeutet, dass er eine Krankheit verschweigen darf.»

«Politisch allerdings wäre eine solche Führungsfigur so gut wie tot», warf Khan ein.

Irrelevant, dachte David reflexartig. Laut aber sagte er: «Wir müssen uns somit fragen: Wusste Rycart von dem in ihm schlummernden Gendefekt? Denn wenn er es nicht wusste, wäre auch er nur ein unwissendes Opfer.»

«Bis zur Untersuchung vor der Inauguration wäre er das vielleicht gewesen», sagte Mackenroth. «Aber danach war ihm bekannt, was er anrichtet. Das Untersuchungsergebnis war ja eindeutig.»

«Ist das juristisch von Belang?», ließ sich wieder Helen vernehmen.

Mackenroth reckte seinen Oberkörper. «Wenn Rycart über sich und seine Erbkrankheit Bescheid gewusst und trotzdem leichtfertig Nachkommen gezeugt hat, kann man von grober Fahrlässigkeit sprechen.»

«Dann müssten wir ihm aber nachweisen, dass ihm zum Zeitpunkt der Zeugung die Gefährlichkeit seines Handelns klar war.»

Alle nickten.

«Was ein Problem ist», vollendete Helen ihren Gedanken.

«Denn all seine Nachkommen sind *vor* der Untersuchung und Entdeckung des Erbdefekts durch die Ärzte entstanden. Da frage ich mich doch, welchen Sinn es überhaupt haben könnte, dass wer auch immer die Dossiers verschwinden ließ?»

«Ganz einfach», sagte David. «Die Krankenakte enthält den Beweis, dass in Rycarts Körper eine Zeitbombe schlummert, wenn ich das mal so sagen darf. Denn wenn bekannt würde, dass er Träger des Huntington-Gens ist, könnte er seine Zukunftspläne begraben.»

Mackenroth nickte. «Und genau das bringt uns zum Kernpunkt aller Überlegungen: Reicht dieser logische Schluss als Beweis?»

Niemand rührte sich. Das war der Moment der Wahrheit, und alle schauten auf Helen. Es war ihr Verlag, ihr Geld, ihre Verantwortung. Und niemand konnte ihr jetzt helfen.

David räusperte sich, er hatte das längst erkannt. «Die Entscheidung liegt bei dir, Helen. Ich für meinen Teil … Ich wüsste, was ich mache.»

ERSTER TEIL

Zehn Tage zuvor

Entdeckt | Montag, 8. Februar, 21:33 Uhr

Meist ist ja vieles am Anfang einer Geschichte unklar, selbst der Zeitpunkt, an dem sie beginnt. Doch für Tilda Hansson, die angesehene Leiterin der Anti-Terror-Abteilung des BND, lässt sich der Beginn des Abenteuers auf die Minute genau bestimmen: Es begann am 8. Februar 2021 um 21:33 Uhr, als Minou, ihre beste Freundin, ein Stück Fugu-Sashimi aufschnitt.

Die beiden Frauen standen nebeneinander in Tildas Küche. Tilda beobachtete aufmerksam, wie Minou konzentriert drei Portionen auf die Teller drapierte, nachdem sie die giftigsten Körperteile der Kugelfische entfernt hatte.

Eigentlich war schon alles gesagt, aber sie wiederholten es noch einmal.

«Es geht also blitzschnell?»

«Nach zwanzig Minuten, ja.»

«Und es trifft alle?»

«Ein einziger Kugelfisch enthält genug Gift, um dreißig Menschen zu töten.»

«Oh.»

Minou nickte. «Wenn du merkst, dass etwas nicht stimmt, ist es zu spät.»

«Gegenmittel?»

«Es gibt keins, Tilda. Aber keine Sorge, das Gift greift nur die Nerven im Körper an, nicht das Gehirn.»

«Und ich dachte schon, ich müsste mir Sorgen machen.»

Tilda ging ins Wohnzimmer zu Paul, Minous Freund, einem französischen Fotografen, der kulinarisch vor nichts zurückschreckte. Sie balancierte ein Tablett mit Gläsern und bat ihn, die Weinflasche zu öffnen, die in einem Kühler auf dem Tisch stand. Am Nachmittag hatte sie ein paar Flaschen eines sehr guten Grauburgunders besorgt und hoffte, dass dies nicht der letzte Wein sein würde, den sie zu sich nahm.

Es war keine gute Idee gewesen, ihren 44. Geburtstag mit einem kleinen Essen zu feiern, das war ihr jetzt klar. Und es war waghalsig gewesen, das Angebot ihrer Freundin anzunehmen, ihr zu Ehren einen Kugelfisch zuzubereiten. Ausgerechnet während einer geheimdienstlichen Operation. Denn Frieda, eine Mitarbeiterin aus Tildas Abteilung, hatte wenige Minuten, bevor Minou und Paul eingetroffen waren, angerufen und durchgegeben, dass sie den Aufenthaltsort ihrer Zielperson eingekreist hätten.

Frieda und Niklas bildeten eines der Beschatterteams, die im Moment rund um die Uhr beschäftigt waren. Seitdem sie einen Tipp aus Langley bekommen hatten und Tildas Anti-Terror-Abteilung Irina Semková observierte, waren drei Teams ständig im Einsatz. Tilda fürchtete manchmal, dass ihre Zielperson etwas gemerkt haben könnte, denn die plötzlichen Ortswechsel waren nicht normal für eine Frau, die als Fotomodell arbeitete. Doch zwischen Irinas Wohnung im Süden Münchens, ihrer Agentur in der Innenstadt und verschiedenen Shootings an pittoresken Orten des Voralpenlandes war Irina Semková immer wieder für ein paar Stunden von der Bildfläche verschwunden. Aber sie hatten sie stets wiedergefunden. Nicht zuletzt, weil sie ein paar Tage zuvor unter ihrem Sportwagen einen Transponder angebracht hatten. Der ermöglichte es ihnen, ihren Aufenthaltsort über den parkenden Wagen einzukreisen. Wo ihr Wagen war, da war auch Irina in der Nähe.

Tilda hoffte, dass man ihr die Anspannung nicht ansah. Der Anblick von Paul aber, der eben einen Schluck von dem Weißwein kostete und sich ganz offensichtlich auf einen unbeschwerten Abend freute, ließ sie an ihrem Timing zweifeln. Sie hatte ja nicht ahnen können, dass sich ihre Operation ausgerechnet an diesem Abend zuspitzen würde.

«Hast du so was eigentlich schon öfter probiert?», fragte sie ihn. Er stand am Fenster ihrer Wohnung und blickte auf die erleuchteten Stände des Elisabethmarkts im Herzen Schwabings.

Er wusste sofort, was Tilda meinte. «Mach dir keine Sorgen. Minou war in Tokio mit einem Koch liiert, der eine Lizenz für *Fugu* hat. Es ist *délicieux*. Wirst du nie vergessen.»

Wenn es danach noch ein Erinnern gibt, dachte sie.

Da klingelte das Telefon in ihrem Arbeitszimmer. Paul sah ihr nach. Sah, wie sie sich an den Schreibtisch lehnte, auf dem Akten, Einsatzpläne und Landkarten lagen. Tilda verspürte eine flüchtige innere Unruhe. Neugier und Argwohn hielten sich die Waage, als sie auf das Telefon blickte und schließlich den Hörer abnahm.

«Ich glaube, wir haben sie», hörte sie Frieda sagen. «Moment», unterbrach sie sich. «Ich ruf gleich noch mal an. Ich seh nichts mehr.»

Tilda legte auf, blieb aber an ihrem Platz. Am Morgen hatten sie Irinas Alfa in dem Waldgebiet zwischen Wieskirche, Oberammergau und dem Forggensee geortet, Frieda und Niklas waren sofort hingefahren. Der Wagen stand in der Nähe eines Gebirgsflusses, nicht weit von einer Insel entfernt, um die ein Seitenarm des Lech herumfloss. Frieda und Niklas hatten in der Nähe des Wagens nicht nur eine einfache, ungesicherte Holzbrücke entdeckt, sondern auch einen Fußweg aus Kies und Felsen, der zu der Insel führte.

Als die beiden die Furt überquert hatten, waren sie auf ein

paar Rumänen gestoßen, die in einem halb verfallenen Haus lebten. Die beiden Beschatter hatten ihre Ausweise gezeigt. Hatten Zimmer, Scheune und Keller inspiziert. Niklas hatte sogar ein altes Radio eingeschaltet und an den Knöpfen herumgedreht. Sie hatten nichts Ungewöhnliches gefunden und hatten sich wieder auf ihren Beobachtungsposten im Wagen zurückgezogen.

Das Telefon klingelte erneut.

«Und?», sagte Tilda.

«Der alte Rumäne hat sich gemeldet», sagte Frieda. «Sein Enkel hat einen Mann in den Wald hineingehen sehen.»

«Sicher, dass es ein Mann war?»

«Ja.»

«Prüft es nach. Ihr könnt mich jederzeit erreichen.»

Hoffentlich, dachte sie und blickte auf die offene Küchentür. Sie würde hinübergehen und Minou helfen müssen.

Doch da trat die schon in den Raum. Sie hatte drei Teller in der Hand, die sie auf den schön gedeckten Tisch stellte, auf dem Kerzen brannten. Auf den Tellern lag der Fisch, roh aufgeschnitten. Dazu ein einfacher Salat. Es sah überaus einladend aus.

Paul und Tilda setzten sich. Minou blieb stehen.

«Et voilà», sagte sie. «Wer mag anfangen?»

Die Explosion | Montag, 23:40 Uhr

Er sah aus wie ein Waldarbeiter mit seiner tarnfarbenen Bundhose, den zahlreichen Taschen, der dunklen Weste und den Arbeitsstiefeln. Sein Motorrad, eine alte NSU, hatte er auf der anderen Seite des Flusses zurückgelassen. Die Nummernschilder hatte er unterwegs auf einem Schrottplatz geklaut, das Motorrad selbst hatte er am Nachmittag gestohlen. Es stand tief versteckt im Unterholz am Rand des Flusses.

Es war zwanzig Minuten vor Mitternacht und absolut finster, denn der Mond hatte sich hinter tief hängenden Wolken versteckt. Mit dem Vollbart, der dunklen Spezialbrille und dem schwarzen Rollkragenpullover war der Mann schon aus wenigen Metern nicht mehr von den ihn umgebenden Bäumen zu unterscheiden.

Sein Name war Malik. Malik, der Farmer. Obwohl er auf einer Ranch in Wyoming aufgewachsen war, hatte seine Mutter ihm einen arabischen Namen gegeben. Es hatte sich ihm nie erschlossen, warum sie, die einfache Frau eines Ranchers, so fasziniert war von der arabischen Welt, die sie nie persönlich kennengelernt hatte. Schon im vorislamischen Arabien ließen sich Stammeschefs Malik rufen, hatte sie gelesen. Und dass in Armenien, wo immer das liegen mochte, Malik ein Adelstitel war. Als ihr Sohn in die Schule kam, nannten sie ihn deshalb den Araber. Doch das währte nur kurz, denn er war schon mit acht kräftiger als Gleichaltrige, sodass sie ihn bald in Ruhe ließen. Seine Größe, seine körperliche Überlegenheit waren so eindrucksvoll, dass er nie die Fähigkeit entwickeln musste, irgendwem etwas vorzumachen. Wenn man groß genug ist, kann man immer die Wahrheit sagen.

Malik war mittlerweile ein Mann mit vielen Namen, Gesichtern und Tarnungen. Und einer erstaunlichen Erfolgsquote. Natürlich hatte er einen Pass mit einem falschen Namen, und er war stolz darauf, dass seine Auftraggeber ihm zur Tarnung den Namen eines Generals gegeben hatten, der im amerikanischen Bürgerkrieg ein Held gewesen war und den man noch heute verehrte.

Zu Maliks Qualitäten zählten Geduld und Besonnenheit. Er strahlte etwas Fürsorgliches, Tapsiges aus. Seine Stimme überraschte viele, die eher helle Tonlage wirkte freundlich und entgegenkommend, doch ohne jede Spur von Unterwürfigkeit. Obwohl er ein Hüne war, hatten die Menschen keine Angst vor ihm. Was ihm stets geholfen hatte, schnell zuzuschlagen und keine Spuren zu hinterlassen.

Lautlos glitt er ein paar Bäume weiter nach vorn, näher an das Wohnmobil heran. Nicht das geringste Geräusch verriet ihn. Selbst der Hund, den er erst wenige Minuten zuvor unter dem Wohnmobil entdeckt hatte, hatte ihn nicht bemerkt. Durch ein kleines Infrarot-Fernglas hatte er gesehen, dass der Hund an einer Kette hing und keine Gefahr sein würde, solange er nicht bellte. Vorsichtig tastete er nach seiner Waffe. Wenn das Tier anschlug, musste er schnell reagieren.

Aufmerksam blickte er über die grasbewachsene Lichtung auf das nur zwanzig Meter entfernte Wohnmobil mit den beiden schwach erleuchteten Fenstern. Irina Semková befand sich darin, Malik hatte ihren Kopf kurz in einem der halb zugezogenen Fenster gesehen. Sie war eine schöne Frau mit einem offenen, sympathischen Gesicht, unter anderen Umständen hätte es ihm leidgetan, was sie zu erwarten hatte. Aber er hatte sich anerzogen, Gefühle auszublenden. Je weniger er sah, je weniger nah ihm die Zielperson kam, je weniger er sich mit ihr als Person beschäftigen musste, umso leichter war es für ihn, den Job professionell zu vollstrecken. Auch in den anderen Fällen, in denen er zu Hilfe gerufen worden war, hatte er nicht wissen wollen, warum seine Zielperson den Tod verdiente. Es reichte ihm, wenn seine Auftraggeber ihm versicherten, dass das Urteil unvermeidlich sei. Gefällt von Menschen, die sich die Entscheidung nicht leicht gemacht hatten.

Die Frau war nicht alleine, doch wer bei ihr war, das wusste er nicht. Vermutlich ein Mann, was er aus dem dunklen Gemurmel schloss, das zu ihm herausdrang. Das machte alles komplizierter. Denn dass es einen Zeugen geben würde, erschwerte den Auftrag. Wie er das Problem lösen würde, hatte er noch nicht entschieden. Vielleicht ergab sich ja eine Situation, in der er ohne Kollateralschaden zum Ziel kommen konnte. Er hasste es, wenn es Opfer außerhalb seines Auftrags gab. Das hieß, er musste geduldig sein und den richtigen Moment abpassen.

Ohne den Kopf zu bewegen, blickte er auf seine Armbanduhr. 23:47 Uhr. In den nächsten Minuten würde etwas passieren, was der Nullpunkt auf einer Zeitachse sein würde. Die Tat würde lange nachwirken und das Leben vieler verändern, nicht nur der Menschen, die er kannte, sondern auch das von anderen, die er nicht kannte. Der lange Weg hierher in die Einsamkeit, die Entbehrungen, das geschickte Einfädeln seiner Tarnung, das Zurechtfinden in einem ihm fremden Land in kürzester Zeit – das alles hatte er auf sich genommen, weil er akzeptierte, was andere ihm sagten. Außerdem war es sein Beruf. Ein sehr gut bezahlter Beruf.

Das Gemurmel in dem Wagen war lauter geworden. Gläser klirrten, eine Flasche zerbarst auf dem Boden, sie schien dem Mann aus der Hand geglitten zu sein. Reglos verharrte Malik hinter dem Baumstamm, den er sich als letzten Stützpunkt ausgesucht hatte, das dichte Unterholz um ihn herum gab ihm eine perfekte Deckung. An den Druck der Waffe – einer .22er Automatik mit aufgesetztem Schalldämpfer, die er in einem Holster unter dem Arm trug – hatte er sich gewöhnt.

Beides – Waffe und Schalldämpfer – hatten andere nach Deutschland gebracht, dafür hatte sein Auftraggeber gesorgt. Es waren auch andere gewesen, die die Straßenkarten, Zeichnungen, Verhaltensregeln, gefälschte Papiere, Werkzeuge, Kleidungsstücke sowie Gegenstände wie das Fernglas und ein Navigationsgerät der neuesten Generation in verschiedenen Schließfächern im Hauptbahnhof eingeschlossen und ihm die Schlüssel dafür im Vorübergehen hatten zukommen lassen auf seinen ziellosen Wegen durch die Landeshauptstadt. Er war schließlich der Spezialist für die letzten Meter, der Zielläufer dieses sorgfältig geplanten Staffellaufs. Die Zuarbeit erledigten andere. Zuträger, die er nicht kannte und an die er sich bald nach den Begegnungen selbst dann nicht mehr erinnerte, wenn er sie flüchtig gesehen hatte.

Malik zog die Waffe heraus. Er musste die beiden herauslocken, er konnte nicht ewig warten.

Mit einem dumpfen Knall krachte eine Kugel in die Seitenwand des Wohnmobils, die schmutzige, weiße Haut des Wagens platzte auf. Und da sich noch immer niemand im Inneren des Fahrzeugs rührte, feuerte Malik zwei weitere Kugeln hinterher. Augenblicklich fing der Hund an zu bellen und zerrte an der Kette.

Da endlich ging die Tür des Wohnmobils auf, helles Licht fiel auf den Bereich vor der Treppe. Ein Mann stolperte heraus, er schien betrunken zu sein. Er war abgemagert, seine Kleidung schlotterte an seinem Körper, eine Brandwunde zog sich auf einer Seite seines Gesichts hinauf bis über den halben, kahlen Schädel. Malik hörte eine Frauenstimme. Die Frau rief dem Mann nach, er solle hereinkommen und sich nicht wie ein Kind benehmen, der Hund werde sich schon wieder beruhigen.

Doch der Mann torkelte weiter, beruhigte den Hund, bückte sich, öffnete hinten an dem Wohnmobil eine Klappe und zog einen Gartenschlauch aus einer Vertiefung – neugierig beobachtet von dem Tier, das jetzt erwartungsvoll jaulend um Aufmerksamkeit bettelte. Mit einer rüden Geste wehrte der Mann den Hund ab und schob das Ende des Schlauchs in das Auspuffrohr. Dann befestigte er das andere Ende in dem Lüftungseingang des Wagens, der sich unter dem Heckfenster befand. Anschließend ging er mit schweren Schritten nach vorne, kletterte hinter das Lenkrad, startete den Wagen, ließ den Motor laufen und torkelte mehr, als dass er ging, zurück zum Eingang an der Seite. Er verschwand und zog die Tür von innen zu.

Versonnen schaute Malik auf die Waffe in seiner Hand. Machte da jemand seinen Job? Sollte er einfach warten? Das Kohlenstoffmonoxid würde in kürzester Zeit seine Wirkung entfalten. Kaum hatte er begonnen, nach Erklärungen zu suchen, da schlug die Tür des Mobils erneut auf, und Irina Semková sprang heraus. Sie hatte das Kohlenmonoxid bemerkt.

Umgehend zog sie den Schlauch aus dem Auspuff und rief:

«Du bist verrückt, Lennart. Ich werde dir nicht helfen. Heute nicht, und morgen auch nicht.»

Irina setzte sich in einen der einfachen Klappstühle und starrte trotzig in die Nacht, während man aus dem Wageninnern das Klappern von Flaschen vernahm.

Dann herrschte Stille.

Malik blickte auf die Uhr. Es war drei Minuten vor Mitternacht. Geduckt schlich er um das Mobil herum, doch als er es fast geschafft hatte, bellte der Hund erneut, diesmal, weil er ihn bemerkt hatte. Blitzschnell wirbelte Malik herum und feuerte zwei Kugeln, kaum zu hören wegen des Schalldämpfers, in die schwarze Kuhle unter dem Wagen. Das helle Splittern von berstendem Plastik war zu hören, offenbar hatte er den Hund nicht direkt getroffen, aber verletzt, denn der wimmerte nur noch leise.

Jetzt spürte Malik auch den Stich in der Wade. Bei seiner schnellen Drehung hatte er seinen Unterschenkel gegen einen Eisenstab gerammt, der aus dem Fahrgestell herausstand. Er achtete nicht weiter darauf, sondern schlich gebückt weiter, um die Fahrerkabine herum und sah Irina jetzt von hinten. Sie saß ungerührt auf einem der Campingstühle und schien darauf zu warten, dass der Mann im Inneren des Mobils wieder Ruhe gab.

Malik setzte das Ende des Schalldämpfers an den Hinterkopf der Frau und drückte zweimal kurz ab. Ihr Kopf sackte nach vorn. Dann bebten ihre Hände, und die Füße zuckten. Aus der Ferne sah es so aus, als habe sie der Schlaf übermannt. Sie wirkte wie eine Museumsbesucherin, die mit geneigtem Kopf andächtig die erste Baumreihe am Rande der Lichtung betrachtete.

Keine fünf Minuten später hatte Malik sein Werk vollendet. Er war in das Wohnmobil eingedrungen, hatte eine Kugel auf den Mann gefeuert, der schnarchend auf der Eckbank saß. Der Kopf, der am Fenster lehnte, rutschte langsam seitlich nach unten, bis er auf dem Tisch lag.

Malik schraubte den Schalldämpfer ab und verstaute die Waffe in dem Holster. Dann hievte er die Frau in das Wohnmobil, setzte sie neben den toten Mann, holte aus dem Kofferraum den Benzinkanister und verteilte dessen Inhalt im Wagen. Schließlich zog er eine aufgewickelte Zündschnur aus der Außentasche seiner Hose und steckte das eine Ende der Lunte von außen in den Tank des Mobils. Das andere schob er in den Reservekanister, in dem sich noch ein Rest Benzin befand. Den Kanister stellte er neben die Toten.

Ruhig ging er die vier Stufen hinunter. Nach ein paar Schritten drehte er sich um, zündete sein Feuerzeug an, drehte die Flamme hoch – und warf es durch die geöffnete Tür ins Innere des Wagens.

Blitzschnell breitete sich das Feuer aus, während Malik auf die schützenden Bäume zulief. Kaum war er hinter den ersten Stämmen angekommen, explodierte der Benzinkanister, und eine Feuersäule schoss in den Himmel. Kurz darauf explodierte der Tank des Wagens und wieder einige Sekunden später waren die Gasflaschen dran. Sie zerbarsten wie Bomben. Selbst über die hundert Meter, die Malik mittlerweile zurückgelegt hatte, spürte er die glühende Hitze und die brennenden Partikel auf seiner Haut. Ein glühendes Bruchstück traf seine Stirn. Kurz darauf bemerkte er neben dem kurzen, heißen Schmerz, wie etwas Feuchtes in die rechte Augenbraue lief. Offenbar Blut, das er achtlos wegwischte.

Als er unten an der Furt war, sah er, wie die Rumänen aus dem Haus stürzten und in Richtung Wald rannten, über dem der Widerschein der Flammen den Himmel erhellte.

Malik drehte sich um und schlug den Kragen seiner Weste hoch.

Dann lief er los.

Hohenried, am nächsten Morgen. Nasskaltes, diesiges Februarwetter, ein Tagesbeginn, der nichts Gutes versprach. David Jakubowicz stand mit einer Tasse Kaffee an der Fensterfront seiner Terrasse und schaute hinaus in Richtung der Berge. Nichts war von ihnen zu sehen, der Frühnebel hing tief, der See war nur zu erahnen. Er fühlte sich schlecht, die Bilder vom vergangenen Tag, Bilder des verletzten, verzweifelten und dennoch selbstbewusst auftrumpfenden ehemaligen Freundes, hatten ihn in der Nacht immer wieder hochschrecken lassen.

Gerade jetzt, an diesem Dienstagmorgen, lag es am allerwenigsten in seiner Absicht, zu spät zur Arbeit zu erscheinen. Doch die Mächte des Alltags schienen sich gegen ihn verschworen zu haben. In der Nacht war sein Wecker stehen geblieben, und dann hatte er sich auch noch beim Rasieren am Kinn geschnitten. Als er auf die Uhr schaute, hatte er nur noch zwölf Minuten, um die Fähre zu erreichen, die ihn auf die andere Seite des Sees bringen würde.

Eilig verließ er das Haus. Vor dem Auftauchen des Besuchs aus New York musste er unbedingt noch mit Helen Christensen sprechen wegen der ungeklärten Punkte in dem Vertrag, den sie unterschreiben wollte. Der Tag selbst würde mit Arbeit vollgestopft sein. Der Tag, der, wie sich bald herausstellen sollte, sein Leben verändern würde.

Jakubowicz war stellvertretender Chefredakteur und Chefreporter der in München ansässigen *Deutschen Allgemeinen Zeitung*. Obwohl das Blatt eines der wichtigsten seriösen Medien des Landes war, kam es nicht aus seiner finanziellen Notlage heraus: zu viele hoch bezahlte Korrespondenten, zu streng der Maßstab, der an die Qualität der Texte angelegt wurde, zu hoch die Ansprüche an die Recherche und zu teuer die Dokumentationsabteilung, die mittlerweile jede zum Druck freigegebene Information einem kompromisslosen Faktencheck zu unterziehen hatte. Nicht zuletzt, weil Adam Rycart, der gerade abgewählte US-Präsident, die Welt mit seinen ständigen Lügen immer und immer wieder in Unruhe versetzte. Die Kehrseite all dieser zusätzlichen Bemühungen und Investitionen in Verlag und Redaktion waren wachsende rote Zahlen. Und nicht wenige fragten sich, ob die Zeitung noch zu retten sein würde.

Seit ein paar Wochen allerdings überschlugen sich die Ereignisse. Der New Yorker Medienkonzern Maddox Corporation des kanadischen Tycoons Rupert Maddox war bereit, die Hälfte des Verlags zu kaufen. Es wurde geraunt, dass das Angebot einzigartig sei, das frische Geld würde alle Sorgen auf einen Schlag vertreiben. Aber, verdammt – es war Rupert Maddox, von dem es kam. Ausgerechnet von dem Mann, der … –

In diesem Moment wurde Davids Gedankengang vom Klingelton seines Smartphones unterbrochen. Er schaute auf das Display und erkannte sofort, wer da anrief. Eine Person, die er sehr schätzte und doch gleichzeitig auch fürchtete. Und die er seit mehr als zwei Jahren nicht mehr gesprochen hatte.

«Nicht böse sein, Tilda», sagte er und tat so, als seien sie in einem ständigen Dialog. «Ich würde gern mit Ihnen reden. Aber ich gehe gerade an Bord einer Fähre. Gleich werden die Dieselmotoren lostuckern. Es wird laut werden.»

Er hörte ihr Lachen, das ihn sofort an Aufregendes erinnerte. Er hatte Tilda Hanssons Lachen immer sehr gemocht.

«Ich wollte Ihnen nur sagen, dass ich eine Überraschung für Sie habe», sagte sie. «Bei Ihrer Ankunft auf der anderen Seite des Sees wird ein Wagen auf Sie warten. Er wird Sie zu mir bringen. Ist das okay? Ich möchte Sie bitten, mir ein paar Minuten Ihrer Zeit zu schenken.»

«Tut mir leid, Tilda. Ich muss ins Büro. Ich bin eh schon spät dran.»

«Ich habe dort bereits angerufen und gesagt, dass Sie erst mittags kommen. Eine Frau Rösner war am Apparat.»

«Sind Sie … wahnsinnig? Sie können doch nicht einfach …»

«Doch, David, ich kann. Uns beschäftigt ein Fall von großer Tragweite. Und nach meiner Kenntnis sind Sie im Moment der Einzige, der helfen kann, ein größeres Unglück zu verhindern.»

«Was für ein Unglück?»

«Wir suchen eine Person, die Sie kennen.»

«Das hört sich verwirrend an.»

«Lassen Sie uns bitte nicht am Telefon darüber reden.»

«Ich befürchte, Sie sind diesmal auf dem Holzweg, Tilda. Mein spannendes Leben mit Diktatoren und Freiheitskämpfern liegt hinter mir.»

«Wir machen es diesmal eine Nummer kleiner, versprochen. Wir würden uns gerne mit Ihnen über Ihren Auftritt in der Buchhandlung Rauch & Kaiser am vergangenen Samstag unterhalten. Als Sie aus Ihrem neuen Buch gelesen haben … Wie war noch mal der schöne Titel? *Die Erfindung der Wahrheit*, richtig …?»

Sie hörte nichts mehr.

«David? Sind Sie noch dran?»

Sie hörte lediglich ein Rauschen. Und dann aus der Ferne ein undeutliches «Ja».

«Es wird ein kurzes Gespräch werden, David. Zwei, drei einfache Fragen von unserer Seite. Zwei, drei kurze Antworten von Ihnen. Und schon lassen wir Sie wieder in Ruhe und bringen Sie so schnell wie möglich in die Redaktion.»

«Tilda, Sie sind verrückt. Ich habe seit zwei Jahren nichts von Ihnen gehört – und jetzt plötzlich dieser Überfall.»

Sie lachte. Wieder dieses schöne Lachen. «Ja», sagte sie. «Ich bin auch erstaunt, dass wir wieder miteinander zu tun haben.»

Sie hielt eine Hand über ihr Telefon, und man hörte ihre und eine andere Stimme gedämpft im Hintergrund, sie schien kurz mit jemandem zu reden. «David», fuhr sie fort, «damit Sie es nachher leichter haben: Der Mann, der Sie abholt, trägt unter einem hellen Mantel einen dunklen Anzug und eine schwarze Krawatte. Bitte, seien Sie nett zu ihm. Er wird es auch sein, solange Sie das tun, was er von Ihnen verlangt. Und sagen Sie ihm auf keinen Fall, dass wir uns schon länger kennen.»

Camp Nikolaus | Dienstag, 8 Uhr

Als David kurz darauf die Fähre verließ, bemerkte er den Mann erst, als der ihn in seinem Rücken ansprach.

«Herr Jakubowicz?»

David fuhr herum. Ein Mann Mitte dreißig in einem hellen Regenmantel schaute ihn freundlich aus einem runden, glatt rasierten Gesicht an.

«Ich soll Ihnen einen schönen Gruß bestellen von der Frau, mit der Sie eben gesprochen haben.»

David betrachtete ihn von der Seite. Es war nicht zu erkennen, ob der Mann unter dem hellen Regenmantel einen schwarzen Anzug trug. Sie gingen die leicht schaukelnde Gangway hinunter. Beide machten am Ende einen kleinen Sprung, dann hatten sie festen Boden unter den Füßen.

David blieb stehen und zeigte zurück. «Waren Sie an Bord? Ich habe Sie gar nicht gesehen.»

«Das war Absicht», sagte der Mann. «Unser Wagen steht dort neben der Litfaßsäule. Sind Sie so nett und begleiten mich?»

Er wollte das Rätsel seiner Allgegenwart nicht auflösen, der Omnipräsenz oder Ubiquität, wie man etwas gewählter sagen könnte. Okay, dann eben nicht. Das war wohl das Spiel, das diese Leute vom Geheimdienst gerne spielten. Immerhin hatte Tilda einen luxuriösen Wagen geschickt. Eine Limousine mit abgedunkelten Scheiben und einer Frontsichtkamera. Was natürlich nicht nur ein Akt der Höflichkeit war, wie David sich dachte, sondern ihrem Streben nach Kontrolle entsprach. Tilda und ihre Helfer hatten offenbar seinen Tagesablauf recherchiert. Wann er aufstand. Welche Fähre er nahm. Wann die Fähre auf der anderen Seite des Sees anlegen würde. Und sie wussten – vor allem Tilda wusste es –, dass David leichter zu überzeugen sein würde, etwas zu tun, was er nicht tun wollte, wenn er kaum Zeit zum Nachdenken hatte. Denn dann musste er improvisieren, was er hasste.

Als er es sich auf dem Rücksitz der Limousine bequem machte, bat ihn der Mann, sein Handy auszuschalten. Überraschenderweise war er so freundlich, nicht zu kontrollieren, ob David seinem Wunsch auch entsprach. Er schien darauf hingewiesen worden zu sein, dass der Besucher wohl eher als Freund kam denn als Feind.

«Haben Sie keine Angst, dass ich mir den Weg merke?», fragte David.

«Nein», sagte der Mann und steuerte vorsichtig aus der Parklücke.

«Meinen Sie nein, dass Sie keine Angst haben? Oder nein, dass ich mir den Weg merken könnte?»

«Wir haben generell keine Angst.»

«So wie Sie generell an zwei Orten gleichzeitig sein können?»

Der Mann schaute in den Rückspiegel und suchte Davids Augen. «Herr Jakubowicz, Sie gehen in Ihren Überlegungen von einer Gleichzeitigkeit aus. Das ist in diesem Fall nicht die klügste Prämisse. Ich habe vor ziemlich genau siebzig Minuten den Wagen neben der Litfaßsäule geparkt. Dann bin ich mit der Fähre um halb neun hinüber auf Ihre Seite des Sees gefahren und habe vom Schiff aus gesehen, wie Sie an Bord gehetzt kamen. Auf dem Weg zurück habe ich Sie dann in aller Ruhe beobachtet. Sie wirkten, wenn ich das sagen darf, etwas angespannt.»

«Kann sein, ja. Ich habe nicht die angenehmste Nacht hinter mir. Und der Tag davor war auch nicht besser.»

David ärgerte sich, dass ihm das Naheliegende nicht eingefallen war. «Ihre Chefin war offenbar überzeugt, dass ich bei Ihnen einsteige, noch bevor sie mich angerufen hat.»

«Bekommt sie nicht immer ihren Willen?»

David neigte zustimmend den Kopf. «Sie scheinen sie zu kennen.»

Dann beugte er sich nach vorn. «Darf ich Sie etwas Persönliches fragen?» Da er keine Antwort bekam, fuhr er gleich fort. «Haben Sie sich eben nicht wenigstens kurz überlegt, mich wie in der guten alten Zeit niederzuschlagen und mir eine Kapuze über den Kopf zu ziehen? So was trainiert ihr doch. Es wäre gefahrlos gewesen. Ich bin nicht der Typ Mensch, der so etwas als Beleidigung empfindet.»

Der Chauffeur verzog keine Miene bei Davids im Plauderton vorgebrachter Bemerkung, es war also nicht zu erkennen, ob er keinen Humor hatte. Oder vielleicht sogar besonders viel. Also lehnte sich David wieder zurück und registrierte unauffällig die Strecke. Sie fuhren in Richtung Isar, in Grünwald ließen sie die Alte Brennerei links liegen, nicht lange danach bogen sie in einen kleinen, unbefestigten Weg, den er vermutlich nicht wiederfinden würde, denn es gab kein auffälliges Merkmal an der Abzweigung, lediglich ein paar verkrüppelte Bäume. Anschließend ging es auf unbefestigten Waldwegen ein paarmal nach links und dann wieder nach rechts, sodass auch die Himmelsrichtung nicht mehr zu erkennen war. Plötzlich bremste der Wagen, ein massives Eisentor in einer lang gezogenen Mauer öffnete sich wie von Geisterhand, und der knirschende Kies einer baumbestandenen Auffahrt kündigte das Ende ihrer Reise an. Genug Informationen, um diesen geheimen Ort mit ein wenig Geduld wiederzufinden, dachte David und stieg aus. Aber warum sollte er sich die Mühe machen? Die Turbulenzen im Verlag machten ihm mehr zu schaffen als dies hier. Denn dort hätte er jetzt sein müssen. Aber da sah er auch schon Tilda Hansson, die strahlend auf ihn zukam. Sie schien sich tatsächlich zu freuen, ihn wiederzusehen.

Als sie bei ihm angelangt war und er noch überlegte, ob sie sich bei ihrer letzten Begegnung umarmt hatten, hielt sie, die Chefin der Anti-Terror-Abteilung, David ihre schmale Hand hin.

«Ein hübsches Plätzchen haben Sie hier», sagte er und wies, nachdem er ihre Hand ergriffen hatte, mit einer ausladenden Geste auf die efeubewachsenen Mauern der alten Villa und die schmiedeeisernen Gitter vor den Fenstern.

«Damit Sie nicht allzu lange ahnungslos sind», antwortete sie lächelnd, «weise ich lieber gleich darauf hin, dass Sie historischen Boden betreten.»

«Nichts anderes habe ich erwartet.»

«Na ja, ich weiß nicht. Hitlers Privatsekretär Martin Bormann hat hier häufig übernachtet. Und nach dem Krieg hatte Reinhard Gehlen sein Büro im ersten Stock.»

«Oh», sagte David und blieb abrupt stehen. «Dann würde ich die Neuigkeiten lieber hier draußen erfahren. Wir könnten bei einem Spaziergang miteinander reden.»

«Nein, nein, das ist doch alles längst Geschichte, David. Kommen Sie. Immerhin hat die unrühmliche Vergangenheit dafür gesorgt, dass diese Villa nicht abgerissen wurde, als der gesamte Geheimdienst umzog.»

«Dann hat das Anwesen bestimmt auch einen Tarnnamen.»

«Ja. Camp Nikolaus.»

«Sehr schön. Und heute?»

«Heute finden Sie hier offiziell die Bundesvermögensverwaltung, Abteilung Sondervermögen.»

«Toller Name. Und wo ist der Luftschutzbunker? Für den Fall, dass die Chinesen uns überfallen?»

«Das haben wir Xi Jinping schon verraten, Sie brauchen es also nicht mehr zu wissen.»

«Wie aufmerksam.»

«Nicht wahr? Ich denke aber, wir werden ein gemütlicheres Zimmer finden, wo wir es uns bequem machen können», sagte sie und geleitete ihn ins Haus.

Keine zehn Minuten später war der entspannte Ton verschwunden. Dass es ernst wurde, erkannte David, als sie auf eine große Tür zugingen, durch die er Stimmengemurmel hörte. Sie betraten ein holzgetäfeltes Bibliothekszimmer, in dem zwei Männer und eine Frau auf sie warteten. Tilda zeigte kurz auf ihren Gast, der seinen Mantel an einen Garderobenständer hängte, sagte zu den anderen gewandt «David Jakubowicz» und wies auf einen Sessel inmitten des Raums. Offensichtlich war das der Platz, der für ihn reserviert war.

Während er sich setzte, nannte sie die Namen der Anwesenden, die David sofort wieder vergaß. Er war noch nie gut darin gewesen, sich Namen zu merken. Die Frau – sportlich, freundlich, Typ Verkäuferin in einem Fachgeschäft für Leuchtmittel – und ein Mann in Jeans und grauem Hoodie saßen seitlich an einem einfachen Tisch. Der andere Mann – er trug eine dunkle Krawatte und einen unauffälligen Anzug – lehnte an der Fensterbank und verschränkte die Arme, während Tilda hinter einem modernen Schreibtisch Platz nahm. Es war offenbar ihr Büro, das mit Ausnahme des Schreibtischs so wirkte, als sei es in den zurückliegenden Jahrzehnten kaum verändert worden.

Es herrschte Stille, während sie einander neugierig betrachteten. Schließlich hob David fragend die Hände und sagte: «Das alles meinetwegen?»

Tilda nickte. «Ja. Heute sind Sie unser wichtigster Gast.»

Sie zog eine Art Fernbedienung aus einer Vertiefung und drückte auf einen Knopf. «Ist es okay, wenn ich kurz die Eckdaten festhalte? Sie kennen das Prozedere ja …»

«Mikrofone? Kameras?» Er schaute suchend um sich.

Lächelnd nickte sie. «Ein paar Geheimnisse müssen Sie uns schon noch lassen.»

Sie zog ein Mikrofon heran und murmelte: «Dienstag, 9. Februar. Gespräch mit dem Journalisten David Jakubowicz im Büro von Tilda Hansson. Anwesend: Walter von der Abteilung 10/2 sowie Frieda und Niklas von der externen Exekutive. Beginn: 8 Uhr 45.»

Sie griff nach einem DIN-A4-Blatt und legte es vor sich. Kurz überlegte sie, wie sie beginnen sollte.

David nahm ihr die Entscheidung ab. «Hatten Sie nicht gesagt, das werde nur ein kleines Gespräch?»

«Wird es, David. Wird es.»

«Sie und drei Leute. So viel Sachverstand für ein paar Fragen?»

«Was haben Sie denn erwartet, über was wir mit Ihnen reden wollen?»

«Über Bücher?»

«Weil ich am Telefon Ihre Buchvorstellung erwähnt habe?»

«Haben Sie das?» Er tat so, als könnte er sich nicht erinnern.

«Okay. Fangen wir ruhig damit an. Begeben wir uns gedanklich in die Buchhandlung Rauch & Kaiser gegenüber dem S-Bahnhof. War irgendetwas an diesem Abend vor drei Tagen ungewöhnlich?»

Er schüttelte den Kopf. «Vielleicht nur, dass ich nicht mit so vielen Menschen gerechnet hatte. Ich glaube, es waren rund dreißig gekommen.»

«54. Es waren 54. Und in der zweiten Reihe, von Ihnen aus links, saß eine ausnehmend schöne Frau. Groß, schlank, kurzer Rock. Eine auffällige Erscheinung. Erinnern Sie sich?»

«Tut mir leid. Vielleicht habe ich sie nicht bemerkt, weil ich die ganze Zeit überlegt habe, ob es eine gute Idee sein würde, ausgerechnet das erste Kapitel zu lesen. Das ist an solchen Abenden so erwartbar.»

Tilda Hansson betrachtete ihn nachdenklich. «Sagt Ihnen der Name Irina Amalija Semková etwas?»

David zögerte einen Moment. «Nie gehört.»

«Sicher nicht?»

«Ihrer Beschreibung nach sollte ich das bedauern.» Er zuckte mit den Schultern. «Woher kommt diese Frau?»

«Aus Slowenien.»

Tilda blickte auf ihre Notizen und fuhr dann fort: «Nach der Lesung kam sie zu Ihnen mit einem Exemplar Ihres Buchs und bat Sie um eine Widmung.»

«Sie formulieren das als Faktum. Haben Sie das gesehen?»

«Nicht direkt.»

«Also hat es Ihnen jemand erzählt.» Er schaute Tilda herausfordernd an. «Bitte verzeihen Sie, aber es war viel los an dem Abend. 54 Leute waren da, wie Sie sagten. Es hatte sich eine lange Schlange gebildet. Ich habe die Leute einzeln kaum wahrgenommen, sondern immer nur kurz aufgeschaut und gefragt, für wen die Widmung sein sollte. Es kamen sehr viele mit ähnlichen Wünschen. Gott sei Dank waren es viele, möchte ich hinzufügen.»

«In dem Buch, das diese Irina Ihnen hinüberschob, lag ein Zettel im DIN-A5-Format, auf dem handschriftlich etwas notiert war. Nach allem, was wir wissen, standen dort unter zwei, drei Zeilen ein Name und mehrere Zahlen. Eine Telefonnummer? Ein Datum? Ein Geldbetrag? Wir sind uns ziemlich sicher, dass Sie einen Blick auf dieses Blatt geworfen haben, bevor Sie Ihr Buch signiert haben. Ohne eine Widmung oder Ähnliches hinzuzufügen.»

«Tut mir leid. Habe ich leider nicht.»

«Was?»

«Einen Blick draufgeworfen.»

Tilda stand auf, trat an eines der Sprossenfenster und schaute hinaus. Sie wollte ihm Gelegenheit geben, sich den Moment vor drei Tagen noch einmal zu vergegenwärtigen. Dieser störrische Mann, der dort von allen Seiten beäugt auf dem Stuhl saß, weckte noch immer ihr Interesse, und es machte ihr durchaus etwas aus, jetzt strenger vorgehen zu müssen. Unter den

Männern, die sie kannte, war dieser Jakubowicz einer der wenigen, der sich etwas von dem Menschen bewahrt hatte, der er einmal hatte sein wollen. Und dazu gehörte auch, nicht leicht greifbar zu sein und sein Innerstes zu verbergen. Seine Außendarstellung war verführerisch. Er hatte Humor, konnte ironisch sein, und wer ihn nur auf seine lässige Körpersprache reduzierte und dabei die Flinkheit seiner Blicke übersah, würde ihn leicht unterschätzen. David Jakubowicz war unorthodox im Aussehen wie im Auftreten, aber im Kern war er ein nüchterner Denker, der meist einige Züge im Voraus prüfte. Es half nichts: Sie musste versuchen, seinen Panzer zu durchbrechen.

Langsam drehte sie sich wieder zu ihm um und lächelte, als wäre das Gespräch mit ihm ein Vergnügen. «Ich will Sie ja nicht drängen, David – aber erinnern Sie sich jetzt ein wenig?»

Er schüttelte den Kopf, kategorisch und stur, allem Drängen gegenüber unempfänglich. Sie betrachtete ihn mit einem verstohlenen Blick. «Ich war überzeugt, dass Sie uns helfen würden. Warum lügen Sie uns an? Warum lügen Sie mich an?»

Sie wandte ihm erneut den Rücken zu, öffnete das Fenster und atmete die frische, kalte Februarluft ein. Es wirkte, als wollte sie nichts mehr mit ihm zu tun haben. Das war offenbar das Signal für den Mann mit den verschränkten Armen. Er trat vor, schob die Hände in die Hosentaschen und ging zu dem Schreibtisch, während Tilda seinen Platz an der Fensterbank einnahm.

«Mein Name ist Walter», sagte er mit einem osteuropäischen Tonfall. Ich würde gern Ihre Aufmerksamkeit auf ein Ereignis lenken, das ein bisschen zurückliegt. Genauer: das zwanzig Jahre zurückliegt.»

David nickte zuvorkommend. «Wenn es Sie weiterbringt.»

«Herr Jakubowicz, ist es richtig, dass Sie früher für das Feuilleton Ihrer Zeitung gearbeitet haben?»

«Ja.»

«Erinnern Sie sich noch an die französische Schriftstellerin Marguerite Duras und deren Roman *L'Amant?* Er wurde vor knapp dreißig Jahren verfilmt. Haben Sie das noch vor Augen?»

«Vage. Sehr vage… Der Film löste einen Skandal aus. Es ging, wenn ich das noch richtig zusammenbekomme, um ein junges Mädchen, das mit einem sehr viel älteren, wohlhabenden Hongkong-Chinesen eine leidenschaftliche Affäre hatte.»

«Wissen Sie noch, was den Skandal auslöste?»

«Die Sex-Szenen.»

«Was war mit ihnen?»

«Na ja, es war ein französischer Film. Sie waren sehr freizügig.»

«Haben Sie den Film gesehen?», übernahm wieder Tilda.

«Nein.»

«Er war in aller Munde.»

«Wissen Sie, ich war damals gerade auf dem Sprung, meine erste Korrespondentenstelle anzutreten. Ich hatte wohl anderes im Kopf.»

«Wie alt waren Sie da?»

«29? Ja, mit 29 bin ich nach Paris gegangen. Dann bin ich weitergezogen nach Afrika, nach Nairobi. Die letzten Jahre vor meiner Rückkehr nach München war ich dann in Hongkong und habe das schreckliche Ende des Afghanistan-Kriegs miterlebt. Aber das wissen Sie ja alles.»

Walter räusperte sich. «Zurück zu dem Film *L'Amant* und den Sex-Szenen. Weil die Nahaufnahmen dieser Szenen überaus echt wirkten, wurde vor allem von der britischen Presse spekuliert, dass die beiden Hauptdarsteller den… äh… Geschlechtsakt tatsächlich vor der Kamera vollzogen hätten.»

David runzelte die Stirn. «Haben Sie mich deshalb hierher entführt, um mit mir darüber zu reden?»

«David», mischte sich Tilda begütigend ein, «ahnen Sie wirklich nicht, worauf wir hinauswollen?»

«Ehrlich gesagt, nein. Es war eine schreckliche Geschichte

für die junge Schauspielerin, eine richtige Hetzjagd. Es ging nur noch um diese Frage. Also ob sie den Akt nur gespielt – oder tatsächlich, real und voller Leidenschaft vollzogen hätte. Das Grauenvolle war, dass jedes Lob eines Kritikers für das überzeugende, realitätsnahe Schauspiel des Paars als Beweis dafür herangezogen wurde, dass beide Akteure ihrer Lust freien Lauf gelassen hätten. Für die Frau war diese Diskussion eine Katastrophe. Ich glaube, sie hat nicht lange danach versucht, sich umzubringen.»

Während David sprach, war sich Tilda mit dem Daumen über die Lippen gefahren, fast liebkosend, eine häufige Geste bei ihr, wenn sie konzentriert zuhörte.

Sie ließ die Hand sinken. «Der Chinese in dem Film war sehr alt», sagte sie schließlich. «Und das junge Mädchen war 15.»

«Im Film war das Mädchen 15. Die Schauspielerin, die die Rolle spielte, war 18.»

«Das wissen Sie?» Tilda tat erstaunt.

David zuckte mit den Schultern. «Hieß es damals.»

«Wie war noch mal der Name der Schauspielerin?»

«Ich kann mich nicht mehr erinnern.»

«Wie fanden Sie die junge Frau denn?», fragte Walter.

«Keine Ahnung. Wie gesagt: Ich habe den Film nie gesehen. Ich denke, der Film selbst und diese intimen Details haben mich nicht interessiert.»

Tilda hob ihre linke Hand, als ob sie jemanden oder etwas anhalten wollte. «Heute würde der Unterschied eine große Rolle spielen, nicht wahr? Was ist Wahrheit? Was ist Lüge? Was ist echt? Was ist Fake? In dem Fall damals war der Fake, das Rollenspiel, die Hingabe und die Bereitschaft zu etwas sehr Intimem offenbar so überzeugend gespielt worden, dass die Zuschauer davon ausgingen, es sei echt. Und somit tragischerweise etwas, wofür man die Schauspielerin nicht mit einem Filmpreis auszeichnen konnte. Sondern es war etwas, das man ihr ankreidete. Seltsam, nicht?»

David runzelte die Stirn. «Sind Sie sicher, dass es so war?»

«Ja.»

«Woher? Sie waren doch nicht dabei.»

Tilda sah ihn lange aus ihren dunklen Augen an. Sie schien enttäuscht. «Von Ihnen, David», sagte sie langsam. «Ich weiß es von Ihnen und aus Ihren Texten, die Sie damals geschrieben haben. Damals noch unter einem Kürzel. Unter *-icz*. Sie haben das Dilemma der Frau sehr überzeugend beschrieben.»

Für einen Moment war es still im Raum. David knetete seine Hände. «Tut mir leid. Das ist mir nicht mehr ... präsent. Aber *-icz* war mein Kürzel, das ist richtig. Aber das ist es schon lange nicht mehr. Vielleicht habe ich diese Geschichte auch deshalb vergessen.»

«David, bitte!» Sie sah ihn strafend an. «Ihre Texte waren sehr verständnisvoll. Und man merkte ihnen auch die Wut an, die Sie spürten. Besonders über den spekulativ verbreiteten Verdacht, der eine rufschädigende Kampagne auslöste. Und natürlich über das Verhalten des Regisseurs, der auf diese Weise seinem Film eine unglaubliche Publicity verschaffte. Alle wollten diese Szenen sehen.»

David schwieg.

«Sie waren einer der wenigen Journalisten, die der jungen Schauspielerin glaubten. Sie hat sehr unter der Unterstellung gelitten. Darum ja auch ihr Selbstmordversuch.»

David schwieg noch immer.

«Was Sie wussten und bestätigen konnten, denn Sie haben damals, als sie noch in der Klinik war, ein längeres Gespräch mit ihr geführt.»

Er rührte sich nicht. Hütete sich, etwas zu sagen.

«Deshalb hat Irina Ihnen vor drei Tagen auch gesagt, als sie mit dem Buch in der Hand an Ihren Tisch trat: *Du kannst dich bestimmt noch an mich erinnern, David. Ich sehe es. Du musst mir noch einmal helfen. Bitte.*»

David atmete langsam die Luft aus, die er bei Tildas letzten

Worten angehalten hatte. Das konnte doch nicht wahr sein. Ein wörtliches Zitat.

Tilda ließ nicht locker. «Der Name der Schauspielerin war Jane March. Das war ihr Künstlername. Nach dem Film hat sie ziemlich bald ihre Schauspielkarriere beendet. Seitdem trägt sie wieder ihren richtigen Namen.» Sie schaute ihn hart an. «Irina Semková, richtig?»

Jetzt wurde David stur. «Sie müssen es wissen.»

«Das tue ich, ja.»

Er starrte Tilda an. Sein Schutzschild bekam Risse. Es wäre töricht gewesen, weiter zu behaupten, Irina nicht zu kennen, sie nicht gesehen zu haben. Aber auch Schweigen half diesmal nicht weiter.

«Tilda, im Ernst. Warum beschäftigt Sie diese Frau so sehr? Ist sie wirklich ein Thema für den Geheimdienst?»

«Vielleicht.»

Er machte eine lange Pause. Schließlich gab er sich einen Ruck. «Ja, ich kannte die Frau, die nach der Lesung mit dem Buch in der Hand zu mir kam. Ich hatte sie sehr lange nicht mehr gesehen. Nachdem ich Irina damals im Zusammenhang mit diesem Skandal kennengelernt hatte, haben wir uns einige Male getroffen. Zuerst waren die Treffen beruflich, dann wurden sie privat. Wir waren beide sehr unbefangen und begannen eine Affäre, die ungefähr ein Jahr dauerte. Sie endete, als ich als Korrespondent nach Paris ging und sie noch einen Film in Hongkong drehte mit einem ähnlichen Thema. Ich war 29. Sie war knapp 19. Und um ehrlich zu sein: Es hat mir verdammt leidgetan, dass unsere Geschichte nicht weiterging …»

«Ist das der Grund, warum Sie vorgeben, sie nicht zu kennen?»

Er holte tief Luft. «Das und manch anderes.»

«Zum Beispiel, weil Sie nicht stolz darauf sind, was damals geschah?»

«Schon möglich.»

«Dass Irina sich Ihretwegen von ihrem damaligen Freund getrennt hat?»

«Auch das.»

«Sie kannten diesen jungen Mann. Sie waren befreundet …»

«Wir kannten uns von der Uni.»

«Er war also zuerst mit Irina zusammen. Dann kamen Sie und haben sie ihm ausgespannt.»

«Mein Gott! Womit beschäftigen Sie sich hier in Pullach!»

Er musste nicht weiterreden. Sie würden jetzt eh aller ihrer Fantasie freien Lauf lassen, und er hatte keine Lust, ihnen die Details ihrer damaligen, in der Tat nicht einfachen Liaison zu präsentieren. Einer Liaison, die zwanzig Jahre zurücklag. Irina hatte ihm, was sexuelles Geschick anging, eine Welt geöffnet. Für ihn war entscheidend, dass die langen Jahre der Trennung die gegenseitige Faszination nicht zerstört hatten, das hatte er drei Tage zuvor gemerkt.

Das Ende damals war traurig gewesen. Zwei Männer, eine Frau. Eine kurze Zeit funktionierte die Dreiecksbeziehung. Dann ein Mann, eine Frau, eine Affäre, die schön war und erfüllend, aber eben keine Zukunft hatte. Er fühlte sich ihr unterlegen, weil sie schön war. Sie fühlte sich ihm unterlegen, weil sie glaubte, er sei stärker und gebildeter. Die beiden Männer hatten da schon ihre Freundschaft begraben, sie trafen sich nur noch beruflich. Keiner der Männer konnte dem anderen etwas vorwerfen. Was passierte, war die Entscheidung der Frau gewesen. Macht war nicht im Spiel, weil hier niemand Macht hatte. Und so verschwand Irina aus Davids Leben.

Er räusperte sich. Ja, jetzt hatte er verstanden. Wie konnte er nur so naiv gewesen sein. «Das alles hier ist kein Plauderstündchen unter Freunden, nicht wahr?», sagte er und betrachtete Tilda ernst. «Von Anfang an ist es das nicht gewesen. Ein paar kurze Fragen und ein paar kurze Antworten. Ha! Was für eine

Posse! Das hier ist die Ernte einer ausgeklügelten Operation. Sie haben Irina beschattet. Und mich haben Sie abgehört an diesem Abend vor drei Tagen. Und vermutlich danach nicht mehr aus den Augen gelassen.»

Tilda schüttelte nachsichtig den Kopf. «Nein, so war es nicht.»

«Sondern?»

David folgte ihrem Blick und schaute zu Frieda, der er von allen im Raum am meisten vertraute, denn sie hatte ein nettes warmes Lächeln und schon ein paar graue Strähnen im Haar, die sie vernünftigerweise nicht färbte. Dann blickte er zu Niklas, der seinen Daumen in den Gürtel seiner Jeans geklemmt hatte wie ein Cowboy. Vor allem Niklas sah verdammt müde aus, er und Frieda waren erst um fünf Uhr zurück in München gewesen. Schlaf hatten sie kaum bekommen.

«Irina Semková ist die Schwester von Liliana Rycart», sagte Tilda und betrachtete ihn gespannt. «Der Ex-First-Lady der Vereinigten Staaten.»

«Irina? Die Schwester von …», fragte David fassungslos.

«… Liliana Rycart. Ja.»

Er schüttelte den Kopf. «Das glaube ich nicht.»

«Liliana ist acht Jahre älter als Irina und von Slowenien über Italien in die USA gekommen. Es gab in Deutschland keine Berührungspunkte zwischen den Schwestern.»

«Deshalb beschatten Sie Irina? Was interessiert jemanden in Deutschland dieser armselige frühere Präsident und die Schwester seiner bedauernswerten Ehefrau?»

«Der amerikanische Geheimdienst hat uns um Amtshilfe gebeten.»

«Weswegen?»

«Das darf ich nicht sagen.»

Jetzt wurde David stur. «Dann werde ich auch nichts mehr sagen.»

Tilda schaute wieder zu Frieda und Niklas. Schließlich zu Walter, der bestätigend nickte.

«Okay, aber nur unter Drei», begann sie. «Alles lediglich Hintergrundinformation.»

Er nickte.

«Liliana ist seit drei Wochen verschwunden. Auch Adam Rycart, der Ex-Präsident, scheint nicht zu wissen, wo seine Frau ist. Zunächst hieß es, sie sei in einem der Häuser der Familie in Florida. Aber dort ist sie nicht.»

Jetzt war David hellwach. «Ist sie entführt worden?»

«Nein. Kurz nachdem Rycart zur Geburtstagsfeier seines ehemaligen Spin Doctors Anthony Zara nach New York flog, hatte sie ein paar Sachen für einen Kurzurlaub gepackt. Sie wollte nach Palm Beach, wo das Ehepaar verabredet war. Dort ist sie aber nie angekommen. Die CIA glaubt, dass sie in Europa ist.»

«Ah, verstehe», murmelte David. «Und die Amerikaner denken jetzt, über ihre Schwester Irina könnten sie Liliana finden. Und da kommen Sie ins Spiel.»

Tilda nickte.

David musste lächeln. «Im Ernst, ich könnte verstehen, dass diese Liliana die Nase voll hat von ihrem Gatten … Angesichts all der Schönheitsköniginnen und Nackttänzerinnen, die seinen Weg pflastern.» Er schaute kurz aus dem Fenster. «Aber Tilda – ist das alles für euch wirklich bedeutsam genug, mich hierherzubitten? Nur weil ich Irina kenne? Ich kann das abkürzen: Ich habe ihre Schwester, die Ex-First-Lady Amerikas, nur einmal persönlich gesehen, bei einer Beerdigung auf dem Nationalfriedhof Arlington, als Rycarts Hausarzt beerdigt wurde und der gerade ins Weiße Haus eingezogene neue Präsident eine wirklich ergreifende Rede hielt. Ich habe aber weder mit der First Lady noch mit Adam Rycart reden können, obwohl ich mich darum bemüht hatte. Für die Amerikaner ist eine deutsche Zeitung zu unwichtig. Ich wusste also nichts über dieses Verwandtschaftsverhältnis zwischen Irina und der First Lady.»

Tilda nickte leicht. Sie schien ihm zu glauben.

Dann wechselte sie abrupt das Thema.

«David, Sie lesen doch jeden Morgen, was es Neues gibt in der Welt …»

Er machte eine bestätigende Geste. «Habe ich was verpasst?»

«Es gab eine Explosion in dem Waldgebiet zwischen Oberammergau und dem Forggensee. Ein Wohnmobil ist vergangene Nacht in die Luft geflogen. Zwei Menschen sind gestorben.»

«Pardon», sagte er nach einer kurzen Pause. «Wo war das Feuer?»

«An einem Seitenarm des Lech. Am nördlichen Rand des Ammergebirges.»

Jetzt erschrak er.

«Zwei Personen? Tot?»

«Ja. Verbrannt.»

«Unsinn», stieß er hervor.

An dem Schrecken in seinem Gesicht erkannte Tilda, dass David tatsächlich nichts von dem wusste, was sie gleich sagen würde. Sie zeigte auf Frieda und Niklas. «Vor ungefähr neun Stunden ist es passiert. Die beiden waren dort. Irina Semková ist eine der beiden Toten», sagte sie leise.

Davids Gesicht erstarrte. Das Jugendliche, das eben noch in seinen Zügen zu sehen war, verschwand.

Langsam drehte er sich Frieda zu, in deren Blick Mitleid zu sehen war. «Wie sicher sind Sie?», fragte er.

«Wir … Wir haben in der Hand der Frau – oder was von der Hand noch übrig war – einen Autoschlüssel gefunden. Man konnte das Logo erkennen. Das Logo ihres Alfa.»

«Und in dem Alfa haben wir Ihr Buch gefunden», fuhr Tilda sachlich fort. «*Die Erfindung der Wahrheit.* Von Ihnen signiert und mit Datum versehen. Das war unsere Spur zu Ihnen.»

David starrte Tilda an. Suchte nach einem Ausweg. Dann stand er unsicher auf, seine Hände bewegten sich fahrig.

Tilda schien das nicht zu beachten. «Tut mir leid, David», sagte sie. «Ein schrecklicher, tragischer Unfall. Propangas in Wohnmobilen – man sollte es verbieten.»

Es war kein Unfall, wollte er ihr zurufen. Aber er hütete sich.

«David, wer könnte die andere Leiche sein?» Ihr Ton war sanft. «Haben Sie eine Vermutung? Mit wem könnte Irina zusammen gewesen sein? Wer von Irinas Freunden könnte dort in der Wildnis gelebt haben?»

Er hob abwehrend die Hand, winkte ab. «Ich … Ich müsste mal kurz …», brachte er gerade noch heraus und zeigte auf die Tür.

«Muss das sein?» Ihre Frage kam schneidend.

Er war kaum in der Lage zu nicken, da stürzte er schon hinaus.

«Warten Sie!», rief sie ihm nach. «Niklas begleitet Sie!»

Doch es war zu spät, David war bereits draußen.

Die Toilette lag neben dem Treppenhaus. David eilte zu einem der Becken, drehte den Wasserhahn auf und hielt das Gesicht unter den kalten Strahl. Dann sah er in den Spiegel. Mein Gott, warum hatte er gezögert, Irina zu helfen? Sie hatten in der Nacht nach seiner Lesung bei Rauch & Kaiser lange in der Lobby von Irinas Hotel über ihren Sohn geredet, über Vincent, wie der Junge hieß, der drei Monate zuvor in Piran, ihrem Heimatort in Slowenien, überfahren worden war, sechs Jahre alt war er gewesen. Drei Tage vor ihrer Begegnung in der Buchhandlung hatten Unbekannte das Grab des Jungen aufgebrochen und den Sarg mit dem Kind entwendet, was Irina aus der Bahn geworfen hatte. David hatte an diesem Abend das erste Mal davon gehört, dass Irina ein Kind hatte. Wie hätte er es auch wissen können, nachdem sie sich zwanzig Jahre lang nicht gesehen hatten.

Natürlich hatte er sie in der Nacht gefragt, wer der Vater sei, aber das hatte Irina ihm nicht sagen wollen. Der Junge sei die

Folge eines Seitensprungs gewesen, den sie immer bereut hätte. Jemand aus der Modebranche. Ein Fehltritt nach einem Fotoshooting an einem malerischen Strand in Thailand. Aber der Sohn sei ein Geschenk des Himmels gewesen, hatte sie angefügt. Ein kluges Kind, intelligent, aufgeweckt, beliebt bei allen. Und jetzt konnte sie ihn noch nicht einmal mehr an seinem Grab besuchen, weil er dort nicht mehr lag. «Was bedeutet das alles», hatte sie David gefragt, und ihr Schmerz war nicht zu übersehen gewesen. «Wer entführt ein totes, sechsjähriges Kind? Drei Monate, nachdem es beerdigt wurde. Hast du so etwas schon einmal gehört, David? Fällt dir irgendeine Erklärung ein für solch eine Tat?»

David war keine Erklärung eingefallen.

Schließlich hatte sie nach langem Schweigen gesagt. «Ich will nach Hause fahren, nach Piran, ich kann Julija mit all dem nicht allein lassen. Würdest du mich begleiten? Die Polizei will mit mir sprechen. Ich muss entscheiden, was mit dem Grab passieren soll. Ich weiß nicht, was man macht, um einen verschwundenen Sarg zu finden. Ich will meinen Jungen wiederhaben. David, nur zwei, drei Tage. Würdest du mitkommen?»

David hatte eine Spur zu lang gezögert, und dann hatte er auch noch angefangen, in der lastenden Stille nach Ausreden zu suchen. Doch kaum hatte er Satzfetzen wie «wenig Zeit …» und «… ein Text ist noch nicht fertig …» und «in der Redaktion müsste ich erst …» von sich gegeben, da hatte sie bereits ernst und entschlossen die Hand gehoben.

«David, ja oder nein?»

«Aber … aber …»

«Ja oder nein?»

«Aber wir haben uns doch so lange nicht mehr gesehen», hatte er gestottert. Und das, nachdem er sie gerade tröstend in den Arm genommen hatte.

Sie hatte nachdenklich genickt. Und noch einmal genickt.

Dann war sie ruhig aufgestanden, hatte ihren Mantel angezogen – und hatte wortlos die Lobby verlassen.

Und jetzt ist sie tot, dachte er vor dem Spiegel, und sein Magen krampfte sich erneut zusammen. Er beugte sich noch einmal über das Waschbecken, drehte den Kaltwasserhahn auf und nahm einen kräftigen Schluck. Dann trocknete er sein Gesicht mit einem Papiertuch und betrachtete sich im Spiegel. Die Spuren des Alters waren nicht zu übersehen. Sein Gesicht war weicher geworden, auch die Ringe unter den Augen vertieften sich. Und immer wieder war es Tilda Hansson, die in der Nähe war, wenn ihn Schicksalsschläge trafen. Das war in der Schweiz vor zweieinhalb Jahren nicht anders gewesen. Aber jetzt wollte er nur noch eines: in Ruhe gelassen werden. Die Wärme seines Büros. Festen Boden unter den Füßen. Abläufe, die er kannte. Doch er wusste, dass Irinas Tod das jetzt unmöglich machte. Er sprach sein Spiegelbild an, meinte aber Irina, deren Bild in seiner Vorstellung sein Gesicht überlagerte.

«Mein Gott», sagte er. «Hättest du mir doch mehr anvertraut!»

Er trat zurück, rückte das am Hals offene weiße Hemd zurecht und verließ den Waschraum.

ZWEITER TEIL

Drei Monate zuvor

Piran | Mittwoch, 14. Oktober 2020, 13 Uhr

Vincent Semkov, der Sohn von Irina Semková, lebte in einem kleinen Ort an der slowenischen Adriaküste, nur knapp vierzig Kilometer südlich der italienischen Hafenstadt Triest. Für einen Jungen von sechs Jahren war Vincent geistig erstaunlich weit entwickelt. Er konnte bereits lesen und schreiben, beherrschte mehr als die Grundrechenarten, und auch jetzt, in der ersten Schulklasse, war er mit seiner schnellen Auffassungsgabe gleichaltrigen Kindern um vieles voraus. Es war verblüffend, wie viel leichter er selbst komplexe Zusammenhänge begriff, leichter sogar als Kinder, die zwei oder drei Jahre älter waren als er. Irina, seine Mutter, dachte manchmal, dass der Junge seine Fähigkeiten vom Vater geerbt haben musste, denn von ihr konnten sie nicht sein, sie hatte sich in der Schule vergleichsweise schwergetan. Vielleicht würde Vincent ja ein ähnlich bedeutsamer Mensch werden wie sein Erzeuger. Durchsetzungsstark, selbstbewusst, durch nichts und niemanden aufzuhalten. Sosehr sie schon am Tag nach der verhängnisvollen Nacht, in der das Kind gezeugt worden war, den Fehler bereute, sich mit diesem Mann eingelassen zu haben, so sehr freute es sie im Nachhinein, dass es offenbar nicht das Schlechteste für den Jungen war, das Erbgut dieses berühmten Mannes in sich zu tragen.

Am Mittwoch, dem 14. Oktober, sah Julija den Jungen durch das Tor der Schule auf sich zukommen. Die Wolken hingen tief, die Luftfeuchtigkeit war hoch, aber es regnete nicht – eine angemessene Wetterlage für diese Zeit an der slowenischen Adria. Vincent ging ein paar Schritte vor einer Gruppe gleichaltriger Jungen und Mädchen. Er schlenkerte übermütig mit den Armen und setzte die Füße über Kreuz wie ein Model auf dem Laufsteg. Offenbar ahmte er den Gang einer Lehrerin nach. Die anderen lachten, stießen sich an und versuchten, es ihm gleichzutun. Inmitten der kleinen Gruppe war der Junge kaum mehr als ein hellblauer Fleck gewesen, aber in Wirklichkeit war er der Mittelpunkt. Die Konturen waren flackernd, der Farbklecks hüpfte wie ein Ball. Julija musste lächeln. Sie hatte ihm das hellblaue Sweatshirt am Morgen rausgelegt, weil der Junge gut aussehen sollte, schließlich wollten sie nach der Schule zusammen in den Ort gehen. Sie hatte versprochen, ihm unten am Hafen ein Paar Turnschuhe zu kaufen. Vincents Nachbar in der Klasse trug seit einer Woche diese neuen, coolen Schuhe mit dicken Sohlen, bunten Streifen und einer weißen Kappe. Die wollte, nein: Die musste er auch haben.

Was die Herkunft der Talente ihres Enkelkindes anbetraf, war Julija überhaupt nicht der Ansicht ihrer Tochter. Vincents außergewöhnliche Begabungen kamen von ihrer Seite, davon war sie überzeugt. Von der Seite ihrer Familie, nicht von derjenigen des unbekannten Vaters. Das mathematische Talent hatte der Junge vom Urgroßvater, der ein Mathematikprofessor an der Universität von Ljubljana gewesen war. Und das sprachliche Talent hatte er von ihr, sie war schließlich bis vor Kurzem Geschichtslehrerin am Gymnasium gewesen und hatte sogar ein Buch über historische Führungspersönlichkeiten geschrieben. Caesar, Karl der Große, Friedrich der Zweite, Napoleon, Admiral Nelson – jahrelang hatten diese großen Männer sie beschäftigt. Julija war vor allem der Frage nachgegangen, ob ein rücksichtsloser Charakter und blanker Opportunismus am Ende nicht mehr bewirkten als Klugheit und Empathie. Schließlich war sie zu dem Ergebnis gekommen, dass die Fähigkeit, mit den jeweils herrschenden, unwiderstehlichen Kräften der Zeit umzugehen, die wichtigste von allen war.

Für sie stand fest: Was der unbekannte Vater dem Jungen mitgegeben hatte, war nicht von Bedeutung, denn es hatte ganz offensichtlich zu keiner Beeinträchtigung bei Vincent geführt, jedenfalls gab es da nichts Auffälliges. Und es war völlig egal, ob Vincents Vater irgendein Designer war oder ein Fotograf oder eine sonstige Eroberung ihrer Tochter am Rande eines Fotoshootings an irgendeinem Traumstrand, wie Julija vermutete. Sie mochte einfach alles an dem Kleinen, vor allem den wachen Verstand und sein kaum zu zügelndes Temperament. Am Morgen, beim Frühstück, hatte Vincent sie zum Beispiel gefragt, warum niemand etwas prophezeie, was schon geschehen sei.

Julija breitete die Arme aus, als der Junge auf sie zukam, sie kurz umarmte und dann weiter vor sich hin plapperte. Wann immer er redete und seine *Babica* dabei aus seinen hellblauen Augen ansah, vergaß sie schnell, dass sie seinetwegen auf alles verzichtet hatte, was sie sich für das letzte Drittel ihres Lebens ausgemalt hatte. Denn jetzt war sie quasi die Mutter des Jungen und seit dem Tod ihres Mannes nur für ihn da, weil Irina als Fotomodell kaum Zeit für ihn hatte. Der Kleine war ganz aufgeregt und erzählte, dass die Lehrerin vorhin im Unterricht gesagt habe, dass sie, die Schüler, nicht traurig sein sollten, wenn sie weniger im Kopf hätten als sie, die Lehrerin, oder eben auch weniger als ihre Väter oder Mütter. Da habe ein Mädchen gefragt, ob denn die Eltern generell mehr wüssten als ihre Kinder. «Ja», habe die Lehrerin gesagt. Das sei quasi ein Naturgesetz, man müsse eben viel lernen, und das brauche seine Zeit. Dann habe ein Junge gefragt, ob die Lehrerin sagen könne, wer denn die Dampfmaschine erfunden habe. «James Watt», habe die Lehrerin gesagt und hinzugefügt, dass sie das mit der Dampfmaschine aber erst später durchnehmen würden, sie könnten James Watt also erst einmal vergessen.

Vincent machte eine Pause, während er nach der Hand der Großmutter griff und sie mit sich zog, damit sie schneller ging. Und dann sagte er plötzlich, dass er das nicht verstanden habe. Das ergebe doch keinen Sinn. Denn wenn die Eltern immer mehr wüssten als ihre Kinder – warum hätte dann nicht der Vater von James Watt die Dampfmaschine erfunden, sondern der Sohn?

Julija verlangsamte verblüfft ihren Schritt. Darüber müsse sie nachdenken, antwortete sie, denn spontan fiel ihr keine Antwort ein. Richtig war ja, dass auch James Watt einen Vater hatte, davon konnte man ausgehen, also war die Frage des Jungen durchaus logisch, wie sie verwirrt feststellte. Eine Verwirrung, die eine Weile anhielt.

Dieses Zögern schließlich hatte zur Folge, dass sie den Wagen erst jetzt bemerkte. Es war ein leises, surrendes Geräusch, das von hinten an ihr Ohr drang. Sie drehte sich um, ein schwarzer SUV mit breiten Reifen kam den Hang herunter, er fuhr ruhig in der Mitte der Straße. Er war kaum zu hören, weil er einen Elektroantrieb hatte, dafür aber war er umso besser zu sehen, weil er im Näherkommen immer größer wurde. E-Antrieb, dunkle Scheiben, ein hochmotorisierter, schwarz lackierter, glänzender SUV. Sie schaute zu Vincent, der jetzt drei, vier Schritte vor ihr lief, weil es ihm nicht schnell genug ging, und da erst bemerkte sie, dass das surrende Geräusch lauter wurde, weil der Fahrer den Wagen beschleunigte. Laut rief sie Vincents Namen, brüllte «Vorsicht! Auto» – doch es war zu spät. Der Wagen wich nicht von seiner Fahrspur, er fuhr nicht hinüber auf die andere Straßenseite, vielmehr hielt er direkt auf sie zu, während Vincent vor ihr von der Straße auf den Bordstein und von dort wieder hinunter auf die Straße sprang. Da tauchte der riesige schwarze Schatten bereits neben ihr auf, machte ein paar Meter vor ihr einen kleinen Schlenker

nach rechts und erfasste den Jungen mit seiner gesamten ton-
nenschweren Wucht. Und erst als sie weinend neben dem am
Boden liegenden Jungen auf die Knie sank, sah sie, dass die in
der Ferne verschwindende Tötungsmaschine kein Nummern-
schild besaß.

New York | Dienstag, 20. Oktober 2020, 10 Uhr

Als Anthony Zara sechs Tage nach den Ereignissen in Piran
das Hochhaus an der First Avenue betrat, hatte er bereits
Kenntnis von dem Tod des kleinen Jungen. Zara, ein bärtiger
Mann mit dunkelblonden, locker zurückgekämmten Haaren,
war Ende dreißig und arbeitete als Berater und Spin Doctor für
die Rycart-Regierung. Ihn hatte es noch nie an die Öffentlichkeit gedrängt, weshalb nur wenige von seiner Macht wussten.
Es gab nicht einmal ein aktuelles Foto von ihm, in den Medien
kam er so gut wie nicht vor. Zara genügte voll und ganz der Einfluss, den er auf den Präsidenten hatte, der es wiederum mehr
als alles andere genoss, allein im Scheinwerferlicht zu stehen.

An diesem Morgen im Oktober hatte Anthony Zara eine
Baseballkappe tief ins Gesicht gezogen und eine Sonnenbrille
aufgesetzt, als er durch die pompöse Eingangshalle des Rycart
Towers schritt. Nur noch zwei Wochen hatten sie bis zur alles
entscheidenden Wahl, es war also eigentlich schon fast zu spät,
dass sie sich trafen, um sich über die Folgen der nahenden
Katastrophe Gedanken zu machen. Vier Männer hatte er eingeladen und dafür die Park View Suite im 51. Stock gemietet,
für die er natürlich nichts zahlen musste.

Der untersetzte, nicht sehr sportlich wirkende Mann betrat
die Suite mit ernstem Gesicht, und es war auch nicht verwun-
derlich, dass er keinen Blick übrig hatte für die edle Holzverkleidung, die schweren Samtvorhänge, die Kristall-Kronleuch-
ter und die phänomenale Aussicht auf den Central Park. Wäre

er besserer Laune gewesen, hätte er vielleicht den Blick durch die vom Boden bis zur Decke reichenden Fenster genossen. Doch jetzt konnte er dem Park dort unten nichts abgewinnen. Ihm wie auch den vier Männern, die jeden Moment auftauchen würden, war klar, dass sie schleunigst eine Entscheidung treffen mussten, denn sie alle würden Geld, Privilegien, Einfluss und ihre hohe Stellung verlieren, würden sie sich nicht auf irgendeinen erfolgversprechenden Plan einigen, der das Unheil vielleicht doch noch abwenden konnte.

Als er in den Tagen zuvor mit den Beteiligten über eine sichere Leitung telefoniert hatte, musste er nicht viel erklären, alle hatten die jüngsten Umfragen mitbekommen. Sämtliche Meinungsforschungsinstitute prognostizierten eine Niederlage des noch amtierenden Präsidenten Rycart, der Vorsprung des Herausforderers war nicht mehr einzuholen. Es war eine Blamage sondergleichen: Rycart würde der erste Präsident seit vielen Jahren sein, dem nur eine einzige Amtszeit vergönnt war. Das war auch der Tenor der Medien, selbst der Kabelnachrichtensender *News World*, der stets treu an der Seite der konservativen Regierung stand, konnte die Nachrichten nicht mehr so zurechtbiegen, dass irgendjemand ernsthaft auf Rycarts Sieg gewettet hätte.

Vier der fünf Männer kannten sich gut. Sie hatten im Vorfeld vereinbart, niemandem von dem Treffen zu erzählen und auf Fragen Neugieriger lediglich unverdächtige Vornamen oder erfundene *nicknames* zu verwenden. Nur Anthony Zara trat unter seinem richtigen Namen auf, auch gegenüber den Hotelbediensteten. Als Zweiter kam, vermutlich, weil er den kürzesten Weg hatte, Randolph, *The Gardener*. Er war Rycarts persönlicher Rechtsberater und hatte einen eindrucksvollen Ruf als Lügner. Randolph hatte sich den schönen Spitznamen eingehandelt, als er zu einer Pressekonferenz vor dem feinen Four-Seasons-Hotel geladen und nicht bemerkt hatte, dass die Medienvertreter die falsche Adresse erhalten hatten: die Adresse einer Gärtnerei in unmittelbarer Nachbarschaft eines Krematoriums und eines Sex-Shops.

Randolph und Zara hielten nicht viel voneinander. Sie schafften es aber, sich über belanglose Dinge zu unterhalten, während sie auf die anderen warteten. Wenn es etwas an diesem späten Vormittag gab, das Zara in Bezug auf Randolph verblüffte, dann war es der nervöse Ernst, den der Anwalt des Präsidenten ausstrahlte, während er unablässig vor den bodentiefen Fenstern der Suite auf und ab ging, als wäre er ein Tiger in einem Käfig.

Gerade als sich Zara am Buffet einen frühen Drink genehmigte, erschienen Rupert Maddox, der Medien-Tycoon aus Kanada, und Matt Gordon, ein rechtsradikaler republikanischer Abgeordneter aus Florida. Obwohl Gordon, der sich privat gern *Gordon Gekko* rufen ließ, den schlecht gelaunten Maddox – der auf die Idee gekommen war, sich als *Logan Roy* anzumelden – beim Betreten der Eingangshalle darauf aufmerksam gemacht hatte, dass es unverdächtiger wäre, nicht gemeinsam in den 51. Stock zu fahren, hatten sie den gleichen Aufzug genommen. Maddox war der Letzte, der sich etwas sagen ließ, schon gar nicht von einem Freund des Präsidenten, der regelmäßig Sex mit 15- oder 16-jährigen Mädchen hatte und so unfähig war, dies nicht unter der Decke halten zu können.

Matt Gordon war an diesem Morgen derjenige mit dem geringsten Selbstvertrauen. Er war am meisten auf die Gunst des noch amtierenden Präsidenten angewiesen. Ein Strafgericht hatte ihn kürzlich zu einer hohen Freiheitsstrafe verurteilt. Er hoffte, dass sein bester Freund und Golfpartner Adam Rycart ihn begnadigte.

Gordon war bewusst, dass niemand im Raum ihn mochte. Dafür aber war er bereit, den größten Betrag in eine sogenannte Kriegskasse einzuzahlen, mit der sie die Umsetzung ihres Plans finanzieren wollten. Zara war es leichtgefallen, bei jedem ein paar Millionen lockerzumachen für das große Ziel. Denn jetzt saß ihnen allen die Angst im Nacken.

«Es wird ein furchtbares Ende nehmen», murmelte Maddox, als er seinen hellen Kaschmirmantel achtlos auf ein dunkelblaues Sofa warf und sich langsam auf einem Sessel mit hoher Lehne niederließ. Er war über achtzig, sein Rücken quälte ihn, seine Wirbelsäule war weniger stabil als sein Geist.

Gordon hob die Schultern und nickte bestätigend. «Ja, der arme Adam.»

«Was sagt eigentlich Adam zu dem *fucking* Scheiß, den ich heute Morgen bei CBS gehört habe?», meldete sich Randolph. «Ein seit fünf Jahren in Chicago einsitzender Raubmörder behauptet, Rycarts Sohn zu sein?»

Zara wollte schon antworten, da erschien ein Kellner des Hotels mit einem Tablett voller Getränke – Kaffee, Tee, Drinks –, und niemand war mehr an seiner Antwort interessiert. Die Drinks waren nach Anweisungen gemixt, die Zara telefonisch durchgegeben hatte.

Es folgte eine lange Pause, und alle schauten Zara erwartungsvoll an, denn er hatte vor dem Treffen von insgesamt fünf Konferenzteilnehmern gesprochen. «Wir können anfangen», sagte er. «Den Fünften in unserer Runde habe ich für später bestellt. Wenn wir schneller fertig sein sollten, werdet ihr ihn nicht zu Gesicht bekommen. Er wird derjenige sein, der sich um die operative Seite unseres Plans kümmern wird.»

«Welches Plans», warf Randolph ein.

«Des Plans, den wir gleich beschließen werden.»

«Habe ich etwas verpasst? Wir beschließen etwas, das wir nicht kennen?» Randolph schaute die anderen verständnislos an.

Zara beachtete ihn nicht. «Sonst noch hilfreiche Beiträge», fragte er. Niemand rührte sich, alle schauten wie Schafe, die darüber nachdachten, ob die zum Frühstück heruntergewürgte

Nahrung bereits vom Pansen in den Netzmagen unterwegs war, ein Vorgang, der bei Wiederkäuern dauern kann.

Das hatte er sich gedacht. Nichts anderes war zu erwarten gewesen von Männern, die es nicht unbedingt durch Intelligenz, Talent, Kreativität, Fleiß oder Leidenschaft so weit gebracht hatten, wie es ihr sozialer Status zu signalisieren schien, sondern allein durch Macht. Durch Macht, die das Schicksal, die Vorfahren oder noch mächtigere Männer wie Rycart ihnen verliehen hatten, aus welchen Gründen auch immer.

«Sie werden sich doch sicher schon Gedanken gemacht haben», sagte Matt Gordon und bleckte mit einem Lächeln sein viel zu weißes Gebiss.

Zara nickte. Er schaute kurz zur Decke und überraschte sich dann selbst mit der brutal offenen Bemerkung: «Die Kurzfassung meines Vorschlags lautet: Wir müssen bereit sein, einen echten Umsturz zu wagen. Dann könnten wir es schaffen.»

Die Augen der Anwesenden weiteten sich. Niemand ahnte, dass diese Idee nicht allein auf Zaras Mist gewachsen war, sondern in Wirklichkeit von Adam Rycart stammte. Der Plan war ebenso einfach wie eindrucksvoll. Er sah vor, Chaos und Unsicherheit im Land zu verbreiten, das Volk zu spalten und nach der Wahl zu behaupten, Millionen Stimmen seien gefälscht worden. Und zwar nur die Stimmen, die Adam Rycart *nicht* bekommen haben würde.

Mühsam arbeitete sich Randolph aus den Tiefen seines Sessels heraus. «Eine brillante Idee», sagte er.

Zara schüttelte verächtlich den Kopf. «Überhaupt keine brillante Idee. Das würde selbst den Dämlichsten auffallen, dass daran etwas faul ist. Was bedeutet: Die Wahl können wir vergessen. Unsere wichtigste Deadline ist der 6. Januar. Der Tag, an dem die Stimmen der Wahlleute verlesen und gezählt werden. Auf den müssen wir uns konzentrieren.»

«Wie?», fragte Matt Gordon knapp.

«Wir verhindern die Auszählung.»

«Einfach so? Mit einem Staatsstreich? Einem Putsch?» Maddox zog die buschigen Augenbrauen hoch.

Zara nickte. «Ich würde es etwas anders formulieren. Aber die Richtung stimmt.»

«Und wie würden Sie es formulieren?», warf Gordon genervt ein.

«Wir brauchen Chaos im Kapitol. Lärm. Gedränge. Nichts darf geordnet und gesittet ablaufen.»

Gordon kratzte sich am Kopf. «Und wie wollen Sie das hinkriegen? Ich meine, die Abgeordneten können sich doch nicht vor der Auszählung plötzlich auf den Boden werfen und epileptische Anfälle mimen oder Stühle durch die Gegend werfen.»

«Er will den Secret Service einsetzen», sagte Maddox ruhig und bewies damit seinen Weitblick. «Die harten Jungs.»

Zara stimmte ihm zu. «In einem ersten Schritt veranlassen wir Adam, so lange mit seinem Vizepräsidenten zu reden, bis der bereit ist, die Stimmen aus den demokratisch geprägten Swing States nicht zu berücksichtigen.»

«Das ist doch lächerlich», rief Maddox.

Auch die anderen schauten Zara zweifelnd an. Der Vizepräsident war Gouverneur gewesen. Zählen konnte er, das war beobachtet worden.

Zara schüttelte den Kopf. Es war schwerer als gedacht.

«Um es kurz zu machen: Der Kapitolshügel muss am 6. Januar ein Schlachtfeld sein. Wir müssen Rycarts Anhänger so wütend machen, dass sie das Kapitol stürmen. Im Gebäude darf kein einziger Abgeordneter in der Lage sein, sich den Horden zu widersetzen. Dann, und nur dann, wird eines mit Sicherheit nicht mehr stattfinden: eine offizielle Abstimmung darüber, ob dieser Bursche aus Scranton tatsächlich die Mehrheit hat.»

Schweigend schauten sie ihn an. Zara hatte einen roten Kopf bekommen. Man merkte, dass er etwas preisgegeben hatte, was seit Langem in ihm brodelte. Angetan schnalzten sie mit ihren Zungen. Das klang bestechend. Und sehr einfach. Sie selbst mussten ja nicht ins Kapitol stürmen und sich unmöglich machen. Dennoch hatten sie das Gefühl, dass irgendetwas bei diesem Plan auf der Strecke bleiben würde.

Maddox wuchtete sich aus seinem Stuhl hoch und trat hinter die hohe Lehne, er hatte es als Erster erkannt. «Das wäre dann das erste Mal in der Geschichte der Vereinigten Staaten, dass ein neu gewählter Präsident offiziell nicht bestätigt wird, obwohl die Mehrheit der Menschen draußen im Land ihn gewählt hat, richtig?» Er blickte erst Zara aus seinen wässrigen Augen an und dann die anderen, einen nach dem anderen. «Gefällt mir. Hat Charme. Ist was für die Geschichtsbücher.»

Das war so etwas wie der Höhepunkt ihres Treffens, und insgeheim dankten sie Zara für seinen Einsatz. Offiziell hielten sie sich jedoch noch zurück mit begeisterten Äußerungen. Denn wenn etwas schiefging, wollten sie nicht diejenigen sein, die dieses waghalsige Unterfangen toll gefunden und unterstützt hatten. Immerhin verspürten sie ein wenig Hoffnung für ihre unverdienten Privilegien. Also steuerten sie jetzt nach Kräften ein paar hilfreiche Ideen bei, wie man im entscheidenden Moment den Druck von außen aufs Kapitol vergrößern könnte.

Da waren sie in ihrem Element. Zara sah in ihren Augen, wie sehr es ihnen gefiel, das uralte System der Checks and Balances, der Konkurrenz und Kontrolle der staatlichen Institutionen zur Disposition zu stellen. Wie wohlhabend, wie einflussreich sie doch geworden waren mithilfe dieses Systems. Wie lässig sie es in den zurückliegenden vier Jahren der Rycart-Ära geschafft hatten, mit ihren Geschäften zu prosperieren, nur weil sie ihrem großen grauen Wal namens Adam Rycart von Anfang an bedingungslos gefolgt waren.

Also waren sie sich schnell einig, dass der 6. Januar auf keinen Fall so ablaufen durfte, wie es die Verfassung vorschrieb. Und schnell konnte Zara mehrere großartige Vorschläge notieren: Die rechtsextremen Rotten von den Proud Boys über die Oath Keepers bis zu den QAnon-Anhängern sollten sich mit den eingefleischten Anhängern Rycarts verbünden und schließlich so aufgehetzt werden, dass sie auf sein Zeichen hin das Kapitol erstürmten. Zara konnte es nicht fassen: Es war fast beängstigend, wie schnell diese Männer die zerstörerischsten Vorschläge und Fantasien zum Besten gaben.

Am Ende hatte Randolph sogar noch eine kluge Idee. Niemand, kein einziger Republikaner, niemand aus ihrer eigenen Partei sollte von ihrem Plan erfahren. Selbst die Senatoren und Abgeordneten der Republikaner, die zu dem Zeitpunkt im Kapitol sein würden, sollten den Terror, das Herumfuchteln mit Waffen, die Zerstörungswut und die Drohgebärden als gefährlich empfinden und sich ebenfalls vor Angst verkriechen und Todesängste spüren. Nur so wäre alles absolut unauffällig. Und am Ende würden ja eh alle über ihren Schreck lachen und denjenigen gratulieren, die so aufrecht und mutig gewesen waren, ihren großen Präsidenten vor dem Absturz in die Bedeutungslosigkeit zu bewahren.

Randolph hatte sich so hineingesteigert in seine Rede, dass er nicht bemerkte, wie ihm ein dunkler Streifen seitlich übers Gesicht lief. Er hatte sich am Morgen noch schnell die Haare gefärbt, um jugendlicher auszusehen, dummerweise aber den Fixierer nicht lange genug auf seinem spärlichen Haar gelassen. Als er bemerkte, dass es nicht Schweiß war, was er an seiner Schläfe ertastete, sondern so etwas wie eine Kriegsbemalung, schaute er hilfesuchend um sich. Maddox erbarmte sich schließlich seiner. Und Randolph griff dankbar nach der Damastserviette, die ihm der reiche alte Mann mit grimmiger Miene reichte.

Als eine Viertelstunde später alle gegangen waren, klopfte Anthony Zara kurz an die Verbindungstür zur benachbarten Suite. Eine schmale, sehnige Gestalt mit militärisch kurz geschnittenem Haar öffnete ihm, nickte ihm zu und ging dann wortlos wieder zurück zu einem Tisch, auf dem mehrere Laptops und Monitore standen.

«Wollen wir kurz überprüfen, ob alles okay ist?», fragte der Mann.

«Nicht nötig», antwortete Zara.

Der Mann, der Jacob Wood hieß, schaute im Dateimanager nach, wie groß die jeweiligen Ton- und Bilddateien waren. Kein einziger Ausfall. Die Mikrofone und Kameras, die er am Abend zuvor nebenan angeschlossen hatte, hatten alles festgehalten. Den gesamten Ablauf des konspirativen Dramas.

Zara schaute kurz über Woods Schulter und nickte. Wood schaltete die Geräte aus und packte die Laptops ein. Die Mikrofone und versteckten Kameras im Nebenraum würde er später einsammeln.

«Ihr Eindruck?», fragte Zara.

«Sie sind absolut ahnungslos.»

Zara trat ein paar Schritte zurück und betrachtete den 45-jährigen Mann verstohlen von der Seite, während Wood die Laptops in eine edle Leder-Sporttasche packte. Seit vier Jahren kannte er ihn jetzt, Zara hatte sich mit ihm das erste Mal kurz nach Rycarts Wahlsieg 2017 getroffen, als Wood wegen einer Lappalie – einer Lüge über die Höhe einer Spesenabrechnung – aus dem Secret Service entfernt worden war. Die beiden hatten schnell einen gemeinsamen Draht gefunden. Schon bei ihrer ersten Begegnung war ihnen klar gewesen, dass sie unbedingt einen Dritten im Bunde brauchten, der bereit war, sich im Ernstfall die Finger richtig schmutzig zu machen. Und tatsächlich schaffte es Wood, einen solchen Mann zu rekrutieren. Die Meisterprüfung legte Woods «Mann für alle Fälle» dann gleich zu Anfang ihrer Zusammenarbeit ab, als ein Arzt nicht von einer medizinischen Erkenntnis abrücken wollte, obwohl seine Diagnose völlig absurd war und den Präsidenten ernsthaft verärgerte. Für die anschließende Operation – und es war hier nicht um eine medizinische Operation gegangen – hatte Woods Spezialist das Problem mit dem Arzt kaltblütig und vor allem schnell gelöst.

Zara richtete sich auf und zog seinen Mantel an. «Der Einsatz im Kapitol wäre wieder was für Ihren Wunderknaben, nicht wahr?», sagte er, während er nach seiner Baseballkappe griff.

Wood nickte.

«Wie nennen Sie ihn noch mal?»

«Farmer.»

«Haben Sie in jüngster Zeit Kontakt zu ihm gehabt?»

Ein Schulterzucken war die einzige Reaktion, die er auf seine Frage bekam.

«Was meinen Sie: Könnte er Anfang Januar zur Verfügung stehen?»

«Ich könnte es mir vorstellen.»

Zara rieb sich die Nase. «Im Moment sind in die wahren Hintergründe nur der Präsident und wir beide eingeweiht. Um einen Vierten kommen wir auch diesmal nicht herum.»

«Wie immer.»

«Auch nicht um die alten Baupläne des ehrwürdigen Hauses. Keiner weiß genau, wo sich der Archivraum seit dem Umbau befindet.»

«Ich bekomme sie in den nächsten Tagen. Er soll in der Nähe des Eingangs zur Speaker's Lobby liegen.»

«Sehr gut», sagte Zara und öffnete die Verbindungstür.

«Eins noch», rief Jacob Wood. «Ab wann kann ich über das Geld verfügen, das wir als Honorar für meinen Mann vereinbart haben?»

Zara drehte sich um. «Ab sofort.»

«Dann lehnen Sie sich beruhigt zurück, Anthony.»

«Bitte, keine Namen, J. J.»

Beide hoben abwehrend ihre Hände. Dann lachten sie.

Aber es gab überhaupt keinen Anlass, beruhigt zu sein. Zumindest nicht in den Wochen zwischen Ende Oktober, als sich Rycarts Buddys in New York trafen, und den Ereignissen Anfang Februar im Süden Bayerns, als der Campingwagen in die Luft flog. Sechzehn Stunden vor der Explosion, die in nur einer Stunde einen Großteil des Baumbestands der Insel vernichten sollte, lebte Lennart Forsberg noch: ein 45-jähriger Mann, der schon bessere Zeiten erlebt hatte. Genervt ließ er sein Telefon auf das Polster der schmalen Eckbank seines Wohnmobils fallen, griff nach seinen Zigaretten und stand auf. Endlich hatte er David Jakubowicz erreicht, seinen ehemaligen Freund.

Als er die Stufen des Wohnmobils hinunterging, bildeten sich Dampfwölkchen vor seinem Mund. Es war sehr kalt, wie so oft im Februar. Normalerweise machte er um diese Zeit noch nicht seinen Spaziergang bis vorne ans Wehr, aber heute musste er sich bewegen. Es war das Einzige, was er seinem Körper noch zumuten konnte, und auch das nur, weil er Schmerzmittel genommen hatte. Lange würde das nicht mehr möglich sein, denn die Medikamente waren kaum noch ohne Rezept zu bekommen, besonders nicht für jemanden wie ihn.

Bis um vier Uhr in der Nacht hatte er geschrieben. Alles hatte sich gefügt, alle Lücken hatten sich geschlossen, deshalb hatte er sich noch am Abend hingesetzt und alles einer alten Kladde anvertraut. Am Ende hatte er unter seine rasend schnell geschriebenen Notizen seinen Namen und das Datum gesetzt. Und dann das erste Mal David Jakubowicz zu erreichen versucht, dem er als Einzigem zutraute, diese Sensation nicht nur zu erkennen. Sondern sie auch in der richtigen Weise der Öffentlichkeit zu präsentieren.

Ein Pfiff, und ein abgemagerter Rüde kroch unter dem Wohnmobil hervor. Forsberg löste das Halsband vom Kopf des

Hundes, schob auf der Innenseite einen winzigen Chip mit den Informationen, die er in Amerika bekommen hatte, zwischen die beiden Lederbahnen des Bands und schob es wieder über den Kopf des Hundes, der ihn überallhin begleitete, seitdem er hierhergezogen war. Nur während der Zeit, in der er mit einem alten Mofa in den nächsten Ort fuhr, um seine Besorgungen zu machen, blieb der Hund zurück.

Er zündete sich eine Zigarette an und trat von der Lichtung, auf der das Wohnmobil stand, in den Wald. Lennart Forsberg fühlte eine tiefe Zufriedenheit. Seine Überlegungen waren richtig. Sie waren nicht nur richtig im Sinne von plausibel, sondern richtig im Sinne von sachlich korrekt. Etwas Plausibles konnte unwahr sein. Wenn sich aber die Ereignisse mit den realen Vorgängen deckten, waren sie wahr. Und dass sie sich deckten, hatte er nicht nur am 6. Januar gesehen. Sondern auch an den Tagen danach, als eine Menge Geheimnisse publik wurden, von denen man ihm erzählt hatte. Aber genau das – den Wahrheitsgehalt – würde man gegen ihn ins Feld führen. Bei seinem Ruf und seiner Vorgeschichte waren Zweifel nicht zu vermeiden. Wer immer die Zusammenfassung seiner Recherchen lesen würde, würde den Impuls verspüren, mit einer wegwerfenden Handbewegung zu rufen: Mein Gott, typisch Forsberg. Exzellent geschrieben, fesselnd aufgebaut, unnachahmlich und packend formuliert. Aber nie und nimmer die Wahrheit! Und bitte schön: Wo war der unmittelbare Beweis? Wo der Zeuge, der mit seinem Namen und seiner Glaubwürdigkeit die unerhörten Anschuldigungen beglaubigte?

Forsberg setzte sich auf einen Baumstamm und schnickte die Asche auf den Boden. Drei Jahre lag sein tiefer Fall jetzt zurück, der Absturz war plötzlich, letztendlich aber auch unausweichlich gewesen. Und vor allem: selbst verschuldet. Seinen Niedergang von einem glamourösen Dasein in der Großstadt zu einem einsiedlerähnlichen Leben in einem Versteck in den Voralpen hatte er sich selbst zuzuschreiben. Er hatte übertrieben, hatte die Warnsignale nicht wahrgenommen, hatte nicht bemerkt, dass David Jakubowicz ihm und seinen Lügen auf die Spur gekommen war. Sehnsucht nach dem alten Leben spürte er noch immer. Reue nicht.

Lächerliche Gedanken. Er schüttelte den Kopf und zog an der Zigarette. Das war nicht gesund, aber darum musste er sich bald nicht mehr kümmern.

Er ging zurück, öffnete die Tür seines Wohnmobils und schlüpfte hinein. Auf die nächsten Tage kam es an. Er legte sich in seine Koje, nach der kurzen Nacht brauchte er dringend Schlaf. Gerade als er wegzudämmern begann, hörte er ein leises Knacken. Es unterschied sich in nichts von den Geräuschen, die er in den vielen Nächten der vergangenen Wochen gehört hatte, doch jetzt nahm er es plötzlich misstrauisch wahr. Wurde er langsam verrückt?

Er richtete sich wieder auf und ging die wenigen Schritte zu dem Klapptisch, an dem er immer arbeitete. Eine Woche zuvor hatte er darunter ein Stück Boden herausgesägt und seitlich neben der Öffnung von unten einen zweiten, leeren Wassertank befestigt. Zugegeben, eine sinnlose Sicherheitsmaßnahme für jemanden, der nahezu alles verloren hatte und keine Wertgegenstände mehr besaß. Und natürlich war ihm bewusst, dass das Bedürfnis nach einem Versteck seiner Paranoia geschuldet war, unter der er litt, seitdem man ihm und seinen Betrügereien auf die Spur gekommen war. Egal. Er bückte sich und schob die Kladde mit seinen Aufzeichnungen seitlich in den doppelten Boden des Tanks. Dann verschloss er das Loch und zog den Teppichboden darüber glatt. Und die Angst vor Krankheit und Tod verwandelte sich das erste Mal seit Langem wieder in die Angst, die er von früher kannte. In die Angst, entdeckt und bestraft zu werden für etwas, das er geschrieben hatte.

Forsberg legte sich wieder hin und zog die Decke fest um sich, denn es war kalt. Bald würden ihn keine Hirngespinste mehr quälen.

Er schaute auf die Uhr. Viertel vor neun. Sehr gut, er hatte noch ein paar Stunden, bis sich herausstellen würde, ob David sich traute, ihn in der Einsamkeit aufzusuchen. Noch ein wenig Schlaf wäre gut, denn dann musste er hellwach sein. Mit einer entschlossenen Bewegung knüllte er das Kissen unter seinen Kopf, zog die Knie an die Brust und schlief schließlich sanft ein. Sein letzter Gedanke war, wie schön es doch sein würde, nie mehr aufzuwachen.

Alte Freunde | Montag, 8. Februar, 12 Uhr

Derselbe Tag, vier Stunden später, zwölf Stunden vor der Explosion. David Jakubowicz zog den Reißverschluss seiner Jacke mit einem Ruck zu, denn es war zur Kälte jetzt noch ein Wind aufgekommen. Der dunkle Tannenwald zu beiden Seiten des Gebirgsflusses wirkte bedrohlich. Still war es, nur das leise Gluckern des Wassers war zu hören, als er sich zu orientieren versuchte.

Nach Forsbergs Anruf in der Früh hatte er nicht lange nachdenken müssen. Das Navigationssystem hatte errechnet, dass die Fahrt in das Waldgebiet zwischen Oberammergau und dem Forggensee im Süden Bayerns mehr als eine Stunde dauern würde. Sehr gut, die Zeit würde ihm helfen, das Gefühl der Neugier, das ihn seit dem Anruf gepackt hatte, in den Griff zu bekommen. Er hatte Forsberg vor drei Jahren aus seinem Gedächtnis gestrichen. Doch jetzt musste er zugeben, dass ihn lange nichts mehr so gefesselt hatte wie die paar Sätze Forsbergs am Telefon.

Als er die Asphaltstraße verließ und auf den unbefestigten Weg neben dem Gebirgsfluss einbog, blieb er erst einmal stehen. Was für ein einsames Versteck. Keine Ortschaft im Umkreis von zwanzig, fünfundzwanzig Kilometern. Wie konnte hier jemand wohnen? Und ausgerechnet jemand wie Lennart

Forsberg? Er hob den Blick und sah in der Ferne die Ansammlung von Felsen, die in den Fluss hineinragten, dahinter die einfache Holzbrücke und den schräg zur Insel führenden Pfad aus Sand und Steinen, den Forsberg beschrieben hatte. Er nahm eine letzte Kurve und parkte den Wagen oben am Rand der Böschung, die zum Fluss hinunter abfiel. Dann machte er sich auf den Weg hinüber zur Insel.

Als er auf der anderen Seite die steile Böschung hinaufkletterte, hörte er von oben eine Stimme, einen fernen, schwachen Laut. Jemand rief etwas, das offenbar ihm galt, aber er konnte die Bedeutung der Worte nicht erfassen. Kurz darauf sah er den Urheber der Rufe an der Kante auftauchen: einen älteren Mann mit weißen Haaren. Mit abwehrenden Handbewegungen bedeutete der ihm stehen zu bleiben. Da verstand David endlich auch, was er rief: dass das Land Privatbesitz und er hier nicht erwünscht sei. Der Mann sprach ein ulkig klingendes Deutsch, sehr altmodisch, seine Sätze waren seltsam gebaut und hatten ungewöhnliche Wortverbindungen. Es klang, als stammte er aus Siebenbürgen.

David entschuldigte sich und sagte, dass er erwartet werde. Ein alter Bekannter habe ihn hergebeten, sein Name sei Lennart Forsberg.

Der Name sagte dem Alten nichts, aber als David von dem «Mann hinter den Bäumen» sprach, da hellte sich das Gesicht des Rumänen auf. Forsberg hatte am Telefon gesagt, dass diese Kennzeichnung helfen könnte, zu ihm zu gelangen. Der Alte zeigte nach Osten, auf eine Reihe von Tannen, die ungefähr zweihundert Meter hinter dem Haus aufragten. «Der niedrigste Baum in der Reihe», sagte er. «Dort beginnt ein Pfad neben einem Wehr. Und dann den Bach entlang hinein in den Wald.»

Als David den Bach und neben dem Stauwehr den Einstieg in das fast undurchdringliche Gebüsch hinter sich hatte, wurde ihm bewusst, wie verrückt es war, einen Menschen zu besuchen, der ihn aus tiefster Seele hasste. Forsberg war zwar immer etwas seltsam gewesen, aber dieses wilde, nur schwer zu durchdringende Waldstück im Nirgendwo ging über das hinaus, was man einem normalen Besucher zumuten durfte – erst recht, wenn man ihn seit Jahren nicht mehr gesehen hatte. Aber jetzt war es zu spät, alles noch einmal infrage zu stellen. Also stolperte er weiter. Dass er auf dem richtigen Weg war, erkannte er spätestens, als ein Hund zu bellen begann. Das war die erste Überraschung. Forsberg lebte also nicht allein in dieser Wildnis.

Das Tier war nicht reinrassig, aber es war unschwer zu erkennen, dass es von einem Sennenhund abstammte. Das Fell war kurz und stockhaarig: schwarz an Kopf und Körper, hellbraun an den Beinen, weiß an Brust und Schnauze. Der Hund zerrte an einer Kette und bellte mehr aus Unsicherheit denn aus Wut. Es war ein armseliges Geschöpf: abgemagert, es kratzte sich, wenn es nicht bellte. Obwohl die Kette lang genug war, behielt der Hund einen Sicherheitsabstand. Erst als David in die Hocke ging und die Hand ausstreckte, duckte er sich und kam vorsichtig näher.

Da ertönte ein Pfiff, und leise knurrend zog er sich zurück, den Eindringling keine Sekunde aus den Augen lassend.

«Ist mir zugelaufen», rief eine Stimme. «Willst du ihn haben?»

Die Kladde | Montag, 13 Uhr

Forsbergs Erscheinung war die zweite Überraschung. David hatte ihn als gepflegten, fast eleganten Journalisten in Erinnerung, aber die Kleidung des Mannes, der da auf ihn zutrat, war nur mit äußerstem Wohlwollen als akzeptabel zu bezeichnen. Die Cordhose war löchrig. Das T-Shirt grau und fleckig. Und das karierte Flanellhemd, das er offen über dem T-Shirt trug, war einst wohl braun-weiß gewesen. Alles schlackerte am Körper des unrasierten Mannes herum, Forsberg war nur noch Haut und Knochen.

Doch das war nichts im Vergleich zu dem Schock, der dann folgte. Als der Mann ins Helle trat und für einen Moment zur Seite blickte, sah David die große, vernarbte, schrumpelige Brandwunde, die sich vom Hals über das Ohr bis zu dem kahlen Schädel hinaufzog und vorn an den Ausläufern die Haut an Stirn und Wangenknochen auf eine Weise verunstaltete, die David zurückfahren ließ.

«Das hast du nicht erwartet, nicht wahr?» Forsberg betrachtete seinen ehemaligen Freund neugierig und genoss dessen Reaktion. «Immerhin haben sie das Auge gerettet. Nur die Augenbrauen und Wimpern mussten dran glauben.»

«Das ist ja furchtbar.»

«Ist es, ja.» Er musterte David. «Wie ich sehe, ist es dir besser ergangen.»

«Dein … dein Zuhause?» David zeigte auf das Wohnmobil, das Plastikvordach und den einfachen Klapptisch mit den Stühlen.

«Das Wohnmobil meiner Großeltern. Als sie starben, wollte es niemand haben. Es stand jahrelang in einer Scheune. Ich habe es hergefahren.»

«Wie kannst du hier überleben?»

«Die Rumänen vorne helfen mir.»

David setzte sich, während sich Forsberg auf die Stufen des Wohnwagens hockte. Schweigend betrachteten sie einander eine Weile.

«Es ist schön, mal wieder jemanden zu Besuch zu haben», sagte er, während er sich eine Zigarette anzündete. «Jemanden, der einen kennt.»

«Ja. Ich kenne dich», murmelte David. «Ich kenne dich wirklich.» Er zeigte auf die Brandwunden. «Wie … Wie ist das passiert?»

«Vor drei Jahren, als meine Karriere den Bach runterging,

habe ich in Illinois bei einem Rechtsanwalt und dessen Frau gelebt. Die hatten eine Tochter, die mich mochte. Ich habe ihnen nicht gesagt, was ich hinter mir hatte. Die drei liebten es zu grillen. War nicht meine Schuld, dass ich an einem dieser Grillabende in Flammen aufging. Du siehst, meine Glückssträhne riss nicht ab.»

«Klinik?»

«Insgesamt ein Dreivierteljahr. Mehrere Transplantationen. Nicht sehr erfolgreich.»

Forsberg beugte sich nach vorn, er wollte endlich zu dem kommen, weshalb er David zu sich gebeten hatte. «Erinnerst du dich noch an meine Reportage über den Mann, der innerhalb von drei Jahren den Angriff einer Klapperschlange, eines Bären und eines Hais überlebt hatte?»

David nickte.

«Er war ein unglaublich mutiger Jäger. Er war gewitzt und reaktionsschnell. Und vor allem kaltblütig.»

«Hast du damals geschrieben, ja. Und dafür einen Preis gewonnen.»

Forsberg nickte stolz. «Ja. Die Geschichte hat alle umgehauen. Es hat sie so lange umgehauen, bis du anfingst, alles in Zweifel zu ziehen.»

David stand auf. «Lennart, tut mir leid. Du hast den Preis für deine Fehler bezahlt. Sag, was du mir sagen willst, dann verschwinde ich wieder.»

«Warte, warte. Du wirst all meine Aufzeichnungen bekommen und nichts dafür geben müssen.» Er blickte David ernst an: «Ich möchte nur eins: Sag, dass es dir leidtut. Sag, dass es ein Fehler war, mich öffentlich anzugreifen. Und gib zu, dass es nicht in Ordnung war, über diesen Skandal auch noch ein Buch zu schreiben. Ausgerechnet unter dem Scheißtitel *Die Erfindung der Wahrheit*. Du hattest mir versprochen zu schweigen.»

«Wenn es nur um diese Geschichte mit dem Jäger gegangen

wäre, hätte ich auch geschwiegen. Aber dann kam heraus, dass nahezu alles andere auch erfunden war.»

«Tut es dir nicht ein bisschen leid, dass ich alles verloren habe: den Job, die Freundin, die Wohnung, meine Ersparnisse, die Wertschätzung? War es das wert?»

«Du weißt nicht, was Wahrheit ist, Lennart. Dir ging es nur um Anerkennung, um Geld und Macht. Es ist traurig.»

«Ja, es ist traurig …» Er machte eine bedeutungsvolle Pause. «Besonders für dich, David. Denn das Traurigste ist, dass alles, was ich über diesen Jäger geschrieben habe – dass das wahr ist. Ausgerechnet die Geschichte, die den ganzen Skandal ins Rollen gebracht hat, ist absolut wahr und ohne Fehler.»

David schüttelte den Kopf, er wusste es besser. «Lennart», sagte er ruhig. «Es gibt diesen Jäger nicht, ich habe es nachgeprüft. Niemand hat ihn gesehen. Niemand hat von ihm gehört. Er ist ein Phantom.»

Forsberg zögerte einen Moment. Dann stand auf und ging in den Wagen. David hörte, wie es drinnen rumpelte. Als er wieder auftauchte, hatte er eine Kladde in der Hand.

Er hielt sie David hin. «Hier findest du alles. Namen. Adressen. Die Zeitpunkte meiner Begegnungen mit diesem Mann. Telefonnummern. Weggefährten. Dokumente. Beweise aller Art. Zum einen von damals, als ich die Geschichte recherchiert habe. Und zum anderen vom Anfang dieses Jahres, als ich den Mann noch einmal traf. Es war ein Hammer, was ich da erfahren habe. Dieser Mann wird in die Geschichtsbücher eingehen. Ich habe auch aufgeschrieben, was ich vermute: dass dieser Bursche die Politik in den USA verändern wird, wenn alles ans Tageslicht kommt.»

Forsberg blickte auf seine Uhr und stand auf. «Sorry. Ich hab meine Medizin vergessen.»

Er verschwand im Inneren und schloss die Tür hinter sich.

David starrte auf die Kladde. Ein einfaches dickes Schulheft minderer Qualität. DIN-A5 groß. Schwarz-weiß-melierter Umschlag. Kurz versuchte er, seine Neugier zu zügeln. Dann schlug er das Heft auf und überflog die ersten Seiten. Es war verrückt, was er da las. Der minutiöse Plan eines Sturms auf ein Gebäude. Die Suche nach einem versteckten Raum. Zeichnungen von einem anderen Raum, der am Ende eines Gangs lag. Die Draufsicht auf einen Seitenflügel des Gebäudes. Dreidimensionale Skizzen einer versteckten Tür. Daneben eine mit krakeliger Schrift geschriebene Vermutung, wo das Versteck lag. Forsberg hatte wie ein Verrückter geschrieben und gezeichnet, mit einem schwarzen Broadpen. In halsbrecherischem Tempo, auf manchen Seiten kreuz und quer, als sei er im Rausch gewesen oder von Schmerzen geschüttelt. Und am Ende, dick unterstrichen, der Hinweis: «Alle Details zu finden in einem Transkript der Gespräche im Rycart Tower vom 20. Oktober 2020. Abschrift erstellt von J. Wood für Anthony Zara. Originalmaterial (Bild/Ton) im Archiv des Weißen Hauses. Veröffentlichung wäre Todesurteil.»

Nach einem kurzen Blick auf die noch immer verschlossene Tür des Wohnmobils zog David sein Smartphone heraus und fotografierte die ersten Seiten. Dann hörte er auf, es waren zu viele. Er blätterte weiter und machte ab und zu ein Foto. Was er sah und beim Fotografieren las, war Dynamit. Die Basis einer sensationellen Geschichte. Wenn nur irgendetwas daran wahr war, dann wäre Forsberg wieder ein Preis gewiss. Aber Forsberg war krank, das erkannte David jetzt. Wahnsinnig. Die Auswüchse seiner Fantasie klangen zwar schlüssig. Aber es waren Auswüchse. Mussten Auswüchse sein.

Da hörte er, wie Forsberg im Wagen den Abzug der Toilette betätigte. Blitzschnell schloss er die Kladde und schob sie zurück an die Stelle, an der sie gelegen hatte.

Forsbergs Augen waren gerötet, Schweiß stand auf seiner Stirn, als er heraustrat. «Wir müssen die Rettungsboote herausholen, David. Wir müssen so viele Menschen wie möglich in die Boote bringen, verstehst du?»

«Was … was …? Nein.»

«Ich habe alles, was ich weiß, hier drinnen festgehalten. Nur eines nicht: dass ich Krebs habe, ich weiß es seit zwei Wochen. Es könnte also sein, dass ich nicht mehr lebe, wenn du das veröffentlichst.»

David schüttelte abwehrend den Kopf. «Hör auf! Ich will nichts …»

«Ich habe nicht jedes Detail von dem Mann recherchiert», unterbrach ihn Forsberg. «Aber auf jeden Fall genug, damit du mich rehabilitieren kannst. Was fehlt, kannst du herausfinden. Ruf auf einer Ranch im Nordosten von Wyoming an, ich gebe dir die Nummer. Die Ranch liegt in der Nähe von Jackson Hole. Dort lebt mein Jäger – er heißt Everett – mit seiner Mutter und seinem Bruder, von dem er die Details hat.»

«Lennart. Du hast was gehört von einem, der was gehört hat. Sind das deine *nachprüfbaren* Beweise?»

«Alles ist so gekommen, wie er es angekündigt hat.»

«War er dabei?»

Forsberg tippte auf die Kladde.

«Kannst du alles hier lesen.»

David schüttelte den Kopf. «Lennart, warum … warum kommst du gerade jetzt mit dieser … wilden Geschichte?»

«Weil es meine letzte Bitte ist.»

«Letzte Bitte?»

«Wir werden uns nicht wiedersehen.»

David hob abwehrend die Hände. «Nein, nein.»

Lennart lächelte, es gefiel ihm, dass David die Fassung verlor. «Schau mich an. Es wird ganz einfach sein. Ich habe alles vorbereitet.»

David stand auf und starrte den kranken Mann an. Das war also der Grund, warum Forsberg ihn sehen wollte. Das war der Grund, warum er niemand anderen gefragt hatte. Forsberg hatte sich mit dem abgemagerten, verstörten Hund hierher zurückgezogen, weil es für ihn kein Leben mehr gab.

Aber er hatte sich geirrt. Zumindest, was ihn anbetraf.

«Du gibst nicht auf, was?» David schaute ihm direkt in die Augen. «Du willst doch tatsächlich, dass ich im Gefängnis lande. Was immer ich machen würde, um deinen Wunsch zu erfüllen – die Spur würde zu mir führen. Und du hättest deinen Sieg. Endlich!»

Forsberg grinste spöttisch. «Du wirst ihn mir schenken. Ruf diesen Jäger an oder besuche ihn und lass dir den Rest erzählen. Aber sei auf der Hut. Die Feinde sind mächtig.»

David schaute in das Dickicht der Bäume, die plötzlich bedrohlich wirkten.

«Tut mir leid, nein. Ich würde dir gern die Gnade erweisen. Aber es ist … es ist … es ist … gegen meine Überzeugung.»

David zog die Hände aus den Hosentaschen und machte eine bedauernde Geste. Dann blickte er auf den abgemagerten Hund, der unter dem Wohnmobil hervorgekrochen war. Zwei, drei Schritte trat er zurück, um sich diese seltsame, fast surreale Situation ein letztes Mal einzuprägen. Seine Vergangenheit hatte eine neue Dimension bekommen – als würde man plötzlich eine Landschaft aus einem anderen Blickwinkel betrachten. Er selbst würde in einer Stunde wieder in dem Leben auftauchen, das er kannte und verstand. Aber er würde es anders bewerten, das war Forsberg gelungen. Dieser verrückte, schwer kranke, psychisch beschädigte ehemalige Freund wollte seine Geheimnisse so einsetzen, dass man ihm verzieh und er als Held in der Zukunft, die er nicht mehr hatte, weiterlebte.

Nein. Dabei würde er ihm nicht helfen.

Davids Blick fiel auf den Hund.

«Tu mir einen Gefallen», sagte er. «Zieh ihn nicht mit hinein.»

Dann steckte er die Hände in die Taschen und ging. Die Kladde ließ er liegen.

Drei Stunden vor der Explosion. Auftritt der Frau, die mit allem rechnete, nur nicht damit, dass sie den Ereignissen bald eine entscheidende Wende geben würde. Der Wetterbericht hatte recht behalten, denn auch in München war es erschreckend trübselig. Der Abend war kalt, regnerisch und stürmisch, weswegen sich kaum jemand auf die Straße wagte.

Als sich Emma Bricks, eine 24-jährige, attraktive junge Journalistin von ihrem Barhocker erhob, um sich mit ihrem Drink auf die hintere Thekenseite ihrer Lieblingsbar im Glockenbachviertel zu verziehen, kam es ihr vor, als sei sie das einzige anständige Wesen mit kultivierten Zügen in der Stadt. Der Typ, mit dem sie sich über Tinder verabredet hatte, war jetzt ohne Entschuldigung mehr als eine Dreiviertelstunde überfällig und würde nach Lage der Dinge auch nicht mehr auftauchen. Friederike, eine ihrer besten Freundinnen, die sie gerade angerufen hatte, um wenigstens mit einem Menschen an diesem deprimierenden Abend reden zu können, hatte aufgestöhnt und gesagt, dass sie schon im Bett liege und lieber den Film zu Ende schauen würde, über den gerade die halbe Welt spreche.

Es war ein schlimmes Gefühl, das Emma in den zurückliegenden Wochen regelmäßig schon in der Früh packte und das mit Sicherheit auch damit zu tun hatte, dass sie generell unzufrieden war mit ihrem Leben, ihrem Job und vor allem mit sich selbst. Sie fühlte sich in allen Lebensbereichen nicht auf der Überholspur, sondern eher in einer Sackgasse.

Sie trank einen Schluck von dem Gin Tonic, der vor ihr stand. Nach Lage der Dinge würde sie ihrem Körper nach dem ersten Drink noch einen weiteren einverleiben, denn das Gespräch, das sie vor zwei Stunden mit Alex Khan, dem Chefredakteur, und Helen Christensen, der Verlegerin, geführt hatte, war so unerfreulich verlaufen, dass sie sich nur noch vorstellen konnte, in einem schwebenden, tendenziell abwesenden Bewusstseinszustand Heilung zu finden.

Schon allein, wie die beiden in Khans chaotischem Büro vor ihr gesessen hatten, hatte sie genervt. Überaus höflich und scheinbar zugewandt hatten sie sich gezeigt. Helen Christensen hatte ihr ein Mineralwasser hingestellt und sie scheinheilig gefragt, ob sie zufrieden mit sich sei. *Bis zu Ihrem Anruf schon*, hatte Emma ihr antworten wollen, was sie dann aber nicht tat, denn offenbar war sie hierherzitiert worden, weil die andere Seite nicht zufrieden mit ihr war.

Nach ein paar mühsamen Versuchen, die Situation mit etwas Small Talk aufzulockern, rückten sie schließlich mit der Sprache heraus. Sie hätten beide das Gefühl, dass Emma bei den Investigativen nicht mehr ihr gesamtes Entwicklungspotenzial abrufen würde, weshalb sie ihr den Gedanken nahebringen wollten, künftig im Lokalteil zu arbeiten. Emma musste nicht lange darüber nachdenken, was das bedeutete, ihr vegetatives Nervensystem hatte ihr längst signalisiert, was Sache war. Sie wollten ihr klar machen, dass ihre Karriere vor dem Ende stand. Und das mit 24.

Für einen Moment schloss sie die Augen. Eine 24-Jährige hatte in der Regel großartige Zukunftsperspektiven, denn in der Redaktion der *Deutschen Allgemeinen Zeitung* hatte man seit ein paar Jahren – anders als früher – als Frau die Nase vorn, wenn es ein gleichermaßen qualifiziertes männliches Wesen gab. Das heißt: Eine Frau und dann auch noch eine junge Frau zu sein, war ein Vorteil. In ihrem Fall aber offenbar nicht. Was für die Zukunft hieß: keine Seite Drei mehr. Kein Job als Korrespondentin irgendwo auf der Welt. Kein bequemer Feuilletonjob im Umkreis von Dirigenten, Ballerinen, Schauspielern, tollen Regisseuren oder Literaturnobelpreisträgern, sondern nur noch verspätete S-Bahnen, Ärger mit verschlafenen Beamten in der Baubehörde, Probleme mit der Müllabfuhr, biertrinkende Jugendliche an der Isar und zu viele Ratten am Sendlinger Tor.

«Na, was halten Sie davon», fragte Khan. Derselbe Alex Khan, der ihr vor ein paar Jahren noch das Blaue vom Himmel versprochen hatte, als er sie als *das* Nachwuchstalent in seiner Redaktion ausgemacht hatte. «Der wichtigste Bereich einer Zeitung ist doch das Lokale, das wissen Sie. Die Lokalredaktion ist stets das Zentrum.»

«Warum haben Sie dann nie im Lokalen gearbeitet», entfuhr es ihr.

Er runzelte die Stirn. Diese Emma Bricks konnte es nicht lassen. Sie sah in seinem leicht abwesenden Blick, wie die früheren Erlebnisse mit ihr vor seinem geistigen Auge entlangzogen.

«Emma», mischte sich Helen Christensen begütigend ein. «Wir haben das Gefühl, dass Sie nicht mehr so … so … produktiv sind. Ihre Themen waren in der letzten Zeit nicht unbedingt aufregend. Ich hatte das Gefühl, dass Sie ein wenig den … wie soll ich sagen … den Biss verloren haben bei der Recherche. Sie haben zu viel … zu viel …» Sie verlor den Faden.

«… zu viel Dienst nach Vorschrift gemacht», beendete Khan den Satz und faltete seine Hände über seinem mittlerweile stattlichen Bauch.

Emma atmete tief ein, schaute kurz zu dem Barkeeper und dann trübselig in ihren Gin Tonic. Mein Gott, dachte sie, so war das noch eine halbe Stunde weitergegangen. Kein neuer Gedanke wurde geäußert. Selbst ihre Bitte, vielleicht doch noch einmal nachzudenken und ihr eine zweite Chance zu geben, zeigte keine Reaktion, aus der sie Hoffnung hätte schöpfen können. Worauf Khan auf seine unnachahmlich unhöfliche Art plötzlich mit seinen Händen auf die Lehnen seines Sessels schlug, laut «Ssso!» rief, aufsprang und eiligen Schrittes und vor allem grußlos sein Büro verließ.

D a hörte sie ein Räuspern. «'Tschuldigung», sagte eine Stimme hinter ihr. «Siehst du hier irgendwo Fliegen?»

Emma wandte sich um. Ein Typ mit blondem, wuscheligem Haar, der keine zwei Meter hinter ihr an einem Stehtisch lehnte, zeigte auf ihre Hand und machte eine Handbewegung, als schlage er irgendetwas tot.

«Habe ich tatsächlich gerade auf die Theke gehauen?», fragte sie.

«Mit beiden Händen. Schon wieder vergessen?»

«Du meinst, ob ich debil bin?»

«Na ja, ich weiß nicht.»

Emma, die noch immer auf dem Barhocker saß, wandte sich dem jungen Mann zu. Offenes Gesicht, hellblaue Augen, Dreitagebart – vom Aussehen her war er jemand, den sie sich im Sommer als Surfer in der Eisbachwelle neben dem Haus der Kunst vorstellen konnte.

Da kam ihr ein Gedanke, der ihren Kreislauf sofort in Wallung brachte.

«Du heißt nicht zufällig Timo und wolltest schon vor einer Stunde hier sein?»

«Das sind zwei Fragen.»

«Bist du bei Tinder?»

«Nein. Du?»

«Geht dich nichts an.»

«Heute ist also ein Typ namens Timo dran, interessant.»

«Klingt irgendwie beleidigend.»

«Sorry. *Er* hat dich sitzen gelassen. Nicht ich.»

Emma nippte an ihrem Drink. Der Typ, den Emma auf Ende zwanzig tippte, schaute derweil über die Bar hinweg auf einen fernen Punkt. Er sah aus, als wisse er zwar genau, was er sagen wollte, aber nicht, wie er das tun sollte. Worauf sie beide schwiegen. Schließlich raffte er sich auf und formulierte überaus originell drei Worte, die man nur als tödlich bezeichnen konnte.

«Gefällt's dir hier?», fragte er.

«Bis jetzt ja.»

Er löste sich von dem Stehtisch und stellte sich neben sie an die Bar.

«Ich bin erst das zweite Mal hier», sagte er, «und schon finde ich eine hübsche Frau.»

Oh nein, bitte das nicht auch noch. «Versuchst du, mich anzumachen?», knurrte Emma.

«Würde das denn funktionieren?»

«Nein.»

«Okay.»

Ohne auch nur einen Augenblick zu zögern, nahm er sein Glas und wollte sich schon an den zwei Meter entfernten Stehtisch zurückziehen, als er bemerkte, dass ihn auch das nicht weiterbrachte. Und vernünftigerweise suchte er jetzt seine Rettung darin, die Wahrheit zu sagen.

«Tut mir leid, dass ich dich nerve. Ich habe dich vorhin beobachtet und mir überlegt, wie ich dich, na ja, irgendwie ansprechen könnte. Leider hatte ich keinen guten Plan. Lass mich dir nur sagen, dass ich nicht das Geringste von dir … äh … als Frau will, sondern nur was von dir als Journalistin.»

Emma verbannte einen Teil ihrer braunen Haare hinter ihr linkes Ohr.

«Journalistin?», fragte sie.

«Habe ich gestern Abend erfahren, ja. Von einer Frau, mit der du oft hier sein sollst.»

Friederike, dachte sie.

«Ich will's kurz machen», fuhr er fort. «Ich könnte deine Hilfe gebrauchen. Könntest du eine bestimmte Person fragen, ob du sie für eine Reportage begleiten dürftest? Für zwei, höchstens drei Tage? Ich würde dir das auch bezahlen.»

«Begleiten? Für eine Reportage?»

«Ja.»

«Du willst mich für einen Escort-Job?»

«Blödsinn. Nein.»

«Sondern?»

«Ich will, dass du dich mit einer bestimmten Person über den harten Job unterhältst, den Paketboten heute haben, wo sich jeder alles nach Hause bringen lässt.»

Sie starrte ihn an. «Tolles Thema», sagte sie sarkastisch. «Rasend neu. Passt wunderbar zu dem Job, den ich künftig machen soll.»

«Also? Wär das was für dich?»

«Natürlich nicht. Ist schon hundert Mal gemacht worden.»

«Okay. Dann lassen wir's. Sorry, dass ich gestört habe.»

Er nahm sein Bierglas und zog sich zurück an seinen Ursprungsplatz, von dem aus er zu seinem Feldzug aufgebrochen war.

Sie sah ihm verblüfft hinterher.

«He», rief sie. «Was würde dich denn an dem Thema interessieren?»

«An dem Thema nichts, aber an dem Typen, den du kennenlernen sollst. Würde gerne wissen, ob er was mit einem bestimmten Ereignis zu tun hat.»

«Was für einem Ereignis?»

«Einem Anschlag.»

«Mit einem … Anschlag?» Sie kniff die Augen leicht zusammen.

«Wie gesagt: Ich würde dich auch bezahlen.»

«Mich?»

«Nein, nicht dich, verdammt. Die Recherche.»

Sie schaute ihn kopfschüttelnd an. Das wurde ja immer wilder.

«Ich heiße übrigens Max», sagte er.

«Max von Maximilian?»

«Toll kombiniert.»

«Okay», sagte sie nickend.

«Okay was?»

«Noch 'n Drink.»

Er grinste, kam wieder zu ihr an die Bar und winkte den Barkeeper heran. Nachdem er die Bestellung aufgegeben hatte, schaute er sie offen eine Spur zu lang aus seinen blauen Augen an.

«Und? Wie heißt du? Oder soll ich mir einen Namen ausdenken?»

«Später. Jetzt bitte erst mal ganz langsam von vorn: Was willst du von mir? Was soll ich für dich machen? Und bitte so, dass ich wenigstens ansatzweise durchblicke. Schaffst du das?»

DRITTER TEIL

München, früher Morgen. Neun Stunden nach der Explosion auf der Insel und sieben Stunden nach Emmas Begegnung mit Max Goldberg in der Bar. Obwohl Emma lange und heiß geduscht hatte, waren die Kopfschmerzen noch nicht verschwunden. Sie versuchte sie zu ignorieren, als sie, lediglich mit einem Handtuch bekleidet, aus dem Bad trat. In der offenen Küche werkelte Max routiniert herum, es war also seine Wohnung, die für einen leicht verpeilten Typ, wie er es zu sein schien, überraschend geschmackvoll eingerichtet war. Viele Bücher, ein gemütliches Sofa, ein alter Schreibtisch, auf dem zwei aufgeklappte Laptops standen, ein breites Bett und ein kleiner Tisch vor dem Fenster. Max hieß mit Nachnamen Goldberg, das hatte Emma in der Nacht trotz der vielen Gin Tonics einigermaßen klar an der Tür der Altbauwohnung gelesen. Maximilian Goldberg.

Emma betrachtete neugierig die Fotos, die Max an seine Pinnwand geheftet hatte. Die meisten waren schwarz-weiß. Ein Ehepaar Mitte dreißig neben einem alten Golf, der Mann hatte einen Hut auf, die Frau trug ein geblümtes Kleid. Daneben drei Kinder zwischen acht und zwölf mit Luftmatratze, zwei Jungen, ein Mädchen, das größer und älter wirkte als die Jungen, einer von ihnen war eindeutig Max. Und links neben den Eltern das Foto eines sportlichen Typen in Tennisklamotten.

Emma zeigte auf die Bilder. «Familienfotos?»

«Ja. Ich muss gestehen, dass ich eigentlich der schwedische Thronfolger bin. Prinz Oscar von Uppsala. Ich wurde ausgebootet. Die Leute dort sind meine Adoptivfamilie.»

Emma musste grinsen. «Spinnst du immer so?»

«Wieso? Die beiden neben dem Golf hatten die Ehre, mich großzuziehen», fuhr er fort, während er Wasser in die Kaffeemaschine füllte. «Deshalb bin ich nicht in Schloss Drottningholm aufgewachsen. Die beiden, die sich als meine Eltern ausgaben, haben sich beim Wandertag der Volkshochschule in Uppsala kennengelernt. Onkel Olaf hat sie zusammengebracht.»

«Der mit dem Tennisschläger vor dem Sportwagen?»

«Ja.»

«Sieht gut aus. Stattlich und muskulös.»

«Ja. Die Adoptivfamilie hat muskulär abgefärbt, deshalb findest du bei mir nichts Degeneriertes. Alle in meiner Familie haben dieses sagenhafte Aussehen. Der Junge da rechts in der gehäkelten Badehose, das bin ich.»

«Unverkennbar.»

Max schloss den Kühlschrank, aus dem er gerade Milch herausgeholt hatte. «Ist das okay, wenn ich dir einen Cappuccino mache», fragte er im selben Tonfall wie zuvor. «Keine Angst, die Kaffeemaschine funktioniert.»

«Sehr okay», antwortete Emma, griff nach der Fernbedienung und machte den Fernseher an. Es lief das Morgenmagazin. Dann legte sie das Handtuch aufs Bett und schlüpfte in ihren viel zu teuren Slip, den sie extra für ihre Tinder-Verabredung angezogen hatte. Es war zwar alles völlig anders gelaufen als erwartet, aber es hatte auch so gepasst. Absolut sogar.

«Ich will dir nicht die Laune verderben», rief Max aus der Küchenecke, «aber du hast in der Nacht mit den Zähnen geknirscht, so was ist in unseren Kreisen ungewöhnlich.» Aus den

Augenwinkeln sah er die langen Beine, die schmale, feste Hüfte, die kräftigen Schultern. Emma hatte einen offenen Blick, war schlagfertig, und Ironie war etwas, wofür sie eine Ader hatte. Nicht schlecht, dachte er.

«Das mit dem Knirschen mach ich immer, wenn mich was beschäftigt», antwortete sie.

«War's eigentlich unangenehm für dich, in einem fremden Bett aufzuwachen?», rief er aus der Küche.

«Warum willst du das wissen?»

«Oh, okay. Und, wenn ich fragen darf, wie oft wachst du in fremden Betten auf?»

«In der Woche oder im Monat?»

Bevor er antwortete, rief sie plötzlich: «Moooment mal.»

Sie machte den Fernseher lauter, und während sie sich weiter anzog, verfolgte sie einen Bericht aus den USA über eine Rede des Ex-Präsidenten Adam Rycart in Florida, in der er eine erneute Kandidatur für die nächste Präsidentschaftswahl ankündigte. «Vermisst ihr mich?», brüllte Rycart in dem Basketballstadion von Orlando seinen Anhängern zu.

«Nein, auf keinen Fall», rief Emma laut in Richtung Fernseher zurück.

Sie legte sich mit dem Rücken aufs Bett, und während sie im Liegen die engen, verschossenen Jeans über ihre Beine zog, hörte sie, wie Rycart die Politiker namentlich angriff, die bei dem nicht lange zurückliegenden Impeachment im Kongress gegen ihn gestimmt hatten. Alle waren sie Politiker seiner eigenen Partei, also Republikaner. Es klang, als verlese Rycart eine öffentliche Denunziationsliste. Am Ende benahm er sich wie ein Marktschreier: «Vertraut ihr Adam Kinzinger?» Lautes Buhen und Pfeifen der Zuschauer, Hunderte brüllten «No!». «Vertraut ihr Olivia Zhao?», rief er und reckte drohend die Faust in die Luft. Wieder Johlen und Pfeifen und No-Rufe. «Vertraut ihr Liz Cheney, der Kriegstreiberin?», schrie er, und jetzt überschlug sich sogar seine Stimme. Erwartungsgemäß

Pfeifen und Johlen. Das «No» schwoll so laut an, dass Emma den Fernseher leiser machte. «Sorgt dafür», brüllte Rycart jetzt, «dass ihr diese Verräter bei der nächsten Wahl loswerdet. Jagt sie zum Teufel!»

Emma machte den Fernseher aus und trat zu Max an die Küchentheke.

«Ist dieser Typ nicht zum Kotzen?», sagte sie kopfschüttelnd und zog ein blau-weiß kariertes Flanellhemd über ihr weißes T-Shirt. Das Flanellhemd ließ sie offen. Sie liebte weite Klamotten, sie hatte es nicht nötig, ihre Figur zur Schau zu stellen.

Max nickte.

«Jetzt greift er sogar das Establishment seiner eigenen Partei an», sagte sie. «Warum macht er das?»

«Vielleicht hat er Angst und tut nur so, als hätte er keine», meinte Max und stellte einen Cappuccino vor Emma auf den Tisch.

«Wovor sollte er noch Angst haben? Er ist doch weg vom Fenster. Wahl verloren, Job verloren, alles aus und vorbei. Sein Nachfolger sitzt fest im Sattel und macht das nicht schlecht, wie fast alle finden. Bessere erste Tage hat man lange nicht mehr gesehen.»

«Ich weiß nicht, Emma, Rycart will wiederkommen. Er bringt sich mit allem, was er hat, in Stellung für eine Wiederwahl.»

Er stand auf und stellte seine Tasse in die Spüle. «Was hast du gesagt, wann fängt dein Spätdienst an?»

«Um eins.»

«Dann sollten wir mal alles durchgehen, okay?»

Er legte ein Foto, 12 x 18 Zentimeter, vor sie auf den Tisch. Es zeigte einen Mann mit breitem Gesicht, schwarzem Vollbart und dichtem Haar, der auf einer Rolltreppe stand und Richtung Kamera schaute, die ihn von vorn aufgenommen hatte.

«Es geht uns um diesen Mann im grünen Parka. Die Fotos

sind von einer Überwachungskamera auf der Rückseite des Bahnhofs aufgenommen worden.»

Emma runzelte die Stirn. «Wie kommt ihr an die Fotos von Überwachungskameras?»

«Erzähl ich dir ein andermal.»

«Ich will's aber jetzt wissen.»

«Wir hacken die Server, auf denen die Bilder gespeichert sind.»

«Und warum macht ihr das?»

«Auch das erzähle ich dir ein andermal.»

Emma war noch nicht zufrieden, holte Luft, um weiter zu fragen.

«Jetzt hör auf, verdammt. Viel wichtiger ist, dass du dir merkst, dass der Kerl, um den es uns geht, ziemlich groß ist. Ich schätze 1,88. Ziemlich durchtrainiert.»

Sie überlegte, ob sie weiter nervige Fragen stellen sollte. Aber es war schon nach neun und damit zu spät, um sich mit Max zu streiten. Also sagte sie nur: «Gefährlich?»

Max bewegte den Kopf hin und her. «Wissen wir nicht. Wir wissen ja noch nicht einmal, ob er es ist, den wir suchen. Aber ja, er könnte gefährlich sein. Nach allem, was wir bisher rausgekriegt haben, lebt er auf der Straße. Gestern haben wir ihn beobachtet, wie er in der kirchlichen Notunterkunft an der Landshuter Allee verschwand. Seitdem haben wir ihn nicht mehr aus den Augen gelassen.»

«Wer ist wir?»

«Habe ich dir heute Nacht schon gesagt. Leute aus meinem Team und ich.»

«Was für ein Team?»

«Habe ich dir auch schon gesagt. Wir machen Recherchen. Allerdings sind wir im Gegensatz zu euch in der Zeitung nur eine kleine Truppe.»

«Ihr seid aber nicht Detektive oder so was?»

«Nein, nein. Wir sind keine Detektive, auch wenn wir in

diesem Fall etwas Ähnliches machen. Aber wir machen das ohne Auftrag, alles aus eigenem Antrieb. Wir brauchen dich auch nur, weil du in dem Moment, wo der persönliche Kontakt hergestellt ist, das bestimmt besser machst, als wir es könnten. Wir haben nichts vorzuweisen, wenn der Mann nach was Offiziellem fragt, verstehst du? Du hast einen Presseausweis, eine Telefonnummer in der Redaktion, eine Sekretärin und offizielles Briefpapier mit dem Briefkopf deiner Zeitung …»

«Na ja. Meinst du, so ein Typ wird das alles sehen wollen?», fragte sie. «Der hat andere Sorgen.»

«Kommt auf den Typ an.»

Sie stand auf und trug auch ihre Tasse zur Spüle. Dann lehnte sie sich mit verschränkten Armen davor. «Okay. Ich soll also den Kerl so unbefangen wie möglich kennenlernen und ihn dann fragen, ob es für ihn in Ordnung ist, wenn ich über ihn, sein Leben und seinen Job eine Geschichte schreibe.»

«Das wäre super, ja.»

«In Wirklichkeit aber soll ich herausbekommen, ob er nicht Jack the Ripper ist und hier in München ein paar Frauen umbringen will.»

«Exakt. Nur auf Jack the Ripper würde ich dich nicht ansetzen.»

«Aber ich kann davon ausgehen, dass ihr zumindest eine Ahnung habt, in was für eine Sache dieser Kerl verwickelt ist. Du hast schließlich von einem Anschlag gesprochen.»

«Haben wir, ja. Aber das will ich dir erst sagen, wenn wir wissen, ob wir auf der richtigen Spur sind.»

«Verstehe.» Emma schaute ihn nachdenklich an. «Sein Job ist im Moment also, Pakete rumzufahren, was mein Aufhänger wäre …»

Max sah ihren zweifelnden Gesichtsausdruck. «Ich weiß, um einen Job zu bekommen, muss man eine Wohnadresse haben. Vielleicht hat der Kerl ja eine, obwohl es nicht so aussieht.

Vielleicht hat er ja sogar ein Penthouse in Bogenhausen, aber darauf würde ich nicht wetten. Ich vermute eher, dass er tatsächlich obdachlos ist und schwarz für einen mickrigen Lohn arbeitet.»

«Und was war nun vergangene Nacht los?»

«Um drei Uhr in der Früh hatte sich der Typ mit zwei anderen Obdachlosen und einer jungen Frau auf der Rückseite des Möbelgeschäfts in der Nähe des Isartors auf eine Rampe zum Schlafen zurückgezogen. Du weißt, wie es letzte Nacht geschüttet hat, da sind wir gerade zu mir gegangen.»

Emma zog ihre Stirn in Falten. Zu dem Zeitpunkt hatte Max also schon gewusst, dass parallel jemand aus seiner Truppe im Regen arbeitete, während er sich im Warmen vergnügte.

«Irgendjemanden muss das gestört haben», fuhr Max fort, «denn plötzlich tauchte Polizei auf. Greta, die heute Nacht dran war, hockte derweil in einem Kellerabgang unter einem Wellblechdach und sah, wie die armseligen Gestalten abtransportiert wurden. Es war sehr nett von dem Einsatzleiter – den sie gerade noch erwischte, bevor auch er verschwand –, dass er ihr sagte, wohin sie die Obdachlosen bringen würden. Und jetzt, in circa einer Stunde, kommen die wieder frei. Und da kommst du ins Spiel.»

Sie schaute auf die Uhr. Sie musste noch nach Hause, sich umziehen.

«Wann hast du das von letzter Nacht erfahren?», fragte sie misstrauisch.

«Als du im Bad warst … Da hab ich eine WhatsApp bekommen.»

«Um drei Uhr in der Früh?»

«Ja.»

«Und warum hast du mir nichts gesagt?»

«Du warst zu müde und noch zu betrunken. Ich wollte nur, dass du deinen Schlaf hast und heute fit bist.»

«Sehr fürsorglich. Vielen Dank.»

Sie starrte ihn an. Warum hatte sie nur die ganze Zeit das Gefühl, dass sie noch nicht einmal im Ansatz wusste, was hier eigentlich gespielt wurde? Und was Max' Rolle dabei war? Er war so nett, so zugewandt, so lässig und leider auch so gut aussehend, dass sie zwangläufig misstrauisch werden musste.

«Jetzt mach dir mal nicht so viele Gedanken», fuhr er mit einem leicht verlegenen Grinsen fort. «Ein bisschen kennst du mich doch mittlerweile. Ich finde, für den Anfang kennst du mich sogar schon verdammt gut …»

«Schon gut, schon gut, ich hab verstanden», unterbrach sie ihn und spürte, wie sie rot wurde.

«Der Mann heißt übrigens Brandon Lee. Lee wie dieser amerikanische Held aus dem Bürgerkrieg. Ob das aber sein richtiger Name ist, das wage ich zu bezweifeln.»

Sie nickte und schaute auf die Uhr, die seitlich an der Wand hing.

«Eins noch, Max, bevor ich abhaue. Das letzte Nacht war eine einmalige Sache, ist das klar? Es war schön, aber es wird nicht noch mal passieren.»

Er schaute sie offen an. «Klar. Kein Problem», sagte er. Seinem Blick war nicht zu entnehmen, was er von Emmas Ansage hielt.

«Ich werde heute Abend bei euch im Büro vorbeikommen, um zu berichten, was ich rausgefunden habe. Und das war's dann. Ich kann unmöglich zwei oder drei Tage mit einem Obdachlosen durch die Stadt laufen und alles andere liegen und stehen lassen.»

Max nahm Emmas Mantel von der Garderobe und drückte ihn ihr in die Hand.

«Dein Wille geschehe, Emma. Ich zwinge niemanden zu nichts.»

Sie zog den Mantel an und stellte sich vor ihm in Positur. Sie bot einen überaus erfreulichen Anblick.

«Wie sehe ich aus?»

«Perfekt aus Sicht eines Penners», sagte er trocken.

Sie trat in den Hausflur. Er schaute ihr nicht nach, als sie zur Treppe ging, denn er war längst mit seinen Gedanken woanders.

Brandon Lee | Dienstag, 10 Uhr

Seit ungefähr einer Viertelstunde lehnte Emma in dem Hauptraum der Polizeiwache an der Fensterbank und tat so, als wartete sie darauf, irgendein Anliegen loszuwerden, über das sie sich allerdings noch keine Gedanken gemacht hatte. In Wirklichkeit wartete sie darauf, dass der Mann, dessentwegen sie hierhergekommen war, an die Reihe kam. Da fiel ihr das erste Mal die alberne rote Fleece-Jacke auf, die der Mann um die Hüfte trug. Und sie hatte die Eingebung, nach der sie gesucht hatte. Ja, so könnte es klappen.

Der Polizeibeamte, der sich um die drei Obdachlosen zu kümmern hatte, saß hinter einer Glasscheibe und telefonierte. Kurz zuvor war der Mann, dessen Gesicht Emma nur von Max' Foto her kannte, vorgetreten. Er war ein wahrer Hüne, breite Schultern, freundliches Gesicht. Bisher hatte sie lediglich mitbekommen, dass die Straftaten, die man den Obdachlosen vorwerfen könnte – Hausfriedensbruch, Sachbeschädigung –, so geringfügig waren, dass die drei wohl nicht mit einer Anzeige rechnen mussten. Nicht zuletzt deshalb, weil das Unwetter in der Nacht tatsächlich so stark gewesen war, dass jeder in einer vergleichbaren Situation ebenfalls den nächstbesten Schutz gesucht hätte. Aber die Formalitäten mussten gewahrt bleiben, was hieß: Der Beamte musste ein Protokoll schreiben. Und in das Protokoll gehörten die entsprechenden Daten. Eben die Daten, die Emma interessierten, weshalb sie sich ziemlich weit vorn an die Fensterbank gelehnt und eine Zeitung aufgeschlagen hatte, hinter der sie sich versteckte.

Wenn nicht noch andere im Raum darauf gewartet hätten, um ebenfalls ihr Anliegen bei den überlasteten Beamten vorzubringen, wäre Emmas Neugier vielleicht aufgefallen. Aber so war sie nur eine von vielen.

Der Beamte hinter der Scheibe hatte einen Telefonhörer in der Hand, er war entweder mit dem Kreisverwaltungsreferat oder dem Ausländeramt verbunden. Mit der freien Hand tippte er die Informationen, die er bekam, in einen PC.

«Verstehe, ihr habt nichts über ihn …», murmelte er. «Auch sonst nichts Schriftliches, okay … Ja, der Mann sagt, er heißt Lee, Brandon Lee … Sehr gut, das stimmt also.» Lauschte einen Moment. «Nein, keine Adresse. Lebt auf der Straße … Davor war er in Wyoming, in Jackson Hole. Das ist in Amerika.»

Emma rührte sich nicht. Der Name schien schon mal zu stimmen. Und sie hoffte, dass die Informationen nicht irgendwann überhandnahmen. Sie war es gewohnt, alles zu notieren oder mit dem Smartphone aufzunehmen, aber das war hier unmöglich.

Sie tat weiterhin so, als sei sie in die Zeitung vertieft. Es war ein Exemplar der *Abendzeitung*, das sie beim Hereinkommen am Eingang der Polizeidienststelle aus dem Abfalleimer gezogen hatte. Kurz ließ sie das Blatt bei dem Stichwort *Jackson Hole* sinken und beugte sich unauffällig weiter nach vorn, um das Gemurmel im Raum weitestgehend auszublenden. Dabei sah sie, wie der Polizeibeamte, das Telefon noch immer am Ohr, den Kopf schüttelte. «36 soll er sein?» Er schaute den vor ihm stehenden Mann an. «Könnte stimmen. Er sagt, er sei vor zehn Tagen mit einem Touristenvisum eingereist.»

Emma blickte zu dem Mann, um den es bei dem Gespräch ging. Er war wirklich ein massiger Typ. Ruhig stand er da. Gelassen. Aufmerksam. Alle anderen im Raum überragend. Er wirkte, als würde ihn dies alles nicht betreffen. Mit einem Papiertaschentuch tastete er die rechte Augenbraue ab. An den Spuren auf dem Tuch erkannte er, dass die Wunde blutete.

Leicht drückte er auf die Verletzung und versuchte, das Blut zu stoppen.

Der Polizist hinter der Scheibe beendete das Telefongespräch und schaute einen Moment lang nachdenklich vor sich auf den Tisch. Dann stand er auf, nahm ein Blatt aus dem Drucker und schob es unter der Glasscheibe durch.

«Sie kommen davon», sagte er, «wir werden auf eine Anzeige wegen Hausfriedensbruch verzichten.»

«Danke, Sir. Ich danke Ihnen», sagte Brandon mit einer angenehmen Stimme. Sein Deutsch hatte einen amerikanischen Akzent.

«Hier. Unterschreiben.»

Brandon unterschrieb. «Thank you», sagte er. «Very nice, thanks.»

«Und hier Ihre Wertsachen.»

Der Beamte tippte auf eine andere Stelle. «Hier noch einmal.»

Brandon unterschrieb erneut. «Thank you, Sir. Danke.»

«Hören S' auf mit dem ständigen *Danke, Sir*. Sir haben wir hier nicht.»

«Vielen Dank, Officer.»

«Officer gibt's aa ned.» Er betrachtete den Mann einen Moment, er musste zu ihm hochschauen. «Tut mir leid, Mister Lee, ich bräuchte das Touristenvisum, am besten noch heute, wenn Sie es irgendwie einrichten kannt'n.»

Brandon nickte. «Ja, Sir. Of course, Sir. That's very kind of you.»

Der Beamte schob ein zweites Schriftstück nach.

«Vielen Dank, Officer. Thank you. Very, very kind.»

«Des reicht jetzt.» Der Beamte näherte sich der Scheibe und legte misstrauisch den Kopf schief. «Wollen S' mich beleidigen?»

«Of course not, Sir. Sie machen doch nur Ihre Arbeit.»

Der Beamte schaute auf die blutende Augenbraue und auf

das über dem Ohr dunkel glänzende Haar, wo das Blut angetrocknet war. Irgendetwas stimmte nicht mit diesem Burschen.

Er zeigte auf die Verletzungen. «Von wem ham S' des?»

Der Mann zuckte mit den Schultern.

«Einer von uns?»

Der Mann nickte leicht.

«Wollen S' sich beschweren?»

Brandon schüttelte den Kopf.

Der Beamte starrte ihn an. War sich nicht schlüssig, was er sagen sollte. Dann gab er sich einen Ruck.

«Raus hier!», bellte er. «Gengan S'.»

Als Brandon Lee ein paar Minuten später aus dem Polizeigebäude trat, stand Emma neben einem Fahrrad, das nicht ihr Fahrrad war, und tat so, als würde sie das Schloss öffnen. Aus den Augenwinkeln beobachtete sie, wie er zur Neuhauser Straße schlenderte und ab und zu in ein Schaufenster blickte. Emma folgte ihm auf der anderen Straßenseite. Als sie sah, wie Lee in den Färbergraben abbog, begann sie zu laufen, was nicht einfach war bei den kreuz und quer hastenden Menschen. Sie eilte um die Ecke des Färbergrabens – und bremste abrupt.

Da stand er, in voller Größe.

Er funkelte sie an. «What the hell is your problem?»

Sein Blick war misstrauisch, sein Gesicht gerötet. Herausfordernd beugte er sich nach vorn und fügte leise hinzu: «Was willst du?»

«Wie?»

«Verdammt, was willst du von mir?»

Emma machte eine lange Pause. Suchte nach einer unverfänglichen Antwort. Schließlich zeigte sie auf die rote Fleece-Jacke. «Das ist meine Jacke.»

Irritiert schüttelte Lee den Kopf.

«Ich hab sie gestern verloren.»

«Bullshit.»

«Für dich ist die doch viel zu klein», schob Emma nach.

Er zuckte die Schultern. «Is not even mine.»

«Ich weiß», sagte sie und starrte ihn an. Schließlich sagte sie: «Ich war gestern in der Mission in der Landshuter Allee, da habe ich sie liegen lassen. Warst du zufällig dort?»

«Geht dich nichts an.»

«Doch. Sie gehört mir. Das ist keine Männerjacke.»

«Fuck. Du lügst.»

«Verdammt. Ich will nur, was mir gehört.»

Lee kniff die Augen zusammen, eher verunsichert als aggressiv. Für einen Moment wusste er nicht, was er tun sollte. Dann nahm er die Jacke von der Hüfte und schleuderte sie ihr entgegen. «Bist du deshalb hinter mir her?»

Sie schüttelte langsam den Kopf. «Nein», gab sie schließlich zu.

«Nein?» Er machte eine Pause. «Damn, then why?»

«Wollte sehen, was du machst.»

«Was ich mache?»

«Ja. Genau. Du hast recht, das ist nicht meine Jacke. So was würde ich nie tragen. Ich … ich … habe nur nach einem Grund gesucht, dich kennenzulernen.»

Er starrte sie an.

«Brandon ist dein Name, richtig? Sei bitte nicht wütend. Ich wusste nicht, wie ich an dich rankomme. Ich … ich bin von einer Zeitung. Ich bin hier unterwegs, um ausländische Touristen zu befragen.»

«Ich bin kein Tourist.»

«Noch besser.»

Sie streckte ihm die Hand hin. «My name is Emma. Emma Bricks. Hast du ein paar Minuten Zeit für ein paar Fragen? Ich würde dich einladen. Da drüben ist ein Café, die haben einen super Kaffee. Dann erzähle ich dir, was ich alles brauche. It is not for nothing.»

«Keine Fotos», sagte er reflexartig.

«Kein Problem. Wenn ich dich fotografiere, dann nur von hinten.»

«Auch nicht von hinten. Du fotografierst mich gar nicht.»

«Okay, okay. Du kannst dich auf mich verlassen.»

Bilanz im Rycart Tower | Dienstag, 12 Uhr

Gelegentlich können Gewohnheiten lästig sein. An diesem Dienstagmorgen jedenfalls merkte Anthony Zara schnell, dass es keine glückliche Entscheidung gewesen war, wie so oft zwei dunkle Hemden über ein T-Shirt zu ziehen, denn die Klimaanlage war an diesem Tag selbst in der teuersten Suite des Rycart Towers ausgefallen. Zara verfluchte seinen Entschluss, wieder dieses angeberische Hochhaus als Treffpunkt vorgeschlagen zu haben. Aber Jacob Wood beruhigte ihn. Er hatte es hier einfacher, die Abhörgeräte und Kameras diskret zu verstecken, denn er kannte ja bereits die unauffälligsten Plätze.

Zara rollte nachdenklich mit seinem Stuhl vor und zurück. Er saß an einem Schreibtisch, einer Louis-Seize-Imitation, und blickte Randolph von oben bis unten an. Was er sah, erstaunte ihn nicht besonders. Ihn verblüffte vielmehr, was er nicht sah: ein respektables Äußeres. Auf dem Höhepunkt seiner Karriere war Randolph der bekannteste Bürgermeister der Welt gewesen, aber das war zwanzig Jahre her. Mittlerweile war er eine tragische Figur.

Das Treffen zu organisieren war Anthony Zara diesmal schwerer gefallen als noch vor drei Monaten. Erst als er versprach, Zeugnis darüber abzulegen, was er mit den vielen Millionen aus ihrem Rettungsfonds gemacht hatte und dass er die Restsumme aufteilen und auszahlen würde, waren sie bereit aufzutauchen. Natürlich wieder unter ihren jeweiligen Pseudonymen. Matt Gordon als *Gordon Gekko*. Randolph G. als *Randolph, The Gardener*. Und der kanadische Medienmogul Rupert

Maddox als *Logan Roy*. Was für eine Scharade! Denn das gesamte Geld ihres Geheimfonds war längst aufgebraucht.

Geändert hatte sich an der verschwörerischen Männerkonstellation in den zurückliegenden Monaten nur, dass Rupert Maddox Zara seinem Freund Rycart abgeworben und ihn als seinen persönlichen Berater engagiert hatte. Zara war jetzt noch mächtiger als zu den Zeiten, als er Rycarts Reden schrieb. Maddox hatte dem smarten, jugendlich wirkenden Mann ein paar Tage nach ihrer ersten Begegnung im Rycart Tower ein Angebot gemacht, das der Mann aus Norfolk, Virginia, nicht ausschlagen konnte. Zara hatte brillante Kontakte, war exzellent ausgebildet und stand politisch so weit rechts, dass Maddox sich mit ihm eine große Zukunft versprach. Jemanden wie Zara hatte er sich immer als Sohn gewünscht. Seinen eigenen Kindern traute er nicht über den Weg.

Dass sich die vier an diesem kalten Februarmorgen erneut trafen, war dringend notwendig geworden, denn keins ihrer hehren Ziele hatten sie erreicht. Adam Rycart war abserviert. Sein Herausforderer war als neuer Präsident ins Weiße Haus eingezogen. Dessen Zustimmungswerte waren überraschend hoch. Und er bekam weltweit Applaus, denn er nahm schon in den ersten Tagen seiner Regierungszeit die wirrsten und schädlichsten Entscheidungen der Ära Rycart selbstbewusst und ohne großes Tamtam zurück.

Schweigend blickte Zara auf seine Mitstreiter, erhob sich von seinem Schreibtischstuhl und holte sich einen Kaffee. Er hatte sich vorgenommen, sich nach außen genauso betroffen zu zeigen, wie er das bei Rycarts engsten Günstlingen wahrnahm. In Wirklichkeit kümmerte ihn deren unerfreuliche Situation nicht besonders. Persönlich konnte er ihr sogar etwas abgewinnen. Zum einen, weil er sich in all den Wochen nach der Wahl von dem irrlichternden Ex-Präsidenten ferngehalten hatte. Zum anderen hatte er absprachegemäß die Ereignisse im Zusammenhang mit dem Sturmlauf aufs Kapitol mit keinem Wort öffentlich kommentiert, nicht einmal gegenüber dem Maddox-Sender *News World*. Er war nach dem 6. Januar einfach von der Bildfläche verschwunden. Nicht zuletzt, weil sein Plan, der Plan hinter dem Plan der anderen, aufgegangen war. Zumindest zu einem Teil, denn die Beweise, die den Präsidenten und damit auch ihn selbst zerstören und ins Gefängnis bringen könnten, befanden sich längst nicht mehr in dem geheimen Archiv unweit des Eingangs zur Speaker's Lobby.

«Hey, was soll das werden?», sagte Matt Gordon ungeduldig. «Ich bin nicht hier, um Kaffee zu trinken.»

Zara sah zu dem Abgeordneten aus Florida und überlegte, wann er den fleischigen Mann mit den schmatzenden Lippen das letzte Mal gesehen hatte. Tatsächlich, es war am 20. Oktober des zurückliegenden Jahres gewesen. Ihm war das Umherhuschen seines Blicks ebenso entfallen wie der offen unaufrichtige Gesichtsausdruck. *Gordon Gekko* glaubte wohl, sich diese selbstbewusste Offenheit leisten zu können, seit Rycart ihn am letzten Tag seiner Amtszeit begnadigt hatte. Er hatte keinen Grund mehr, mit seinen Überzeugungen hinter dem Berg zu halten.

Zara beachtete Gordon nicht weiter. Keinen der Anwesenden schien zu interessieren, warum ihr großer Held und Mentor die Macht verloren hatte. Und niemand hatte Lust, die peinlichen Auftritte einiger ihrer politischen Freunde vor Augen geführt zu bekommen. Für sie war entscheidend, dass der Sturm aufs Kapitol ein Fiasko gewesen war. Der Mann aus Scranton/Pennsylvania war als neuer Präsident bestätigt worden. Die Demokraten hatten in beiden Häusern die Macht übernommen. Und sie, die langjährigen Profiteure, wurden verlacht. Von ihrem Verlust an Reputation ganz zu schweigen.

«Ich denke», ergriff Zara wieder das Wort, «wir sollten überlegen, wie wir weiter verfahren wollen. Leider haben wir nichts mehr in unserer Kriegskasse. Außerdem gibt es auch den einen oder anderen Abgang unter unseren Leuten zu verzeichnen.»

«Abgang?», ließ sich Randolph vernehmen.

«Todesfälle.»

«Die Polizisten, die es erwischt hat, sind doch selbst schuld. Sie hätten sich nicht gegen die Besucher des Kapitols stemmen sollen.»

«Randolph, das waren keine Schulklassen, die mit ihren Lehrern das Herz der amerikanischen Demokratie kennenlernen wollten. Schon vergessen?»

Maddox räusperte sich. «Anthony,» – Maddox war der Einzige, der Zara mit seinem Vornamen anredete – «gibt es Spuren von den … äh … Todesfällen, die man mit unserem Plan in Verbindung bringen könnte, den 6. Januar zu einem historischen Tag für die Republikaner zu machen?»

«Keine Spuren, nein», antwortete Zara leichthin.

«Kennen wir die Opfer unter den Leuten, die für uns gekämpft haben?», fragte Matt Gordon und nippte an seinem Drink.

«Nein», sagte Zara wahrheitswidrig.

«Namen, Adressen, Details?» Gordon ließ nicht locker. «Nun machen Sie schon.»

Zara schüttelte milde den Kopf. «Warum wollen Sie das wissen?»

«Ich denke, die Republikanische Partei sollte so viel Geld übrighaben, den Angehörigen dieser Helden einen Blumenstrauß, einen Orden oder ein kostenloses Wochenende in Disneyland zu spendieren.»

Zara konnte es nicht fassen.

«Ich denke, wir sind uns einig, dass wir alles dafür tun sollten, dass die Details dieser Stunden am 6. Januar nicht näher untersucht werden.»

Alle nickten. Darauf konnten sie sich einigen.

Maddox wuchtete sich in seinem Stuhl hoch und zog seinen Mantel an.

«Meine Herren, nur noch eine Anmerkung. Bei einem Reporter meines Senders hat sich jemand aus einem Gefängnis in Chicago gemeldet, der behauptet, dass sein Zellengenosse kurz vor seinem Tod behauptet habe, ein Sohn Adam Rycarts zu sein.»

Zara runzelte die Stirn. «Aus dem Gefängnis heraus?»

Maddox nickte. «Aus dem Cook-County-Jail.»

«Kurz vor seinem Tod? Woran ist der Mann denn gestorben?»

«Selbstmord. Vor drei Wochen.»

Zara winkte ab. «Und jetzt kommt dessen Zellengenosse daher und behauptet diesen Unsinn?»

Maddox nickte.

«Was für eine verrückte Welt!»

The Factory | Dienstag, 19 Uhr

Es wurde bereits dunkel, als Emma von ihrem Rad stieg, um in dem langen Bauzaun nach einem Zugang zu dem Gelände zu suchen. Sie hatte keine Lust, um die Baustelle herumzugehen, denn der Eingang war auf der gegenüberliegenden Seite. Nach ihrem Treffen mit Brandon Lee in dem Café an der Neuhauser Straße, zu dem kurz darauf ein spirriges, dünnes Mädchen namens Zofia gestoßen war, hatte sie am Marienplatz die S-Bahn genommen und war in die Redaktion geeilt, wo sie half, den Datensatz einer geleakten CD-ROM zu durchforsten und zu kategorisieren. Endlose, langweilige Arbeit. Irgendwann hatte sie etwas von plötzlichen Zahnschmerzen gemurmelt und dem Glück, einen späten Arzttermin ergattert zu haben. Und war verschwunden. Niemand hatte sie daran gehindert, sie wussten schließlich alle, dass sie nicht mehr lange zum Team der Investigativen gehören würde. Immerhin hatte sie in einer kurzen Pause recherchiert, dass Max' Büro in dem Gewerbegebiet in der Nähe der Schwere-Reiter-Straße lag, wo sich einst die Luitpoldkaserne befand.

Nachdem Emma durch eine Öffnung des Bauzauns geschlüpft war, lief sie auf ein heruntergekommenes Backsteingebäude zu, das zuletzt eine Werkzeugfabrik beherbergt hatte. Die Eigentümer waren unschlüssig, was sie mit dem Bau machen sollten. Noch war alles unrenoviert. Vermutlich hatte Max hier, dachte sie, für eine geringe Miete das kleine Büro bekommen, von dem er gesprochen hatte.

Emma zog ihre weiße Bommelmütze vom Kopf, verstrubbelte ihr Haar und sprang über ein paar Pfützen, bevor sie eine breite Steintreppe hinauf in den zweiten Stock eilte. *Goldberg Forensic Architecture* (GFA) stand auf einem Schild neben einer zweiflügeligen Stahltür. Da sie keine Klingel fand, klopfte sie. Max öffnete ihr und nahm sie kurz in die Arme, was sie verlegen machte.

Sie war sprachlos, als sie über seine Schulter schaute und langsam in den weitläufigen Raum trat. Rund zweihundert Quadratmeter war er groß und nahm die ganze Fabriketage ein. Nichts war gestrichen oder besonders hergerichtet. Der Raum wirkte, als wären die Werkbänke, Stahltische, Maschinen und Regale der alten Werkzeugfabrik erst vor Kurzem weggeschafft worden. Weitgespannte Stahlträger unter der roh belassenen Decke, gemauerte Stützen, der Boden aus rauem Zement und riesige Fenster, durch die am Tag sonniges Licht hereinfallen konnte. An der einen Seite war eine Küche, daneben an einer Tür ein Schild, das darauf hinwies, dass die Toiletten ein Stockwerk tiefer zu finden waren. In einer Ecke standen ein paar Polstermöbel zum Relaxen, daneben ein großes Konferenzzimmer mit Glaswänden. Auf dem Rest der freien Fläche verteilten sich zwanzig Mitarbeiter.

Emma schaute Max stirnrunzelnd an. Das also verstand dieser Typ unter einem «kleinen Laden» und «ein paar Freunden»: Zwölf Männer und acht Frauen, alle unter dreißig Jahre alt, befanden sich in dem Raum. Sie saßen an breiten Eckschreibtischen, unter denen mächtige Computer summten. Sie alle waren Spezialisten auf ihren jeweiligen Gebieten. «Der Einzige, der kein Spezialgebiet hat, ist unsere Sekretärin», sagte Max und tat unbefangen. «Er heißt Mohammed.» Alle anderen hatten zwei oder drei Monitore vor sich stehen. Auf einigen sah Emma dreidimensional die Räumlichkeiten eines großen Gebäudes mit Kuppel. Per Splitscreen geteilt in Außenansicht und Innenansicht.

«Das müssen ja Wahnsinnscomputer sein», sagte sie und deutete auf die Boliden unter den Tischen.

«Ja. Die Rechnerleistung ist okay», gab Max zurück, dem es gefiel, wie beeindruckt sie war. «Die meisten unserer Erkenntnisse werden in CAD-Systeme eingebunden, also in computergestützte Designmodelle der Wirklichkeit.»

«Sehr nett, dass du mir das erklärst.»

«Na ja, du kommst von einem analogen Medium.»

Emma schaute einer jungen Frau mit Pferdeschwanz über die Schulter. Was die gerade auf den Monitoren vermaß, sagte ihr nicht viel.

Die junge Frau stand auf. «Hallo. Du musst Emma sein. Super, dass du uns hilfst», sagte sie mit einem englischen Akzent und hielt ihr die Faust zur Begrüßung hin.

Emma zog kurz die Brauen hoch. Eigentlich war sie davon ausgegangen, dass sie ihre Arbeit für Max gerade beendet hatte. Aber sie wollte nicht zickig sein, also schaute sie die junge Frau freundlich an. Sie sah nett aus mit ihren lockigen, zusammengebundenen Haaren und einer schwarzen Hornbrille. Später erfuhr Emma, dass sie beide fast gleichaltrig waren.

«Wenn ich vorstellen darf», sagte Max. «Das ist Greta. Greta Bishop. Sie hat rausgekriegt, welches Gebäude bei der Explosion im Hafen von Beirut als Erstes in die Luft geflogen ist. Und nur für dich, Emma, falls ihr noch einmal darüber schreiben wollt: Es war nicht das Ammoniak-Lager, wie alle dachten.»

Emma wurde rot. Genau das hatte sie geschrieben. Um abzulenken, zeigte sie auf die Monitore.

«Und was ist das? Sieht auch aus wie ein wichtiges Gebäude.»

«Ist es, ja», antwortete Max. «Das Kapitol in Washington. Sitz des …

«… Senats und des Abgeordnetenhauses», vollendete Emma den Satz.

Sie schaute Max stirnrunzelnd an. Er konnte ja nicht ahnen, dass sie sich in den Jahren bei der Zeitung die angelernte Unterwürfigkeit abgewöhnt hatte, auf die ihre Mutter und die Nonnen im Internat so viel Wert gelegt hatten. Sie war nicht mehr bereit, die Hacken zusammenzuschlagen, wenn ein Mann mit seinen Weisheiten daherkam. Andererseits gab sie sich in fremder Umgebung gern zurückhaltend, wenn sie weder die Haltung ihr gegenüber noch die gefühlsmäßigen Verbindungen ihrer Mitmenschen untereinander durchschaut hatte. Solange ihr nicht alles klar war, ließ sie deshalb vieles lieber an einer äußeren Schale freundlicher Höflichkeit abprallen, was ihr manchmal etwas Unnahbares verlieh.

«Ich glaube, sie mag es nicht, wenn wir sie unterschätzen», sagte Greta.

«Okay, okay, tut mir leid», murmelte Max.

«Aber wissen würde ich schon gern, was ihr hier macht», sagte Emma in einem Ton, der ihn tröstete.

Greta nahm Emma am Arm und zog sie mit sich, Max taperte hinter ihnen her. «Also, in aller Kürze: Wir haben uns auf ein Ermittlungsverfahren namens *Visual Investigation* oder *Open Source Investigation* spezialisiert. Schon mal gehört?»

Emma schüttelte den Kopf. «Flüchtig.»

«Im Kern konzentriert sich diese Art der Ermittlungsarbeit auf alle nur denkbaren Quellen, nicht nur auf das, was irgendein Zeuge erzählt oder ein Polizist erfragt hat. In einem ersten Schritt konzentrieren wir uns auf Bilder. Auf Bilder, die wir uns von überallher besorgen. Vor allem aus Tausenden von Handys, denn von jedem Ereignis und jeder Katastrophe gibt es mittlerweile massenhaft Aufnahmen. Wenn wir die haben, dann kommt der zweite Schritt: die Knobelarbeit. Dann setzen wir die Daten in Bezug zueinander.»

Max blieb an einem Tisch stehen und klaubte sich aus einer Tüte ein Gummibärchen.

«Das heißt», fuhr Greta fort, «dass wir am Ende Tausende von Daten über ein Ereignis haben. Die müssen wir dann entziffern und zum Sprechen bringen. Schon ein einziges Handyvideo enthält einen Schatz von Informationen.»

«Zum Beispiel?», fragte Emma und dachte an die alten Fotos ihrer Tante, auf denen oft nur ein winziges Männchen – der Großvater – vor dem Großglockner zu sehen war, was niemandem etwas brachte, denn weder stand auf dem dunkel aufragenden Berg der Name des Bergs, noch konnte man das Gesicht des Abgebildeten erkennen.

Max holte Luft und sagte kauend: «Wie du weißt, enthält ein Foto heutzutage den Namen des Fotografen. Dann die Zeit. Dann den Aufnahmeort. Aus dem Bild selbst kannst du den Blickwinkel herauslesen und natürlich das Wetter. Am Schattenverlauf erkennst du den Stand der Sonne oder nachts den des Mondes. Und wenn Leute auf dem Foto zu sehen sind, dann haben wir einen Ansatz, wer sonst noch Fotos gemacht haben könnte …»

«Kurz», fiel Greta ihm ins Wort, «wenn du zwei Fotos oder Videos kombinierst, hast du ein Statement. Wenn du aber sechs Fotos oder Videos kombinierst, hast du eine Explosion. Eine Informationsexplosion.»

Emma runzelte die Stirn. Das hier war offenbar kein Kindergeburtstag. Die schienen zu wissen, womit sie spielten.

Greta sah die Zweifel in Emmas Gesicht. «Ich weiß, das

klingt verrückt. Aber wenn du das Ganze mit weiteren Datenquellen abgleichst – zum Beispiel mit Satellitenbildern von Google Earth oder mit den NASA-Aufnahmen aus dem Weltraum –, dann entsteht ein Faktengewebe, das um ein Vielfaches dichter und vor allem unangreifbarer ist als das meiste, was man als Journalist oder Reporter herausbekommen kann.»

Jetzt schauten beide Emma an, als sei sie eine sehr, sehr kleine Maus, der sie helfen müssten, endlich in den Karton zu springen, in dem die Haselnüsse lagen. Und Emma wurde klar, warum Max sie am Abend zuvor – war das wirklich erst 24 Stunden her? – in ihrer Lieblingsbar angesprochen hatte. Er hatte sie erst einmal prüfen und beobachten wollen, bevor er bereit war, ihr diese Fabriketage zu zeigen. Dass diese Prüfung und Beobachtung sehr intensiv ausgefallen war, hatte er wohl selbst nicht einkalkuliert. Ihm, Greta und den anderen war offensichtlich bewusst, dass sie Erkenntnisse gewinnen konnten, die die herkömmlichen Recherchemethoden des Journalismus über kurz oder lang revolutionieren würden. Und sie sah in den leuchtenden Augen der beiden, wie überzeugt sie davon waren, dass gegen ihre Erkenntnisse nichts Handfestes vorzubringen war. Damit konnten all die Idioten mit ihrem Geschwafel von *alternative facts* einpacken. Und die ernsthaften Journalisten ihre gut gemeinten Erklärungen vergessen, bei aller Subjektivität immer so objektiv wie möglich zu sein, denn das Bemühen um Objektivität war bei genauer Betrachtung ja auch schon subjektiv. Wenn die Leute von *Goldberg Forensic Architecture* mit ihren Methoden und mithilfe stärkster Computer nachweisen konnten, dass eine Kugel aus einer anderen Richtung abgefeuert worden war, als man bisher annahm, dann konnten sie der Polizei den richtigen Täter präsentieren. Eben weil sie mittlerweile auch über Mittel und Wege verfügten, die den Pulvergeruch in einem Raum sichtbar machten – und wohin er zog. Oder weil sie Schallwellen – zum Beispiel die eines Knalls – grafisch kenntlich machen und verfolgen konnten. Und von wo diese Schallwellen ihren Ausgang nahmen.

Als die beiden, die am Ende abwechselnd geredet hatten, so weit waren, Emma die Schallwellen grafisch zeigen zu wollen, und Max begann, eine mathematische Formel für den Verlauf einer Schallwelle zu entwickeln, hob Emma beide Hände in die Höhe und rief: «Halt! Halt!» Es reichte. Seit zwölf Stunden war sie jetzt auf den Beinen. Davor hatte sie nur vier Stunden geschlafen, und derjenige, der das zu verantworten hatte, stand vor ihr. «Leute, tut mir leid», fügte sie an. «Könnten wir mal unterbrechen? Habt ihr vielleicht irgendwas zu trinken hier? Ich bin ganz schön fertig.»

Als Emma eine Viertelstunde später in dem Glaskasten, dem großen Konferenzraum, saß und auf die anderen wartete, weil gleich das Abendessen in Form von ein paar Pizzen für alle eintreffen würde, da schwirrte ihr der Kopf. Hier schien niemand auf die Uhr zu schauen. Hier arbeiteten alle so lange, wie sie Lust hatten. Und sie schienen viel Lust zu haben. Wenn sie in den zurückliegenden Minuten alles richtig mitbekommen hatte, dann hatte Max Goldberg – den sie nicht anschauen konnte, ohne dass sie ein seltsames Ziehen in der Magengegend spürte –, zusammen mit Greta Bishop, der Frau mit der Hornbrille, ein Jahr zuvor das Start-up-Unternehmen GFA gegründet. *Goldberg* Forensic Architecture. Goldberg. Nicht *Bishop* Forensic Architecture. Also war er der Wichtigere. Oder nur, weil er sich als Mann vorgedrängt hatte? Egal. Das würde sie noch herausbekommen. Bisher, hatte Max in einem Anflug von Ehrlichkeit gesagt, waren die Ausgaben ihres kleinen Unternehmens leider noch höher als die Einnahmen, vor allem auch deshalb, weil die Fabriketage 4500 Euro im Monat kostete und die *facilities*, vor allem die Computer, finanziell alles gesprengt hätten, was sie einkalkuliert hatten. Aber sie hätten hoch gepokert und von einer Venture-Capital-Gesellschaft ein Startkapital von einer Million Euro bekommen. Das, hatte Max selbstsicher gesagt, müsste und sollte für ein Jahr reichen. Vielleicht sogar für zwei.

«Klar», hatte Emma gesagt. «Und wer zahlt die Million zurück?»

«Okay, okay, du hältst uns für Hasardeure. Oder für Angeber. Und ich gebe zu, ein Risiko gibt es, denn die bisherigen Aufträge, die wir an Land ziehen konnten, sind nur schlecht bezahlter Kleinkram.»

Als Max ihr das sagte, standen sie in der kleinen Küche. Er hatte gerade zwei Flaschen Bier aus dem Kühlschrank geholt und ihr eine davon gegeben. Er lehnte an der Arbeitsplatte, sie an dem Tisch in der Mitte. Zwischen ihnen lag höchstens ein Meter, und sie hatte das Gefühl, dass sie diesen Meter gleich verkleinern würde, wenn er es nicht täte. Dieser Max war verrückt. Leichtsinnig. Aber verdammt anziehend in seiner Nonchalance …

«Hörst du mir überhaupt zu?», fragte er. Sie hatte keine Ahnung, was er gesagt hatte. «Das ist wirklich das Einzige, was mich bedrückt», wiederholte er. «Noch sind die üblichen Zeitungen und Fernsehsender nicht angesprungen auf unsere Recherchemethoden. Also gehen wir in Vorleistung, verstehst du?»

Sie schaute ihn an. Konzentrierte sich. Nickte.

«Das heißt, wir arbeiten ohne direkten Auftrag. Natürlich wollen wir Erkenntnisse präsentieren, die, wenn sie schlüssig sind, die Welt verändern können. Hoffen wir. Träumen wir. Reden wir uns ein. Also stürzen wir uns seit ein paar Monaten auf Ereignisse und Katastrophen, die gerade irgendwo passieren. Ereignisse, bei denen die ganze Welt rätselt, was sich wirklich zugetragen hat. Kommst du noch mit?»

«Klar.»

«Im Ernst: Je größer das Geheimnis, umso größer ist unser

Antrieb. Was mich stanglgrad zu der Frage geführt hat: Was ist wirklich bei dem Sturm aufs Kapitol passiert? Wer waren die Täter, wer die Opfer? Wer waren die Rädelsführer und wer nur die Mitläufer? Und, verdammt noch mal: Hatte der 45. Präsident der Vereinigten Staaten, Adam John Rycart, tatsächlich bei dem Marsch aufs Kapitol und damit bei dem größten Angriff auf die amerikanische Demokratie – hatte er da die Hände mit im Spiel?»

Max schaute sie an. Sah die roten Wangen. Sah ihre glänzenden Augen. Sah die feuchten Lippen und bemerkte die Spannung ihres hoch aufgeschossenen Körpers. Und spürte dann selbst auch die Spannung im Raum.

Er hatte nur keine Ahnung, worauf sie sich bezog.

«Ein Hammer, nicht wahr?», sagte er und trank einen großen Schluck aus der Flasche.

«Absolut», hustete sie, weil sie sich gerade verschluckt hatte.

In dem Moment schaute Greta um die Ecke. «Ich geh jetzt einkaufen», rief sie Max zu. «Sehen wir uns nachher noch?»

«Auf jeden Fall», rief er zurück.

Greta verschwand, und er starrte einen Moment lang Emma nachdenklich an.

«Was meinst du, Emma. Sollen wir auch abhauen und noch in Ruhe ein Bier trinken? Du hast ja noch gar nicht erzählt, was du heute rausbekommen hast über unseren Paketboten.»

Emma zuckte zusammen. «Auf keinen Fall, Max. Ich … ich muss nach Hause. Ich habe noch immer dieselben Klamotten an. Wenn du willst, können wir uns morgen treffen. Dann erzähle ich dir, was ich von dem Kerl weiß. Nur so viel: Ich glaube, er ist euer Mann.»

«Nein.»

«Doch. Er stammt aus Jackson Hole, einem Nest in Wyoming. Er war bei dem Sturm aufs Kapitol dabei. Er war sogar einer derjenigen, die vorneweg gestürmt sind. Er hatte zeitweise eine Art Schamanenkostüm an, hat er mir erzählt, das hat er dann in der Toilette ausgezogen, weil es zu auffällig war. Er fand das witzig. Dann ist irgendwas schiefgelaufen. Und er ist noch am selben Tag abgehauen und untergetaucht. Wo, wollte er nicht sagen. Dann hat er sich in New York einen Frachter gesucht und hat dort als Hilfskoch angeheuert. In Rotterdam ist er von Bord und mit dem Zug nach München gefahren. Seit 14 Tagen ist er hier.»

«Wow. Das alles hast du heute erfahren?»

«Alles ohne Schallwellenberechnung, ja. Nach der klassischen analogen Methode: eine vernünftige Frage im richtigen Moment.»

«Und dein erster Eindruck?»

«Ein interessanter Typ. Er stellt sich dumm. Und zwar so, dass man das nicht sofort mitbekommt. Der Beamte in der Ettstraße zum Beispiel war ganz verwirrt. Das heißt, er ist intelligenter, als man das von einem herkömmlichen Obdachlosen erwartet.»

«Was meinst du, warum ist er nach München gekommen?»

«Keine Ahnung. Kann sein, dass er hier jemanden kennt, von dem er glaubt, dass er ihm helfen könnte. Denn eins scheint klar zu sein: Er hat kein bisschen Kohle. Der lebt tatsächlich auf der Straße.»

«Allein?»

«Er hat so was wie eine Freundin. Zofia. Eine Polin. Sie scheint auf Drogen zu sein. Irgendwie fühlt er sich für sie verantwortlich. Die beiden pennen seit ein paar Tagen im Keller der Vereinsbank am Promenadeplatz. Ein Wachbeamter der Bank lässt sie dort schlafen.»

«Also könnten wir ihn jederzeit finden.»

«Ja, ich glaub schon. Solange er nicht plötzlich verschwindet.»

Max stellte die Flasche auf die Arbeitsplatte und rieb sich die Augen. «Mann, Mann, Mann. Dann ist der Kerl einer dieser

Rycart-Anhänger. Fährt von Wyoming nach Washington und stürmt ins ehrwürdige Kapitol, weil er Rycart toll findet und verhindern will, dass die Demokraten ihren neuen Präsidenten bestätigen.»

Emma nickte. «Ich kann's auch nicht fassen.»

«Wir müssten herausbekommen, ob er hier bei uns irgendwelche Kontakte hat.»

«Wer ist wir?»

«Du.»

Sie schaute ihn nachdenklich an. Es gab eine Menge Gründe, wieder zu ihrer normalen Arbeit zurückzukehren. Es gab aber leider auch eine Menge Gründe, Max und seinen Leuten zu helfen.

Sie nickte. «Okay, ich denk drüber nach. Aber jetzt hau ich erst mal ab.»

«Soll ich dich rausbringen?»

«Auf keinen Fall.»

VIERTER TEIL

Bobby Meyer tobt | Mittwoch, 10. Februar, 16 Uhr

Kurz nach vier Uhr, ein Tag, nachdem David Jakubowicz in Pullach die schreckliche Nachricht von Irinas Tod erhalten hatte. Reglos stand er am Fenster seines Büros und versuchte, Ordnung in sein Gefühlschaos zu bringen. Kein schlechter Platz dafür in der luftigen Höhe des 24. Stocks.

In einer Stunde würde Redaktionsschluss sein für die Printausgabe, aber David hatte nichts von der Hektik mitbekommen, die täglich bis zu dem Moment wuchs, in dem die Zeitungsseiten vom Chefredakteur oder dem Chef vom Dienst zum Druck freigegeben wurden, was in der Regel gegen 17:15 Uhr geschah.

David hatte sich den ganzen Tag über in sein Zimmer zurückgezogen und seine Sekretärin Eva Rösner gebeten, niemanden durchzustellen. Er müsse ein Problem durchdenken, das seine volle Konzentration erfordere. Für die Rösnerin, wie sie im Haus genannt wurde, war damit klar, dass David einen längeren Text zu schreiben hatte, bei dem er auf keinen Fall gestört werden wollte. In Wirklichkeit aber hatte ihn Irinas Tod aus der Bahn geworfen. Schuldgefühle, Selbstvorwürfe, die Gewissheit, falsch reagiert zu haben und nichts mehr ändern zu können an der Katastrophe, erschütterten ihn mehr als alles, was er bislang erlebt hatte. Selbst der Tod seiner Mutter oder das Ende seiner Ehe mit Miriam hatten ihm nicht so zugesetzt. Der Tod seiner Mutter, die ihn allein großgezogen hatte, war zu erwarten gewesen, sie war 87 Jahre alt geworden. Und die frühe, nur kurz während Ehe mit Miriam lag 15 Jahre zurück.

Seit gut einem Jahr war er jetzt nicht nur Chefreporter, sondern auch stellvertretender Chefredakteur des renommierten Blattes. Helen Christensen hatte ihm die nicht unwichtige Position angeboten, nicht zuletzt, weil sie ihn auch als Berater in ihrer Nähe haben wollte. Eine Personalie, die auf breite Zustimmung gestoßen war, denn David Jakubowicz kannte das Haus wie kein zweiter. Das Jahr der Zurückgezogenheit und Ruhe nach den turbulenten Ereignissen um die Ermordung von Assads Bruder Faris al-Assad in den Schweizer Bergen hatte ihm geholfen, seine psychischen Verletzungen wieder in den Griff zu bekommen. Ob sie ganz überwunden waren, konnte er nicht sagen, denn schlafen konnte er nach wie vor nicht gut. Von Caesar, wie sein syrischer Freund Harun Tamimi von allen genannt wurde, hatte er in dem Jahr nichts gehört, was ein gutes Zeichen war. Caesar hatte es nach seinen tödlichen Schüssen auf den Verbrecher und Folterer Faris al-Assad offenbar geschafft, dauerhaft unterzutauchen und irgendwo versteckt und sicher zu leben, vielleicht sogar mit der wunderbaren Lynn Bramke.

Und jetzt dieser Schicksalsschlag: Irinas Tod.

David ging zurück zu seinem Schreibtisch und schaute sich noch einmal das Foto auf dem Computerbildschirm an, das er betrachtet hatte, bevor er aufgestanden und ans Fenster getreten war. Es zeigte eine vollgekritzelte Seite, aus der er beim besten Willen nicht schlau wurde. Er schüttelte den Kopf. Das war wahrlich nicht der klügste Einfall gewesen, Forsbergs Kladde auf dem Plastiktisch vor dem Wohnmobil liegen zu lassen. Vor allem hätte er es sich sparen können, jede zweite oder dritte Seite zu fotografieren, in der Annahme, sich die Zusammenhänge schon erschließen zu können, denn Forsberg hatte lediglich stichwortartig notiert, was ihm seine Quelle zugetragen hatte. David hätte schon die Geduld und den Sachverstand des französischen Sprachwissenschaftlers Champollion haben müssen, um auf irgendeinen ertragreichen Sinn zu stoßen. Ebenjenes Gelehrten, der zu Anfang des 19. Jahrhunderts den wesentlichen Anstoß zur Entzifferung der ägyptischen Hieroglyphen gegeben hatte. Abgesehen davon, dass das Wunderkind Champollion für die Entzifferung der Hieroglyphen elf Jahre brauchte, hatte der Franzose bereits im Alter von 18 Jahren acht alte Sprachen beherrscht. David musste sich eingestehen, dass er sich nicht im Entferntesten mit diesem Genie vergleichen konnte. Er ging davon aus, für diese Aufgabe keine elf Jahre Zeit zu haben. Und er hatte als alte Sprache nur Latein gelernt, was ihm in diesem Fall auch nicht weiterhalf.

Da klingelte sein Telefon und riss ihn aus seinen trübsinnigen Gedanken.

«Kannst du mal rüberkommen?», fragte Helen Christensen. «Wir sind in Alex' Büro.»

Schon beim Eintreten in Alex Khans chaotisches Chefredakteursbüro hörte David, wie Bobby Meyer, ihr Amerika-Korrespondent, in seinem Büro in Washington tobte. Er sah ihn auf der großen Videoleinwand seitlich von Khans Schreibtisch. Erregt tigerte Bobby in seinem Loft hin und her: zwischen einer Küchenzeile, einem ungemachten Bett, einem mit Papieren übersäten Schreibtisch und einem Billardtisch in der Mitte des Raums. Meyer war ein unkonventioneller Typ, optisch völlig aus der Zeit gefallen, er hätte besser in die sechziger Jahre des vergangenen Jahrhunderts gepasst. Zehn-Tage-Bart, lange, zauselige Haare, braune Weste über weißem T-Shirt, Jeans, spitz zulaufende Boots. Aber er war einer der besten Korrespondenten, den das Blatt hatte.

«Alex», brüllte er mit dem Smartphone am Ohr, «ich bin

extra um fünf aufgestanden, damit ich dir den Text über diese niederschmetternde Uneinsichtigkeit der Rycart-Anhänger pünktlich liefere – und jetzt willst du ihn nicht. Das ist das vierte Mal, dass du einen Text von mir in die Tonne trittst und ich mir überflüssigerweise die Nacht um die Ohren gehauen habe.»

«Ich trete den Text nicht in die Tonne, Bobby, ich will ihn nur einen Tag später bringen», sagte Alex Khan ruhig. «Deine letzte Beschreibung des Ex-Präsidenten hat mir übrigens sehr gut gefallen.» Er saß an seinem Schreibtisch, die Füße auf dem Tisch. Um ihn herum, verteilt im Raum, saßen oder standen Helen Christensen, David Jakubowicz und Kurt Winterberg, der Chef der Seite Drei, ein Mann mit stoppelkurzen Haaren und einer kleinen Brille mit schlichter Metallfassung.

«Du meinst, dass er ein gefallsüchtiger Geck ist, ein riesiges schwarzes Loch der Liebesbedürftigkeit, ein tobsüchtiger Tyrann mit der Impulskontrolle eines Dreijährigen? Ja, fand ich auch gut.»

«Du siehst, wir lesen deine Texte.»

«Aber jetzt sind seine Anhänger das Thema, Alex. Die sehen in ihm noch immer einen Heilsbringer. Sie halten an ihm fest, egal, was er macht oder sagt. Die wissen, dass nahezu alles, was der Mann von sich gibt, eine Lüge ist. Ich schwöre dir: Wegen dieser Speichellecker und Arschkriecher besteht die Gefahr, dass Rycart wiedergewählt wird. Darüber müssen wir schreiben!»

«Ja, Bobby, das sehe ich auch so. Aber nicht jeden Tag. Und nicht 300 Zeilen. Verabredet waren 80.»

«Verdammt, Alex, das ist kein Thema für einen Einspalter.»

«Doch, ist es.»

«Nein!» Jetzt brüllte Meyer, und man sah auf dem Bildschirm, wie er bei seinem Parcours durch sein Loft auf den Küchentisch schlug. «Man muss die Motive aufdröseln, warum diese selbstsüchtigen Konservativen einem Menschen selbst dann folgen, wenn er sie in den Abgrund führt. In die absolute Spaltung der Gesellschaft. In einen Kulturkampf. Alles nur, weil diese Leute Angst um ihre Pfründe haben. Der Sturm aufs Kapitol, der war doch nur der Anfang. Nach dem nächsten Angriff auf die Demokratie kannst du das Land mit Nordkorea vergleichen. Die arbeiten schon am nächsten Aufstand.»

Das Echo seines Ausbruchs hallte von der gegenüberliegenden Glaswand wider. Alle schauten Khan an, der gelassen wartete, bis es verklungen war.

«Wer ist die Quelle für diese These?», fragte er kühl.

«Ein Ex-FBI-Agent.»

«Ex-FBI?»

«Ja.»

«Besorg dir eine Quelle, die noch im Job ist.»

Helen Christensen, die vernünftige und immer auf Ausgleich bedachte Verlegerin der Zeitung, mischte sich ein. Sie lehnte seitlich an einem Tisch, auf dem sich Bücher und Zeitschriften stapelten.

«Bobby, wir wollen doch nur, dass du die Vergangenheit mal für ein paar Tage ruhen lässt. Es sind neue Zeiten angebrochen. Seit zwei Wochen ist der neue Präsident im Amt, während Rycart sich in seinem Golf-Hotel in Florida beleidigt vergraben hat. Und wir alle haben das Gefühl, dass der Neue das sehr gut macht. Schreib doch mal was Unpolitisches. Geschichten aus dem Land. Über Leute, die nichts mit dem Betrieb in Washington zu tun haben. So was hat dir doch früher auch immer Spaß gemacht.»

Jetzt stürmte Meyer zu seinem Schreibtisch und schaute direkt in die Kamera über dem Bildschirm. Sein zauseliger Kopf füllte fast die gesamte Leinwand in Khans Büro aus.

«Helen», sagte er mühsam beherrscht, «alles hier ist politisch. Innenpolitisch herrscht Krieg. Der Supreme Court mit seiner Mehrheit konservativster Richter hat angefangen, das Land mit seinen Urteilen in die Steinzeit zurückzuführen. Außerdem habe ich euch in den vergangenen Tagen drei perfekt recherchierte Geschichten geschrieben, die ihr alle auch noch nicht gedruckt habt.»

«Zum Beispiel?»

«Die Panorama-Story über einen versteckten Raum im Kapitol, der in keinem offiziellen Baugenehmigungsplan auftaucht.»

«Bobby», sagte Khan mit einem Unterton der Verzweiflung, «bitte. Das ist ein Text fürs Sommerloch.»

«Und was ist mit dem Text über die Korruption im Weißen Haus?»

«Verdammt, ist das deine Vorstellung von unpolitisch?!», rief Khan.

«Lies doch endlich mal das Zeugs, das ich dir schicke! Rycart hat noch kurz vor Ablauf seiner Amtszeit seine engsten Verbrecher-Freunde begnadigt und damit vor dem Knast bewahrt. Unter anderem auch diesen Kinderschänder Matt Gordon. Dieser Kerl hat seinem Mentor dafür Millionen zugeschoben. Das ist doch ein Skandal!»

«Sagt wieder deine Ex-FBI-Quelle, richtig?» Khan nahm die Füße vom Tisch. Ihm reichte es. «Hast du auch Quellen, die nicht in Rente sind?»

«Gott! Was macht ihr eigentlich die ganze Zeit. Selbst meine Reportage über den Jungen, der im Cook-County-Jail in Chicago Selbstmord begangen hat, habt ihr noch nicht gebracht.»

«Warum wohl?», knurrte Khan. «Was ist an dem Jungen so außergewöhnlich?»

«Der sollte in drei Monaten entlassen werden, auf einen Wink aus dem Weißen Haus hin. Außerdem wollen die Republikaner in Illinois den Gefängnisdirektor jetzt wegen des Selbstmords aus seinem Job jagen. Die Regionalzeitungen bringen täglich Storys darüber.»

«Bobby, bitte», sagte Helen und schaute David hilfesuchend

an. «Ist das nicht auch zu … zu unbedeutend, zu … belanglos für unser Blatt? Wir können doch nicht jeden Toten in einem US-Gefängnis mit einer Reportage würdigen.»

«Der Mann ist ein Weißer, Helen! Ein 24-jähriger Weißer, der wegen eines Raubmords einsaß. Warum begeht der Kerl Selbstmord? Drei Monate, bevor er überraschenderweise freikommt?»

«Weil das Gefängnissystem in den USA abscheulich ist», ließ sich Alex Khan wieder vernehmen. «Bitte, Bobby, lass diese Themen mal eine Zeitlang liegen. Gibt es nicht irgendwo in den USA einen Zoo, in dem ein kleiner, süßer Koala-Bär gerade das Licht dieser grausamen Welt erblickt hat? Du könntest die Leute fragen, wie er heißen soll.»

«Leck mich», entfuhr es Bobby Meyer. Er war bei Khans letzten Worten fassungslos stehen geblieben. Aber auch Khan merkte, dass er zu weit gegangen war.

«Bobby, tut mir leid. Das war unter der Gürtellinie. Den Koala-Bären nehm ich zurück. Du machst wirklich einen guten Job. Lass uns morgen noch mal telefonieren, ja? Vielleicht kannst du ja in den nächsten Tagen einen Informanten auftreiben, der den Mut hat, seinen Namen zu nennen und sich fotografieren zu lassen. Und der noch arbeitet und nicht Rosen züchtet.»

Bei seinen beiden letzten Sätzen hatte Khan nicht auf das Videobild an der Wand geschaut. Es war ihm deshalb entgangen, dass Bobby Meyer das Gespräch längst abrupt und ohne ein Abschiedswort beendet hatte, denn die Leinwand war schwarz. Bobby hatte auf «Exit» geklickt, als Khan gesagt hatte, dass er einen guten Job machen würde. Genau das würde er nicht machen, da war er sich sicher, wenn er Khans Anregungen befolgen würde. Also gab es keinen Grund mehr, überhaupt noch zuzuhören.

Kurz darauf standen Helen Christensen und David Jakubo-wicz im Aufzug und fuhren hinunter in die Cafeteria, die im Erdgeschoss des Hochhauses lag. Sie hatten beide eine Kaffeepause nötig nach dem unerfreulichen Telefonat.

Helen betrachtete kurz ihr Spiegelbild und wandte sich dann David zu. «Waren wir zu streng mit Bobby?», fragte sie.

«Na ja, ich kann ihn verstehen», antwortete David. «Die älteste Demokratie der Welt kann sich nicht darauf einigen, dass ein Wahlergebnis stimmt. Das kann einen schon um die Zukunft des Landes fürchten lassen.»

«Aber es ist doch noch mal gutgegangen.»

«Bobby fürchtet aber, dass der Verrückte wiederkommt.»

«Früher war er gelassener.»

«Um ehrlich zu sein: Ich denke auch, dass wir zu defensiv kommentieren und klarer darauf hinweisen sollten, dass in den USA eine Minderheit frömmelnder, radikaler Egoisten mithilfe des Geldes einiger Superreicher sukzessive die Macht zu kapern versucht.»

«Vergiss nicht: Diese Leute, die das Land spalten, sind alle gewählt worden. Wenn die amerikanischen Bürger die fundamentalistischen Extreme wollen, dann können wir sie doch nicht …»

«Nein, Helen, hör auf. Die Wähler dieser ultrakonservativen Politiker sind zahlenmäßig in der Minderheit – trotzdem diktieren sie der Mehrheit des Landes, nach Gesetzen und Regeln leben zu müssen, die die gar nicht wollen. Das ist der Webfehler des amerikanischen Wahlsystems. Im Ernst, wenn das so weitergeht, werden die Menschen in den USA bald in der Steinzeit leben.»

«Tolle Vorstellung», sagte Helen. «Vielleicht halten wir uns in den nächsten Wochen etwas zurück mit solchen Vergleichen.»

«Warum?»

«Ich habe erfahren, dass Rycarts früherer Berater und Spin Doctor mittlerweile für die Maddox Corporation arbeitet. Nicht nur das: Er ist als Generalbevollmächtigter für das Europa-Geschäft des Konzerns im Gespräch.»

«Nicht wahr.»

«Doch. So wie es aussieht, will er in München ein Büro beziehen, wenn der Spin-off klappt. Das *Wall Street Journal* bringt es heute auf der Fünf.»

«Das ändert alles, oder?»

Sie schüttelte den Kopf. «Sei unbesorgt, David. Wenn wir uns in Bezug auf Rycart zurückhalten, dann nur für die Zeit unserer Vertragsverhandlungen. Nach der Fusion kann die Redaktion wieder machen, was sie für richtig hält.»

David gestattete sich eine Andeutung von Überdruss. «Hat dieser Generalbevollmächtigte auch einen Namen?»

«Zara. Anthony Zara.»

«Ich dachte, Maddox' Sohn Frank sollte den Job übernehmen.»

Sie zuckte mit den Schultern. «Der Alte hat wohl seine Meinung geändert.»

David putzte sich mit einem Papiertaschentuch leise die Nase.

«Und was heißt das jetzt für Bobby?», fragte Helen.

«Ich nehme mir seinen Text über Rycarts Begnadigungen vor. Wenn's sein muss, kürze ich ihn. Danach muss ich aber weg. Bitte sei so gut und pass auf, dass niemand mehr was daran ändert.»

Sie sah, wie David unentschlossen stehen blieb. Er ließ seinen Kopf kreisen, und sie hörte das leise Knacken seiner Halswirbel. Sie konnte das Geräusch genauso wenig leiden, wie wenn jemand die Gelenke seiner Finger zum Knacken brachte.

«Was?», fragte sie, weil er noch immer einfach dastand.

«Ich brauche noch was.»

Sie missverstand ihn. «Keine Angst. Ich rufe Winterberg an und sag ihm, was wir gerade besprochen haben.»

«Es ist was anderes, Helen … Ich bräuchte deinen Wagen.»

«Meinen Jaguar?»

«Ich muss noch was erledigen.»

«Hat das was mit dem Geheimdienst zu tun, der dich gestern Morgen gesucht hat?»

«Nein.»

«Was Privates?»

Er schüttelte den Kopf. «Ich bin einer Sache auf der Spur, die keinen Aufschub duldet. Wenn ich heute Abend zurück bin, bring ich dir den Wagen vorbei.»

Sie kramte schon nach ihrem Autoschlüssel. Sie kannte David seit 25 Jahren, drei Jahre davon waren sie ein Paar gewesen.

«Kein Problem. Hier …» Sie gab ihm den Schlüssel. «Nach dem heutigen Tag fahr ich eh lieber mit dem Taxi nach Hause.»

Die Erstürmung des Kapitols | Mittwoch, 18 Uhr

Drei Kilometer von der Redaktion der DAZ entfernt, auf der anderen Seite der Stadt, betrat Emma den Videoraum von *Goldberg Forensic Architecture*. Greta Bishop hatte sie am frühen Nachmittag in der Redaktion angerufen. Der engste Zirkel ihrer kleinen Firma habe sich noch einmal zusammengesetzt und sei einstimmig zu dem Ergebnis gekommen, Emma ein Angebot zu machen. Sie müssten sie unbedingt wiedersehen. Denn sie hätten festgestellt, dass ihr Zufallszeuge Brandon Lee möglicherweise mehr sein könnte als ein normaler Fan des Ex-Präsidenten. Und damit Emma wisse, worauf sie sich einließe, wollten sie ihr zeigen, was sie an Material hätten.

«Wer ist denn der engste Zirkel?», hatte Emma gefragt.

«Max und ich.»

«Und warum ruft er nicht an?»

«Er hat gesagt, ich sollte das machen. Er hat das Gefühl, dass du irgendwie allergisch auf ihn reagierst.»

Daraufhin hatte Emma nichts mehr gesagt, sondern war nach Feierabend losgeradelt. Und jetzt war sie schon wieder in der Fabriketage, die ihr in ihrer spartanischen Ausstattung und Weitläufigkeit erheblich besser gefiel als das gedrängte, vollgestellte, laute Großraumbüro ihrer Zeitung.

Der Technikraum lag zur Hofseite, war ungefähr sechzig Quadratmeter groß und verdunkelt, die schwarzen Rollos vor den Fenstern waren heruntergezogen. Es war unschwer zu erkennen, dass Max und Greta hier einiges investiert hatten. Eine zehn Meter lange Wand war voll mit LED-Monitoren und modernsten Displaywänden unterschiedlicher Größen. Daneben und darunter Lautsprecher.

Emma und Greta saßen nebeneinander auf ein paar alten Klappstühlen, die sich Max aus dem Nachlass eines Kinos gesichert hatte und die am Boden festgeschraubt waren. An der Seite, etwas erhöht auf einem Podest, saß Toni, der Techniker, hinter einer Batterie von Geräten und einer Art Mischpult, von dem aus er alles steuern konnte. Er war bei *Goldberg Forensic Architecture* für den gesamten IT- und Technik-Bereich zuständig. Sein privates Hobby waren Drohnen. Als Max Toni vorstellte, erwähnte er, dass dessen Drohnen über hochauflösende Kameras verfügten, die selbst aus mehreren hundert Metern einen Tomatensalat auf dem Tisch einer Terrasse erkennen konnten. «Alles natürlich erlaubt», sagte Max und grinste.

«Natürlich», sagte Emma. «Und im Fokus stehen auch nur Landschaftsaufnahmen.»

«Absolut.»

Toni selbst reagierte nicht, während die anderen über ihn sprachen. Er war mehr der in sich versunkene Typ, vermutlich hatte er auch gar nicht zugehört. Mittlerweile hatte er eine Totale von dem riesigen Platz vor dem Kapitol in Washington auf die große OLED-Wand projiziert, sie waren schließlich zusammengekommen, um Emma zu erklären, warum sie hinter

Brandon Lee her waren. Die Totale zeigte eine riesige Menschen-menge. Oben rechts war eingeblendet: Washington, 6. Januar 2021, 12:43 Uhr. «Ortszeit», murmelte Max. Er stand vor der Leinwand und hatte einen Laserpointer in der Hand.

«Für uns ist in diesem Zusammenhang vor allem wichtig», begann er, «dass fast jeder der 15 000 Demonstranten ein Smart-phone oder eine Videokamera dabeihatte. Natürlich neben Waffen aller Art. Offenbar waren diese Leute gewillt, zu Hause zu zeigen, wie sie den verhassten Eliten in Washington Beine machten.»

Er ging zu einem länglichen Tisch an der Seite und goss sich einen Kaffee ein.

«Will noch jemand …?», fragte er.

«Ja», riefen die beiden Frauen. Natürlich ohne Zucker. Toni wollte zwei Löffel Zucker. So sah er auch aus.

«Okay, kommen wir zum Kern», fuhr Max fort. «Wir haben uns wie immer, wenn wir zunächst ohne Auftrag arbeiten, auf ein Ereignis konzentriert, das bislang nicht zweifelsfrei auf-geklärt ist. Auch jetzt noch nicht, fünf Wochen nach dem An-griff. Die tausendfache Sachbeschädigung mit den Millionen-schäden haben wir beiseitegelassen. Ansatzpunkte sind für uns Straftaten und die Frage, wer sie begangen haben könnte.»

Emma nickte mit ihrem Haferl Kaffee in der Hand. Sie trug einen kurzen Rock. Mochten andere denken, dass sie be-stimmten Personen gefallen wollte. In Wirklichkeit war ihr am Morgen einfach danach gewesen.

Greta neben ihr gähnte verschämt. Sie kannte das alles schon und hatte nicht gut geschlafen.

Max bekam das Gähnen mit. Sofort reagierte er.

«Magst du weitermachen, Greta?»

«Kann ich machen, ja.»

Sie stand auf, und Max setzt sich neben Emma.

«Also», fuhr Greta fort. «Zusammenfassend kann man sagen, dass am Anfang der Unruhen nur vierzig bis fünfzig Polizisten von der Capitol Police auf der einen Seite standen und 15 000 Angreifer auf der anderen. 15 000, die von dem irrwitzigen Gefühl getrieben waren, Senat und Repräsentantenhaus an der Bestätigung des Wahlsiegs des neuen Präsidenten zu hindern. Um es kurz zu machen: Am Ende des Tages waren fünf Menschen tot. Drei Männer. Und zwei Frauen.»

Sie drehte sich um und sagte in Tonis Richtung. «Toni? Kannst du …?»

Toni nickte und blendete ein paar Fotos ein. Köpfe. Ein Kopf neben dem anderen.

«Viereinhalb Stunden dauerte der Aufstand», fuhr Greta fort. «Wir konzentrieren uns aber nur auf die Minuten nach halb drei. Auf insgesamt rund 15 Minuten.»

Sie zeigte auf die Videowand. «Insgesamt kamen, wenn man die Tage danach hinzurechnet, zehn Menschen zu Tode, fünf Polizisten und fünf Randalierer. Und um es kurz zu machen: Die für uns wichtigste Frau ist diese hier.»

Greta umkreiste mit dem hellen Punkt des Laserpointers den Kopf einer dunkelhaarigen Frau. «Sie heißt Ashli Babbitt. Sie ist es, die uns auf die Spur von Brandon Lee gebracht hat.»

Ernst blickte sie zu Emma. «Ashli Babbitt und Brandon Lee. Wenn du dir ein Spinnennetz vorstellst: Diese beiden sitzen in der Mitte des Netzes.»

Das spätestens war der Moment, der Emma Bricks elektrisierte. Je mehr Geheimnisse ein Ereignis aufwies, umso größer waren ihre Freiheiten, um den Geheimnissen auf die Spur zu kommen. Und die losen Enden auf ihre Weise zusammenzufügen. Also holte sie ihren Block heraus und begann, in ihrer speziellen Kurzschrift das zu notieren, was die beiden vor ihr in großer Geschwindigkeit von sich gaben.

«Du könntest auch dein Smartphone einschalten und alles aufzeichnen», sagte Max mit einem irritierten Kopfschütteln.

«Ich mach das lieber auf meine Art.»

«Müssen wir jetzt langsamer reden?»

Emma hob langsam den Kopf.

«Sorry. Max …» Sie suchte nach den richtigen Worten. «Falls du das noch nicht gemerkt hast: Ich bin kein Goldfisch, dessen Aufmerksamkeitsspanne nur ein paar Sekunden beträgt.»

Greta boxte Max in die Seite. «Reiß dich zusammen», zischte sie ihm zu.

«'Tschuldigung», murmelte er.

Und sie begannen damit, Emma das zu präsentieren, was sie über den Anschlag auf das fünfte Todesopfer wussten.

«Bis heute, fünf Wochen danach», sagte Max sachlich, «war nicht ganz klar, wer sie getötet hat. Laut Augenzeugen hatte es zwei Schüsse gegeben. Für das FBI ist der Capitol-Police-Officer Michael Byrd der Hauptverdächtige. Er soll auf sie mit einer Handfeuerwaffe Kaliber 40 der Firma Glock geschossen haben, als Ashli Babbitt durch das zersplitterte Fenster des verbarrika-dierten Eingangs zur Speaker's Lobby klettern wollte.»

«Zwei Schüsse?», fragte Emma. «Haben beide die Frau getroffen?»

«Ja.»

«Kamen die hintereinander oder eher gleichzeitig?»

«Fast gleichzeitig. Wir haben die Tonspuren der verschiedenen Smartphones und Videokameras übereinandergelegt. Die Ergebnisse sind eindeutig.»

«Also handelt es sich nicht um einen Schützen, der zwei Schüsse abgegeben hat, sondern um zwei Schützen, die jeweils einen abgefeuert haben.»

«Genau, Emma.»

«Und ihr denkt jetzt, dass Brandon Lee einer der beiden Schützen war.»

Greta gab Toni ein Zeichen, und ein neues Bild tauchte auf der Wand auf. Eine schematische Darstellung der Speaker's Lobby.

«Nur zur Orientierung», begann sie. «Ist das okay für dich, wenn ich das kurz erkläre?»

«Klar.»

Greta zeigte mit dem Finger auf die Stellen, über die sie sprach. «Die Speaker's Lobby – sie ist hier und hier – besteht aus diesem geschlossenen Flur im inneren Heiligtum des Kapitols. Der Zugang ist immer bewacht, weil sich dort die Büros der wichtigsten Abgeordneten und Senatoren befinden. Wie du siehst, wird sie begrenzt durch diese zwei Türen mit dicken Glasfenstern. Eine auf der Seite der Demokraten. Und eine auf der Seite der Republikaner. Kurz: Wer es einmal bis in die Lobby geschafft hat, kann über diverse Eingänge problemlos in den großen Sitzungssaal.»

«Danke», sagte Emma.

Mittlerweile hatte Greta wieder den Laserpointer in der Hand und trat ein paar Schritte zurück. «Hier, vor der viergeteilten Tür zur Lobby, siehst du John Earle Sullivan, einen Aktivisten und Videojournalisten, der kurz nach dem Sturm für seine Teilnahme an dem Aufstand verhaftet wurde. Er steht rechts in der Menge. Er bekommt gar nicht richtig mit, was er filmt, er hält sein Smartphone einfach über den Kopf und lässt es laufen. Er selbst schaut nicht zu seiner Kamera, sondern skandiert *Wir sind wütend, wir wissen Bescheid*. Hörst du das?»

Emma hörte die schreiende, rufende, brüllende Menge.

«Zwei Reihen vor ihm – hier – steht Ashli Babbitt. Da, da sieht man sie von vorn, die mit den langen braunen Haaren. Sie ist die einzige Frau in den ersten zehn Reihen. Sie schaut nach rechts, zur Speaker's Lobby, wo, wie du gleich sehen kannst, ein Leutnant der Capitol Police dabei ist, Tische und Stühle zu einer behelfsmäßigen Barrikade zu stapeln. Du kannst dir vorstellen, dass die Beamten total nervös waren, denn es waren kurz vorher Rohrbomben entdeckt worden, und man hatte die Beamten gewarnt, dass viele der Angreifer versteckte Waffen tragen würden. Einer der Polizisten gab später zu Protokoll, dass er exakt 31 Patronen für seine Dienstwaffe dabei hatte. Er habe befürchtet, sie alle zu brauchen.»

Greta gab Toni ein Zeichen.

«Und hier jetzt der Umschnitt. Die andere Seite. Alles aus der Perspektive eines Handys, das einem Mann namens Bob Kellerman gehört. Rechts, im Anschnitt, siehst du die Tür zur Speaker's Lobby. Vier Flügel, unten Holz, oben Glas. In der Mitte die verbarrikadierten Schwingtüren. Das Fenster der einen Tür ist ein paar Minuten zuvor von einem Verrückten eingeschlagen worden. Und da, der Höhepunkt des Thrillers: die beiden Männer, die geschossen haben. Sie stehen nur wenige Meter voneinander entfernt. Der eine drinnen in der Lobby. Der andere draußen an der Seite vor der Tür.»

Toni stoppte den Film. Weil die Scheibe herausgeschlagen war, konnte man gut den Secret-Service-Agenten mit gezückter Waffe sehen, die er von drinnen auf die erste Reihe der Angreifer richtete. «Lt. Michael Byrd», erklärte Max. «Vor zwei Tagen hat er in einem Fernsehinterview zugegeben, dass er geschossen hat. Als er abdrückte, sagte er, habe er befürchtet, dass die Person, die durch das Fenster klettern wollte, bewaffnet war. Die Person war Ashli Babbitt.»

Max nahm Greta den Pointer aus der Hand.

«Toni», rief er. «Splitscreen bitte.» Er wartete zwei Sekunden, dann fuhr er fort. «Rechts die Bilder von Sullivans Kamera Richtung Speaker's Lobby. Und links Kellerman mit seinem Handy, das die Szene entgegengesetzt aufnahm, mit Blick auf Sullivan.»

Max kreiste die Menge vor der Tür ein. Alle schrien und drängten. Es war ein einziges Wogen und Schwanken. Und in der Mitte der wogenden Gruppe ein wuchtiger Kopf mit roter Baseballkappe und dem gelben Schriftzug *Make America Great Again*.

«Das ist er», sagte Max. «Der Mann in dem schwarzen Kapuzenpulli.»

«Brandon Lee», murmelte Emma.

«Und daneben: Bob Kellerman mit seinem Smartphone.»

Emma hatte keinen Blick für Kellerman, sie betrachtete nur Lee. Selbst von der Seite war zu erkennen, dass er ein kräftiger Mann Mitte dreißig war. Hoodie, Baseballkappe, Vollbart. Eine gewisse Ähnlichkeit mit dem Mann, den sie am Tag zuvor bei der Polizei in der Ettstraße gesehen hatte, war nicht zu bestreiten. Er schien zu lächeln, aber sein Bart machte es schwer, das Lächeln einzuordnen. War es freundlich? Höhnisch? Oder doch mitleidig, weil niemand um ihn herum bemerkte, dass er eine Waffe in der Hand hielt? Eine Waffe, die auf Ashli Babbitt zielte.

«Wir sind sicher», fasste Greta zusammen, «dass aus dieser Waffe geschossen wurde. Schusshöhe und Schusswinkel passen perfekt. Das bestätigen auch die anderen Aufnahmegeräte, die wir ausgewertet haben. Auch die, bei denen die Bilder nicht viel hergegeben haben, bei denen aber der Ton perfekt ist. Je näher das Gerät, umso lauter der Schuss. Wir können nur eins nicht zweifelsfrei sagen, noch nicht: welcher Schuss der erste war. Und welcher von ihnen tödlich.»

«Vermutlich waren sie beide tödlich», fügte Max hinzu. «Der eine traf Ashli Babbitt in den Hals. Der andere in die Hüfte. Nur: Welche Kugel aus welcher Waffe ging wohin?» Er machte eine hilflose Geste. «Keine Ahnung: Die Abstände sind zu gering.»

Greta vollendete seinen Gedanken. «Was für uns jetzt keine Rolle mehr spielen dürfte. Denn jetzt haben wir ja den Mann, der das weiß. Wir müssen ihn nur fragen.»

Stille. Max und Greta schauten Emma an. Toni hatte den Ton ausgeschaltet. Man hörte, wie er in einen Zwieback biss, plötzlich erschrocken innehielt und dann leise weiterkaute.

Emma schaute sinnierend auf ihre Hände, die sie in ihrem Schoß gefaltet hatte. «Und mit ‹wir› meint ihr mal wieder mich.»

«Exakt», sagte Max und lächelte so nett, wie er konnte. «Du siehst, wir brauchen dich. Mehr als alles andere.»

«Im Ernst», fügte Greta sachlich hinzu. «Du würdest uns wirklich sagenhaft helfen.»

Emma nickte gedankenverloren. Sie ließ sich alles noch einmal durch den Kopf gehen. «Wenn ich's mal krass zusammenfasse, soll ich mich mit einem vermutlich wahnsinnigen Rycart-Anhänger anfreunden, der ganz vorne mit dabei war, die gewählten Volksvertreter der Vereinigten Staaten zu bedrohen, und dabei im ehrwürdigen Kapitol kaltblütig eine Frau erschießt.» Sie machte eine Pause. «Könnte es nicht sein, dass er auch für andere gefährlich ist? Zum Beispiel für einen Goldfisch wie mich?»

Keiner sagte etwas. Selbst aus Tonis Ecke kam kein Geräusch mehr.

Max blickte zu Greta, er ließ ihr den Vortritt.

«Genau das ist unser Problem», sagte sie.

Da durchschnitt ein Klingelton die Stille.

«Es ist das Telefon hier auf dem Tisch», rief Toni.

«Geh dran», rief Max. Er wusste nicht, dass es Emmas Telefon war.

Toni nahm das Gespräch an und lauschte kurz.

Er hielt das Smartphone hoch. «Kennt jemand von euch einen David Jakubowicz?»

«Ja», sagte Emma und ging zu ihm hinüber.

Als sie zurückkam, sagte sie nur: «Mein Vater.»

«*Der* Jakubowicz?», fragte Greta.

Emma nickte.

«Der ist dein Vater?»

«Ja.»

«Wahnsinn.»

«Finde ich auch.»

Die untergehende Sonne glitzerte verführerisch auf dem unruhig plätschernden Wasser, als David Jakubowicz Helens Jaguar am Flussufer parkte und zu Fuß hinüber zur Insel ging. Zwei Tage war es jetzt her, dass er Forsberg besucht hatte. Und erst seit 24 Stunden wusste er, dass Irina gestorben war. Ebenfalls hier, auf dieser Insel.

Das Wasser war höher als das letzte Mal, es überspülte bereits die aufgeschüttete Passage zwischen Holzbrücke und Insel an mehreren Stellen. Wenn es weiter stieg, würde man nicht mehr trockenen Fußes auf die Insel gelangen können. Offenbar hatte wärmere Luft den Schnee am Oberlauf des Flusses schmelzen lassen. Ein tiefes, heiseres *Rha-rha* ließ David zum Himmel blicken. Ein Silberreiher, eine Sensation in dieser Gegend, flog mit gemächlichem Flügelschlag empor und kreiste eine Weile über dem Haus der Rumänen, bevor er sich flussaufwärts auf einer einzeln stehenden Schwarzpappel niederließ und starr zu David hinüberblickte.

Als David die letzte Steigung genommen und den Überhang erklommen hatte, kam ihm der Rumäne mit den weißen Haaren entgegen. Er war in dem halb abgebrannten Wald gewesen, seine Hände waren rußgeschwärzt. Seltsamerweise nahm er diesmal keine Notiz von David, sondern kreuzte, ohne ihn anzuschauen, seinen Weg und ging auf das Haus zu. Er wollte zu der Küchentür, über der eine Lampe ihr milchiges Licht auf den kleinen Garten warf, den die Rumänen im Sommer angelegt hatten und der jetzt kalt und freudlos dalag. David fiel auf, dass der alte Mann humpelte. Und dass er etwas unter seiner verschlissenen Jacke versteckt hielt, als er an dem Schuppen vorbeiging, an dem bei seinem letzten Besuch noch ein Mofa gelehnt hatte. Jetzt war es verschwunden.

David hob den Arm, um den Mann auf sich aufmerksam zu machen, doch da rührte sich sein Smartphone.

«Bist du schon an deinem geheimnisvollen Ziel?», fragte Helen Christensen.

«Sei nicht so neugierig.»

«Ich fahre jetzt nach Hause. Wenn es nachher nicht allzu spät ist, könnte ich uns was zu essen machen.»

«Ich weiß nicht, Helen, was hier noch passiert. Warte nicht auf mich. Wenn es spät wird und bei dir im Haus kein Licht mehr brennt, lege ich den Autoschlüssel hinter den Vorderreifen und fahr mit dem Taxi nach Hause.»

«Ist ja nur ein Jaguar.»

«Eben.»

«Willst du mir wirklich nicht sagen, wo du bist?»

«Nachher, Helen. Bitte. Ich melde mich. Ist alles etwas verrückt, was mir durch den Kopf geht.»

Wenig später war David auf dem Pfad hinein in den Wald. Auf den ersten Metern sah alles aus wie zwei Tage zuvor. Wenn hier zahlreiche Menschen – Polizeibeamte, Spurensicherung, Tilda Hanssons Leute – entlanggelaufen waren, so konnte man das auf dem harten Boden auf Anhieb nicht erkennen. David sprang über den Bach und passierte das verrostete Wehr. Und stoppte abrupt. Die Polizei hatte den Pfad mit einem lächerlich kurzen, rot-weißen Band abgesperrt. Was für eine überflüssige Maßnahme, wohl automatisch und ohne Nachdenken von einem beflissenen Polizisten umgesetzt. Von den Beamten keine Spur mehr, man konnte es ihnen nicht verdenken bei der Kälte. Was gäbe es hier auch zu schützen oder zu entdecken? Der Fall schien schließlich nicht sonderlich kompliziert zu sein: Zwei Menschen hatten das aus einem Leck ausströmende Gas nicht bemerkt, hatten eine Kerze oder eine Zigarette anzünden wollen – und eine Explosion ausgelöst, der sie nicht mehr entkommen konnten.

David schob vorsichtig die Äste von sich weg. Warum hatte Irina Lennart Forsberg aufgesucht? Ausgerechnet am Abend des Tages, an dem auch er Lennart besucht hatte. Warum? Weil er, David, ihre Bitte abgeschlagen hatte, sie in ihren Heimatort zu begleiten? Hatte sie Forsberg fragen wollen? Oder hatte Forsberg Irina zu sich gebeten, weil David ihm seine Wünsche nicht erfüllen mochte? Wollte Forsberg, dass Irina ihn in den Tod begleitete? Forsberg, Irina, David – das alte Dreieck hatte sich auf verhängnisvolle Weise wieder gefunden. Zwei waren jetzt tot, nur er hatte überlebt. War das Zufall?

Ein Gefühl der Hilflosigkeit packte ihn. Er, der vernünftige, besonnene David Jakubowicz, wusste nicht weiter. Hatte Forsberg gewusst, dass Irina einen Sohn hatte, der vor nicht allzu langer Zeit überfahren worden war? Wusste er vielleicht auch, warum? Verdammt. Hätte er doch die Kladde mitgenommen und nicht nur ein paar Seiten fotografiert.

Ein Blick auf die Uhr sagte ihm, dass es nicht mehr lange hell sein würde. Noch bevor er die Lichtung betrat, bemerkte er den Brandgeruch. Und kurz darauf sah er das ganze Ausmaß der Katastrophe. Das Zentrum der Explosion hatte in dem Wohnmobil gelegen, von dem kaum noch etwas übrig war. Das aufschießende Feuer hatte die Gegenstände aus dem Inneren in einem Umkreis von hundert Metern verteilt, das Feuer hatte sich anschließend in Sekunden durch alles hindurchgefressen. Irina Semková und Lennart Forsberg mussten auf der Stelle tot gewesen sein.

David begann die Suche nach der Kladde inmitten des ausgebrannten Wohnmobils. Er hatte auf dem Weg einen Ast abgebrochen, mit dem er jetzt hier und da etwas zur Seite schob. Es war hoffnungslos, denn die glühende Hitze hatte alles versengt. Das kaputte, verbogene, verbrannte, in zahlreichen Grautönen schimmernde, ausgehöhlte Blechskelett strahlte etwas Schmerzliches aus. Die Verstrebungen des ausgeweideten Wagens ragten dunkel in den Himmel. In dem zerborstenen Tank der Führerkabine klaffte ein Loch mit scharfkantigen

Rändern. Der gesamte Campingbus war durch die Explosion hochgewirbelt worden, jetzt lag er wie ein verendetes Tier auf der Seite.

Nichts. Keine Aufzeichnung. Keine Spur, die ihm hätte weiterhelfen können. Vorsichtig stapfte David zurück zu der Stelle, an der vor zwei Tagen noch Tisch und Stühle gestanden hatten. Aber auch hier fand er nichts. Kein Buch, kein Manuskript, keine Kladde. Dabei war er auf der richtigen Spur. Denn als er sich aus der abgebrannten Ruine zurückzog, stieß er gegen einen halb verschmorten Wassertank. Er maß ihm keine Bedeutung bei, untersuchte ihn deshalb auch nicht. Er ahnte nicht, dass in dessen doppeltem Boden, versteckt zwischen zwei Blechplatten, unversehrt die Kladde lag, die ihm auf der Stelle das Geheimnis hätte verraten können, das die Welt noch beschäftigen sollte.

Er wollte den Tatort schon verlassen, da stieß er gegen eine verkohlte Blechdose, die aufgeplatzt war. Er erkannte die verbrannten Reste von Hundefutter – was ihn innehalten ließ.

Ja, verdammt. Was war mit dem Hund? War der auch verbrannt? Hatte er sich in Sicherheit bringen können?

David ging um das Skelett des Wohnmobils herum und erkundete die nähere Umgebung. Keine Spur von dem Tier. Wenn es angebunden gewesen wäre, müsste es hier irgendwo liegen. Also war es nicht angebunden. Das, was von Irina und Lennart übrig war, hatte die Polizei oder die Spurensicherung mitgenommen. Von einem toten Tier aber hatte niemand gesprochen. Also musste – nein: konnte – das Tier noch irgendwo sein.

David schloss den Reißverschluss seiner Jacke und ging über den schwarzen Boden Richtung Osten, auf die andere Seite der Insel. Mittlerweile war kaum noch etwas zu erkennen. Angespannt horchte er in die Dunkelheit und versuchte, in dem Unterholz etwas zu entdecken. Nirgends eine Spur. Er holte sein Smartphone heraus und leuchtete rechts und links hinter Büsche und Bäume. Ungefähr dreihundert Meter weiter, am Rande einer zum Fluss abfallenden Böschung, bemerkte er eine Schrotpatrone im Gras und hob sie auf. Sie war neu, das Metall war nicht verrostet, die Plastikhülse gelb. Ein paar Schritte weiter sah er etwas Dunkles am Boden. Er tastete danach, die Finger waren rot. Blut. Und von da an führten ihn gefrorene Blutstropfen flussaufwärts. Bis zu einem Baum, der bei einem der vergangenen Herbststürme aus dem Boden gerissen worden war.

Das war die Stelle. David hatte die Wurzel kaum erblickt, da war er sicher, dass seine Suche zu Ende war. Die Wurzel ragte halb aus dem Boden. Nur kurz leuchtete er in die schwarze Vertiefung, aber auch dieser kurze Moment hatte ausgereicht. Der Hund lag auf der Seite, blutüberströmt, Bauch und Brust schienen sich nicht mehr zu bewegen. Die Augen waren geöffnet, sie blickten ins Leere.

David ließ den Kopf sinken.

Doch da bemerkte er eine winzige Bewegung. Er bückte sich und ging auf die Knie. Mühsam hob das Tier den Kopf, als es Davids Stimme hörte.

Was für ein Überlebenswille. Der Hund hatte es schwer verwundet noch fast hundert Meter geschafft, bis er hier zusammengebrochen war. Mit letzter Kraft hatte er sich dann unter der Wurzel verkrochen, um zu sterben.

Der Hund atmete noch, als David ihn nach Wildsteig zum Tierarzt fuhr. Der alte Rumäne hatte ihm die Adresse gegeben und eine einfache, aus wenigen Strichen bestehende Skizze und eine Telefonnummer auf einen Zettel gekritzelt, während David mit dem halb toten Tier in den Armen vor ihm stand. Dessen Gewicht hatte er längst nicht mehr gespürt. Aber er spürte das feuchte Blut an seinen Händen. Vorsichtig presste er den mageren Körper gegen seine Brust, um dem Tier Wärme zu geben. Der Rumäne bemerkte es und bedeutete ihm, kurz zu warten. Er kam mit einem Handtuch zurück, in das sie den Hund wickelten.

Schon auf der Fahrt von München hierher hatte David sich vorgeworfen, dass er Frieda und Niklas, die beiden Mitarbeiter aus Tildas Überwachungsteam, bei seiner Vernehmung am Dienstag nicht gefragt hatte, ob sie am Tatort außer den beiden Toten nicht sonst noch etwas entdeckt hätten. Zu eilig war er davongestürzt in seinem Schock über Irinas Tod. Vor seinem geistigen Auge war dann plötzlich das Bild des armen Geschöpfs aufgetaucht, das an der Eisenkette zerrte und erst aufhörte zu knurren, als er in die Hocke gegangen war und seine Hand versöhnlich ausgestreckt hatte. Zweieinhalb Tage war das erst her.

War das Wohnmobil explodiert, während der Hund unter dem Wagen festgebunden in seiner Kuhle lag? Wenn er das Tier tot finden würde, hatte er sich überlegt, wäre das ein Hinweis auf ein Verbrechen, denn dann war vermutlich eine dritte Person beteiligt, der es nichts ausgemacht hatte, dass auch noch ein Hund starb. Wäre dies der Fall, könnte der Brand Teil eines Anschlags gewesen sein, was wiederum bedeutete, dass Lennart Forsberg und Irina Semková ermordet worden waren. Oder war es vielleicht doch «nur» ein tragischer Unfall gewesen? Ein Leck in der Gaszufuhr, ein verstopfter Auspuff, eine Verdichtung der Gaskonzentration in dem Wohnwagen, ein unbedachtes Entzünden einer Flamme – und puff … Die Katastrophe wäre dann das Ergebnis einer Verkettung widriger Umstände. Denn dass Forsberg selbst – aus welchen Gründen auch immer – die Explosion ausgelöst hatte, ohne vorher den Hund, seinen einzigen Weggefährten der zurückliegenden Monate, loszubinden und in Sicherheit zu bringen, war schwer vorstellbar.

Der Schotter knirschte unter den Reifen, als David in nördlicher Richtung an dem Fluss entlangfuhr und das Navigationsgerät programmierte. Bis nach Wildsteig waren es über die Waldwege und Seitenstraßen rund zwanzig Kilometer. Der schlimmste Teil war der über den holprigen Weg in der Nähe des Flusses. David wich, so gut er konnte, den Schlaglöchern aus und schaute immer wieder auf das leblos daliegende Tier. Wenn die Straße es zuließ, streichelte er es. Zuerst spürte er nur die Feuchtigkeit des Fells, doch dann plötzlich eine raue Zunge. Der Hund, der ihn vor Kurzem noch wütend angebellt hatte, leckte seine Finger. Und während David seine Hand auf dem Kopf des Tiers liegen ließ, murmelte er beruhigend: «Komm schon, Hund, du schaffst das.» Und: «Wenn wir hier schon die Sitze versauen, dann muss sich das auch lohnen.»

Als er die Asphaltstraße Richtung Wildsteig erreichte, gab er Gas und wählte auf dem Display die Telefonnummer, die der Rumäne auf den Zettel gekritzelt hatte.

«Gondorf.»

Die Stimme der Tierärztin war dunkel und vertrauenerweckend.

«Jemand hat auf meinen Hund geschossen», sagte er.

Dr. Waltraud Gondorf saß in ihrer Küche und aß zu Abend. Seitdem ihr Mann vor zwei Jahren gestorben war, lebte sie allein mit ein paar Tieren. Sie war Ende fünfzig und hatte fast alles gesehen, was Besitzer von Tieren veranlasst hatte, ihre Hilfe in Anspruch zu nehmen. Das hier war eine einsame Gegend, sie wies kein Tier zurück. Dr. Gondorf wusste mit lahmenden Pferden, mit angeschossenem Wild, mit schwierigen Geburten bei Kühen ebenso umzugehen wie mit Hunden, die ein Bein verloren hatten, oder auch mit Katzen, die wegen eines Virus plötzlich nicht mehr sehen konnten.

Sie ahnte, wie kostbar Sekunden sein konnten, und fragte knapp: «Mit was wurde geschossen?»

«Ich schätze, mit Schrot.»

«Wann?»

«Vor ungefähr 18 Stunden. Er hat viel Blut verloren.»

«Verletzungen am Kopf?»

«Ich glaube nicht.»

«Sondern?»

«Überall am Körper.»

Sie ließ keine Reaktion erkennen und fragte: «Wie lang brauchen Sie?»

«Ich biege gerade ein in den Weg zu Ihnen.»

Das Haus von Dr. Gondorf lag am Waldrand, etwas außerhalb des Dorfes. Die Praxis, ein flaches Holzhaus, war rechtwinklig an das Wohnhaus gebaut und hatte zwei Eingänge. Die Tierärztin stand am rückwärtigen Eingang, als David aus dem Wagen sprang und die Beifahrertür öffnete. Gemeinsam trugen sie den Hund ins Haus und legten ihn in einem hinteren Raum auf einen Stahltisch.

Dr. Gondorf setzte eine Brille auf und untersuchte das Fell. «Acht Verletzungen», murmelte sie.

Sie säuberte die Stellen und desinfizierte sie. «Das waren keine zufälligen Schüsse», fuhr sie fort. «Da hat jemand vorsätzlich geschossen.»

Sie sprach nicht weiter, sondern drehte den Hund auf die andere Seite.

«Die Kugeln sind noch im Körper», murmelte sie.

David blickte hilflos auf das Tier.

«Wie grausam muss jemand sein, der so etwas tut», fügte sie so leise hinzu, dass er sie kaum verstand. «Der Täter hat aus circa drei bis vier Metern geschossen.» Und, nach einem kurzen Zögern: «Vermutlich war es dunkel, und er hat das Tier nur geahnt.»

David blickte sie an. Er verstand, worauf sie ihn vorbereiten wollte. Er schluckte und sagte rau: «Er… Er muss große Schmerzen haben. Wollen Sie ihm nicht …»

«… eine Betäubungsspritze geben?»

David nickte.

«Gleich. Einen Moment noch.»

Sie wusch und desinfizierte ihre Hände. Dann zog sie eine Spritze auf und setzte sie ruhig an verschiedenen Stellen. Anschließend rasierte sie die Bereiche um die Wunden. Als sie das Fell um eine Wunde am Rücken freischnitt, zögerte sie einen Moment. Sie richtete sich auf und blickte David an.

«Sie müssen jetzt gehen.»

«Ich … ich … Er ist bestimmt ruhiger, wenn ich bei ihm bleibe. Er kennt mich jetzt.»

«Nein. Gehen Sie. Gehen Sie in die Küche und nehmen Sie sich, was immer Sie finden. Und warten Sie. Denn das hier wird blutig. Sehr blutig.»

Corpus & Anima | Mittwoch, 20:30 Uhr

Das Lokal «Corpus & Anima» war ein alteingesessenes bayerisches Lokal zwischen Isar und Englischem Garten. Die Speisenkarte war gut bürgerlich, Schweinsbraten, Kalbshaxe, Leberknödelsuppe und Pilzgerichte gehörten zu den Stärken der Küche, auch wenn der Wirt kein Bayer war. Er war der Sohn eines Lateinlehrers aus Tübingen, weshalb er das Lokal Corpus & Anima und nicht Leib & Seele genannt hatte. Max ging gern hierhin, bevorzugt mit den Leuten seines Teams, denn es gab ein sehr gutes Bier vom Tegernsee.

Auf dem Weg – mit dem Fahrrad waren es knappe 15 Minuten von der Fabriketage – war Emma sehr schweigsam gewesen, dafür hatte Max umso mehr geredet.

«Vielleicht sollte ich dir auch noch erklären, was unser Grundansatz ist», sagte er. «Da wir nicht persönlich in all die Putins, Erdoğans, Orbáns, Kaczyńskis, Xi Jinpings, Johnsons und so weiter hineinschauen können, weil wir sie nicht persönlich kennen, versuchen wir so viel wie möglich an Zweifelsfreiem über unsere Zielpersonen herauszubekommen. Mit welchen Absichten sie das tun, was sie tun. Wir glauben, dass wir erst einmal über ihre Handlungen zu dem gelangen, was sie sind. Sie sind, was sie tun, verstehst du? Und dann differenzieren und bewerten wir.»

«Max, du weißt schon, dass du was unerträglich Lehrerhaftes an dir hast, oder? Ich meine, ich finde es okay, aber … Wolltest du mal Lehrer werden?»

«Nein, Architekt.»

«Und?»

«Hat nicht hingehauen. Zu viel Statik, zu viel Mathematik. Dann brauchte ich einen Job, weil mir meine Eltern das Studium nicht mehr zahlen konnten.»

«Verstehe. Und darum hast du dir kurz mal Risikokapital in Höhe von einer Million besorgt.»

«Gut, nicht?» Er grinste breit und zog die Tür auf, denn sie waren vor dem Lokal angelangt.

Fünf Minuten später saßen sie über Eck in dem gemütlichen, mit dunklem Holz getäfelten Gastraum, hatten etwas zu essen bestellt und tranken jeder einen Schluck von dem, was der Kellner ihnen gerade gebracht hatte. Max von seinem Tegernseer Bier. Und Emma von ihrer Weißweinschorle.

Emma schob nachdenklich ihr Glas hin und her. «Sag mal», begann sie, «was meinte eigentlich vorhin Greta, ob du heute noch mal vorbeikommst», fragte sie.

«Du meinst, als wir rausgingen?»

«Ja.»

«Warum fragst du?»

«Na ja, ich bin immer misstrauisch, wenn da etwas vielleicht über eine … wie soll ich sagen … normale Arbeitsbeziehung hinausgeht. Dann bin ich auf der Hut.»

«Was meinst du … Ich komm nicht ganz mit …»

«Max, ich versuche mich gerade darauf zu konzentrieren, dass das nicht mehr wird mit uns. Also dass wir am besten nur

Freunde bleiben. Ich bin nicht auf der Suche nach was … nach was … Ernstem.»

Er schaute sie mit gerunzelter Stirn an. Das Gespräch nahm eine unerwartete Wendung. Er ahnte, dass Emma die Gefühle zurückzuholen versuchte, die sie in der vorletzten Nacht bei Max so leichtfertig zugelassen hatte.

«Okay», sagte er nur.

«Was, okay?»

«Ist okay, dass wir nur Freunde sind.»

Sie starrte ihn an. Jetzt konnte sie nicht mehr anders, als ihn zu bestätigen. Auch wenn genau das Gegenteil richtig gewesen wäre.

«Das ist gut. Das ist … sehr gut. Ich meine, manche Leute kriegen die Krise, wenn sie so was hören. Deshalb wollte ich das nur klarstellen.»

«Kriege ich nicht.»

«Was?»

«Die Krise.»

Emma verbannte eine widerspenstige Strähne hinterm Ohr. Verdammt, sie hätte die Klappe halten sollen. Aber jetzt war es schon passiert.

«Also, was machst du nachher noch?», fragte sie so cool wie möglich und merkte zu spät, dass man auch das falsch verstehen könnte.

Er rettete sie. «Ich mache abends immer noch die Einsatzpläne für den nächsten Tag. Wer was machen soll. Der Zugriff auf die Supercomputer in den USA ist verdammt teuer. Wir müssen unsere Einsatzzeiten strikt einhalten.»

«Und das machst du auch noch spät am Abend. Also in der Nacht?»

«Klar.»

«Wo wohnt eigentlich Greta?»

«Oben. Über unserer Etage.»

«Da kann man wohnen?»

«Ja. Sie hat sich dort mit einfachen Mitteln eine super Wohnung eingerichtet. Einen Sechzig-Quadratmeter-Raum zum Wohnen und Schlafen. Dusche und Waschbecken hat sie sich im Baumarkt besorgt. Toni hat alles angeschlossen. Eine Toilette gab's schon. Und wenn sie eine Küche braucht, benutzt sie die von uns unten.»

«Ich habe gar keine Treppe gesehen.»

«Die liegt hinter dem Kicker. Hinter der blauen Tür.»

«Verstehe. Sie ist also nicht nur eine einfache Mitarbeiterin oder so was.»

«Nein, nein, wir machen das zusammen. Halbe-halbe. Greta ist super. Ohne sie hätte ich das nie angefangen. Sie ist besser als ich. Vor allem schneller.»

«Hat sie einen Freund?»

«Nicht, dass ich wüsste. Greta ist sehr eigen. Und verschlossen.»

Max zog einen Stapel 18 x 24 Zentimeter große Fotos aus einer Mappe, die er die ganze Zeit mit sich herumgetragen hatte, und legte sie auf den Holztisch. Das Thema Greta schien ihn nicht so sehr zu interessieren wie das, was er eigentlich mit Emma besprechen wollte.

«Hier, ich will dir der Vollständigkeit halber auch noch den Rest unserer bisherigen Erkenntnisse zeigen. Wir waren stehen geblieben bei dem Moment, als die beiden Schüsse fielen. Ashli Babbitt brach auf der Stelle zusammen. Fiel zu Boden.»

Er tippte auf das oberste Foto. «Hier wieder Brandon Lee. Hinter ihm siehst du die Tür, die zu einem kurzen Vorraum führt, hinter dem sich ein Archivraum und das Büro von Olivia Zhao befinden, der Verkehrsministerin in Rycarts Kabinett. Nach dem Schuss ließ der Druck auf die Speaker's Lobby augenblicklich nach. Nur Sekunden nach seinem Schuss drängte sich Brandon Lee zu der schwer verletzten Frau durch, hob sie hoch und schleppte sie den Gang hinunter Richtung Rotunde. Neben ihm ein anderer Typ, der versuchte, Babbitts Blutung zu stoppen, indem er seine Hand auf die Wunde presste, während Blut aus ihrem Mund und ihrer Nase floss. Hier, siehst du? Lee ruft derweil den Entgegenkommenden zu, dass die Polizei auf die junge Frau geschossen habe. Was die Wut der anderen noch mehr angeheizt hat.»

In dem Moment jagte draußen auf der Straße vor dem Lokal ein Rettungswagen vorbei, und sie schwiegen einen Moment. Emma überlegte noch immer auf einer zweiten gedanklichen Ebene, wie sie auf Max' nonchalante Haltung reagieren sollte. Ob es unvernünftig gewesen war, für einen kurzen Moment einen Blick in ihr Innerstes zugelassen zu haben? Verdammt, was war nur los mit ihr? Und sie entschloss sich in den wenigen Sekunden, die es dauerte, bis der Lärm abgeklungen war, die Mauer zwischen ihnen nicht nur wieder hochzuziehen, sondern zusätzlich zu befestigen. Sie musste es tun. Sie ahnte, dass Max ihr gefährlich werden konnte.

Emma nickte nachdenklich. «Brandon Lee hat also versucht, der Frau das Leben zu retten, nachdem er kurz zuvor auf sie geschossen hat.»

«Ja … Verrückt, nicht? Was könnte das deiner Meinung nach bedeuten?»

«Dass er sie vielleicht gar nicht treffen wollte. Dass sich die Kugel irgendwie gelöst hat und er danach so in Panik war, dass er alles daransetzte, ihr Leben zu retten.»

Max nickte. «Das wäre die menschenfreundliche, mitfühlende Variante. Aber leider sieht das auf den Handyfilmen eher absichtlich aus, wie er die Waffe aus seiner Jacke zieht und schießt. Aber du hast recht. Das ist alles noch nicht total klar, darum haben wir uns ja auf ihn konzentriert. Darum haben wir sämtliches Bildmaterial, dessen wir habhaft werden konnten, von unseren Computern analysieren lassen. Eine Menge Stoff. Filme und Fotos von insgesamt 348 Personen. Dazu das Material der Kameras im Inneren des Kapitols: in den Sitzungssälen, in den Gängen, vor manchen Büros, im Treppenhaus, vor dem sogenannten Tunnel, also dem Haupteingang auf der Südseite. Und sogar die Bilder der Bodycams der Polizisten haben wir. Wir haben die Gesichter aller darauf zu sehenden Anwesenden gescannt. Von allen Seiten. Und ganz am Ende haben wir geschaut, wo Brandon Lee zu welchem Zeitpunkt war. Wem er begegnet ist, mit wem er geredet hat, wer ihm half. Wo er hinging. Mittlerweile haben wir seinen Weg hinaus aus dem Kapitol fast lückenlos. Wir haben aber keine Ahnung, warum er sich so verhielt, wie er sich verhalten hat.»

Max legte ein weiteres Foto vor Emma auf den Tisch. «Was siehst du hier?»

Emma, die übers Eck auf der Bank saß, rutschte näher an ihn heran. Als sie sich über das Foto beugte, kitzelten ihre kurzen, lockigen Haare Max' Ohr. Er zuckte zurück, obwohl es ihm gefiel, aber Emma tat so, als habe sie nichts gemerkt und sei nur in das Foto vertieft.

«Also», sagte sie, «ich sehe einen Mann mit roter Baseballkappe und dem gelben Schriftzug *Make America Great Again*.»

«Genau.»

Er zeigte auf das dritte Foto. «Hier ist Brandon nur noch allein mit Babbitt. Das wurde aufgenommen hinter der Rotunde und vor dem Tunnel. Der andere Typ ist verschwunden.»

Er legte das letzte Foto seines Stapels auf den Tisch.

«Brandon draußen vor dem Kapitol, am Rande des großen Platzes. In seinem Rücken die tobende Menge. Er hat offenbar die Schnauze voll und macht sich vom Acker.»

Emma beugte sich nach vorne und zeigte auf Brandons Kopf.

«Seltsam. Hier steht auf der Baseballkappe *Adam Rycart*.»

«Was sonst?»

«Auf den Fotos vor der Speaker's Lobby stand dort *Make America Great Again*.»

Max nahm den abgelegten Stapel in die Hand. «Tatsächlich.»

«Warum hat er sich eine andere Kappe aufgesetzt? Das geht

doch kaum, wenn er eine verletzte Frau durch eine Menschenmenge trägt.»

«Vielleicht hat er erst eine andere Kappe rausgeholt, als er draußen war.»

«Unwahrscheinlich, oder? Und wenn ja, warum?»

Sie schauten sich das Foto an, das sie von Brandon im Tunnel hatten – und betrachteten dann die, die sie von ihm draußen hatten. Es sah so aus, als hätte Brandon schon im Tunnel eine andere Baseballkappe getragen. Die Farbe – rot – stimmte. Aber man konnte den Schriftzug nicht genau erkennen, weil ein anderer Kopf im Weg war.

«Wir haben also noch Arbeit vor uns», sagte Max. Er ärgerte sich, dass ihm der Kappenwechsel nicht selbst aufgefallen war.

Emma sah ihn milde lächelnd an. «Wo endet eigentlich der von euch rekonstruierte Weg?»

«Hier, wo der Rasen beginnt. Die Aufnahmen der Leute dort müssen wir aber noch auswerten. Dann wissen wir vielleicht, in welche Richtung er verschwand. Und wie er zum Kapitol gekommen ist.»

«Auto wäre besser als Bus oder Metro.»

«Ja. Wenn er mit dem Auto gekommen wäre, hätten wir vielleicht seinen Wohnort.»

«Nicht mehr nötig», sagte Emma. «Jackson Hole wissen wir schon.»

«Aber ist er in Jackson Hole nur aufgewachsen? Oder lebt er noch dort? Außerdem könnte er einen Wagen natürlich auch nur geliehen haben, wenn er überhaupt einen fuhr. Egal, wir haben den Kerl. Und du hast einen Kontakt zu ihm. Vielleicht kannst du ja alles, was wir noch nicht wissen, herauskriegen.»

Stille.

Emma trank einen Schluck und stellte das Glas bedächtig wieder ab. «Eins noch, Max. Wie ging's mit Ashli Babbitt weiter?»

«Nachdem Brandon es durch den Tunnel rausgeschafft hatte, übergab er die Frau zwei Sanitätern, die sie auf eine Trage legten. Leider haben wir danach weder Film noch Foto, ob und wie sie in den Krankenwagen kam. Noch vier Tage nach ihrem Tod fragten sich deshalb die Leute, wo ihre Leiche abgeblieben sei. Nach allem, was wir mittlerweile wissen, starb sie trotz sofortiger medizinischer Hilfe in dem Krankenwagen. Vermutlich verblutete sie. Wo sie dann hinkam – keine Ahnung.»

Hoffnung | Mittwoch, 22 Uhr

David saß in Helens Jaguar, als das Telefon klingelte. Eine Dreiviertelstunde war vergangen. Erst hatte er in Dr. Gondorfs Küche versucht, in seinem Handy die neueste Ausgabe der *Deutschen Allgemeinen Zeitung* zu lesen, die um halb sieben auf den Markt gekommen war. Aber David konnte sich nicht konzentrieren, Forsbergs Hund und die Einschusslöcher in dem geschwächten Körper gingen ihm nicht aus dem Kopf. Aus der Praxis drang kein Laut zu ihm in die Küche, Dr. Gondorfs Kampf um das Tier war ein stiller Kampf.

Schließlich war er aufgestanden und hatte sich hinausbegeben in die Dunkelheit, war um den Wagen, dann um das Haus herum gegangen und hatte schließlich einen Spaziergang bis zum Waldrand gemacht, war aber dabei immer in Sichtweite der Praxis geblieben. Doch die Operation zog sich hin. Niemand tauchte in der Tür des Anbaus auf, niemand rief nach ihm. Also ging er zurück, setzte sich in den Wagen und wartete.

Als das Telefon zum dritten Mal klingelte, nahm David das Gespräch an, ohne auf das Display zu schauen.

«Ich habe keine Zeit», sagte er abweisend. «Es geht jetzt gerade überhaupt nicht.»

Am anderen Ende war Emma, die vor der Tür des Lokals stand. Als Max sich kurz entschuldigt hatte, weil er zur Toilette wollte, war sie vor die Tür der Wirtschaft getreten, um zu telefonieren. Verblüfft schaute sie nach den harschen Worten auf ihr Handy.

«Alles in Ordnung, David?», fragte sie.

«Oh, Emma. Tut mir leid. Ich habe nicht gesehen, dass du's bist. Nein. Gar nichts ist in Ordnung.»

«Habe ich deine SMS richtig verstanden, dass ich morgen mit dem Wagen zur Arbeit kommen soll?»

«Ja. Es kann sein, dass ich ihn brauche. Könntest du mich vielleicht sogar irgendwo hinfahren?»

«Tagsüber?»

«Ja.»

«Natürlich. Wohin?»

«Kann ich noch nicht genau sagen. Vermutlich zu einer Tierärztin.»

«Muss ich das verstehen?»

«Nein. Ich erklär's dir morgen.»

«Okay, dann …»

«Warte. Du könntest mir noch einen Gefallen tun: Kannst du mal schauen, was über einen Strafgefangenen namens Porter Jefferson auf dem Markt ist? Er hat sich vor drei Wochen im Cook-County-Jail in Chicago erhängt. Ein 24-jähriger Typ, verurteilt wegen Raubmords. Die Republikaner von Illinois gehen wegen der Sache gegen den Gefängnisdirektor vor.»

«Klingt nicht wie eine Story, die weltweit für Breaking News sorgt.»

«Weltweit vielleicht nicht. Aber unsere kleine Welt könnte sie verändern.»

«Verstehe. Wie bist du auf diesen Typ gekommen?»

«Bobby Meyer hat was über ihn geschrieben. Es klingt so abseitig und uninteressant, dass es schon wieder interessant ist.»

«Geht klar.»

«Danke Emma. Bei dir sonst alles okay?»

«Ja. Ich sitze auch gerade an einer verrückten Geschichte. Willst du sie hören?»

«Natürlich. Leg los.»

In dem Moment sah David, wie sich die Tür der Praxis öffnete und Dr. Gondorf im Türrahmen auftauchte.

«Nein, Entschuldigung, Emma. Leg nicht los. Ich werde gerade gerufen. Drück mir die Daumen.»

Als David an den Stahltisch trat, auf dem Lennart Forsbergs Hund reglos lag, bemerkte er, wie die Ärztin die Tür im Hintergrund diskret von außen schloss.

Beklommen beugte er sich über das Tier, dessen Augen geschlossen waren. Der Körper war voller Verbände. Da sah David seitlich eine silberne Schale, in der blutige Splitter und eine Kugel lagen. Dass die Operation eine Metzelei gewesen war, bewies der Abfalleimer. Rot durchtränkte Bandagen bis zur Kante. Was hatte Dr. Gondorf gesagt? *Wie grausam muss einer sein, der in der Lage ist, auf einen Hund zu schießen!* Und jetzt stand er da und blickte auf den Hund, den ihm das Schicksal zugespielt hatte. Vorsichtig fuhr er mit der Hand über die Verbände. Keine Reaktion.

Ein Gefühl der Verlorenheit erfasste ihn. Er hob den Kopf des Tiers an und schob Hand und Arm so weit unter den Körper, bis der Kopf in der Beuge seines Arms lag. Zum Abschied streichelte er noch einmal, ein letztes Mal, die Innenseiten der Ohren – da öffnete der Hund die Augen und blickte ihn für einen Moment an, bevor er seine Augen wieder schloss.

Als David ein paar Augenblicke später nach draußen trat, sah er die Ärztin auf einer Bank neben dem Hintereingang sitzen. «Kommen Sie», rief sie ihm zu. «Wir können im Moment nichts für ihn tun.»

Sie zündete sich eine Zigarette an und hielt sie hoch. «Stört es Sie?»

«Nein.»

«Ist es okay, wenn ich Sie was frage?»

«Natürlich.»

«Das ist nicht Ihr Hund.»

«Nein. Er gehört einem Mann, der früher einmal ein Freund war.»

«Und? Wo ist der jetzt?»

«Ich weiß es nicht. Er ist tot. Er ist in der Nacht zum Dienstag verbrannt. Bei einer Gasexplosion in seinem Wohnwagen.»

«Der Brand auf der Insel?»

David nickte.

«Ich hab's im Radio gehört.»

Sie rutschte auf der Holzbank zur Seite, und er nahm neben ihr Platz.

«Ist es auch okay, wenn ich Ihnen noch was Bedeutsames sage?»

Er nickte und machte eine einladende Geste.

«Ich bin nicht gut in so was», begann sie. «Ich habe leider nicht das Talent, es jemandem leicht zu machen.»

Davids Atem beschleunigte sich. Langsam ließ er sich nach hinten fallen, bis er an der hölzernen Wand lehnte. Dann streckte er seine Beine aus und rammte die Fersen in den Boden. Was immer jetzt kam, er wollte gewappnet sein.

«Es sind keine Schrotkugeln, die ihn getroffen haben. Ich habe Plastiksplitter unterschiedlicher Größe aus seinem Körper gezogen. Einer der Splitter, der im Rücken, hat Nerven getroffen. Nerven, die zu den Hinterbeinen führen. Es kann sein, dass der Hund nicht mehr richtig laufen kann.»

David starrte sie an. «Nein.»

«Es tut mir leid. Hinten reagiert nur noch ein Bein geringfügig auf Nervenimpulse. Allerdings kann ich nicht sagen, ob das definitiv mit der Verletzung der Nerven zusammenhängt.»

David schwieg einige Sekunden. Dann sagte er so nüchtern wie möglich: «Wollen Sie mir vorschlagen, den Hund einzuschläfern? Ist es das, was Sie mir sagen wollen?»

Dr. Gondorf nickte. «Ja», sagte sie leise.

David vergrub seinen Kopf in den Händen. «Kann man das … das mit den Nerven … kann man das nicht …?»

Sie schüttelte den Kopf. «Kann ich noch nicht sagen.»

«Auch nicht, wenn Sie mit allem, wozu Sie und die Medizin in der Lage sind …?»

Dr. Gondorf nahm einen tiefen Zug aus der Zigarette und atmete den Rauch langsam aus. «Ich will Ihnen was erzählen. Vor zwei Jahren ist mein Mann an einem Schlaganfall gestorben, kurz nach dem Frühstück. Ganz plötzlich, nichts hatte darauf hingedeutet, dass so etwas passieren würde. Am Spätnachmittag desselben Tages brachte ein Nachbar mir unseren Hund, einen Australian Shepherd. Jemand hatte mit einer Schrotflinte auf ihn geschossen, er sah so aus, wie Ihrer ausgesehen hat. Mein Mann und ich waren dreißig Jahre verheiratet, den Hund hatten wir elf Jahre. Obwohl ich völlig verzweifelt war und kaum Kraft hatte, das alles gefühlsmäßig zu bewältigen, operierte ich das Tier, es dauerte eine Ewigkeit. Ich bekam alle Kugeln heraus, aber der Blutverlust war zu groß gewesen. Noch am Abend starb er.»

Sie schwieg und schaute in die Dunkelheit, über den kahlen, vom Mond erhellten Acker, der sich bis zu den Bäumen des Waldes hinzog. Das Leben hatte Spuren in ihrem Gesicht hinterlassen, aber ihr Blick war klar und mitfühlend. Sie wusste, was in David vorging.

«Ich weiß jetzt nicht, ob Ihnen das hilft, aber dass ich damals versucht habe, den Hund zu retten, das hat mir Kraft gegeben. Darum habe ich auch eben alles versucht, obwohl es eigentlich unmöglich ist, dass ein Tier solche Verletzungen überlebt. Aber wir – Sie und ich – haben wenigstens versucht, dem Unrecht etwas entgegenzusetzen. Wir haben unsere Entschlossenheit gezeigt, etwas Falsches, etwas Böses nicht einfach hinzunehmen.»

Sie schaute ihn an und legte ihre Hand auf Davids Arm. «Ich will Ihnen noch was sagen … Etwas, das mich damals verunsichert hat. Ich stellte fest, dass ich trauriger und zorniger war über den Tod des Hundes als über den plötzlichen Tod meines Mannes, den ich sehr geliebt habe. Ich kann bis heute nicht verstehen, warum das so war. Es war grauenvoll, aber es war so.»

Sie drückte die Zigarette an der Seite der Bank aus, legte den Stummel in die Packung zurück und stand auf.

David blickte nachdenklich zu ihr hoch. «Ich glaube nicht, dass jemand den Hund vorsätzlich töten wollte. Da war nicht das Böse am Werk. Ich glaube, das war eher ein Gefühl der Fürsorge.»

Dr. Gondorf setzte sich wieder hin. Sie zog die Stirn erstaunt in Falten.

«Der Mann, dem der Hund gehört hat, war ein Hochstapler, aber auf keinen Fall ein Mensch ohne Mitgefühl. Im Gegenteil: Er – er heißt Forsberg, Lennart Forsberg –, er konnte sich sehr gut in andere Menschen hineinversetzen. Er konnte fühlen, was sie fühlten. Er konnte großartig schreiben, er war ein sagenhaftes Talent.» David schüttelte den Kopf. «Ich bin sicher, er hätte niemals zugelassen, dass der Hund in den Flammen umkommt.»

«Sie meinen, Ihr … Ihr Freund hat Selbstmord begangen?»

«Ich denke schon, ja.»

Dr. Gondorf ging auf Davids Gedanken ein, sie ahnte, worauf er hinauswollte. «Das heißt, vor der Explosion hat er den Hund losgebunden und zu verjagen versucht.»

«Ja. Aber das hat nicht geklappt.»

«Wie auch. Sie können einem Hund nicht sagen: *Hau ab! Ich will mich umbringen*. Natürlich können Sie ihm das sagen, aber das wird nichts bringen. Ein Hund wird immer wieder zurückkehren. Erst recht, wenn er merkt, dass sein Herr in Gefahr ist.»

«Sie haben recht.»

Er dachte einen Moment nach.

«Irgendwo weit weg im Wald konnte er ihn aber auch nicht anbinden, nicht wahr? Denn dann wäre das Tier irgendwann verhungert oder verdurstet. Was auch immer.»

Die Ärztin nickte. «Bleibt nur, dass Ihr Freund ihn zu verjagen versucht hat, indem er in seiner Verzweiflung eine Ladung Schrot oder was auch immer in seine Nähe gefeuert hat …»

David schüttelte den Kopf. «Auf keinen Fall. Nein, Forsberg hätte den Hund nicht seinem Schicksal überlassen, egal, wie mies es ihm ging.»

Sie schaute David an. «Sieht so aus, als ob wir uns von unseren Erklärungen verabschieden könnten … Die Anwesenheit des Hundes spricht gegen Selbstmord, richtig? Und wenn es kein Selbstmord war, dann war es ein Unfall …»

«Oder Mord.»

Für einen Moment folgten beide mit ihren Blicken einer Katze, die um die Beine der Ärztin strich. Die Katze wollte auf ihren Schoß. Doch die Tierärztin winkte ab. Es war genug. Sie war müde.

«Ich habe gesehen, dass Sie mir in der Küche Name, Adresse und Telefonnummer aufgeschrieben haben. Warum steht da noch ein zweiter Name?»

«Meine Tochter. Ich werde ihr alles erzählen. Rufen Sie sie an, wenn ich nicht zu erreichen bin.»

«Machen Sie sich keine Gedanken. Ihr Hund wird jetzt noch eine Weile schlafen. Und wenn er wieder aufwacht, werde ich mich um ihn kümmern.»

Sie gingen zusammen zum Wagen. Er öffnete die Tür.

«Danke», sagte er.

Sie hielt die Tür fest, zögerte einen Moment, dann traute sie sich endlich, auch das zu sagen, was sie eigentlich für sich behalten wollte. «Bleibt meiner Meinung nach noch eine Frage: Ich habe im Radio gehört, dass nicht nur dieser Mann, sondern auch eine Frau in den Flammen umgekommen ist. Musste sie mit ihm sterben, weil irgendjemand einen Grund hatte, den Mann zu töten, und es ihm zu gefährlich war, sie leben zu lassen?»

David, der durch die Frontscheibe auf den leeren Acker schaute, spürte, dass sie ihn betrachtete.

«Ich meine, das muss doch etwas zu bedeuten haben, dass die beiden an dem Abend zusammen waren», fuhr sie fort. «Wollen Sie dem Ganzen nicht einen Sinn abgewinnen?»

«Ich weiß nicht. Der Tod ist doch immer sinnlos, oder?»

«Nicht, wenn einer nicht mehr leben will und der Tod eine bessere Lösung ist als das Weiterleben.»

«Dann hätte Irina – so heißt die Frau – auch nicht mehr leben wollen. Und das gibt erst recht keinen Sinn.»

«Warum nicht?»

«Weil ich sie in der Nacht von Montag auf Dienstag nach einer Lesung in einer Buchhandlung in Starnberg getroffen habe. Wir haben spät am Abend noch etwas gegessen in dem Hotel, in dem wir beide Zimmer hatten, und haben lange miteinander geredet. Ihr war etwas Schreckliches passiert. Ihr Sohn war im November vergangenen Jahres gestorben, in seiner Heimat in Slowenien. Und jetzt, Anfang voriger Woche, hatten irgendwelche Grabräuber den Sarg mit dem Jungen entwendet. Sie war verzweifelt gewesen, aber nicht so sehr, dass sie ihrem Leben ein Ende setzen wollte. Sie wollte nicht allein sein und wir redeten die halbe Nacht. Es war das Aufleben eines alten Gefühls. Vertrauensvoll und friedlich. Es gab nichts Unpassendes oder gar Sexuelles. Das war kein letztes Aufbäumen, weil sie etwas Furchtbares erlebt hatte. Oder weil ihr etwas noch Furchtbareres bevorstand. Nein, auf keinen Fall. Bis sie mich plötzlich fragte, ob ich sie in ihren Heimatort begleiten könnte, denn sie wollte nach ihrem toten Sohn suchen.

Ich antwortete ausweichend, ging kurz auf die Toilette, um nachzudenken – und als ich zurückkam, war sie verschwunden.»

Dr. Gondorf blickte ihn traurig an: «Und jetzt ist sie tot.»

Ja, dachte David, und sein Magen zog sich zusammen. Jetzt ist sie tot.

FÜNFTER TEIL

Abducken | Donnerstag, 11. Februar, 7:30 Uhr

Punkt halb acht am nächsten Morgen zog David die Zeitung aus dem halb offenen Briefkasten neben dem Hoftor, da sah er oben am Saum des Waldes eine Limousine, die in den Waldweg einbog, der hinunter zu seinem Haus führte. Seine Haare waren noch feucht, er hatte gerade geduscht, und das Hemd hatte er noch nicht ganz zugeknöpft. Vorsichtshalber ordnete er es, denn die Limousine hielt auf sein Haus zu. Reflexartig schaute er auf die Uhr. Kein guter Zeitpunkt für unerwarteten Besuch, denn in zwanzig Minuten musste er aufbrechen, um die Fähre zu erreichen. Heute würde er sich nicht davon abbringen lassen, pünktlich im Büro zu erscheinen.

David war nicht in der besten Verfassung. In der Nacht hatten die Sorgen um das, was kommen würde, ihm mal wieder den Schlaf geraubt, und dass es bereits nach zwei Uhr war, als er vor seinem Haus erschöpft aus dem Taxi stieg, hatte auch nicht zu einem geruhsamen Schlaf beigetragen. Nachdem er sich gegen Mitternacht von der Tierärztin verabschiedet hatte, hatte er der Einfachheit halber das Navigationsgerät von Helens Jaguar eingeschaltet und auf «Zuhause» sowie «Zuletzt gefahren» getippt. Müde und in Gedanken versunken hatte er automatisch auf die Hinweise der angenehmen weiblichen Stimme gehört – «beim Kreisverkehr die zweite Ausfahrt nehmen, dann dem Streckenverlauf sieben Kilometer folgen» –, ohne besonders auf den Weg durch die Dunkelheit zu achten. Deshalb merkte er erst spät, dass das Navigationsgerät zu spinnen schien. Die Strecke, die er fuhr, konnte unmöglich der direkte Weg zu Helen Christensens Haus sein, denn er führte vom Starnberger See weg, in Richtung Weßlinger See. Hatte Helen bei den Einstellungen eine eigene, besonders schöne Strecke gespeichert, die sie so gernhatte, dass ihr der Umweg egal war?

Da er für einen Moment nicht wusste, wie er am besten aus der eigenartigen Situation hinausfand, folgte er weiter den Angaben der Automatenstimme. Er hatte auch keine andere Wahl, denn die Straße führte über mehrere Kilometer durch einen Wald. Schließlich fuhr er eine weitgeschwungene Kurve hinunter und tauchte ein in eine großzügig angelegte, waldreiche Villengegend, in der fast jedes Anwesen über eine Doppelgarage und eine breite Auffahrt verfügte. Helen Christensens Haus war schon eindrucksvoll, aber die Villen an der Straße, die er jetzt langsam entlangrollte, waren noch einmal um einiges exklusiver, was man aber nur ansatzweise sehen konnte, denn die Bäume schirmten die meisten Häuser diskret ab.

Als das Navigationsgerät schließlich forsch behauptete «Sie haben das Ziel erreicht», blieb er stehen, parkte den Jaguar halb auf dem Bürgersteig und stieg aus. Stille umfing ihn. Die Natur war verstummt, und aus den Häusern, die dunkel hinter den Bäumen lagen, war kein Geräusch zu hören. Plötzlich ein Rascheln in einer Hecke. Er erschrak, als ein Eichhörnchen vor ihm über die Straße sprang und einen Baum hinaufjagte.

David ging zwanzig Meter eine efeubewachsene Mauer entlang und stieß an einem schmiedeeisernen Tor auf einen grauen, vollgestopften Metallbriefkasten. Offenbar war der Bewohner längere Zeit nicht mehr zu Hause gewesen. Unter der Klappe befand sich ein Namensschild, links daneben ein Klingelknopf. Da kaum etwas zu erkennen war, zog er sein Smartphone heraus und machte Licht. Auf dem Namensschild standen lediglich zwei Großbuchstaben mit jeweils einem Punkt. A. Z. Offenbar die Anfangsbuchstaben des Bewohners.

Nachdenklich schaute er darauf. Wer war so berühmt, bedeutend, wichtig oder prominent, dass zwei Buchstaben am Tor zur Identifikation ausreichten? Neugierig trat er näher und leuchtete zwischen die Blätter des wilden Weins. Da erspähte er das Auge einer Videokamera und daneben eine Platine mit Löchern, was bewies, dass das Haus über eine Gegensprechanlage verfügte. War da etwa jemand im Haus und beobachtete ihn? Unwahrscheinlich. Das Haus lag im Dunkeln.

David wollte sich schon abwenden, da bemerkte er, dass zwischen den reingeknüllten Werbeprospekten etwas Weißes unter der Klappe des Briefkastens hervorlugte. Nach einem kurzen Blick die dunkle Straße hinauf und hinunter zog er mit spitzen Fingern den Brief heraus, während er die andere Hand auf das Videoauge legte.

Und da sah er den Namen. Wow. Damit hatte er nicht gerechnet. Das war wirklich eine Überraschung. Offenbar hatte die Person diese feine Villa gemietet im Hinblick auf eine Zukunft, die ihn an diesen Ort binden würde. Was hatten Helen und ihr Jaguar hier zu suchen gehabt!?

Doch diese Frage beschäftigte ihn nicht mehr, als er jetzt, sechs Stunden später, bemerkte, wie die Limousine vor seinem Hoftor anhielt. Angesichts des dunklen, vermutlich kugelsicheren Glases musste David nicht lange nachdenken, wer ihn da besuchte. Unauffällig war es nicht, dass Tilda Hansson mit der hochgesicherten Dienstlimousine auftauchte, erst recht nicht, weil sie selbst am Steuer saß und nicht ihr Chauffeur. Aber es schien sie nicht zu kümmern. Deutschland war ein reiches Land. Und in dem Landstrich, in dem David wohnte, lebten ganz besonders viele reiche Menschen. Seltsame teure Autos waren dort keine Seltenheit und schon gar nicht auffällig.

Da trat Tilda auch schon durch das Tor, das David ihr galant aufhielt.

«Was ist passiert?», fragte er.

«Guten Morgen, David. Tut mir leid, wenn ich ungelegen komme. Können wir offen reden?»

«Tun wir das nicht die ganze Zeit?», antwortete er, während er die angelehnte Haustür aufdrückte.

«Nicht über das, was Sie mir die ganze Zeit verschweigen.»

Er schloss die Tür hinter ihr und bat sie in den Wohnraum.

«Ich habe leider nur zehn Minuten, dann muss ich los.»

Sie schüttelte den Kopf, zog zu seiner Verblüffung ihren Mantel aus und legte ihn ordentlich über einen Stuhl. Sie war sich sicher, dass der Morgen anders verlaufen würde, als er sich das vorstellte.

Lächelnd fragte sie: «Wollen Sie diesmal in der Redaktion anrufen und sagen, dass Sie verhindert sind? Oder soll ich das wieder übernehmen?»

Er schaute sie an und erkannte den Ernst in ihren Augen.

«Neue Erkenntnisse?», fragte er.

Sie schüttelte den Kopf. «Neue Beweise.»

David schob die Hände in die Hosentaschen, drehte sich kurz zum Terrassenfenster und überlegte, was das für ihn bedeuten könnte. Er war nicht naiv. Sie hatte offenbar entdeckt, was er ihr bisher vorenthalten hatte. Also nahm er wortlos sein Telefon und rief in der Redaktion an.

Tilda saß seitlich an seinem Esstisch zwischen offener Küche und Wohnzimmer, während David ein Tablett mit zwei Bechern Kaffee vor ihr abstellte. Tilda wirkte entspannt, doch das Bild täuschte. Sie hatte die Beine zwar lässig übereinandergeschlagen, aber ihre Fußspitze kreiste unruhig hin und her – ein Zeichen dafür, dass sie sich auf eine Schlacht vorbereitete.

«Ich möchte Sie was fragen, das wollte ich schon immer», sagte sie, nachdem sie einen Schluck getrunken hatte. «Warum verstecken Sie sich eigentlich hier hinter dem Hügel. In diesem verborgenen Winkel zwischen Wald und See?»

«Verstecken?»

«Das tun Sie doch, nicht wahr?»

Er schüttelte den Kopf. «Nicht im Geringsten. Ich war froh, dass ich nach meinem Syrien-Abenteuer hier untergekommen bin. Es ist nicht mein Haus, ich bin nur Mieter. Ich mag die Abgeschiedenheit.»

«Glaube ich Ihnen nicht.»

Er kratzte sich mit dem Daumennagel zwischen den Augenbrauen. «Können wir vereinbaren, dass es meine Sache ist, was ich tue?»

Für einen Moment war sie irritiert über seinen plötzlich abweisenden Tonfall.

«Sind Sie gereizt wegen einer unschuldigen Frage?»

«Tilda, keine Frage, die Sie stellen, ist unschuldig.»

«Da könnten Sie sogar recht haben. Okay», fügte sie geschäftsmäßig hinzu. «Es gibt zwei unerfreuliche Nachrichten. Die Polizei ist der Überzeugung, dass die beiden Menschen, die auf der Insel starben, ermordet wurden. Es war kein Unfall, auch kein Selbstmord. Sondern Mord.»

«Ein Mord im Niemandsland? Wer hat wissen können, dass die beiden dort waren?»

Sie nickte nachdenklich. «Das ist das Problem … Laut Gerichtsmediziner starb Irina an zwei Schüssen in den Kopf. Bei Forsberg hatte es der Täter bei einem Schuss belassen. Professionelle Arbeit nach Ansicht des Leitenden Kriminalkommissars. Ich will Sie nicht mit Kaliber, Waffentyp, Munition und ähnlichen Einzelheiten langweilen, wichtig ist nur, dass das eingesetzte Tötungswerkzeug sowohl in Deutschland als auch in den USA gebräuchlich ist. Das bringt uns also nicht weiter. Die Polizei ist der Überzeugung, dass der Täter nach seinen beiden Morden die Explosion auslöste und dann das Feuer legte, vermutlich, um die Taten zu vertuschen.»

Bei David krampfte sich alles zusammen. «Irina wurde in den Kopf geschossen?»

Tilda nickte. «Sie war sofort tot.»

«Was heißt sofort?»

«Bei einem Schuss in den Kopf ist man nach zwei, drei Sekunden tot. Ich denke, dass Irina gesehen hat, wie der Täter Forsberg ermordet hat. Deshalb musste auch sie sterben.»

«Ich weiß nicht. Ist das nicht zu viel des Zufalls? Sie besucht einen alten Freund auf einer einsamen Insel. Und just in diesem Moment taucht aus dem Nichts jemand auf und erschießt die beiden.»

«Das verblüfft mich auch. Mich und die Polizei.»

Sie pustete in ihre Tasse, denn der Kaffee war noch heiß, und trank vorsichtig einen Schluck.

«Was mich zur zweiten schlechten Nachricht bringt. Es gibt einen Menschen, der die Insel und die beiden Opfer kannte – und vermutlich auch wusste, dass sich die beiden dort am Montagabend treffen wollten. Einen Menschen, der uns nicht fremd ist.»

Sie beobachtete, wie Davids Augen sich weiteten, verletzt und enttäuscht. Er ahnte, was sie sagen wollte. Also kam er ihr zuvor.

«Die Polizei hält mich für den Mörder.»

Sie nickte. «Sie waren am selben Tag dort. Könnten ein Motiv haben. Und Ihnen ist zuzutrauen, dass Sie eine Schusswaffe besitzen. Sie hatten ja auch eine in den Schweizer Bergen vor zwei Jahren, als Boris Renko und Assads Bruder ermordet wurden.»

Für ein paar lange Sekunden sprachen beide kein Wort, doch das Schweigen knüpfte kein Band zwischen ihnen, diesmal nicht. Sie beobachtete ihn, wartete auf ein Zeichen von Schuld, Unschuld, Entrüstung, Verzweiflung. Wartete auf irgendein Zeichen. Vergeblich.

«Welches Motiv hätte ich denn haben können?»

«Eifersucht? Sie liebten Irina und konnten es nicht verwinden, dass sie sich mit Ihrem alten Freund, der ein Feind geworden war, trifft und mit ihm dann …»

«Hören Sie auf. Das ist doch lächerlich.»

Für einen Moment schaute sie ernst. Dann nickte sie langsam.

«Ja. Ja, das ist lächerlich. Das habe ich auch der Polizei gesagt.» Sie machte eine kurze Pause. «Aber wie in vergleichbaren Fällen taucht spätestens an dieser Stelle eine sehr wichtige Frage auf: Wenn Sie es nicht waren, David – wer dann? Sie sollten mir einen neuen Tatverdächtigen anbieten, mit dem ich die Polizei überzeugen könnte. Vielleicht können wir Sie ja dann in Ruhe lassen.»

David stand auf und ging mit den Händen in den Hosentaschen zu den Terrassentüren, die er einen Spaltbreit öffnete.

Dann wandte er sich wieder ihr zu. «Woher wissen Sie eigentlich, dass ich auf der Insel war? Der Rumäne?»

Sie nickte.

David zuckte mit den Schultern. Er nahm sein Smartphone, das auf dem Tisch lag, und hielt es ihr hin.

«Nur damit es Sie beruhigt. Und Sie sehen, dass Ihr Gefühl Sie nicht getrogen hat.»

David scrollte durch seine Anrufliste. Irina hatte ihn am Montagnachmittag um 17:15 Uhr angerufen, vermutlich noch bevor sie die Insel betreten hatte. David war da gerade in der Titelkonferenz gewesen. Das Handy hatte er auf seinem Schreibtisch liegen lassen. Es war Irinas Nummer, die er Tilda zeigte.

«Ich war am Nachmittag in München, mehr als hundert Kilometer entfernt. Zufrieden?»

Tilda nickte, fast ein wenig grimmig.

David räusperte sich. «Haben Sie oder die Polizeibeamten die Rumänen in Bezug auf den Abend und die Nacht verhört?»

«Ja. Leider waren sie nicht zu Hause. Der Alte arbeitete in der Lagerhalle eines Sägewerks, seinen Enkel hatte er mitgenommen. Sie waren erst zwei Stunden vor der Explosion wieder an Ort und Stelle. Und Mutter und Tochter hielten sich in einer Bar auf, weit entfernt in einer Kleinstadt. Alle haben glaubhafte Zeugen.»

David schaute sie nachdenklich an.

«Es gibt also einen Täter, von dem wir keine Ahnung haben, richtig? Oder haben Sie einen Namen?»

«Nein.»

«Eine Beschreibung?»

«Nein.»

«Wissen Sie, wann und wie der Täter Forsberg und Irina ausfindig gemacht haben könnte?»

«Wie sollte ich, wenn wir keinen Verdächtigen haben.»

«Na toll. Sie sind nur davon überzeugt, dass ich was damit zu tun haben muss, weil ich die ermordeten Personen kannte. Ahnen Sie jetzt, warum ich so viel von unserem Geheimdienst halte?»

«Okay», sagte Tilda schließlich. «Dann haben wir ja dasselbe Ziel. Ich werde so lange bei Ihnen bleiben, bis ich die Wahrheit kenne. Auch in Bezug auf Sie.»

Das Leben auf der Straße | Donnerstag, 11 Uhr

Gerade weil die Ereignisse des vorangegangenen Abends, den sie mit Max Goldberg in dem Lokal in der Nähe des Englischen Gartens verbracht hatte, noch in ihr nachwirkten, empfand Emma den Donnerstagmorgen mit seinen alltäglichen Verpflichtungen als tröstlich und beruhigend. Max hatte sie in der Nacht noch bis zu ihrer Wohnung in der Nähe des Viktualienmarkts begleitet. Sie waren nebeneinander auf ihren Fahrrädern gefahren, was zu so später Stunde kein Problem war.

Sie waren an der Isar entlanggeradelt bis zur Ludwigsbrücke, hatten ein paar kleinere Seitenstraßen gewählt und dabei plötzlich bemerkt, dass sie gar nicht weit auseinander wohnten. Emmas Wohnung lag in einem heruntergekommenen Rückgebäude in der Frauenstraße. Und Max' Appartement lag in einem verlängerten Altbau an der Westenriederstraße. Als sie vom Tal in den Radlsteg bogen und in Richtung Viktualienmarkt fuhren, fiel ihnen auf der Zwingerstraße auf, dass sie sich eigentlich von Wohnung zu Wohnung sehen müssten, wenn sie an ihren Fenstern standen – mehr als zwanzig Meter lagen die beiden Rückgebäude nicht voneinander entfernt.

«In welchem Stockwerk liegt deine Wohnung?», hatte Max ihr von seinem Rad aus zugerufen.

«Im dritten.»

«Ich wohne im zweiten. Ich habe dich noch nie gesehen.»

«Erstens habe ich Vorhänge. Zweitens kanntest du mich bis vorgestern nicht. Und drittens geht mein Arbeitszimmer nach vorne raus.»

Was sie nicht sagte: Von einem kleinen Balkon, der von ihrer Küche aus zu betreten war, gelangte man auf eine eiserne Außentreppe, die eigentlich als Feuertreppe gedacht war. Aus Gründen der Sicherheit hatte der Eigentümer den untersten Teil der Treppe absägen lassen, oben aber war sie noch gut erhalten, und an manchen Sommertagen kletterte Emma auf ein seitliches Dach und sonnte sich dort hinter einer Holzverkleidung. Manchmal lehnte sie sich auch nur an die warmen Ziegel eines Kamins und las in einem Buch, trank einen Kaffee oder lauschte mit geschlossenen Augen den Geräuschen der übrigen Hausbewohner, dem Gezänk, dem Kindergeschrei, der seltsamen Musik einer benachbarten tunesischen Familie. Oder, wenn im Haus alle ruhig waren, dem entfernten Gemurmel des Viktualienmarkts.

Als sie beide schließlich vor ihrer Haustür in der Frauenstraße anhielten, war Max auf seinem Rad sitzen geblieben.

Nicht gerade die Haltung, aus der man hätte schließen können, dass er vielleicht gedacht hätte, bei Emma noch einen
Drink zu bekommen und ganz nebenbei festzustellen, ob man
seine Wohnung tatsächlich von ihrer aus sehen konnte. Also
stieg sie ab, schob ihr Rad in den Hof, schloss es ab, winkte ihm
von der Haustür aus zu und rief: «Ciao, wir sehen uns.»

«Mal sehen», sagte er.

Er sagte nicht, soll ich noch mitkommen oder magst du
noch mitkommen, ist doch erst Mitternacht.

Und sie fragte nicht, ob er noch bleiben wolle.

So verschwand sie im Haus. Wo sie im Dunkeln beobachtete, wie die Tür langsam zufiel. Sie schaute nicht durch den
kleiner werdenden Spalt, schaute nicht, ob er sein Fahrrad
wendete und schon wieder auf der Straße war. Sie war auch
zu stolz, die Tür noch einmal zu öffnen, nachdem sie ins
Schloss gefallen war. Aber als Emma in ihr Schlafzimmer trat,
machte sie keine Lampe an, sondern sah, verborgen hinter den
Vorhängen, auf das gegenüberliegende Gebäude und wartete,
bis im zweiten Stock hinter einem Fenster das Licht anging.

D er nächste Morgen, an dem sie kurz nach dem Aufwachen
wieder an diese Szene in der Nacht hatte denken müssen,
war dann im Flug vergangen, die Hektik des Alltags war wie
Balsam für ihre Seele. Sie hatte gefrühstückt und sich dann
rustikal angezogen, was zu dem ungemütlichen Wetter passte,
das sich inzwischen mal wieder eingestellt hatte. In der Redaktion ballten sich dann die üblichen Termine. Konferenzen, Tele-
fongespräche, Arbeitsverteilung, Übernahme von redaktionel-
len Aufgaben für den Nachmittag, kurzer Besuch bei David in
dessen Büro, weitere Telefonate, Träumereien. Sie hätte sich
gewünscht, zwischendurch Zeit zu haben, um noch einmal darüber nachzudenken, was sie am Tag zuvor in dem Loft von
Goldberg Forensic Architecture erfahren hatte, aber die Ereignisse
ließen es nicht zu, denn sie hatte eine Unmenge Stoff, der sie

beschäftigte. Aber sie riss sich zusammen – und wie geplant war sie pünktlich bereit für eine weitere Runde mit ihrem Obdachlosen.

Es war elf Uhr, als Emma durch die Innenstadt radelte, um Brandon Lee zu treffen. Brandon hatte per WhatsApp das Bankgebäude als Treffpunkt vorgeschlagen, das an der Südseite des Promenadeplatzes aufragte. Seit ein paar Tagen hatten Brandon und Zofia, die offenbar so etwas wie ein Paar waren, im Untergeschoss des Gebäudes einen Schlafplatz gefunden. Er lag im Untergeschoss, neben der Tiefgarage, nicht weit vom Heizungskeller entfernt. Es war eine trockene, warme Ecke, in der die beiden sogar einen Stromanschluss für ihre Handys hatten. Außerdem gab es dort unten Toilette und Waschgelegenheit. Zofia, die 19-jährige Polin, hatte diesen Platz ausfindig gemacht, wie Brandon Emma am Telefon erzählt hatte. Es war unverkennbar gewesen, dass er dem Nachtwächter, der nachts das Gebäude bewachte, sehr dankbar dafür war, dass er Mitleid mit ihnen hatte. Seit dem Debakel im Hof des Möbelgeschäfts, das zu seiner Festnahme geführt hatte, wollte Brandon nicht noch einmal Ärger mit der Polizei bekommen.

Der Nachtwächter war ein gutmütiger Typ ohne Familie und mit nur wenigen Freunden, die wie er Sicherheitsmänner waren. In den zurückliegenden Tagen hatte er Brandon und Zofia gegen 23 Uhr das Untergeschoss aufgeschlossen und sie am nächsten Morgen um sechs Uhr wieder rausgelassen. Er war sogar so nett gewesen, die Plastikmatten und Schlafsäcke der beiden tagsüber in seinem Spind aufzubewahren, der sich in dem Raum befand, in den sich das Wachpersonal der Bank zurückziehen konnte. Brandon hatte das Gefühl, dass der Nachtwächter das alles vor allem für Zofia machte, so schmal, schmächtig und verloren, wie sie wirkte. Sie sah so aus, als müsste sie sich mehrere Lagen Klamotten anziehen, bevor sie einen Schatten warf.

Sie schien ihn zu rühren.

Als sich Emma dem Bankgebäude näherte, sah sie den Nachtwächter schon von Weitem vor dem Drehkreuz stehen, hinter dem sich die Geldautomaten und Kontoauszugsdrucker befanden. Er war ein eher unscheinbarer Mann um die vierzig mit schütterem Haar und schwammigem Körper, der es genoss, eine Uniform zu tragen.

Neugierig beobachtete er das Treiben auf dem Promenadeplatz, über den an diesem Tag vor allem Paare mit Einkaufstüten eilten: Frauen mit ihren Männern, Frauen mit ihren Töchtern, Frauen mit ihren Freundinnen, ganz selten Männer allein. Und fast gar keine Männer mit Männern. Einkaufen, vor allem das Einkaufen von Kleidung, schien Frauensache zu sein. Stoisch und aufmerksam wirkte der Nachtwächter, der jetzt, nach seiner Nachtschicht, auch noch den Tag bewachte. Er war es gewohnt, stundenlang nichts zu tun und nur zu schauen. Mehr noch: Er liebte es.

In einem wirklichkeitsfremden Reflex – Emma hatte den Mann ja noch nie gesehen – wollte sie ihm schon zuwinken, da trafen sich ihre Blicke. Verblüffenderweise hob der Mann seinerseits die Hand und zeigte in diesem winzigen Zeitfragment lächelnd auf die Tiefgarageneinfahrt, als wüsste er, wen Emma suchte. Und da stand er tatsächlich: Brandon Lee, den Rucksack über einer Schulter. In dem Rucksack hatte er Klamotten zum Wechseln, eine Shampooflasche, ein paar Papiere und frische Socken, das hatte er ihr bei ihrem ersten Treffen erzählt. Er hatte eine Wollmütze auf, trug eine wattierte Bomberjacke, darunter ein Flanellhemd und ein T-Shirt zu einer dunklen Jeans, die ein Loch rechts in der Höhe der Wade hatte. Gefährlich sah er nicht aus, das konnte man wirklich nicht sagen. Nur groß, breit und muskulös. Er war nicht gut drauf, das merkte Emma sofort. Kurz angebunden begrüßte er sie, als sie das Fahrrad abstellte und abschloss. Und während sie auf dem Weg zum Karlstor mit ihm Schritt zu halten versuchte, knurrte er auf ihre freundlichen Fragen nur «Ja» und «Nein». Und auch dies nur nach jeweils längeren Pausen.

«Was ist», fragte Emma, als sie merkte, dass er leicht humpelte.

«Nichts», sagte er. Und dann, wieder nach endlosem Schweigen: «Wie lang willst du eigentlich mit mir hier herumlaufen?»

«So lange, bis ich weiß, wie dein Alltag aussieht.»

«Und darüber willst du dann schreiben.»

«Ja.»

Pause.

«Bekomme ich was dafür?»

Emma sah ihrem Atem nach, der in die graue Luft entschwebte. Es waren minus zwei Grad, das hatte sie kurz zuvor auf der digitalen Uhr einer Apotheke gesehen. Für sie aber fühlte es sich an, als seien es minus fünf Grad. «Nein», sagte sie. «Das machen wir nicht. Das machen wir nie. Denn dann wäre das Ganze nicht echt. Unser Geld würde deine Lage verfälschen.»

Er hob die Schultern, der aufgestellte Kragen seiner Jacke stieß gegen seine Ohren. «Aber du leihst mir dein Handy, wenn ich es brauche …»

«Wenn ich weiß, wofür …» Sie zuckte mit den Schultern und blickte ihn ernst an. «Bist du wirklich okay? Du siehst nicht gut aus.»

Er blieb stehen und zog das rechte Hosenbein hoch. Ein circa fünf Zentimeter langer, tiefer Riss war an der Außenseite der Wade zu sehen. Die Stelle war geschwollen, rot an den Rändern, schwarz in der Mitte, leicht wässrig.

«Woher hast du das?», fragte Emma.

Er ließ das Hosenbein wieder herunter. «Bei dem Ärger mit der Polizei bin ich rückwärts gegen die Rampe gestoßen. Da hat sich ein Eisenstift in den Unterschenkel gebohrt … Durch die Hose.» Er hob das Bein an und zeigte auf das Loch in der Jeans.

«Du musst zum Arzt.»

Pause. Er überlegte.

«Nein.»

«Doch. Das kann 'ne Blutvergiftung werden.»

Pause.

«Nein, geht schon.»

«Sorry, wir kennen uns zwar nur kurz, Brandon, aber es würde keinen guten Eindruck machen, wenn ich die Hauptperson meiner Reportage nach nur zwei Begegnungen auf die Intensivstation bringen müsste.»

Lange Pause.

«Ich habe keinen Ausweis.»

«Verdammt. Warum hast du keinen Ausweis? Du kommst doch nicht über den Atlantik ohne Ausweis.»

«Ärger zu Hause. Ich musste weg.»

«Dann gehen wir zum amerikanischen Konsulat und sagen, dass du ihn verloren hast. Die geben dir ein Papier, mit dem du dich ausweisen kannst.»

«Geht nicht. Ein paar Leute suchen mich.»

«Weswegen? Was hast du gemacht?»

«Nichts.»

«Hast du jemanden umgebracht?»

Er verzog seinen Mund zu einem gequälten Lächeln. «Klar. Darum bin ich ja hier in München und rede mit dir darüber. Nur darum bin ich hergekommen.»

«Und wer sucht dich?»

«Der amerikanische Präsident. Ein paar Leute aus seinem Umfeld. Dann noch der Secret Service und das FBI.»

Sie tat so, als habe sie seinen offensichtlichen Unsinn nicht gehört. «Das FBI ermittelt nur in den USA.»

«Dann sucht mich eben die CIA.»

Sie schüttelte den Kopf. «Also eine Frau.»

«Klar. Eine Frau auch noch.»

«Deine Frau?»

«Sie war meine Frau.» Pause. «Die Brüste.»

«Wie bitte?»

«Sie hatte Krebs. Erst in der einen Brust, dann in der anderen. Sie starb vor sechs Jahren.»

Schlagartig wurde sie ernst.

«Das tut mir leid.»

«Schon gut. Wir waren geschieden.»

«Was hast du denn gemacht? Ich meine beruflich?»

«Ich habe Autos verkauft. Trucks. Und viel getrunken.»

«Kinder? Eltern? Freunde?»

«Eine Tochter. Sie war acht, als ihre Mutter starb. Ich ging zur Army und fing was Neues an. Ich habe sie zu meinen Eltern gegeben.»

«Und dann?»

«Nichts.»

«Hast du keine Karriere gemacht? So wie du aussiehst, müsstest du doch … Kannst du nicht irgendwas besonders gut?»

Er schüttelte unwirsch den Kopf. «Nichts für dich.»

Emma wusste nicht, was sie von seinen Informationen halten sollte. Waren das die Details einer Biografie, die er sich zur Ablenkung ausgedacht hatte? Brandon war kein typischer Penner. Und auch kein typischer Hilfskoch auf einem Frachtschiff. Seinem Wortschatz zufolge schien er eine vernünftige Schulbildung gehabt zu haben. So wie er sprach, war er auch kein typischer Autoverkäufer. Hatte er wirklich seine Tochter zu den Großeltern gegeben, weil er mit dem Leben nicht mehr klarkam und zu viel trank? Emma hatte bemerkt, wie sich seine Augen verschattet hatten, als er von der Tochter sprach. Das Einzige, was sie ihm abnahm, war, dass er zur Army gegangen war. Zu irgendwelchen Special Forces. Dort lernte man mit Waffen umzugehen und Gewalt anzuwenden. Dort lernte man auch zu gehorchen und keine Skrupel zu haben.

Nachdenklich betrachtete sie ihn von der Seite. «Ein typischer Obdachloser bist du nicht, wenn ich das sagen darf. Bin gespannt, auf welche Geheimnisse ich noch stoße.»

«Es ist ganz einfach: Ich bin Amerikaner, stamme aus Jackson Hole in Wyoming. Da, wo ich herkomme, haben die Menschen keine Geheimnisse. Sie sind Republikaner, wählen Republikaner – und bleiben Republikaner ein Leben lang.»

Sie machte eine wegwerfende Handbewegung. «Oh Mann», sagte sie. «Für mich wären diese rechten Heuchler nichts. Erst recht nicht, seitdem das mit dem Kapitol passiert ist.»

Brandon schwieg. Und sie fragte sich, ob sie ihn möglicherweise zu offensichtlich auf das Thema angesprochen hatte, um das es ihr vor allem ging. Was hatte sie sich nur aufgehalst mit diesem Mann? War er wirklich einer der Anführer bei dem Sturm aufs Kapitol gewesen? Hatte er Ashli Babbitt umgebracht, aus welchem Grund auch immer, und war dann aus dem Land geflohen? Ashli Babbitt war eine glühende Anhängerin des Ex-Präsidenten gewesen. Und er war ebenfalls ein Anhänger des Ex-Präsidenten, sonst hätte er nicht eine Kappe mit *Adam Rycart* getragen. Warum erschießt der eine Anhänger den anderen? Das ergab doch keinen Sinn.

Sie schüttelte unmerklich den Kopf. Wie sie es auch drehte und wendete: Unsympathisch war dieser Mann nicht. Aber politisch eine Katastrophe.

«Komm, wir müssen da lang», sagte sie schließlich. «Da geht's zum Hauptbahnhof. Da gibt's eine Krankenstation.»

Wieder langes Schweigen.

«Ich geh da nicht hin.»

«Blödsinn. Wenn jemand fragt, hast du deinen Ausweis im Hotel vergessen.»

Er antwortete nicht. Das war seine Art zu reden. Bis er etwas sagte, dauerte es. Brandon Lee hatte einen eindrucksvollen Mut zur Pause. Er konnte es lange aushalten, nichts zu sagen. Ein Albtraum für einen Journalisten. Vor allem, wenn nichts passierte und der andere schon hibbelig wurde, weil er auf eine Antwort wartete. Das war seine Form des Widerstands. Man könnte auch sagen: seine Form, anarchisch zu reagieren.

Emma wies mit dem Kopf in Richtung Karlstor, und wider Erwarten folgte er ihr. Vielleicht schmerzte ihn seine Wunde doch mehr, als er zugeben wollte. Sie waren schon ein ungewöhnliches Paar: Brandon Lee, der vollbärtige Hüne mit der dunkelblauen Wollmütze. Und daneben Emma Bricks, fast ebenso groß wie er, nur sehr viel schlanker, was aber kaum zu erkennen war, da sie einen anthrazitfarbenen Daunenmantel trug, dessen Reißverschluss sie jetzt wegen der Kälte zuzog.

«Wenn die Geld wollen, haue ich ab», sagte er. «Ich bin nicht versichert.»

«Hast du wirklich gar nichts? Kein Geld, keine Papiere, keinen Führerschein, keinen Brief mit 'ner Adresse?»

«Nur die paar Scheine, die ich auf dem Schiff bekommen habe. Bevor sie mich in Rotterdam verjagt haben. Sie wollten mir weniger geben, als ausgemacht war.»

«Hast du dich gewehrt?»

«Was meinst du wohl? Schau mich an.»

Sie schaute ihn an und musste lachen.

«Und Zofia? Wie kommt die klar?»

«Sie sitzt vor Supermärkten und wartet, bis ihr jemand was gibt.»

«Aber du hilfst ihr.»

Er nickte.

«Und wo ist sie jetzt?»

«In der Arnulfstraße. Methadon besorgen.» Er sah ihren fragenden Blick, weshalb er hinzufügte: «Sie hat Heroin geraucht. Jetzt braucht sie alle 24 Stunden eine Tablette von dem Zeugs. Als Ersatz.»

«Kostet wie viel pro Tag», fragte Emma. Sie hatte nicht die leiseste Ahnung.

«Zehn Euro.»

Sie waren gerade an einer Bäckerei vorbeigegangen. Emma blieb stehen und blickte zurück zu dem Eingang. «Warte», sagte sie und verschwand in dem Laden. Wenige Minuten später kam sie wieder heraus, sie hatte zwei Becher Kaffee und zwei Leberkässemmeln in den Händen, mit denen sie sich unweit eines Kiosks auf eine Bank setzten.

Am Anfang schwiegen sie und schauten kauend auf die vorbeihastenden Menschen in teuren Kaschmirmänteln, auf Jugendliche mit Designerkopfhörern und auf die Fenster denkmalgeschützter Häuser, die zu Wohnungen gehörten, die 15 000 Euro pro Quadratmeter kosteten. Der hemmungslos zur Schau gestellte Reichtum der Stadt machte sie verlegen, während im Hintergrund der vom Stachus abfließende Verkehr nur schrittweise vorankam. Was für eine merkwürdige Welt! Eine technische Erfindung des 19. Jahrhunderts verpestete noch heute, im 21. Jahrhundert, die Luft, und viel zu viele Menschen fanden nichts dabei. Aber dann besann sich Emma wieder auf ihren Auftrag und tastete sich erneut an das heran, was Max und Greta wissen wollten.

Zwei Wochen war Brandon jetzt in München. Er war hergekommen, weil er die Schnauze voll hatte von Amerika. Er war am Tag vor dem 6. Januar mit ein paar Freunden nach Washington gefahren, weil der Ex-Präsident gesagt hatte, dass ihm die Wahl gestohlen worden sei. Und da wollten sie helfen, dass er wiederbekam, was ihm gehörte.

«Was meinst du damit», fragte sie.

«Das Amt. Die Macht. Ich habe ihn gewählt. Er weiß, was gut ist für die Amerikaner.»

«Und als dann der neu gewählte Präsident sein Amt antrat, hast du dein Land verlassen. Ist es das?»

«Schon möglich», murmelte er. Und zog sich wieder in seine Welt zurück. Kein Wort darüber, dass er an vorderster Front Randale gemacht hatte. Und kein Wort darüber, dass er vor der

Speaker's Lobby auf eine Frau geschossen hatte – wenn es stimmte, was Greta und Max ermittelt hatten.

«Und jetzt? Was willst du hier in Deutschland machen?», fragte sie.

«Keine Ahnung.»

«Könnte dir nicht deine Familie helfen?»

Brandon hob die Schultern. «Mein Vater ist tot.»

Emma schluckte. «Oh. Tut mir leid.»

«Muss es nicht. Er trank. Dann hat er meinen Bruder und mich verprügelt, bis wir abgehauen sind. Wir kamen erst zurück, wenn er sich wieder beruhigt hatte.»

«Woran ist er gestorben?»

«Er hat sich erschossen.»

Das musste sie erst einmal verdauen. Schweigend schaute sie auf ihre ausgestreckten langen Beine, die Hände tief in ihrem Mantel vergraben.

«Glaubst du, dass man das vielleicht erbt?», fragte sie schließlich.

«Was?»

«Selbstmordgedanken?»

«Er hat sich umgebracht, weil er betrunken war. Er wollte meinen Bruder und mich treffen. Vielleicht wollte er uns auch nur Angst einjagen. Aber er war so daneben, dass er sich selbst getroffen hat.»

«Wie das?»

«Er hat in die Flinte geschaut und dachte, sie sei ungeladen.»

Sie blickte ihn von der Seite an.

«Wonach hast du denn gesucht, als du hierher nach Deutschland kamst?»

«Hoffnung, schätze ich.»

Und da kam wieder Zofia ins Spiel. Sie sitze, erzählte er, meist vor Supermärkten oder vor der Sparkassenfiliale am Marienplatz auf mehreren Lagen Pappe und bettelte, während Brandon in Fahrscheinautomaten nach Münzen und in den

Papierkörben der Umgebung nach Leergut und Bierdosen suchte. Zum Duschen gingen sie abends in die öffentliche Toilette im S-Bahnbereich des Hauptbahnhofs. In der ersten Zeit, erzählte er dann noch, seien die Nächte das Schlimmste gewesen, da hätten sie in Hauseingängen, Fluren oder unter Treppen in Hinterhöfen geschlafen. Mit allen Risiken. Weshalb es ihn jetzt sehr beruhigte, den Schlafplatz im Kellergeschoss der Bank zu haben. Wenigstens so lange, bis er sich etwas Besseres leisten konnte.

Emma trank den letzten Schluck ihres Kaffees, während sie die Schuhe gegeneinanderschlug. Ihre Füße waren eiskalt. Abrupt stand sie auf und zeigte auf ein weißes U auf blauem Grund. Kurz darauf fuhren sie mit der Rolltreppe hinunter in das Stachus-Untergeschoss, durchquerten es und glitten auf der anderen Seite des Karlsplatzes wieder nach oben. Von dort, vor dem Justizpalast, war es nur noch ein Katzensprung bis zum Hauptbahnhof.

Er blickte sie an. «Das reicht. Ich habe genug geredet. Du könntest mir jetzt dein Handy geben.»

«Geht nicht, Brandon. Mach das, was du machen würdest, wenn ich nicht da wäre.»

Kaum hatte sie das gesagt, fast ein wenig zu bestimmt, da tat Brandon Lee etwas, mit dem sie nicht gerechnet hatte. Er griff nach ihrem Handgelenk und schob den Ärmel des Daunenmantels zurück. «Verdammt, lassen wir endlich diese Komödie», zischte er und presste ihren Unterarm mit seiner Pranke zusammen. Es tat höllisch weh, aber sie zwang sich, keine Reaktion zu zeigen. Doch den aufsteigenden Zorn konnte sie nicht unterdrücken, und mit wachsender Lautstärke sagte sie: «Kann es sein, dass die ganze Scheiße, die dir hier zustößt, allein eure Schuld ist? Du sagst, Zofia nimmt Heroin. Du hast gesagt, du säufst zu viel. Du hast gesagt, du hast in Amerika Scheiße gebaut. Du hast auf dem Frachtschiff Ärger gekriegt und musstest in Rotterdam von Bord, weil du dich mit jemandem geprügelt hast. Und dann will auch hier in Deutschland niemand etwas mit dir zu tun haben. Weißt du, wie das alles für mich aussieht? Wie du hier auftrittst? Wie einer, der sich selbst kaputt gemacht hat. Du glaubst doch selbst nicht an dich. Warum sollte dir hier in Deutschland irgendeiner helfen? Diese Stadt? Unsere Gesellschaft? Was sollen wir mit dir anfangen? Wieso sollte sich jemand um dich kümmern? Ich kann dir kein Geld geben. Ich brauche die Geschichte ungeschminkt. Wenn du am Ende bist, muss ich das sehen. Erst dann kann ich darüber schreiben. Wie ich schon gesagt habe: Du musst dir vorstellen, dass es mich nicht gibt.»

«Hör sofort auf», sagte er leise, aber mit einem gefährlichen Unterton. «Ich kann dir wehtun. Richtig wehtun. Hast du verstanden? Und ich werde es tun. Egal, wie laut du schreist.»

Sie starrte ihn wütend an.

Dann gab sie auf. «Ist ja schon gut», murmelte sie.

Er lockerte seinen Griff, und sie rieb die schmerzende Stelle. «Reg dich nicht auf», fügte sie hinzu. «Ich habe doch gar nicht von dir geredet.»

«Sondern?»

«Von mir.»

Er schaute verwirrt. «Was soll das?»

«Ich bin auch am Ende. Diese Reportage mit dir ist die letzte, die ich für die Zeitung schreiben werde. Dann bin ich draußen. Und wenn sie nicht gedruckt wird, bin ich schon vorher draußen.»

Sie schwiegen, beide erschöpft.

Schließlich streckte er ihr seine Faust hin, drehte sie nach oben und öffnete sie. Offen lag seine Hand vor ihr. Sie dachte schon, er wollte Frieden schließen und ihre Hand schütteln. Aber er hatte nicht vergessen, warum er sich überhaupt mit ihr eingelassen hatte.

«Dein Handy», sagte er.

Sie gab es ihm. Er nahm es, stand auf und ging so weit von

ihr weg, dass sie nicht hören konnte, was er sagte oder mit wem er sprach. Er zeigte ihr seinen Rücken. Sie konnte noch nicht einmal sehen, ob er überhaupt sprach.

Irinas Haus | Donnerstag, 12 Uhr

David wollte eigentlich in Ruhe gelassen werden und eine Zeitlang nicht über Irina, Forsberg und deren grauenvollen Tod nachdenken. Leider war das nicht Tilda Hanssons Ziel, wie sie ihm auf einem langen Spaziergang am Ufer entlang eröffnete. Sie wollte ihm an diesem Donnerstag doch tatsächlich nicht von der Seite weichen, bis sie Klarheit hatte. Sie war da, um die leeren Stellen der Geschehnisse auszufüllen, wollte die Einzelheiten schlüssig in Verbindung zueinander setzen, denn immerhin wussten sie jetzt, dass es einen Mörder gab, von dem sie nicht die geringste Spur hatten. Und sie hatten zwei Tote, einen Mann und eine Frau. Erschwerend kam hinzu, dass die Frau ermordet worden war, während Tilda Hanssons Geheimdienstabteilung sie observierte. Das hätte der Beobachteten eigentlich den größtmöglichen Schutz gewähren müssen, zumindest nach dem Selbstverständnis der sie verfolgenden Agenten. Kurz: Tilda und ihre Leute hatten sich blamiert.

«Warum haben Sie eigentlich Forsberg am Montag in seinem Versteck aufgesucht?», fragte sie, als sie wenig später gleichmäßig über die A 95 durch den Forstenrieder Park fuhren. Sie wollten in den Süden Münchens, nach Thalkirchen. Dort lag Irinas Häuschen in der Nähe des Hinterbrühler Sees, Tilda hatte es über das Melderegister herausbekommen.

«Lennart hatte einen Text geschrieben, den er mir zeigen wollte», antwortete David. «Er wollte wissen, ob er für eine größere Öffentlichkeit von Interesse wäre.»

«Und? War er's?»

«Nein. War alles viel zu kryptisch.»

«Um was ging es denn?»

«Im entfernten Sinne um einen Skandal in den USA. Ich habe nur einen Blick auf das Gekritzel geworfen, es war kaum zu entziffern. Wie bei allen politischen Fallgeschichten war die Beweisbarkeit das Problem. Ich wusste, dass wir das nie drucken würden.»

«Warum nicht?»

«Wegen Forsbergs Leumund. Er galt als jemand, der es mit der Wahrheit nicht sehr genau nimmt.»

«Haben Sie eine Idee, wo der Text sein könnte, jetzt, in diesem Moment?»

Er zuckte mit den Schultern. «Angesichts des Feuers im und um das Wohnmobil befürchte ich, dass es ihn nicht mehr gibt.»

Sie schaltete in einen höheren Gang. «Haben Sie nicht vielleicht doch mehr als nur einen Blick auf die Sätze geworfen? Ein geübter Leser wie Sie erfasst doch ein oder zwei Absätze auf einmal. Bei auffälligen Stichworten, Ortskennzeichnungen oder Namen wissen Sie doch, worauf der Text hinausläuft.»

David schüttelte den Kopf. Sie würde ihm verzeihen müssen, dachte er. Er musste sie anlügen. Ein falsches Stichwort – und sie würde ihn nicht in Ruhe lassen.

Sie ließ nicht locker. «Absolut nichts?»

«Nein. Absolut nichts.»

Sie parkten vor einer mit wildem Wein zugewachsenen Doppelhaushälfte aus den fünfziger Jahren des 20. Jahrhunderts. In einer der beiden Haushälften, hatte Tilda ihm unterwegs erzählt, habe Irina gewohnt, vermutlich noch nicht lange. David wusste es besser, sagte aber nichts. Die beiden Häuser lagen an einer grünen Seitenstraße unweit des Kanals, der Ende des 19. Jahrhunderts gebaut worden war. Die meisten Häuschen hatten einen offenen, verwilderten Garten.

Als David das verrostete Eisentor aufstieß und sie beide über einen dicken Teppich aus welkem Laub auf die Eingangstür zugingen, blickte Tilda ihn stirnrunzelnd an. David hatte die Verriegelung an der Innenseite des Tors, ohne hinzuschauen, gefunden. Und jetzt, vor der Haustür, zog er wie selbstverständlich einen losen Stein aus einem seitlichen Mäuerchen und öffnete mit dem dort versteckten Schlüssel die Haustür.

Ihr fragender Blick reichte ihm als Aufforderung, und er gestand ihr, dass er das Haus gut kannte. So gut, dass er wehmütige Gefühle gehabt habe, als sie draußen geparkt hätten. Vor 25 Jahren, noch während seines Studiums, habe er diese Zufluchtsstätte entdeckt. Damals habe er hier zunächst mit Forsberg gewohnt. Dann sei Irina dazugekommen. Und als er und Irina ein Paar wurden, sei Forsberg ausgezogen. Als David schließlich als Korrespondent ins Ausland gegangen sei, habe Irina das Häuschen allein übernommen – und nie mehr hergegeben.

Er sperrte die Tür auf, sie blieben stehen und lauschten in den Flur hinein. Kein Geräusch. Nur Staub, der sich in den vereinzelten Sonnenstrahlen brach. Es war so still, dass es David vorkam, er wäre taub. Er räusperte sich und wies auf eine Treppe am Ende des Gangs.

Da klingelte Tildas Telefon. Sie blickte auf's Display. «Das Büro», sagte sie. Und einen Moment später: «Avy, wir sind gerade im Haus der Toten. Können wir später reden?»

«Nur kurz, Tilda: Die Polizei in Garmisch fragt, ob sie die sterblichen Überreste von Irina Semková freigeben dürfen.»

«Wer will sie denn haben?»

«Eine Julija Semková. Sie ist die Mutter des Opfers.»

«Hast du ihre Adresse und Telefonnummer?»

«Klar.»

«Okay. Ich kümmere mich darum.»

Tilda steckte ihr Handy ein und ging vor David hinauf in den oberen Stock. Und während er hinter ihr die steilen Stufen erklomm, fiel ihm wieder der Tag ein, als Lennart Forsberg das

Haus verlassen hatte. Endlich verlassen hatte. Es war an Irinas 23. Geburtstag gewesen, einem Tag, der schrecklich begonnen, aber märchenhaft geendet hatte. Leicht, wie ein Traumbild.

Auf dem Weg ins Arbeitszimmer blieb er kurz an der offenen Schlafzimmertür stehen. Er sah wieder Irina vor sich, wie sie aus dem Badezimmer kam, fast nackt, nur ein dünner Baumwollstoff bedeckte ihren Körper. Sie trug ein Nachthemd, er hatte gesehen, wie sie es Minuten vorher angezogen hatte. Sie hatte ihm in jenem Moment den Rücken zugewandt, so, als ob sie noch nicht so weit wäre, sich ihm entblößt zu zeigen, er war für sie noch nicht der, der er bald werden würde. Jetzt stand sie vor dem Spiegel und kämmte mit ruhigem Ernst ihr nasses Haar. Sie schien nicht zu bemerken, dass er in der Tür stand. Und dass das warme Licht neben dem Bett geradewegs durch den Stoff hindurchschien. Sie wandte sich ihm zu, und für einen Moment hatte er das Gefühl, dass sie ihm zulächelte, wie eine Komplizin. Sie waren allein, endlich. Sie hatte sich entschieden. Aber er erinnerte sich, was er damals schon geahnt hatte: dass sie zu vollkommen für ihn war.

David ging weiter den Gang hinunter, verbannte die Bilder der Vergangenheit und schaltete das Licht in den Räumen ein. Nach einem kurzen Orientierungsblick über ein Regal und ein Sideboard begannen sie im Arbeitszimmer, Irinas letzte Lebensjahre Schicht um Schicht zu enthüllen. Vor allem richteten sie ihre Aufmerksamkeit auf den ungleichmäßigen Stapel von Briefen, Zeitungsausschnitten, Ausdrucken und amtlichen Schreiben, die man ungern ein zweites Mal lesen mag, aber auch nicht wegwerfen will. Kein Foto, kein gerahmtes Bild, kein aufgeschlagenes Buch war für David frei von Erinnerungen. Irina hatte all diese Gegenstände in der Hand gehalten, hatte die Räume bewohnt, hatte die Bilder aufgehängt und die Papiere und Schriftstücke des Alltags auf ihrem Schreibtisch gestapelt. Es fiel ihm nicht leicht, so zu tun, als sei er unbeteiligt.

Da blickte Tilda auf, sie hielt eine Eintrittskarte in der Hand.

«Sie hat sie aufbewahrt», sagte sie. «Die Eintrittskarte zu Ihrer Lesung am vergangenen Samstag. Mein Gott, was seitdem alles passiert ist.»

Als sie sich zu David gesellte, griff er gerade nach einem blauen Briefumschlag, der an einer Buchstütze lehnte. Adressiert an Julija Semková. Absender: das «Universitetni Klinični Center Ljubljana».

Der Umschlag war aufgerissen. Der Name war mit Schreibmaschine geschrieben.

David blickte auf. «Sagen Sie, Tilda, ging es bei dem Anruf eben nicht um eine Julija Semková?»

Tilda nickte.

«Hier – ein Brief der Universitätsklinik an sie.»

David zog das Schreiben heraus, das in Englisch verfasst war, und begann zu lesen.

Als David in den Wagen stieg, in dem Tilda ihn mit trommelnden Fingern erwartete, wirkte er abwesend.

«Was beschäftigt Sie?», fragte sie nach einer Weile, als sie langsam eine schmale Straße hinunterrollten.

«Ich habe damals, als ich mit Irina zusammen war, ihre Eltern nicht kennengelernt. Wusste bis eben noch nicht einmal den Namen ihrer Mutter.»

«Was steht denn in dem Brief?»

«Dass Julija die Klinik in Ljubljana aufsuchen soll, um Untersuchungsergebnisse zu besprechen.»

«Ergebnisse welcher Untersuchung?»

«Die des Jungen. Vincents.»

«Von wann ist denn der Brief?» Tilda warf ihm einen kurzen Blick zu, während sie die Straße am Floßkanal entlangfuhren.

«Vom September vergangenen Jahres.»

«Steht dort etwas über den Anlass der Untersuchung?»

«Ja. Gleichgewichts- und Gedächtnisstörungen. Beeinträchtigungen der Feinmotorik. Temporäre unkontrollierte Bewegungen.»

«Seltsam.»

«Finde ich auch. Hier … In dem Begleitbrief an ihre Tochter fragt Julija, ob Irina es einrichten könnte, im Dezember nach Ljubljana zu kommen.»

«Dazu ist es dann nicht mehr gekommen, richtig?»

David nickte. «Der Junge starb vorher, im Oktober. Danach wollte sie wohl nicht mehr.»

Tilda blickte auf Davids Knie.

«Was ist?»

Sie zeigte auf das nervös zitternde Bein.

David riss sich zusammen. Das Bein hörte auf zu zittern.

«Was meinen Sie – gibt es eine Verbindung zwischen Irinas Tod und dem Unfall ihres Sohns vor vier Monaten?»

«Ich weiß es nicht», sagte David und blickte mit starrem Gesicht auf die Straße. «Ich weiß es wirklich nicht.»

Da brummte leise Davids Telefon. Es war Helen Christensen, die Verlegerin.

Er hörte sich schweigend an, was sie sagte. Wenn Tilda nicht vorher das Fenster einen Spaltbreit geöffnet hätte, sodass jetzt von draußen der Verkehrslärm laut hereinbrandete, hätte sie die Aufregung in der Stimme der Anruferin hören können, auch wenn sie die Worte im Einzelnen nicht verstanden hätte. Doch David hatte sie verstanden. Seine Züge wurden hart.

Da er nichts sagte, ließ Tilda das Fenster hochfahren.

«Wollen Sie nicht sagen, wer angerufen hat?»

«Kein guter Tag heute», murmelte er.

«Eine Programmänderung?»

«Ja, tut mir leid. Ich muss in die Redaktion. Könnten Sie bitte wenden? Bobby Meyer, unser Amerika-Korrespondent, ist erschossen worden. Er liegt tot in seiner Wohnung in Washington.»

David erkannte schon von Weitem an den Mienen der Pfört-
ner, dass sich die Nachricht blitzschnell herumgesprochen
hatte. Normalerweise hatten sie gelangweilte Gesichter, egal,
ob irgendwo ein Krieg ausgebrochen war, eine Prinzessin im
Sterben lag oder ein Tsunami die Küsten überflutete. Aber jetzt
kam einer von ihnen eilig hinter seinem Pult hervor und hielt
ihm das Drehkreuz auf. Die Leitenden hätten sich im kleinen
Konferenzzimmer eingefunden, sagte er ungefragt. Nur der
harte Kern.

David nickte dankend und beschleunigte seinen Schritt.
Doch er fuhr nicht hinauf in den obersten, den 15. Stock, in
dem sich sein Büro und die Konferenzräume befanden, sondern er betrat Emmas Büro, das in einem abgelegenen Seiten-
trakt des siebten Stocks lag. Hierhin ging er, wenn er ungestört telefonieren wollte, vor allem, wenn er befürchtete, dass
jemand zuhören könnte.

Emma war nicht da, wie er gehofft hatte. Auch die anderen Investigativen waren nicht da, sie sichteten in einem ab-
geschotteten Raum einen Datensatz geleakter Informationen
einer Schweizer Bank, der nur mithilfe künstlicher Intelligenz
zu ordnen war.

David schnappte sich das Telefon auf Emmas Schreibtisch,
drückte die Aufnahmetaste des angeschlossenen Aufzeichnungs-
geräts und wählte Bobby Meyers Privatnummer in Washington.
Das Telefon klingelte ins Leere, drei, vier Mal. Prompt liefen
vor seinem geistigen Auge die Bilder ab, die er aus zahlreichen
Filmen kannte. Das Telefon klingelt und klingelt, niemand
geht dran, und die im Raum stehenden Kriminalbeamten –
in diesem Fall würden es Detectives des Washingtoner Police
Departments sein – nähern sich angespannt dem lärmenden
Gerät. Jetzt würde bestimmt einer vorspringen und bemerken,
dass die Nummer unterdrückt war, worauf ein anderer per

Handy die Zentrale bat, den Anruf zurückzuverfolgen, um herauszubekommen, wo sich der Anrufer befand. Um die Detectives herum der Tatort. Die Bilder in Davids Kopf wurden konkreter: der 45-jährige Bobby Meyer in einer Blutlache. Spuren der Zerstörung in seinem weitläufigen Loft. Herausgerissene Schubladen, aus den Regalen gezogene Bücher, abgehängte Bilder, hinter denen der oder die Täter nach einem Safe gesucht hatten. Und just in dem Moment, als der Computer im Hauptgebäude des Police Departments «Germany, Munich, Altheimer Eck» ausgespuckt haben musste – in diesem Moment deckte sich Davids eingebildete Vorstellung mit der Realität. Im Telefon hörte es auf zu klingeln, und eine Stimme sagte auf Englisch, der Anrufer solle es später noch einmal versuchen.

Als David wieder die Wirklichkeit um sich herum wahrnahm, da hatte er bereits mit seinem Smartphone die Nummer von Bobby Meyers Freundin gewählt. Bobby kannte sie erst seit einem Jahr. Soweit David wusste, war er der Einzige, dem sein Freund und Kollege von dieser Beziehung erzählt hatte.

Sie war sofort am Apparat.

«Endlich ruft jemand von euch an», sagte sie auf Englisch.

«Rebecca, was ist passiert?»

«Die Putzfrau hat ihn gefunden. Sie hat erst die Polizei angerufen und dann mich. Und seitdem sitze ich hier und weiß nicht, was ich machen soll. Er ist … tot, nicht wahr?» Sie sagte es leise mit einer Spur Hoffnung in der Stimme. Sie wollte, dass es nicht wahr war.

«Ich weiß auch nur das, was wir von der Polizei gehört haben …», sagte David. Und fügte nach einem Zögern hinzu: «Ja.»

«Mein Gott.» Er hörte sie schluchzen. «Warum denn? Warum?»

«Ich weiß es nicht, Rebecca. Bitte, beruhige dich. Weiß außer der Putzfrau jemand von dir?»

«Ich glaube nicht.»

«Dann werden sie dich in Ruhe lassen. Bist du … bist du in der Lage, ein paar Fragen zu beantworten? Kann ich dich …?»

«Ja.» David hörte, wie sie sich schnäuzte. «Ich habe eine Beruhigungstablette genommen.»

«Was hat Bobby gestern gemacht?»

«Wir waren im Kino und danach was essen. Ich wollte eigentlich bei ihm übernachten, aber er wollte heute seine Geschichte über das Gefängnissystem abliefern. Wie du weißt, fängt er immer um halb sechs an, wenn er einen Text rechtzeitig fertigbekommen will. Also bin ich nach Hause gefahren.»

«Wann hast du's gehört?»

«Um halb acht. Ich wollte gerade zur Arbeit.»

David hörte sie wieder schluchzen. Dumpf. Entfernter als zuvor. Offenbar wollte sie nicht, dass er das hörte, sie hatte das Telefon wohl unter ein Kissen geschoben.

Rebecca arbeitete für den Sender *News World*. Als Redakteurin für den grauenhaften Tucker Carlson, einen ultrarechten Moderator und Rycart-Anhänger, der – obwohl er selbst geimpft war – während der Corona-Zeit ständig behauptet hatte, die Impfung mache impotent. Bobby Meyer hatte Rebecca im Zusammenhang mit einer Geschichte über die täglichen Lügen bei *News World* kennen und lieben gelernt. Er konnte nicht verstehen, dass sie in solch einem schrecklichen Umfeld arbeitete, aber sie wollte erst kündigen, wenn sie eine Alternative hatte. Bis dahin war sie seine beste Quelle für Informationen aus dem Sumpf am rechten Rand der amerikanischen Gesellschaft.

«Rebecca?»

Keine Antwort.

«Rebecca? … Hörst du mich?»

«Ja, bin wieder da.»

«Tu mir einen Gefallen und bleib jetzt nicht allein. Geh normal zur Arbeit, wenn du kannst. Wenn nicht, fahr zu einer Freundin oder zu deinen Eltern. Einer von uns wird nach Washington kommen. Wir kümmern uns dann um alles, okay?»

«Okay», sagte sie leise.

«Nur eins noch: Weißt du, woran er gearbeitet hat?»

«Du meinst außerhalb der Routinesachen?»

«Ja.»

«Er war in der vergangenen Woche in Chicago wegen dieser Gefängnisreportage. Da hatte er einen Termin mit dem Direktor des Cook-County-Gefängnisses.»

«Die Sache mit den Republikanern, die den Direktor aus seinem Amt jagen wollen?»

«Du weißt davon?»

«Hat er gestern kurz in einer Videoschalte erwähnt. Weißt du Näheres?»

«Ein weißer Gefangener hat sich dort vor Kurzem umgebracht. Das haben die Republikaner zum Anlass genommen, eine Untersuchung zu starten und den Gefängnisdirektor anzuzeigen.»

«Normalerweise sind die Schwarzen die armen Schweine in den amerikanischen Gefängnissen.»

«Darum ist Bobby ja hingeflogen. Als er zurückkam, sagte er nur, dass alles ganz anders sei. Dieser Weiße, der sich in der Zelle aufgehängt hatte, sei gar nicht drangsaliert worden. Weder von den Wärtern noch von den Mitgefangenen.»

«Sondern von wem?»

«Von niemandem. Bobby meinte, er hätte im Gegenteil ungewöhnliche Privilegien gehabt.»

«Seltsam.»

«Finde ich auch. Als Bobby zurück war, hat er versucht, mit der Mutter des jungen Mannes zu sprechen.»

«Und?»

«Ohne Erfolg. Sie ist schon seit zehn Jahren tot.»

«Hast du mitbekommen, wo die Frau gelebt hat?»

«In Florida. In Key Largo.»

«Woher weißt du das?»

«Ich stand neben Bobby und habe die Nummer gewählt, weil er sich gerade die Hände eingecremt hatte. Das war die Nummer eines Striplokals, wie wir nach dem Gespräch herausgefunden haben. Da hatte die Frau vor vielen Jahren gearbeitet.»

«Hast du zufällig mitbekommen, woran die Frau gestorben ist?»

«An Alkohol und Oxycontin.»

David dachte einen Moment nach.

«Kannst du dich noch erinnern, wie die Frau hieß, die ihr in dem Striplokal erreichen wolltet? Hat Bobby vielleicht einen Namen fallen lassen?»

«Stormy Jefferson.»

Er notierte den Namen.

«Danke, Rebecca. Was … Was machst du jetzt?»

«Meine Schwester kommt zu mir. Ich habe mich krankgemeldet.»

«Sehr gut. Einer von uns wird dich später noch mal anrufen.»

«Soll ich was sagen von unserem Gespräch?»

«Auf keinen Fall. Kein Wort über die Chicago-Sache.»

«Okay. Können wir beide noch mal …»

«Auf jeden Fall. Ich schicke dir gleich eine SMS unter einer Nummer, die du nicht kennst. Wenn du die Nummer wählst, bist du sicher.»

In dem Konferenzzimmer des 15. Stocks waren sie sich schnell einig, dass an diesem Tag alles hinter dem schrecklichen Ereignis zurückzustehen hatte. Im Newsroom – der früheren Nachrichtenredaktion – wurde ein Team zusammengestellt, das die diversen Reporter und Rechercheure koordinieren und die Aufgaben verteilen sollte. Das Außenpolitik-Ressort begann, über Kontakte in den USA den Kenntnisstand der Washington Police zu erfragen. Ein Reporter des Lokalteils wurde beauftragt, alles über das Leben und Wirken Bobby Meyers zu recherchieren. Er brach sofort auf, um mit einem früheren Lateinlehrer des kleinen Bobby zu sprechen, der vor dreißig Jahren das Willi-Graf-Gymnasium besucht hatte und zweimal sitzengeblieben war. Die Seite Drei aktivierte ihren Lieblingsreporter, der bekannt dafür war, immer gern einen persönlichen Bezug zu seinem eigenen Leben einzuflechten, was in dem Fall allerdings etwas schwierig war, da er weder Bobby Meyer persönlich kannte noch je die USA besucht hatte.

Auch das Feuilleton wollte nicht hintanstehen: Es grub die Preisrede Meyers aus, der ein paar Jahre zuvor einen Egon-Erwin-Kisch-Preis gewonnen hatte, und wollte sie komplett abdrucken. Nur der Bayernteil kam nicht zum Zug und erntete einen Lacher, als der Ressortleiter anmerkte, als wichtigste Nachricht hätten sie lediglich ein Unglück im Süden Oberbayerns. Ziemlich in der Mitte zwischen Oberammergau und dem Forggensee sei das Wohnmobil eines Wild-Campers in die Luft geflogen, was zwei Menschen das Leben gekostet habe. David Jakubowicz, der gerade einen Schluck Kaffee trank, verschluckte sich bei diesen Worten und kam erst zur Ruhe, als der neben ihm sitzende Alex Khan ihm kräftig auf den Rücken schlug.

Eine Viertelstunde später hatten sich alle wieder beruhigt, und sie bewiesen das Augenmaß, das diese Zeitung in den vergangenen Jahrzehnten zum besten überregionalen Blatt Deutschlands gemacht hatte. Alex Khan, der Chefredakteur, hatte am Ende der Diskussion in seiner üblichen bärbeißigen Art all die großartigen Pläne vom Tisch gefegt und kraft seiner Machtposition entschieden, dass es über den Tod ihres geschätzten Korrespondenten nur eine maximal unaufgeregte Nachricht von rund 30 Zeilen geben solle: oben in der sechsten Spalte der Seite fünf unter einer halbfetten Rubrik und zwei mageren Unterzeilen. Die Meldung sollte lediglich die Facts enthalten, und auch die nur, soweit sie gesichert waren. Und er bat darum, auf keinen Fall das Wort «verstorben» zu benutzen. Jemand versterbe oder verende nicht, sondern sterbe. Punkt. Keine weitere Würdigung des Lebenswerks. Vor allem kein Nachruf. Denn bundesweit gesehen, sagte Khan ruppig, würde die Mehrheit der 83,7 Millionen Deutschen Bobby Meyer von der DAZ ungefähr genauso gut kennen wie irgendeine Liselotte Meyer aus Travemünde oder Recklinghausen.

Damit standen alle erleichtert auf und sammelten sich vor der am Eingang des Konferenzraums aushängenden Speisenkarte. Der Besuch der Kantine, die seit Neuestem Casino hieß, musste schließlich sorgfältig geplant sein.

Jenseits der roten Linie | Donnerstag, später Abend

Eine halbe Stunde stand Max jetzt, kurz vor 23 Uhr, am Fenster seiner Wohnung und schaute auf das Fenster des gegenüberliegenden Hauses in der Hoffnung, dass dort die Person auftauchen würde, die für seinen desorientierten Gesamtzustand verantwortlich war. Und tatsächlich, sein Warten wurde belohnt.

Emma kam, züchtig in einem langen Nachthemd, aus dem Bad, wo sie sich offenbar bettfertig gemacht hatte, kreuzte das Wohnzimmer und verschwand auf der anderen Seite in ihrem Schlafzimmer. Was Max nicht wusste: Emma liebte es, spätabends vom Bett aus noch einen Film anzuschauen. Im Moment hatte sie ihre Arthaus-Film-Phase. Für heute Abend hatte sie sich Godards *Außer Atem* vorgenommen, wie Max schon nach den ersten Bildern erkannte, die er durch die offene Tür zwischen Wohn- und Schlafzimmer sehen konnte. Nicht zuletzt, weil er durch ein altes Opernglas schaute.

Als ob Emma etwas gemerkt hätte, tauchte sie plötzlich an besagtem Fenster auf und zog die Vorhänge zu.

Nur Sekunden später hatte Max sein Smartphone in der Hand.

«Hast du mich bemerkt?», fragte er, nachdem er ihre Nummer gewählt hatte.

Emma war für einen Moment sprachlos. Dann verstand sie seine Anspielung. «Hast du mich etwa …?»

Er sah, wie sich der Spalt zwischen ihren Vorhängen bewegte.

«Ja. Ich hab extra das Opernglas meiner Mutter rausgekramt.»

«Was hab ich an?»

«Das Nachthemd deiner Oma.»

Wieder sah er, wie sich der Spalt bewegte.

«Bei dir ist ja alles dunkel.»

«Warum wohl.»

«Was wolltest du denn sehen?»

«Welcher Film bei dir heute auf dem Programm steht.»

«Und?»

«Godard ist okay.»

«Soll ich weiterlaufen lassen?»

«Naja. *Außer Atem* kenn ich schon. Ich hätte was Spannenderes für dich.»

«Zum Beispiel?»

«Das Gespräch, das Brandon heute Morgen mit deinem Telefon geführt hat.»

Schweigen. Sie sparte sich die naheliegende Frage und kam gleich zum Kern.

«Du hörst mein Telefon ab?» Ihre Stimme klang jetzt sehr reserviert.

«Keine Angst, Emma. Erst seitdem du für uns mit Brandon zu tun hast.»

«Bist du verrückt? Ihr könnt mich doch nicht einfach abhören, ohne mir was zu sagen.»

«Wir haben nicht dich abgehört, sondern dein Telefon.»

«Das ist doch dasselbe.»

«Nur zu deinem Schutz. Außerdem wissen wir jetzt mehr über Brandon.»

«Das hättet ihr auch von mir erfahren können. Echt, ich bin total sauer.»

«Beruhige dich, Emma. Ich komm rüber und erklär's dir, okay?»

«Auf keinen Fall. Lass dich nie mehr blicken. Im Ernst!»

Sie musste nicht lange warten, da klingelte es an ihrer Tür. Und weitere drei Minuten später saßen sie an Emmas Küchentisch und hörten das Gespräch ab, das Max sich am Nachmittag von Toni auf sein Handy hatte überspielen lassen. Emma blickte mit steinerner Miene auf das Smartphone vor ihnen, sie war noch immer erzürnt, und es war nur ihrer Neugier zu verdanken, dass sie Max überhaupt hereingelassen hatte. «Ich bin gespannt, wie du den Vertrauensbruch erklärst», hatte sie gesagt. «Und dann kannst du wieder verschwinden.» Um zu unterstreichen, wie ernst sie es meinte, hatte sie ihm auch nichts zu trinken angeboten.

«Hey, Everett, ich bin's», hörten sie Brandons Stimme sagen, er sprach Englisch. Der Ton klang hell und blechern in Emmas kleiner, nur spärlich erleuchteter Küche. Auf dem Band waren im Hintergrund Straßengeräusche zu hören, Emma sah vor ihrem geistigen Auge, wie Brandon ungefähr zehn Meter von ihr entfernt mit dem Rücken zu ihr vor dem Justizpalast stand und mit ihrem Handy telefonierte.

«Geht's dir gut?», hörten sie die Antwort des Angerufenen, der offenbar Everett hieß.

«Ja, sorry, dass ich dich aufgeschreckt habe. Ich dachte, ich wäre aufgeflogen. Offenbar ein Irrtum.»

«Bleib vorsichtig, Brandon. Du weißt, was Mutter immer sagt: Verlass dich auf deine Intuition.»

«Ich weiß.» Die beiden in Emmas Küche hörten in der kurzen Pause, die darauf folgte, Straßen- und Verkehrsgeräusche. Sie stammten vom Stachus, dem großen Platz vor dem Justizpalast.

«Hör zu, Ev», fuhr Brandon fort, «ich muss mich unsichtbar machen. Kein Handy. Das hier ist nicht meins. Ihr könnt mich also nicht mehr erreichen.»

«Wo willst du dich verstecken?»

«Auf der Straße.»

«Sehr gut.»

Emmas Hand schnellte nach vorn und stoppte die Wiedergabe.

«Was soll das? Wer ist Everett?»

«Nun warte doch. Wirst du gleich hören.»

«Ist er wichtig?»

«Emma. Können wir weitermachen?»

Max ließ das Gespräch weiterlaufen.

«Bist du in Sicherheit?», hörten sie jetzt den Mann namens Everett fragen.

«Schätze, ja.»

«Ist was merkwürdig?»

«Als ich vorgestern zurück in der Stadt war, fragte mich eine Frau, ob sie mich ein paar Tage begleiten könnte.»

Schweigen.

«Eine Frau?»

«Eine junge Frau, ja. Mitte zwanzig, würde ich sagen.»

«Begleiten?»

«Begleiten, ja. Beobachten. Sie ist eine Journalistin.»

«Gefährlich?»

«Ahnungslos.»

«Hat sie dich in der Nacht gesehen?»

«Nein.»

«Was wollte sie?»

«Mit mir reden. Erfahren, wer ich bin.»

«Was?!»

«Verrückt, ich weiß. Mach dir keine Gedanken. Bevor ich nach Hause komme, verschwinde ich.»

«Wie lange?»

«Ein paar Wochen. Ich geh über die Grenze. Erst Österreich, dann Italien. Dort such ich mir einen Hafen, wo ich eine Zeitlang bleibe. Dann komm ich heim.»

«Gut.»

«Sagst du Mutter Bescheid?»

«Klar.»

«Danke. Bis dann, Everett. Ich ruf dich an, sobald ich kann.»

«Ja. Okay. Pass auf dich auf.»

Sie hörten, wie Brandon das Gespräch beendete.

Gedankenverloren schaute Emma Max an, der sein Handy auf dem Tisch umdrehte.

«Everett ist also Brandons Bruder», sagte sie und ordnete den Bademantel über ihrem Ausschnitt.

«Sieht so aus. Er sagte nur *Mutter*. Nicht *deine* Mutter oder *meine* Mutter. Also ist sie die Mutter von beiden.»

Emma stand auf.

«Okay, dann wissen wir auch das. Ich würde sagen, du gehst jetzt.»

Max schüttelte den Kopf. «Machst du dir keine Gedanken darüber, worum es bei dem Gespräch ging?»

«Mister Brandon Lee will später zurück in die USA als geplant. Und damit er sicher ist, dass ihm keiner folgt, will er eine Zeitlang vermutlich in Genua untertauchen. Dort könnte er sich dann auch wieder auf einem Schiff verdingen.»

«Sehe ich auch so», sagte Max nickend. «Aber hast du eine Erklärung, warum er glaubt, dass jemand hinter ihm her ist?»

«Meinst du mich?»

186

«Ja. Er wird kaum glauben, dass diese Zofia eine Gefahr für ihn ist.»

«Aber ich könnte diese Gefahr sein? Auch wenn ich ahnungslos bin, wie er meint.»

«Das ist das eine, was mir Sorgen macht.»

«Und das andere? … Oh, verdammt!» Emma hielt mitten im Satz inne. «Er hat Angst, ich könnte ihn wegen seiner Beteiligung am Einbruch ins Kapitol hinhängen.»

«Unsinn. Er weiß doch gar nicht, was wir wissen.»

Emma ging zur Spüle, ließ Wasser in ein Glas laufen und trank einen Schluck. «Könnte es sein, dass er hier bei uns irgendwas ausgefressen hat? Etwas, das ihn fürchten lässt, bei uns Ärger zu bekommen?»

Sie schauten sich an. Man hätte ihren Gesichtern fast ablesen können, wie sie in Gedanken durchspielten, was dieser seltsame Mann angestellt haben könnte.

«Hast du von irgendeinem Verbrechen gehört, das infrage käme?»

Er schüttelte den Kopf.

Emma verschränkte die Arme und lehnte sich an ihre Küchenzeile. «Okay. Gehen wir's mal im Detail durch. Ihr habt Brandon am Montag beobachtet. Bis wann?»

«Bis circa 18 Uhr. Bis er in der Notunterkunft in der Landshuter Allee verschwand.»

«Und wann habt ihr ihn wieder aufgespürt?»

«Als er Zofia spät in der Nacht vor dem Kaufhaus am Marienplatz traf und die beiden gemeinsam auf der Rampe des Möbelhauses am Isartor einen Schlafplatz suchten.»

«Wie viel Uhr war es da?»

«Drei Uhr in der Früh.»

«Also könnte er nur in dieser Zeit was angestellt haben. Zwischen 18 Uhr am Spätnachmittag und drei Uhr in der Nacht. Das sind neun Stunden. Seitdem habt ihr ihn mit meiner Hilfe wieder im Blick.»

«Er könnte natürlich auch vorher straffällig geworden sein.»

«Wenn's was Großes gewesen wäre, hätten wir's gehört.»

Max zuckte mit den Schultern. «Du hast recht. Vielleicht sehe ich schon Gespenster.»

Doch irgendetwas sagte ihm, dass es nicht so einfach war. «Ich weiß nicht ... Beruhigt bin ich immer noch nicht. Der Mann ist ein Rätsel. Ein seltsamer Obdachloser auf jeden Fall.»

Er schaute sie an und setzte seinen treuherzigsten Blick auf. «Meinst du nicht, dass es eine gute Idee wäre, wenn ich hier bei dir übernachte? Wenn der Kerl plötzlich auftauchen würde, könnte ich ihn in die Flucht ...»

Sie lachte lauf auf. «Nein, Max. Das könntest du nicht. Brandon ist ein Hüne, das sieht man sogar auf den Fotos. Er würde uns beide fertigmachen, und zwar ohne dass er sich anstrengen müsste. Das ist sehr nett von dir, dass du mich beschützen willst. Aber ich befürchte, dass ich allein mindestens genauso sicher bin.»

«Okay, war nur ein Angebot. Ich wollte nett sein.» Er gab sich Mühe, nicht beleidigt zu klingen.

Sie verließ ihren Platz an der Küchenzeile und trat zu ihm an den Tisch. Irgendwie rührte es sie, wie er versuchte, all das wieder aus der Welt zu schaffen, was sie trennte.

«Max, willst du eigentlich immer der Nette sein?»

«Na ja, ich versuch's.»

«Du weißt aber schon, dass Mädchen sich auch angezogen fühlen von Jungs, die sie herausfordern. Die ihnen gefährlich werden könnten.»

«Klar weiß ich das. Darum läufst du ja auch Typen nach wie diesem Tom, diesem angeblichen Türsteher. Kerlen, die dich versetzen. Oder die doppelt so alt sind wie dein Chefredakteur mit der tollen Dachgeschosswohnung. Oder wie dieser Lars, der mit einer Fitness-Trainerin auf einem Schrottplatz lebt und krumme Dinger mit Autos dreht, nachdem du fast ein Jahr lang mit ihm um die Häuser gezogen bist.»

Ihr Gesicht erstarrte. Ihr Blick wurde hart.

«Verdammt, woher weißt du das alles? Der Moment, in dem Brandon telefoniert hat, reicht doch niemals, um über einen Transponder oder was auch immer mein Handy durchzuchecken.»

Max schien nicht zu merken, dass sich ihr Ton verändert hatte. Und dass es jetzt klüger wäre, erst noch einmal nachzudenken, bevor er weiterredete. Doch er war zu sehr in Fahrt. «Erinnerst du dich, wo dein Handy lag, als wir in unserem Showroom über das Kapitol geredet haben?»

«Es lag hinten bei Toni … Oh nein. Sag bloß, ihr habt in der Zeit …»

Max nickte. «Ja, per Bluetooth. Das geht bei uns in knapp einer Minute. Außerdem hast du deinen Zugang zur Cloud nicht gesichert.»

Ihr Gesicht fror ein. «Ihr seid wirklich Schweinehunde.»

Sie ging langsam zum Kühlschrank, öffnete ihn. Und verschloss ihn wieder. Eine Reflexhandlung. Sie brauchte Zeit zum Nachdenken. Aber eines wollte sie doch noch wissen. «Wie geht das? Ich lösche regelmäßig alle privaten Mails. Und meine Tinder-Spuren habe ich längst beseitigt.»

«Das können wir alles wieder sichtbar machen. *Maltego* heißt die Software. Wir wissen genau, wo du dich im Netz herumtreibst oder herumgetrieben hast. Und mit wem. Selbst unter welcher Datei du deine Geheimnisse versteckst, wissen wir.» Er war fast ein wenig stolz und ahnte nicht, wie sehr er sie damit gegen sich aufbrachte. «Uns reicht eine Mailadresse oder eine Telefonnummer. Außerdem seid ihr bei der DAZ total leichtsinnig: Vorname.Nachname@daz.de. Das ist mehr als leichtsinnig: Das ist bescheuert.»

Das war genug. «Ich hasse euch», sagte sie leise. «Und ich hasse dich … Ich werde dir nie mehr vertrauen.»

«Glaubst du wirklich im Ernst …»

«Hör auf! Lass es! Ich hab genug …»

«…Glaubst du im Ernst, dass ich für diese Recherche jemanden anheuere, ohne dass wir ihn genauestens überprüfen?»

Sie ging zur Garderobe und kam mit Max' Steppjacke zurück.

«Du kannst die Wohnung verlassen, und zwar sofort.»

Er nahm die Jacke und zog sie an. «Und wie geht's jetzt weiter?»

«Was würdest du denn wollen?», fragte sie, und sie hatte Tränen in den Augen vor Enttäuschung.

Jetzt endlich merkte er, dass er längst eine rote Linie überschritten hatte.

«Keine Ahnung», sagte er vorsichtig. «Ab und zu ein bisschen reden vielleicht?»

«Ich glaube nicht, dass das eine gute Idee ist.»

«Hast du eine bessere?»

«Was?»

«Eine bessere Idee.»

«Klar», sagte sie, sie hatte sich wieder gefangen. «Du suchst dir jemanden, der noch ahnungsloser ist als ich und kein Problem damit hat, ständig auf der Hut sein zu müssen, dass er verraten und verkauft wird.»

Sie schwiegen. Es war viel kaputt gegangen in den letzten Minuten, und jetzt wussten sie beide nicht, wie sie über diesen Verrat hinwegkommen konnten.

«Was willst denn du?», fragte sie nach einer langen Pause.

Er dachte kurz nach. «Ich will, dass unsere Beziehung entspannt bleibt.»

«Entspannt?»

«Ja. Leicht, unkompliziert, ohne Verpflichtung. Und ohne den ganzen Scheiß mit Vorwürfen hier und Vorwürfen da. Wir sind an einer Riesensache dran, das spüre ich. Und zufällig hängt von dieser Kiste auch unsere Existenz ab. Da können wir nicht ewig darüber diskutieren, ob wir mit unseren Maßnahmen nicht zufällig die empfindliche Seite von irgendjemandem verletzt haben.»

«Das denkst du? Der Zweck heiligt die Mittel?»

«Ja. Im Ernst, ich bin erst 28. Ich darf noch Fehler machen.»

«Also nur Sex.»

Er starrte sie an. «Wie kommst du denn jetzt darauf?»

«Na ja, wir stehen doch gar nicht aufeinander. Sind total verschieden. Das Einzige, was funktioniert, ist Sex. Jedenfalls hat es das.»

«Glaubst du.»

«Weiß ich.»

«Was macht dich da so sicher?»

«Ich weiß es einfach.»

Sie blickten sich unversöhnlich an, keinen Meter voneinander entfernt, aber es fühlte sich an, als stünden sie mehrere hundert Meter auseinander.

«Und jetzt?», fragte er.

«Kannst du gehen.»

Sie meinte es ernst. Absolut ernst. Sie legte den Kopf schräg und wies Max den direkten Weg zur Wohnungstür. Sie wirkte dabei wie eine Platzanweiserin im Kino, die einem Zuschauer, der sich unerlaubt auf einen der besten Plätze gesetzt hatte, bedeutete, sich umgehend ganz vorne niederzulassen.

Max war klar, dass er verloren hatte. Also ging er in den Flur und öffnete die Eingangstür. Doch bevor er sie hinter sich zuzog, riskierte er noch einen kurzen, niedergeschlagenen Blick zurück auf die schmale Gestalt im Bademantel. Was Emma allerdings nicht mehr wahrnahm.

SECHSTER TEIL

Spurensuche | Freitag, 12. Februar, 7 Uhr

Freitagmorgen, der Tag der Abreise. Das Läuten zur Früh-
messe hatte David geweckt, der Wind hatte das Glocken-
geläut einer Kirche über den See getragen. Er stand auf, trank
einen Kaffee, einen zweiten, es war sehr kalt, der Himmel
stahlblau und wolkenlos. Die Kälte durchdrang die Daunenjacke, die er angezogen hatte, um draußen am Tor die Zeitung
zu holen. Er ließ sie zusammengefaltet, spülte die Tasse aus,
machte sein Bett, packte einen Weekender für zwei Tage,
stellte ihn im Flur an die Tür, setzte sich – jetzt zusätzlich mit
einem dicken Schal um den Hals – auf seine Terrasse, zündete
sich eine Zigarette an – eine allerletzte Zigarette, wie er sich
schwor – und überlegte seine nächsten Schritte.

Was bedeutete das alles? Um ihn herum häuften sich Ereignisse, die er sich nicht erklären konnte. Menschen starben. Polizei und Geheimdienst waren in Aufregung. Die Recherchen
eines ihrer Korrespondenten hatten vermutlich zu seiner Ermordung geführt, selbst in der Redaktion der *Deutschen Allgemeinen
Zeitung* herrschte eine lähmende Spannung. Und ohne genau zu
wissen, warum, glaubte der eine oder andere in seinem Umfeld,
dass er, David Jakubowicz, mit all dem etwas zu tun hatte. Und
das nur, weil er vor zwanzig Jahren eine Liebesgeschichte mit
einer Frau hatte, die längst von der Bühne seines Lebens verschwunden war. Lag die Lösung der Rätsel bei dieser Frau?

Er nahm einen tiefen Zug und musste husten, er hatte das Rauchen eigentlich schon vor Jahren aufgegeben. Obwohl das Leben aus Sicht eines Journalisten oft wie ein gigantisches Labyrinth wirkt mit einem Gewirr aus Pfaden, von denen man am Anfang nicht weiß, ob sie ins Nichts führen oder zu einer Erkenntnis, war er stets davon überzeugt gewesen, am Ende an einer Stelle anzukommen, die ihn weiterbrachte. Sein Leben lang war er damit beschäftigt gewesen, ein Ziel zu erreichen, dann das nächste, dann wieder eines. Er hatte Hindernisse überwunden, hatte etwas aufgebaut, und im Großen und Ganzen war er stolz auf das Erreichte. Doch plötzlich hatte er das Gefühl, dass alles zusammenbrach und sich auflöste. Und er merkte, wie sehr sein Lebensweg von außen bestimmt gewesen war. Wenn einer ihn jetzt, in diesem Moment, bitten würde, zu beschreiben, wie all das zusammenhing, was in den vergangenen Tagen passiert war – und vor allem: wie das alles mit ihm zusammenhing –, dann könnte er demjenigen nur antworten: Frag nicht weiter. Hör auf. Ich weiß es nicht.

So war's am Ende auch bei uns gewesen, nicht wahr, Irina?

Er nahm einen letzten Zug und zertrat die Zigarette, bevor er den Stummel verbuddelte. Brachte er wenigstens das eine noch hinter sich. Schloss er zumindest dieses Kapitel mit Anstand ab. Irina hätte gewollt, dort beerdigt zu werden, wo auch ihr Sohn beerdigt war, auch wenn es keine Spur mehr von Vincent gab. Aber das Grab war ja noch da.

Er stand auf, ging ins Haus und verstaute die Urne, die er von Tilda bekommen hatte, sicher in seinem Weekender. Sie hatte gerade noch Platz neben dem Necessaire.

Ziemlich genau zwei Stunden später ging David Jakubowicz auf dem Flughafen nördlich von Ljubljana die Gangway hinunter und gab sich alle Mühe, die ihn bedrückenden Gedanken zu verscheuchen. Er betrat das Rollfeld und schaltete sein Handy ein. Umgehend ploppte eine WhatsApp auf, von Julija,

Irinas Mutter, die ihm mitteilte, direkt vor dem Hauptgebäude einen Parkplatz gefunden zu haben. Sie schlug vor, nach seiner Ankunft als Erstes die Uniklinik von Ljubljana aufzusuchen, sie habe bereits einen Termin mit Dr. Cahoj vereinbart. Sie hoffe, dass David einverstanden sei, denn das Ljubljana University Medical Center liege auf dem Weg, und dann hätten sie schon einmal diesen Programmpunkt abgehakt.

David wusste, worauf sie anspielte. In dem Schreiben vom vergangenen Oktober, das er auf Irinas Schreibtisch in München gefunden hatte, hatte ein Dr. Filip Cahoj Vincents Mutter Irina gebeten, in die Klinik zu kommen, um das Ergebnis der Genuntersuchung ihres Sohns zu besprechen. Offenbar waren dann aber weder Irina noch Julija dieser Bitte nachgekommen. David musste nicht lange nachdenken, warum sie das nicht getan hatten. Es war nicht mehr nötig gewesen, denn eine Woche später war Vincent tot. Überfahren auf einer Straße der Hafenstadt Piran.

David entdeckte Julija sofort, obwohl er sie noch nie gesehen hatte. Er hatte in dem Jahr, in dem er und Irina ein Paar gewesen waren, nur zwei- oder dreimal mit ihr telefoniert. Julija war eine untersetzte Frau mit einem runden, glatten Gesicht. Sie trug Schwarz. Schwarze Hose, langes schwarzes Hemd, kein Make-up. Unter ihren Augen lagen dunkle Schatten, und in den Mundwinkeln zeigten sich tiefe Kummerfalten. Sie hatte in kürzester Zeit nacheinander ihren Enkel und ihre Tochter verloren, beide unter unerklärlichen Umständen.

Julija lehnte an der Beifahrertür eines frisch gewaschenen Wagens und schob ihr Smartphone in die Hosentasche, während der Wind zu ihren Füßen körnigen Staub vom Asphalt aufwirbelte.

«Du bist also David», sagte sie mit einem ernsten Blick und umarmte ihn kurz. «Ich habe mir extra ein Foto von dir im Internet angeschaut.»

«Hatte ich nicht nötig», gab er zurück. «Deine Ähnlichkeit mit Irina ist nicht zu übersehen.»

«Soll ich dir die Urne abnehmen?»

«Nein. Sie ist gut verstaut. Ich gebe sie dir später.»

Ljubljana, die Hauptstadt Sloweniens, liegt eine halbe Stunde vom Flughafen entfernt. David zog die Daunenjacke aus und legte sie hinten in den Wagen, er war zu dick angezogen. Sie fuhren über eine Schnellstraße Richtung Stadt, die Ausläufer der Alpen ließen sie hinter sich. Zentralslowenien ist gesegnet mit einer fruchtbaren Landschaft, die rechts und links vorbeihuschte. Wiesen und sauber abgezirkelte Felder, die eingerahmt waren von Wäldern und zahlreichen kleinen Seen.

«Müde?», frage Julija, als sie die Schnellstraße erreicht hatten und der Wagen gleichmäßig surrte.

«Eher etwas verwirrt», antwortete David. Und er erzählte ihr von seiner letzten Begegnung mit Irina, nach seiner Lesung in Starnberg, als Irina ihn gebeten hatte, sie nach Piran zu begleiten.

«Wegen des aufgebrochenen Grabs?»

Er nickte unmerklich. «Sie dachte, ich könnte ihr helfen herauszubekommen, warum jemand die Leiche ihres Kindes entwendet hat. Warum ausgerechnet *ihres* Kindes. Und was man tun könnte, um Vincent wiederzufinden.»

«Und? Was hast du gesagt?»

David rieb sich die Augen. «Ich habe reagiert wie ein gefühlloser Mensch und nach Ausflüchten gesucht.»

David klappte den Sichtschutz nach unten, weil ihn die Sonne blendete. Fast hätte er das Foto nicht bemerkt, das auf der Innenseite klebte. Ein Foto, das Irina mit Vincent zeigte: sie hinter ihrem Sohn, ihn umarmend, beide in die Kamera schauend, lachend. Zwei hübsche, ebenmäßige Gesichter. Beide blond, beide mit Sommersprossen um die Nase, beide mit blauen Augen, voller Zuversicht und Lebensfreude.

Julija sah, wie er das Foto studierte. «Das habe ich vor einem Jahr unten am Meer gemacht. Da war bei dem Kleinen noch nichts zu merken von den Schluckbeschwerden. Vinzi, wie wir ihn nannten, tollte herum wie jeder andere Junge in seinem Alter.»

«Weißt du, wer der Vater ist?»

Sie schüttelte den Kopf. «Über den hat Irina nie gesprochen. Sie wurde bockig, wenn ich auf das Thema zu sprechen kam. Einmal fragte sie mich, ob ich je so dumm war, auf einen Fünf-Sterne-Widerling reinzufallen.»

«Fünf-Sterne-Widerling? Wen ... wen könnte sie gemeint haben?»

«Ich schätze, den französischen Fotografen, mit dem sie damals zusammen war. Der hat sich drei-, viermal bei uns zu Hause gemeldet, als Irina wegen der Schwangerschaft keine Aufträge mehr annahm. Einmal habe ich länger mit ihm geredet. Er hatte eine nette Stimme, wenn ich ehrlich bin. Ich denke, dass das mit dem was Ernsteres war in Thailand, bei ihrem letzten Fotoshooting vor der Schwangerschaft. Zeitlich würde das passen.»

Dr. Cahoj | Freitag, 12 Uhr

Sie bogen ein auf einen großen, asphaltierten Platz unweit des Hauptgebäudes und parkten den Wagen an der Seite neben einer Mauer. Das Ljubljana University Medical Center war nicht nur das größte Krankenhaus Sloweniens, sondern auch eines der größten Krankenhauszentren Mitteleuropas, mehr als 8000 Menschen arbeiteten dort. Als sie auf die futuristisch anmutende Beton-Glas-Front des Hauptgebäudes zugingen, fiel David ein, was ihm schon zu Hause unklar gewesen war. «Julija, hast du eine Erklärung, warum sich Irina geweigert hat, einen Gentest zu machen?»

«Hat sie das?»

«In dem Brief von Dr. Cahoj stand, dass er sie bitte, in Deutschland oder wo auch immer ihr Erbgut untersuchen zu lassen. An den Rand hat sie daneben handschriftlich geschrieben: *Auf keinen Fall*. Mit Ausrufezeichen.»

Julija zuckte mit den Schultern. «Ich weiß nur, dass sie ihr ganzes Leben lang Angst hatte, mit einer Nadel gestochen zu werden. Hab ich übrigens auch. Schon als Kind hat sie getobt, wenn sie eine Spritze bekommen sollte.»

Sie blieb plötzlich stehen und hielt David am Ärmel fest. «Findest du es nicht auch seltsam, von einer Mutter eine Erbgutfeststellung zu verlangen? Man weiß doch, dass sie die Mutter ist.»

«Das ist klar, ja. Aber vielleicht gab's Anzeichen, dass Irina an einer erblich bedingten Krankheit litt.»

«Hattest du denn das Gefühl, dass sie …»

«Nein. Aber irgendetwas muss die Ärzte ja bewogen haben, so etwas von ihr zu verlangen. Wir werden es gleich erfahren.»

Und das taten sie. Doch zunächst wurden sie auf die Folter gespannt. Dr. Cahoj saß wie ein Mönch an seinem Schreibtisch, reglos und still. In sich versunken studierte er das Krankenblatt, das er zuvor einer Hängemappe entnommen hatte. David betrachtete den gesenkten Kopf des jungen, schmalen Mannes, das schüttere, blonde Haar, die randlose Brille. Nichts deutete darauf hin, dass er erleichtert war, endlich jemanden aus der Familie des Jungen vor sich zu haben. David hatte schon das Gefühl, sich durch ein Räuspern bemerkbar machen zu müssen, da hob der Arzt seinen Kopf und schaute Julija an.

«Sie sind die Großmutter des Jungen?» Er war so freundlich, Englisch zu sprechen.

Julija nickte.

«Und Sie», fragte er David, «sind *wie* mit dem Jungen verwandt?»

«Gar nicht. Ich bin mit seiner Mutter befreundet … äh … gewesen.»

«Und …?» Er schaute auf die Karteikarte. «… Irina Semková? Wo befindet die sich jetzt?»

Julija blickte zu David. Sie brachte es nicht über sich zu antworten: in einer Urne. Unten, in meinem Wagen, in einer Reisetasche.

Also sagte David: «Sie ist tot.»

«Oh.» Für einen Moment geriet Dr. Cahoj aus dem Konzept. «Darf ich fragen, woran sie gestorben ist?»

David räusperte sich. «Sie wurde erschossen. In Deutschland. Vor fünf Tagen.»

«Erschossen? Etwa das Opfer eines … Verbrechens?» Konsterniert schüttelte er den Kopf.

«Wir wissen es nicht genau», antwortete David. «Der Fall wird noch untersucht.»

«Wo liegt sie begraben?»

«Sie … Sie … ist verbrannt.»

Dr. Cahoj schob mit beiden Händen die Karteikarte so hin und her, bis sie sich genau in der Mitte seiner rutschfesten Schreibtischunterlage befand.

«Haben Sie – oder hat irgendjemand sonst – bei Irina Semková in den zurückliegenden Monaten etwas Ungewöhnliches festgestellt? Probleme mit dem Gleichgewicht? Eine schleppende Sprechweise? Tänzelnde oder übertrieben beschwingte Bewegungen, wie man sie vielleicht von Marionetten her kennt?»

«Nein», antwortete Julija.

«Grimassen an Stellen, an denen das nicht passt? Häufiges Blinzeln? Schlenkern mit Armen und Beinen?»

«Nein», sagte Julija.

«Nichts dergleichen», fügte David hinzu.

«Das musste nicht permanent sein. Das konnte auch plötzlich kommen, nach langen Phasen der Normalität. Ungewöhn-

liches Stolpern auf ebenem Boden, plötzliche Stürze, über-
raschende Zuckungen?»

Wieder schüttelten beide den Kopf.

Schweigen. Dr. Cahoj starrte auf die Karteikarte.

«Ich verstehe nicht, warum Sie das alles von uns wissen
wollen», sagte Julija schließlich in die Stille hinein. «Ich habe
Vincent damals hierhergebracht wegen vereinzelter Schluckbeschwerden. Unser Hausarzt meinte, die Speiseröhre wäre
vielleicht noch nicht ausgewachsen. Was haben die Schluckbeschwerden des Jungen mit Irina zu tun?»

Dr. Cahoj schüttelte den Kopf. Er schien nicht einverstanden zu sein mit Julijas Ausführungen. «Laut Arztbericht haben
Sie damals einem meiner Kollegen gesagt, dass der Junge
manchmal Krämpfe in den Beinen hatte. Und dass er so tat, als
würde er andere nachahmen. *Dann stakste er wie ein Model.* So
hat mein Kollege es hier vermerkt.»

Er blickte sie über die Brille hinweg an. «Das war auch der
Grund, warum der Junge zunächst in unserer neurologischen
Abteilung untersucht wurde. Aber die Kollegen fanden nichts
Ungewöhnliches, weshalb er zu mir kam. Auch ich stieß zu-
nächst auf keine Spur. Vincent hatte eine lebhafte Intelligenz.
Nicht die geringsten Anzeichen von Apathie, Impulsivität oder
Gedächtnisstörungen. Ich wollte schon aufgeben, veranlasste
dann aber doch noch ein großes genetisches Blutbild. Und da
fanden wir die Mutation.»

«Mutation?»

«Ja. Auf dem vierten Chromosom.»

Er schaute von Julija zu David und wieder zurück zu Julija,
und er tat das mit einem solchen Ernst in den Augen, als ver-
stünde jeder im Raum die bedrohliche Bedeutung seiner
Worte. Für ihn schien das, was er gesagt hatte, einer Katastrophe gleichzukommen. Einer Katastrophe, die ihn persönlich
zutiefst unglücklich machte.

«Ich weiß, was Sie jetzt sagen wollen, und es fällt mir in der

Tat schwer, Ihnen die Zusammenhänge zu erklären. Zumal es keine vernünftige Erklärung gibt. Es war schlicht und einfach ein unverzeihliches Versagen. Es tut mir wirklich sehr leid, dass wir angesichts unserer Erkenntnisse nicht alles darangesetzt haben, den Fall mit Nachdruck weiter zu verfolgen. Aber der Kollege, der die Genmutation entdeckt hatte, heiratete wenige Tage nach der Blutanalyse und fuhr anschließend in die Flitterwochen.»

Er räusperte sich verlegen, während sich Julija und David verständnislos anschauten. «Er, also der Kollege», fuhr Dr. Cahoj fort, «hatte in dieser turbulenten Zeit seiner Flitterwochen, so leid es mir tut, schlicht und einfach seine … niederschmetternde und … alarmierende Erkenntnis … vergessen.»

David runzelte die Stirn. «Haben Sie nicht gerade gesagt, dass Sie persönlich nach langen Umwegen auf eine Spur gestoßen seien, die Sie schließlich zu der … Genmutation … geführt hätte …?»

«Auf dem vierten Chromosom», ergänzte Julija.

«Ja … ja.» Er räusperte sich. «*Ich* bin dieser Kollege. Und ich muss mich in aller Form bei Ihnen entschuldigen für mein Schweigen. Für mein Versäumnis. Dass ich nicht Himmel und Hölle in Bewegung gesetzt habe, umgehend mit der Mutter beziehungsweise dem Vater in Kontakt zu treten. Es ist unverzeihlich.»

Julija schaute David fragend an. Aber auch David konnte sich die erkennbare Verzweiflung des Arztes noch immer nicht erklären.

«Entschuldigen Sie», sagte Julija. «Was hatte der Junge denn? Ich habe es noch immer nicht verstanden.»

«Chorea Huntington. Er hatte Chorea Huntington.»

«Verstehe», sagte sie, ohne etwas zu verstehen.

«Die Blutuntersuchung war eindeutig», fügte der Arzt hinzu.

«Aber der Junge ist nicht an dieser Krankheit gestorben», sagte sie. «Er ist überfahren worden.»

«Aber auch ohne den Unfall hätte der Junge mit an Sicherheit grenzender Wahrscheinlichkeit nur ein kurzes und ganz sicher kein unbeschwertes Leben geführt.» Er überlegte, ob er das ganze Paket auspacken sollte, kam dann aber schnell zu dem Entschluss, dass es nicht anders ging. «Zunächst hätten sie bei Ihrem Enkel nur kleine Charakterveränderungen wahrgenommen. Vielleicht einen Tremor in der Hand, vielleicht einen im Gesicht. Dann wären Ihnen emotionale Störungen mit plötzlichen Stimmungsschwankungen aufgefallen. Schwankungen, die der junge Mann nicht hätte beherrschen können. Gegen Ende seines Lebens wäre es bei ihm zunehmend zu einem intellektuellen Verfall gekommen, mit Gedächtnisverlust und unaufhaltsamer Demenz. Irgendwann hätte er gekrümmt auf dem Bett einer psychiatrischen Station für Langzeitkranke gelegen, grimassierend, mit verkrampften Fingern und Zehen, die Schultern unablässig hebend und senkend, ohne Muskelkontrolle, dafür mit albtraumhaften Halluzinationen bis hin zu einem sinnlosen …»

«Hören Sie auf», rief, nein, schrie Julija. «Hören Sie auf, bitte!» Sie zeigte mit ausgestrecktem Arm auf Dr. Cahoj. «Der Junge war gesund, bis er hierher zu Ihnen kam. Das weiß ich, das weiß ich genau, denn ich war jeden Tag mit ihm zusammen.» Sie war weiß im Gesicht, erschüttert und verzweifelt. Sie wollte sich nicht das Bild ihres wunderbaren Enkels zerstören lassen. Und verzweifelt war sie, weil sie tief in ihrem Inneren nicht ausschließen konnte, dass der Arzt vielleicht doch auf der richtigen Spur war.

«Ich verstehe Sie, Frau Semková. Ich verstehe Sie sehr gut.» Dr. Cahoj hatte als Arzt gelernt, mit der Reaktion auf schreckliche Nachrichten umzugehen. Doch dies hier war mehr als das, was er gewohnt war. Diesmal hatte er persönlich einen Anteil an der furchtbaren Zuspitzung. Wieder räusperte er sich.

«Glauben Sie mir, ich würde Ihnen gern den Schmerz ersparen. Aber ich kann nicht. Ich muss sämtliche Zusammenhänge
dieser Geschichte aufklären. Denn es gibt noch etwas, das mein
Verhalten so unverzeihlich macht.»

«Bitte nicht», stöhnte Julija.

«Und das wäre?», fragte David kühl, während er seine Hand
beruhigend auf Julijas Arm legte.

«Da man Chorea Huntington lediglich erben kann, muss
auch einer der beiden Elternteile über dieses veränderte Gen
verfügen. Ich hätte sofort … absolut sofort … nach meiner Entdeckung Vater und Mutter nicht nur anschreiben müssen –
was ich getan habe –, sondern ich hätte sie … zwingen müssen, sich einer DNA-Analyse zu unterziehen. Schon allein, um
die Gefahr auszuschließen, dass weitere Kinder mit diesem Defekt geboren werden.»

Er machte eine Pause und betrachtete Julija eindringlich,
die auf ihre im Schoß gefalteten Hände starrte. Dann gab er
sich einen Ruck, stand auf, ging zu einem Schrank, zog eine
Schublade auf und entnahm ihr eine Nierenschale. Auf sie legte
er eine Kanüle, einen Adapter und einen Stauschlauch, ging
um seinen Schreibtisch herum und trat auf Julija zu.

«Bitte, Frau Semková, machen Sie Ihren linken Arm frei.»

«Was!?» Sie fuhr zurück, spannte ihre Muskeln und krallte
sich an die Armlehne.

«Ich muss Ihnen Blut abnehmen. Da wir keine Möglichkeit
haben, Ihre Tochter von dem Verdacht auszuschließen, muss
ich versuchen, das Umfeld abzuklären.»

«Wieso können Sie Irina nicht ausschließen?»

«Haben Sie nicht eben gesagt, sie sei verbrannt?»

«Er hat recht», sagte David begütigend.

«Muss das sein?», gab sie abwehrend zurück.

«Ja, es muss sein. Tut mir leid.»

Das Haus, in dem Julija wohnte, lag oberhalb der Altstadt von Piran, zwischen dem Secret Garden und der Grundschule, an einer steil nach unten führenden Gasse, die über Kopfsteinpflaster und viele Stufen verlief. Ihr Haus befand sich auf der dem Meer zugewandten Seite. Von der Häuserreihe, unter der die Felsen abfielen, hatte man einen fabelhaften Blick auf den Fischerhafen im Süden der Halbinsel, auf den Fußballplatz im Norden und auf die Altstadt mit der Kathedrale Sankt Georg im Westen, die wie ein leicht gekrümmter Finger ins Meer hineinragte. Wenn man von unten, vom Tartiniplatz im Zentrum der Stadt, hinauf auf die Häuserzeile an der Abbruchkante und dort insbesondere auf Julijas Domizil schaute, hatte man das Gefühl, eine Reihe von kleinen Schiffen zu sehen, die sich nebeneinander in einen Hafen schieben. Jedes von ihnen hatte zwei Geschosse, eine eher abweisende, verschlossene Seite mit nur wenigen schießschartenähnlichen Öffnungen zur Gasse und eine andere mit zahlreichen großflächigen Fenstern auf der Schokoladenseite mit dem Blick zum Meer.

Hinter einigen dieser Fenster drängelten sich am Mittag die Menschen in dem großen Wohnraum, auf dessen einer Seite – durch eine weit geöffnete Tür gut zu sehen – sich ein kleines Zimmer anschloss, in dem eine Art Altar aufgebaut war. Hier stand, umgeben von Blumen und Kränzen, die Urne mit Irinas Asche. Der besinnliche Teil war vorbei, die Reden waren gehalten, die Tränen geflossen, und da fast alle Besucher religiös waren, war auch gesungen worden. Ein Großteil derer, die sich in den Räumen drängelten, waren Familienmitglieder und enge Freunde der Familie Semková, die vor achtzig Jahren aus Tschechien eingewandert war. Aber auch der Bürgermeister der Stadt sowie einige Honoratioren waren anwesend – Geschäftsleute, Anwälte, der Leiter der Baubehörde sowie der Notar des Ortes.

Julija hatte schon vor Davids Ankunft in Slowenien zu der privaten Trauerfeier geladen. Und alle waren gekommen, auch diejenigen, die Irina seit Jahren nicht mehr gesehen hatten und sie nur von früher, von ihrer Schulzeit her kannten. Die meisten hatten nicht vergessen, dass Liliana Rycart, Irinas Schwester, einige Jahre zuvor mit ihrem Ehemann, dem Fernsehstar und Baulöwen Adam Rycart, in ihrer schönen Hafenstadt aufgetaucht war und alle begeistert hatte. Wann war schon einmal ein weltbekannter Politiker, ein Milliardär, ein Mann, der sich anschickte, der nächste Präsident der Vereinigten Staaten von Amerika zu werden, in ihrem kleinen Ort erschienen, nur weil er die Heimat, das Elternhaus, die Schule und die alten Freunde seiner bildschönen Frau kennenlernen wollte? Sie fühlten sich geehrt, sie hatten Rycarts Nähe gesucht, und als der ankündigte, Geld in Immobilienprojekte des Ortes investieren zu wollen, nahm dies selbst diejenigen für ihn ein, denen das angeberische Auftreten des Mannes aus New York nicht besonders behagte.

Wenn an diesem Samstag der eine oder andere Besucher ein wenig enttäuscht war, dann nur deswegen, weil Liliana Rycart nicht persönlich nach Slowenien gekommen war, um ihrer Schwester die letzte Ehre zu erweisen. Manche vermuteten hinter vorgehaltener Hand, die Ehe der Ex-First-Lady stecke seit Längerem in einer ernsten Krise, dies sei der wahre Grund für ihre Abwesenheit. Andere hatten eine andere Erklärung, die David verblüffte, weil sie der Wahrheit nahekam.

Als er sich in der Küche ein Glas Wasser holte, hörte er jemanden auf Englisch sagen, Liliana sei seit ein paar Wochen verschwunden und irgendwo in den USA untergetaucht. David drehte sich unauffällig zu der Frau um, die das sagte, er konnte sie durch das den Raum trennende Bücherregal mustern. Sie mochte um die fünfzig sein und unterhielt sich mit ihrer Tochter, beide waren aus Bled herübergekommen, wie Julija gesagt hatte. Wie konnte es sein, dass eine Frau aus Bled genauso viel wusste wie der deutsche Geheimdienst? Verblüffend, wie eine auf Klatsch und Tratsch beruhende Vermutung mit der Wahrheit übereinstimmen konnte.

«Vielleicht ist sie nicht gekommen», hörte er die Tochter sagen, «weil sic ihren letzten Besuch nicht vergessen kann.»

«Du meinst den Beinbruch?»

«Na ja, sie lag zwölf Tage im Krankenhaus. Das hätte mir auch die Laune verdorben.»

«Die Kellertreppe, auf der sie ausgerutscht ist – war die nicht hier im Haus?»

«Ja, ausgerechnet. Als Kind ist sie die bestimmt tausendmal rauf- und runtergelaufen.»

Die beiden Frauen verließen ihr Eck hinter dem Bücherregal, weshalb auch David sein Glas nahm und sich durch die Menge in Richtung Terrasse schlängelte. Leicht war es nicht, mit jemandem ins Gespräch zu kommen, die meisten sprachen lediglich Slowenisch. Die längste Zeit hatte sich Julija in seiner Nähe aufgehalten, als wollte sie ihn beschützen. Irinas Freunde, aus denen sich die Trauergemeinde vor allem zusammensetzte, traten immer wieder auf ihn zu in der Absicht, von ihm etwas über Irinas jüngstes Leben in Deutschland erzählt zu bekommen. Er als ihr ältester Freund, wie Julija ihn vorgestellt hatte, müsste doch Auskunft geben können über die schillernde und offenbar gefährliche Modeszene zwischen New York, London, Paris und Mailand. Und über den französischen Fotografen, der, wie man munkelte, der Vater von Vincent gewesen war, den er allerdings nie besucht hatte. Vermutlich, weil er mittlerweile mit einem anderen Supermodel ein Verhältnis hatte. Aber David war ehrlich. Er gab zu, dass er von Irinas Leben in den zurückliegenden Jahren nichts mitbekommen habe. Er habe sie erst wenige Tage vor ihrem Tod wiedergesehen.

«Eine wunderbare Frau», sagte ein untersetzter Mann im Vorbeigehen, er war der Leiter der Hafenbehörde.

«Das war sie», gab David zurück.

«Aber so zu sterben, mein Gott. Sie konnte keinem Lebewohl sagen.»

David hob die Schultern. «Ja, es war schrecklich.»

«Und das nur ein paar Monate nach dem Tod ihres Sohns.»

David nickte hilflos. «Arme Irina.»

Er entzog sich dem weiteren Gespräch, indem er sich in den Nebenraum mit der Urne begab. Dabei bemerkte er das auffallend schöne, opulente Blumengebinde, das auf der Rückseite der Urne fast ein wenig versteckt lag. Seine Augen suchten nach dem Namen auf der Schleife, während er mit gefalteten Händen so tat, als sei er in ein Gebet versunken. Er wollte wissen, wer Irina so nahestand – oder sich so nahestehend fühlte, dass Kosten keine Rolle spielten. Doch nirgendwo war ein Name zu finden. Da sah er, dass die golddurchwirkte Trauerschleife verdreht war. David ordnete sie und las: «Verzeih mir. Deine Schwester».

David ging zurück ins Wohnzimmer, und noch während er seinen Blick über die Menschen im Raum schweifen ließ, fragte er sich, ob nicht jemand von ihnen durch mangelnde Selbstbeherrschung auffiel. Zum Beispiel, weil sein Gehirn weniger Gamma-Aminobuttersäure ausschüttete, als dies normalerweise der Fall war. David wunderte sich, was er alles behalten hatte von Dr. Cahojs Ausführungen in dessen spartanisch eingerichtetem Arztzimmer. Ausgerechnet diese schwer verständlichen Details, bei denen es um Moleküle ging, die an besonderen Bindungsstellen der striatalen Neuronen entweder im Übermaß oder in einem viel zu geringen Maß vorhanden waren, hatte er sich gemerkt. Warum das Zuviel ebenso schlimm war wie das Zuwenig, das hatte er allerdings zu fragen vergessen.

Doch das Thema ging ihm nicht aus dem Kopf. Neugierig

betrachtete er den am Buffet stehenden Bruder von Julijas verstorbenem Mann, der gerade eine Scheibe Schinken auf seinen Teller legte: Hatte dessen ruckartiger Bewegungsablauf vielleicht etwas mit einem Übermaß an Reizen seiner Neurotransmitter zu tun? Oder hatte Irinas Bruder, der mit einem zehnjährigen Mädchen seitlich an einem Tisch saß und dem eine Schreinerei gehörte, wegen seiner Zuckungen um den Mund vielleicht diese teuflische Krankheit, deren verhängnisvolle Spur durch die Familien von Vincents Vorfahren Dr. Cahoj so hartnäckig zu verfolgen versuchte?

David, der größer war als die meisten im Raum, blickte suchend zur Fensterfront. Julija war dort vor einer Viertelstunde von einem Journalisten beiseitegenommen worden, seitdem hatte er sie nicht mehr gesehen. Sie konnte ihn somit auch nicht ablenken von den Gedanken, die ihn umtrieben. Nichts, absolut gar nichts gebe es, was man gegen Chorea Huntington tun könne, hatte Dr. Cahoj unbarmherzig ergänzt, nachdem er Julija das Blut abgenommen hatte. Man könne den Verfall nur lindernd begleiten. Für ihn als Arzt sei deshalb die wichtigste Frage: Von wem hatte Vincent die Krankheit geerbt? Denn falls ein Elternteil Huntington habe, stehe bei jedem seiner Kinder die Chance fünfzig zu fünfzig, dass es diese Disposition ebenfalls hätte, denn das mutierte Gen sei dominant. Wie gesagt, erkennbar am Chromosom vier. Und das Teuflische sei, hatte der junge Arzt abschließend in seinem Behandlungszimmer betont, dass die Eltern völlig gesund wirken konnten, während sie – unbewusst und ohne, dass sie es ahnten – die Krankheit weitergaben. Mit verheerenden Folgen nur für das Kind.

Als David und Julija kurz nach diesen Worten das Ljubljana University Medical Center verlassen hatten und in das Licht des Tages traten, waren sie beide gefangen in dem Strudel der Gedanken, den die Ausführungen des Arztes ausgelöst hatten. Julija war weiß im Gesicht, sie stand unter Schock, weshalb sich David hinters Steuer setzte. Als sie dann unterwegs waren, schwiegen sie lange. Das Schweigen wurde nur ab und zu unterbrochen, wenn plötzliche Erinnerungsblitze Julija aufstöhnen ließen. Sie war betäubt von den furchtbaren Aussichten, die Dr. Cahoj ebenso gnadenlos wie präzise im Hinblick auf die Zukunft des Jungen heraufbeschworen hatte. Was für ein Irrsinn. Die perfekte Maschinerie des menschlichen Körpers ruiniert durch einen winzigen Fehler im Getriebe der Gene. Vincents Sterben auf der Straße war, wenn man alles zusammennahm, im Vergleich zu dem, was ihn erwartet hätte, möglicherweise sogar ein Akt der Gnade gewesen. Denn hätte der Junge den Unfall überlebt, wäre sein Leben irgendwann zu einer unvorstellbaren Qual geworden. Gut, dass Irina das alles nicht hatte miterleben müssen. Als Julija dieser Gedanke kam, schluchzte sie auf und schlug die Hände vors Gesicht, während David weiter starr auf das Asphaltband der Straße schaute. Er wusste nichts Tröstendes zu sagen.

«David?», hörte er plötzlich jemanden rufen.

Er drehte sich um. Es war Julija. Sie stand in der Tür zu dem schmalen Balkon, der sich um das Eck des Hauses zog.

«Kommst du mal? Ich möchte dir jemanden vorstellen. Er hat dir etwas Wichtiges zu sagen.»

Das Angebot | Freitag, 15 Uhr

Als Emma in den obersten Stock der *Deutschen Allgemeinen Zeitung* eilte, nahm sie zwei Stufen auf einmal, denn sie musste sich sputen. Ausschlaggebend für die Eile war Friederikes Hinweis gewesen, dass es dämlich wäre, solch eine Wahnsinnsgeschichte nicht gleich an höchster Stelle anzubieten. Wenn sie Pech hätte, würde einer von der Konkurrenz ihr die Superstory wegschnappen.

«Genau, warte nicht, Emma, mach's gleich», hatte der ältere Kollege vom Nebentisch herübergerufen, der mitgehört hatte, als Emma Friederike ein paar Einzelheiten ihrer Recherche präsentierte.

«Nur zu, trau dich», pflichtete ihm auf der anderen Seite des Raums die Kollegin bei, die für den Veranstaltungskalender zuständig war.

Das waren nicht gerade die erlesensten Unterstützer, dachte sie, zumindest nicht in den Augen der obersten Heeresleitung, obwohl dort mit Sicherheit bekannt war, dass die meisten im Lokalressort erfahrene Kräfte waren, die den Wert einer Story schnell erfassten und zudem wussten, wie man sie anschaulich inszenierte, auch wenn sie dafür niemals den Pulitzerpreis bekommen würden.

Doch Emma zögerte noch immer. Seitdem Helen Christensen, die Verlegerin, und Alex Khan, der Chefredakteur, sie von den Investigativen in den Lokalteil versetzt hatten, hatte sie Probleme mit ihrem Selbstbewusstsein.

«Nun mach schon», rief Friederike Blomeyer, ihre älteste Freundin. Sie, die in der Außenpolitik arbeitete, war kurz vorbeigekommen, weil sie wissen wollte, wer wen am Abend zum Yoga abholen würde. Und ob es nicht eine gute Idee wäre, anschließend noch einen Drink zu nehmen, in der New York Bar zum Beispiel.

«Okay, ich geh hoch», sagte Emma. «Verdammt, ich tu's.»

Jetzt jagte sie die Treppe hinauf, um Khan noch vor der Konferenz zu erwischen. Doch als sie in den Flur mit dem tiefen, schallschluckenden Teppichboden einbog, sah sie gleich, dass es schwerer werden würde als gedacht. Die Glastür zum kleinen Konferenzraum war bereits geschlossen, und als Emma schwer atmend davorstand, sah sie die Ressortleiter sowie Helen Christensen und Alex Khan schon um den Tisch herum sitzen. Jeder hatte den Tagesplan mit den Themen vor sich liegen. Die meisten hatten zudem einen Stift in der Hand, manche zusätzlich einen Becher Kaffee vor sich. Alle hochkonzentriert, denn es war die letzte Gelegenheit, das eine oder andere

Thema, das sich in den zurückliegenden Stunden nach vorne geschoben hatte, noch unterzubringen. Ob es wichtig war, wichtiger als das Thema, das man dafür rausschmeißen musste, darüber gab es naheliegenderweise regelmäßig Auseinandersetzungen in dieser Konferenz. Doch Khan war gerade erst dabei, ein paar einleitende Worte von sich zu geben.

Emma ordnete den Kragen ihrer Bluse, strich sich die Haare aus dem Gesicht, presste die Lippen aufeinander, um sie zu befeuchten, und klopfte kurz an. Nahezu zeitgleich öffnete sie die Tür, ohne ein «Herein» abzuwarten.

Khan blickte irritiert auf. «Emma, wir sind gerade …»

«Ich weiß, ich weiß. Aber bevor Sie ins Detail gehen, möchte ich Ihnen einen Vorschlag machen für meine nächste Story.»

«Ihre nächste Story?» Khan lehnte sich verständnislos zurück. Auch die anderen schauten befremdet. Zumindest diejenigen, die nicht gerade dabei waren, sich auf dem Themenplan Notizen zu machen.

Lass es. Hau wieder ab, dachte sie. *Was für eine saublöde Idee. Und was für ein bescheuerter Zeitpunkt.*

«Mir ist da was in die Hände gefallen, was Sie sich anschauen sollten.» Emma zog ein DIN-A4-Blatt aus ihrer Jacke und legte es vor Helen auf den Tisch. Da Helen mit dem Rücken zu ihr saß, langte sie von hinten an Helens rechter Schulter vorbei.

«Was … Was soll ich damit?», fragte Helen Christensen, ohne sich umzudrehen.

Emma räusperte sich. «Der Mann auf dem Foto nennt sich Brandon Lee. Vielleicht hat er auch noch einen anderen Namen. Entweder ist er derjenige, der bei dem Sturm aufs Kapitol vor fünf Wochen die Frau erschossen hat, die laut unserer Berichterstattung Ashli Babbitt heißt. Oder er ist derjenige, der sie zu retten versuchte, nachdem einer von der Metropolitan Police ihr eine Kugel in den Hals verpasst hatte.»

Mit gerunzelter Stirn blickte Imanuel Mandelbaum, der Chef der Außenpolitik, zuerst seinen Nachbarn und dann sie an.

«Das Kapitol in Washington? Was haben Sie damit zu tun?»

«Ich habe diesen Mann hier in München ausfindig gemacht. Mit ihm geredet. Ihn begleitet. Ihn ausgehorcht. Ich bin sicher, dass er uns über die Ereignisse auf dem Kapitolshügel Details schildern kann, die keiner kennt. Ich habe vor, ihn nachher noch einmal zu treffen und mit ihm zu reden.»

«Emma», schaltete sich Helen ein und drehte sich ihr jetzt zu. «Wollen wir nicht bis zur …? Wir müssen doch erst mal die Zeitung von morgen …»

«Dem Tagesplan habe ich entnommen, dass die Außenpolitik einen zusammenfassenden Text über die Ereignisse des 6. Januar bringen will. Ich habe kurz reingelesen. Nichts Neues, wenn ich ehrlich bin. Das hatten wir alles schon. Dass Rycart seine Anhänger angestachelt hat. Dass der wütende Mob in den Büros auch private Dokumente zerstört hat. Dass insgesamt fünf Menschen umgekommen sind und viele hundert verletzt wurden. Und dass noch nicht einmal die *New York Times* oder die *Washington Post* herausbekommen haben, warum die Polizei total überfordert war.»

«Das schreiben wir», knurrte Mandelbaum, «weil das die Fakten sind. Mehr haben wir nicht. Wir waren nicht dabei.»

«Dieser Brandon Lee aber war dabei, Herr Mandelbaum. Der Mann, dessen Bild da vor Helen auf dem Tisch liegt, befand sich ganz vorne in der ersten Reihe, direkt vor der Speaker's Lobby, wo die Frau erschossen wurde.»

«Emma!», rief Khan. Er beugte seinen wuchtigen Oberkörper nach vorne und fixierte die junge Frau, die noch immer hinter Helen stand. «Wollen Sie sagen, dass dieser Mann in Deutschland ist?»

«Ja.»

«Seit wann?»

«Seit zwei Wochen.»

«Haben Sie einen Beweis, dass er am 6. Januar im Kapitol war?»

«Ein Foto, ja.»

Khan warf einen kurzen Blick auf das ausgedruckte Bild, das er von der Seite sehen konnte.

«Das stammt aber nicht aus dem Kapitol.»

«Nein. Das ist auf der Rolltreppe am Hauptbahnhof gemacht worden.»

Khan dachte nach. Der Mann sah durchaus so aus, als ob er ein Mitglied der Three Percenters hätte sein können: Vollbart, dunkle Haare, obligatorische Baseballkappe, allerdings ohne Aufdruck.

«Und er hat Ihnen einfach so gestanden», fuhr Khan fort, «einer der Verrückten zu sein, die mit Gewalt ins Kapitol eingebrochen sind, um die amerikanische Demokratie zu vernichten?»

«Ganz so krass hat er es nicht formuliert. Aber im Großen und Ganzen ist das richtig, ja. Ich bin sicher, er könnte es.»

«Moment … Er hat es also noch nicht getan.»

«Was?»

«Ihnen erzählt, was er tatsächlich dort wollte.»

«Nicht direkt. Ich bin noch dabei, ihm die Einzelheiten zu entlocken. Wichtig ist doch nur, dass ich einen Augenzeugen der Ereignisse habe. Und um mit ihm zu reden, muss ich nicht in die USA fliegen.»

Khan atmete tief durch. «Sind Sie sicher, dass der Kerl seriös ist?»

«Würde ich sagen, ja.»

«Kein Spinner.»

«Das auf keinen Fall.»

«Sondern? Was ist mit ihm?»

«Na ja, er wohnt nicht im Bayerischen Hof oder im Mandarin Oriental. Aber ich habe seine Handynummer und kann ihn jederzeit erreichen.»

Khan war noch immer nicht überzeugt. Auf der einen Seite war es schwer nachzuvollziehen, dass ihnen aus heiterem Himmel ein Augenzeuge vor die Füße fiel, der nicht nur an vorderster Front dabei gewesen sein wollte, sondern auch noch bereit war, über die größte Schande des Landes seit dem Vietnamkrieg zu reden. Andererseits war Emma eine großartige Reporterin. Sie hatte ein Gespür für Themen, spürte, wann sie dem Kern nahekam, außerdem konnte sie gut mit Menschen, sie vertrauten ihr. Wenn sie sich einmal in ein Thema verbissen hatte, wollte sie es immer genau und noch genauer wissen. Und sie konnte unbarmherzig und mit einer für ihr Alter ungewöhnlichen Kälte über Schrecklichstes schreiben, weil sie in der Lage war, ihr Mitleid zu unterdrücken. Aber welche Emma Bricks stand da vor ihnen? Das ganz große Talent, das er schon erkannt hatte, als sie fünf Jahre zuvor bei ihnen als Volontärin anfing? Oder die Emma, die seit mehr als einem halben Jahr nichts Besonderes mehr abgeliefert hatte und bei den Investigativen gescheitert war?

Khan merkte, dass die anwesenden Damen und Herren unruhig wurden, denn seine nachdenkliche Pause fiel länger aus, als angesichts des allgemeinen Zeitdrucks entschuldbar war.

«Okay, Emma. Versuchen wir's. Bringen Sie den Mann her. Ich würde dann Mandelbaums Leute hinzubitten und das Gespräch aufzeichnen lassen.»

Das passte ihr gar nicht. Sie wollte ihren Mann nicht mit anderen teilen. Blitzschnell überlegte sie, wie sie Mandelbaums Bürohengste abschrecken konnte.

«Ich weiß nicht, ob das eine gute Idee ist. Brandon ist etwas scheu. Irgendwie eigen. Außerdem lebt er auf der Straße.»

Khan zog die Augenbrauen zusammen. «Auf der Straße?»

«Ja. Er hat kein Geld. Er ist mit einem Schiff hergekommen, von New York über Rotterdam. Vermutlich geflohen. Kann man ihm auch nicht verdenken, wenn man weiß, was er hinter sich hat.»

Während Mandelbaum noch seine Gedanken sortierte, hob Maurice Zettel, der Feuilletonchef, der immer wieder auf seine Uhr geschaut hatte, die Hand: «Pardon, ich muss leider gehen. Ich habe einen Autor bei mir sitzen.»

«Einen Moment noch, Maurice», rief ihm Khan zu.

Emma zog sich langsam zur Glastür zurück. Sie hatte das Gefühl, dass es jetzt am klügsten wäre, sich zu verziehen. «Ich werde den Mann dann also nachher noch mal treffen und die Geschichte rund machen, wenn Sie einverstanden sind.»

«Emma», meldete sich Paul Wuttke, der Leiter der Lokalredaktion, Emmas neuer Chef. «Ich warte eigentlich auf diese umgekehrte MeToo-Geschichte. Wir wollten die doch heute …»

«Da bin ich dran. Aber das hier ist wichtiger.»

«Wie weit bist du damit?»

«Meine Recherchen haben ergeben, dass da nichts dran ist. Es gibt keine MeToo-Geschichte an der Münchner Uni mit Frauen als Täterinnen.»

«Das kann doch nicht sein …»

Paul Wuttke war erst seit Kurzem Chef des Lokalteils. Was bedeutete, dass er noch um Akzeptanz zu kämpfen hatte. Die Lokalredaktion war die größte Redaktion der Zeitung, zu ihr gehörten knapp hundert Leute. Und Wuttke war erst 38 Jahre alt. Außerdem kam er aus Westfalen und konnte kein Bairisch, was bedeutete, dass er bei seinen bayerischen Autoren regelmäßig den Irrealis korrigierte, womit er ihnen einen Teil ihrer sprachlichen Ausdruckskraft raubte: den selbstironischen Zweifel, den der bayerische Dialekt gern mitschwingen ließ. Er konnte, nein: Er durfte sich nichts von seiner jungen Redakteurin sagen lassen, schon gar nicht öffentlich, im Angesicht der mächtigsten Frauen und Männer der Zeitung. Also ließ er nicht locker.

«Sorry, hast du nicht den Brief des Studenten gelesen, in dem er detailliert schildert, wie sich Professorinnen und Dozentinnen kraft ihrer Position sexuelle Vergünstigungen bei jungen hübschen Studenten verschaffen? Das ist doch brisant. Und sehr spannend.»

«Es – gibt – keine – Geschichte, Paul. Ich habe nicht einen einzigen Studenten gefunden, der behauptet, von seiner Professorin vergewaltigt oder auch nur angefasst worden zu sein. Den Typ, der dir geschrieben hat, kennt an der Uni keiner. Der ist noch nicht mal immatrikuliert.»

Sie wandte sich wieder an Khan. «Aber dieser Brandon Lee, den gibt's. Das ist eine echte Sensation. Eine Aufmachergeschichte!»

Zettel stand auf und packte seine Sachen. «Tut mir leid, ich kann nicht länger… Mein Autor…» Und während er zur Tür ging, fügte er hinzu: «Als Nachtkritik bringen wir übrigens eine Kurzbesprechung des Konzerts der Simpels aus Mainz. Bitte nicht vergessen.»

«Simple Minds», murmelte Emma, aber Zettel hörte es nicht. Es war nicht zu fassen. Maurice Zettel weigerte sich hartnäckig, sich die Namen der Musiker oder Bands zu merken, die nach Bert Kaempfert – dem Helden seiner Eltern aus den Fünfzigern – zu Ruhm und Ehren gekommen waren. Was ihm aber niemand krummnahm, denn Zettel hatte Humor und sah meist auf jene spezifische Weise vergeistigt und gleichzeitig übermüdet aus, die sich nur einstellt, wenn jemand regemäßig zu viel schläft.

Khan blickte in die Runde, die meisten hatten abgeschaltet und hatten wie Dr. Zettel anderes im Kopf. Der Sportchef tippte in sein Smartphone, Wuttke schaute in der Zeitung die Todesanzeigen an, und der Leiter der Wirtschaftsredaktion klappte die Hülle seines I-Pads zu. Der General war unentschlossen, die Truppen waren dabei zu desertieren. Wenn Khan jetzt die Leute davonliefen, das war ihm klar, würde die Zeitung an diesem Tag nie fertig werden. Also sprach er ein Machtwort. «Emma, Sie warten draußen, bis wir hier durch sind. Dann reden wir weiter.»

Es war kurz nach sieben am nächsten Morgen, als David auf demselben Balkon stand wie am Abend zuvor, nachdem Julija ihn gerufen hatte. Still blickte er auf den silbrigen Horizont und atmete die kalte Morgenluft ein. An schönen Tagen könne man bis zur norditalienischen Riviera sehen, hatte Julija gesagt. Aber es war kein schöner Tag, sondern ein trauriger. Was er erfahren hatte, musste er erst einmal verarbeiten.

David war früh aufgestanden, hatte geduscht, sich rasiert und seine paar Sachen zusammengepackt, sein Flug zurück nach München ging am späten Vormittag. Im Hintergrund hörte er das Geklapper von Geschirr und das Gluckern einer Kaffeemaschine, Julija war dabei, das Frühstück vorzubereiten.

«Das ist Luka», hatte sie gesagt, als sie David den Mann am Abend zuvor vorgestellt hatte. Luka arbeite als Reporter bei der Zeitung *Delo* und sei so alt wie Irina, hatte sie ergänzt, während sich die beiden Männer die Hand gaben. Er sei in dieselbe Schulklasse wie ihre Tochter gegangen, sie sei seine erste Freundin gewesen und er ihr erster Freund.

«Und die beiden sind immer befreundet geblieben», hatte Julija hinzugefügt. «Ich lass euch allein, dann könnt ihr in Ruhe miteinander reden.»

Luka war ein schmaler Mann mit rotblondem Haar, der leicht schielte, was aber seiner Attraktivität keinen Abbruch tat. Er arbeitete als Sportreporter für die größte und renommierteste Tageszeitung des Landes. David gab gern Auskunft auf Lukas unverfängliche Fragen, wurde nach einer Weile aber zunehmend unruhig. Was hatte der Mann ihm zu erzählen?

David wies mit seinem Glas in der Hand auf die Balkontür, durch die Julija verschwunden war. «Was meinte sie eben? Warum sollen wir in Ruhe miteinander reden?»

Luka sammelte sich einen Moment, dann sagte er im gleichen Plauderton wie zuvor: «Sie war damals schwanger.»

«Ich verstehe nicht.»

«Irina. Als Sie sich getrennt haben.»

David schaute verdutzt. «Wie bitte?»

«Als Sie ins Ausland gingen als Korrespondent. Da kam Irina für ein paar Wochen nach Hause, und ich half ihr, sich wieder zu fangen. Sie hat sehr unter der Trennung gelitten. Unter Ihrer Gleichgültigkeit.»

David schluckte. «Ich wusste gar nicht, dass sie …»

«Sie haben ja auch nicht gefragt, nicht wahr? Ich kann das nicht beurteilen, will es auch gar nicht. Irina und ich waren immer Freunde geblieben. Also war ich für sie da. Ich war bei ihr, als sie die Fehlgeburt hatte. Das war im Übrigen der Grund, warum sie den Kontakt zu Ihnen abgebrochen hat. Sie nahm Ihnen übel, was passiert war. Sie gab Ihnen die Schuld. Dabei hatten Sie keine … vermutlich …»

Er sagte das nicht fragend, musste er auch nicht. Er wusste ja die Antwort, er sah sie in dem Gesicht seines Gegenübers. David war beschämt, verwirrt. Er war nie auf den Gedanken gekommen, dass es bei ihrer Trennung vor zwanzig Jahren einen anderen Grund gegeben haben könnte als das, was bei vielen Menschen zu einer Trennung führt: Lebenswege gehen auseinander. Die Zuneigung zu der Person, die man zu lieben glaubt, ist nicht stark genug. Die Einbildung, vielleicht einen noch besser passenden Partner zu finden – das alles ließ einen oft leichtsinnig das Vorhandene aufs Spiel setzen.

«Was meinen Sie?», fragte David und schaute den Mann an. «Habe ich Schuld?»

Luka lächelte, was seiner Antwort die Schärfe nahm. «Ich würde sagen, dass meine Meinung Sie absolut nichts angeht.»

Das kam so unerwartet, dass David verblüfft einen Schritt zurückwich.

«Tut mir leid», fuhr Luka fort. «Dieses ständige Nachdenken

über Irinas Gefühle, ihre Katastrophen, ihren Umgang mit Frauen und Männern – das hat mir irgendwann gereicht. Die immergleichen Enttäuschungen und Fehler. Stets die gleichen Beteuerungen, an die sie sich nicht hielt. Nie hat sie auf mich gehört. Es gibt Beziehungen, bei denen die Sorge, die Zuwendung und die Hilfe immer nur eine Einbahnstraße sind. Der Gipfel dieses Missverhältnisses war erreicht, als Irinas Schwester mit ihrem Angeber aus New York hier auftauchte und Irina mal wieder alle Alarmzeichen nicht sehen wollte, als sie sich mehr um diesen unsympathischen Menschen kümmerte als um ihre Schwester.»

Jetzt, am nächsten Morgen, fühlte David noch immer seine Fassungslosigkeit über das, was Luka ihm über den Besuch ihrer Schwester und deren Mann Adam Rycart erzählt hatte. Jetzt, um kurz nach sieben, herrschte Ruhe in den Räumen hinter ihm, Julija bereitete in der Küche das Frühstück vor. Alles war aufgeräumt, die Spuren der Trauerfeier hatten sie noch in der Nacht beseitigt. Er trat ein paar Schritte nach vorn, reckte sein Gesicht der Morgensonne entgegen und schaute um die Ecke auf den dortigen Teil des Balkons.

Da sah er sie plötzlich. Irina. Schon wieder wurde sie in seiner Vorstellung lebendig. Sie blickte David nicht an, betrachtete vielmehr den Hafen und die aus- und einfahrenden Schiffe. «Vincents Vater war nicht der französische Fotograf, was alle dachten», hörte er sie sagen, und es waren dieselben Worte, die Luka am Abend zuvor verwendet hatte. «Es war ein Mann, den ich auf einmal anders sah als in den Jahren zuvor. Ich hatte Mitleid mit ihm. Denn in Wirklichkeit war er ein Feigling.»

In dem Moment ging hinter David die Balkontür auf.

«Kommst du?», hörte er Julija sagen. «Frühstück ist fertig.»

David schüttelte den Kopf, als würde er damit seine Gedanken verscheuchen können. Dann ging er langsam zu der Schiebetür und trat ins Wohnzimmer, das erfüllt war von dem anheimelnden Duft des Kaffees.

«Du siehst unglücklich aus», sagte Julija, die einen Teller mit Croissants in der Hand hielt. «Woran hast du gerade gedacht?»

SIEBTER TEIL

Überraschende Begegnung | Samstag, 13. Februar, 15 Uhr

David hatte mit allem gerechnet, nur nicht damit, dass Tilda Hansson ihn am Flughafen abholen würde. Es musste also etwas Außergewöhnliches passiert sein. Schon von Weitem sah er sie hinter den Schranken am Ausgang zur Ankunftshalle, sie stand an der Seite der übrigen Schar der Wartenden. Aufrecht lehnte sie an einem Pfeiler, in der Hand ein Handy, und niemand wäre auf die Idee gekommen, in ihr eine leitende Mitarbeiterin des Geheimdienstes zu sehen. Davids Ankunftszeit hatte Tilda von Frau Rösner erfahren, die den Flug nach Ljubljana gebucht hatte. Aber was war so wichtig, dass Tilda Hansson ihren Samstag opferte? War es wirklich nur Neugier?

Als David Tilda drei Jahre zuvor kennenlernt hatte, war sie die Leiterin einer Abteilung gewesen, die sich vor allem mit Verbrechen deutscher Staatsbürger im Ausland befasste. Zu jener Zeit hatte sie alles versucht, den ebenso mutigen wie mysteriösen Fotografen mit dem Decknamen Caesar aus Syrien herauszuschaffen, der in den syrischen Foltergefängnissen heimlich mehr als 20 000 Folterbilder gemacht hatte. Das war eine Dokumentation des Grauens, die hohe Wellen geschlagen hatte und später sogar im UN-Hauptquartier in New York ausgestellt worden war. Tilda Hansson hätte daraufhin in Berlin Karriere machen können, wohin die Anti-Terror-Abteilung des Bundesnachrichtendienstes gezogen war. Sie aber war in Pullach geblieben, wo sie sich mit ihrer vergleichsweise kleinen Abteilung offiziell auf die Nachrichtenauswertung konzentrierte. In Wirklichkeit aber wurde sie für spezielle, ungewöhnliche und vor allem strikt geheime Aktionen eingesetzt. Sie hatte lediglich den Geheimdienstchef über sich. Niemandem außer ihm war sie Rechenschaft schuldig.

Tilda reckte ihren Arm in die Luft, als sie David sah. Das war ungewöhnlich, denn fast immer war sie kontrolliert und kühl. Mittlerweile war sie 44 Jahre alt, schmal, blond und blass. Sie hatte farblose Wimpern und auf Nase und Wangen Sommersprossen. Ihre Haare hatte sie wie so oft nachlässig hochgebunden. Selbst im Alter würde sie noch eine angenehme Erscheinung sein, dachte David, als er auf sie zuging. Eine Erscheinung ohne all die künstlichen Veränderungen, die manche Gesichter im Laufe der Jahre unkenntlich machten.

«Was ist passiert?», fragte er lächelnd. «Sie werden doch an einem Samstag anderes zu tun haben, als einen müden Journalisten vom Flughafen abzuholen.»

«Ausnahmsweise nicht. Sie sind heute mein wichtigster Programmpunkt.»

«Oh», sagte David und zeigte Richtung Ausgang. «Das interessiert mich.»

Sie gingen nebeneinander, es wirkte, als würden sie sich schon lange kennen, was in gewisser Weise auch stimmte.

«Auf meiner Dachterrasse tummeln sich seit ein paar Tagen Mäuse», sagte sie im Plauderton. «Mäuse, die über die bewachsene Fassade unseres Hauses bis ganz nach oben klettern. Also habe ich Fallen aufgestellt. Lebendfallen. In der vergangenen Nacht bin ich eigenartigerweise immer ein paar Sekunden, bevor eine der Fallen zuschnappte, wach geworden. Und saß dann vor dem erstarrten, zitternden Tier, das ich schließlich mitsamt der Falle hinunter auf den Elisabethmarkt getragen und dort freigelassen habe. Insgesamt dreimal. Und das bei dieser Kälte.»

«Im Nachthemd?»

«Mit einem Mantel darüber, ja.»

«Könnte es nicht sein, dass die Mäuse schneller wieder oben auf Ihrer Terrasse waren als Sie mit dem Aufzug?»

«Habe ich mir auch schon gedacht.»

Sie gingen durch die Drehtür nach draußen und betraten den Bereich für die Kurzzeitparkplätze.

«Aber bevor ich Ihnen weitere Misserfolge beichte, David, würde ich gern eine Frage loswerden: Was hatte Vincent? Was für eine Krankheit haben die Ärzte bei Irinas Sohn entdeckt?»

«Chorea Huntington.»

Tilda blieb stehen. «Huntington? Das kann zu einem qualvollen Tod führen.»

«Bei Vincent wäre das laut dem Arzt sogar sicher gewesen», sagte David und betrachtete Tilda, die sich zusammenzureißen versuchte. Die Auskunft schien sie zu treffen.

«Sie wissen, was das bedeutet?»

«Ja», sagte sie über das Dach ihres Wagens hinweg. «Der Gendefekt kann nur vererbt werden. Das heißt, dass entweder Vater oder Mutter das Huntington-Gen haben.»

«Oder gehabt haben», sagte David.

«Sie meinen, weil Irina tot ist?»

«Ja. Sie hätte das Kind nie bekommen dürfen.»

Tilda schaute David empört an. «Vielleicht hatte ja nicht sie, sondern der Vater diese Disposition.»

«Sie haben recht. Was wir nur leider nicht mehr herausbekommen können. Und wer der Vater ist, weiß niemand. Oder wissen Sie's, Tilda?»

Sie schüttelte den Kopf. «Nein, nein. Leider nicht.»

Jetzt stieg auch David in den Wagen und zog die Tür ins Schloss.

«Sieht so aus», sagte er ernst, «als hätten wir noch eine Menge Arbeit vor uns.»

Sie hatten sich in dem Café ohne Namen in der Hans-Sachs-Straße verabredet. Emma hatte Max angerufen, der, obwohl Wochenende war, im Büro von *Goldberg Forensic Architecture* arbeitete. Er fragte sie nicht, warum sie ihn treffen wollte, sie hatte nur gefragt, ob er Zeit hätte. Hatte er. Er dachte, sie bedauerte vielleicht, dass sie ihn vorgestern Nacht aus der Wohnung geworfen hatte. Sie dachte, er könnte vielleicht denken, sie erwarte eine Entschuldigung von ihm dafür, dass seine Leute, ohne sie zu fragen, ihr Handy gehackt hatten. Ohne es sich einzugestehen, dachten allerdings beide, dass es höchste Zeit war, wieder aufeinander zuzugehen, weil es verdammt noch mal mehr gab, was sie anzog, als was sie trennte. Darüber hinaus wollte sie ihn sprechen, weil sie seit Samstag nach Brandon Lee suchte und ihn bisher nicht gefunden hatte. Alex Khan hatte ihr doch tatsächlich den Auftrag gegeben, den Zeugen des Kapitol-Dramas in die Redaktion zu bringen zu einem umfassenden Hintergrundgespräch. Endlich hatte sie die Chance, allen zu zeigen, wie sie eine große Geschichte nicht nur an Land zog, sondern auch umsetzte – und dann war der Informant unauffindbar, der diese Geschichte präsentieren sollte.

Das Café ohne Namen war einer dieser versteckten Treffpunkte, von denen es in Münchens Altstadt einige gibt. Geführt wurde es von ein paar Freunden, die ihr Geld zusammengeworfen hatten und die Arbeit im Lokal so untereinander aufteilten, dass sie nebenbei studieren konnten. Es gab hervorragenden Kaffee und neben Kuchen auch ein paar Kleinigkeiten zu essen, geöffnet hatte es von zehn bis zehn, sieben Tage die Woche. Emma saß kurz nach 17 Uhr an einem der langen Holztische und wartete. Wobei sie sich die Zeit vertrieb, indem sie ein paar WhatsApps beantwortete.

«Hi. Stör ich?» Max war unbemerkt an den Tisch getreten.

«Nein.»

«Siehst gut aus.»

Sie schüttelte den Kopf. «Was soll das?» Sie wollte keine Komplimente hören. Sie war noch immer sauer auf ihn.

Er spürte das, legte sein Handy mit dem Display nach unten auf den Holztisch und blickte sie unschlüssig an, während sich zwischen ihnen eine wachsame Stille ausbreitete. Er fand sie unergründlich schön, auf unbegreifliche Weise erwachsen und geradezu makellos.

«Du hast kürzere Haare», murmelte er verlegen.

«War beim Friseur.»

Max stieg über die Bank und setzte sich ihr gegenüber. «Und? Hattest du ein schönes Wochenende?»

«Geht so», antwortete sie.

«Meins war okay … Ich hab einen Film gesehen. Spielte in Montana. Tolle Landschaftsaufnahmen. Mit … mit … Na, wie heißt der noch mal. Mit diesem Schauspieler, der auch mit den Pferden redet, wenn es sein muss. Du weißt schon …»

«Bitte, Max. Hör auf.»

«Womit?»

«Kein Small Talk! Ich bin hier, weil ich wissen will, ob ihr eine Möglichkeit habt, Brandon zu finden. Ein Ortungssystem oder was auch immer. Hat ihn irgendeiner deiner Leute im Blick?»

«Nein. Warum?»

«Ich finde ihn nicht. Ich hab überall gesucht.»

Jetzt wurde er hellhörig. «Sag bloß, Emma, in der DAZ wollen sie, dass du …»

«Ja, sie haben angebissen. Ich soll ihn in die Redaktion bringen.»

«Wow.» Max rieb sich die Nase. «Hast du ihnen gesagt, dass der Typ nicht nur ein Zeuge, sondern vielleicht sogar einer der Anführer war, die im Kapitol Straftaten begangen haben?»

«Noch nicht.»

«Hast du deinem Chefredakteur oder deiner Verlegerin von unserer Factory erzählt?»

Sie schüttelte den Kopf. «Mach ich noch, keine Angst.»

Max kratzte sich nachdenklich über dem Ohr. War das der Wendepunkt, auf den sie hofften? Sie hatten Brandon Lee jetzt seit knapp zehn Tagen auf dem Schirm. Sie hatten Fotos von ihm, hatten seinen Weg durch die Stadt verfolgt, wussten, woher er kam, und kannten einen Teil seiner Biografie. Nicht zuletzt hatten sie handfestes Material recherchiert, das ihn im Kapitol in unmittelbarer Nähe der erschossenen Ashli Babbitt zeigte. Mit einer Waffe in der Hand, die auf sie zielte. Mit diesem Material würden erfahrene Ermittler aufklären können, ob und inwieweit er an dem Verbrechen beteiligt war. Das war mehr, als man 1963 nach dem Attentat auf John F. Kennedy hatte. War Brandon etwa das, was Lee Harvey Oswald in Dallas gewesen war? Max' Puls beschleunigte sich.

«Emma. Wenn Brandon tatsächlich bereit sein sollte, mit euch zu reden, müssen wir dabei sein. Greta oder ich. Am besten wir beide. Brandon ist unsere Quelle.»

Emma nickte. «Verstehe ich, ja.» Irgendwie wollte sie das aber nicht verstehen, Max sah es an ihrem unergründlich verrätselten Blick. «Aber wie … Aber wie willst du ihn daran hindern, einfach zu tun, wonach ihm der Sinn steht? Er könnte sich doch auch entschließen, abzuhauen und nichts zu sagen.»

«Deshalb müssen wir jetzt klug vorgehen. Mein Vorschlag: Du hältst deine Kollegen ein paar Tage hin und befragst ihn allein. Du lotst ihn an einen Ort, den wir vorher mit Kameras und Mikros präparieren. Außerdem verkabeln wir dich. Dann holst du alles aus ihm heraus, was interessant ist. Und wenn wir das haben, verkaufen wir das Gesamtpaket an deine Zeitung, die anschließend die Polizei informieren kann. Alles exklusiv natürlich.»

«Und wenn Brandon nicht mitmacht?»

«Dann wird er sich auch nicht in die Redaktion locken lassen. Du bist die Einzige, der er vertraut. Er hält dich für naiv. Für ungefährlich. Das ist dein Kapital.»

«Toll.»

«Emma. Das ist deine Chance. So was wird dir nicht oft geboten. Es gibt Tausende von Journalisten, die davon träumen, nur einmal in einer von Terroristen entführten Maschine zu sitzen und hautnah mitzuerleben, wie polizeiliche Spezialeinheiten die Maschine stürmen. Was meinst du wohl, wie viele Reporter alles dafür geben würden, bei einem Staatsempfang auf der Toilette mitzubekommen, wie ein Killer nebenan seine Waffe zusammenschraubt, weil er den Präsidenten erschießen will? Ich jedenfalls wäre gern Geisel bei einem Banküberfall, wo ich erkenne, dass der maskierte Bankräuber, der gerade die Kassiererin erschossen hat, der Sohn des Bankdirektors ist. Das sind die Geschichten, die einen Reporter berühmt machen. Ich sage nur Woodward und Bernstein. Selbst aus eigenem Zeugnis beweisen zu können, was die Wahrheit ist.»

«Schon gut, Max. Träum weiter. Wenn du so herumspinnst – denkst du auch mal an die Risiken? Schon mal von Entführern gehört, die damit drohen, jede Stunde eine Geisel zu erschießen, wenn ihre Forderungen nicht erfüllt werden? Ich will nicht langweilig sein, aber ich wäre ungern diejenige, der sie als Erster eine Waffe an die Schläfe halten.»

«Da ist was dran», sagte Max. «Das ist in der Tat das Einzige, was gegen meinen Plan spricht.»

Er schaute nachdenklich zur Theke, wo mehrere Leute anstanden und auf ihren Kaffee warteten. Aber auch von dort kam kein rettendes Argument für seine sensationellen Visionen.

«Okay, Emma, du hast recht. Wir lassen das. Das geht nicht mit dir. Ist in der Tat nicht der beste Job für eine Frau. Und schon gar nicht für dich, die damit eigentlich nichts zu tun hat. Tut mir leid. Ich glaub zwar immer noch, dass Brandon nicht im Entferntesten ein Killer oder Attentäter ist, aber ich habe keine Ahnung, ob ich mich nicht irre.»

«Jetzt überschlag dich mal nicht gleich in die andere Richtung, Max. Mit dir ist wirklich schwer zu reden. Ich meine, ich würde mich auch ärgern, wenn mir aus übertriebener Vorsicht eine Hammerstory durch die Lappen geht. Andererseits … Meinen nächsten Geburtstag würde ich doch gern noch erleben. Mozart wurde 35, ich hätte also noch elf Jahre, um berühmt zu werden.»

«Was heißt das jetzt?»

«Ich denke auch, dass Brandon nicht von Grund auf böse ist. Wenigstens ist das mein Eindruck.»

Er nickte. «Und? Was bedeutet das – für uns?»

Sie trank den letzten Schluck Kaffee. «Machen wir einen letzten Versuch. Du begleitest mich zur Reichenbachbrücke, wo ich noch nicht war, und wir schauen, ob wir Brandon unter den Pennern dort finden. Wenn nicht, lass ich alles weiterlaufen und hoffe, dass er sich bei mir meldet.»

Helens Quittung | Samstag, 17 Uhr

Es war alles andere als überraschend, dass David Jakubowicz den melodischen Gong am anderen Ende des Hauses während Helens verletzender Offenbarung nicht wahrgenommen hatte. Langsam stellte er das Whiskyglas ab und blickte seine älteste Vertraute an, die aufrecht vor ihm stand. Sie lehnte mit dem Rücken an dem schwarzen Stutzflügel vor dem langen Wohnzimmerregal. Mit ernster Miene ging sie hinaus in die Diele, und David hörte entferntes Gemurmel an der Haustür, die schnell wieder geschlossen wurde. Der Besucher schien sich in der Adresse geirrt zu haben – oder hatte lediglich etwas abgegeben.

Als sie wieder ins Wohnzimmer trat, sagte sie, als sei es das Selbstverständlichste auf der Welt: «Die Herren aus New York mögen nicht, wie du die Fusion siehst. Und wenn du es genau wissen willst: Sie mögen dich nicht, David. Sie sind sich sicher, dass es mit dir kein Gelingen unserer Pläne gibt.»

Sie blickte auf und bemerkte, wie er sich innerlich versteifte.

«Nimm das bitte nicht tragisch», sagte sie begütigend. «Du weißt, dass ich dich brauche. Daran wird sich auch nichts ändern. Also reagiere bitte nicht gekränkt.»

«Das ist kaum möglich.»

«Sind wir uns wenigstens einig, dass wir beide den ersten Streit hatten, als du nicht aufhören wolltest, nur Gründe gegen den Einstieg der Maddox Corporation vorzubringen?»

Natürlich hatte er das getan. Ihr letzter Schlagabtausch vor einer Woche hatte bereits alles wiederholt, was er schon oft gesagt hatte. Jede Anschuldigung, jede Erwiderung, jeden wohlerwogenen, wohlformulierten Satz: dass Rupert Maddox die Anteile von Helens Verlag nicht deshalb erwerben wollte, weil er ihre Zeitung besonders schätzte, sondern weil er die Strategie verfolgte, in den wichtigsten Ländern Europas politisch Einfluss zu nehmen. Dass er von den besten und einflussreichsten seriösen Blättern Europas Anteile erwerben wollte: in England vom *Guardian*. In Frankreich von *Le Monde*. Und in Deutschland eben von der *Deutschen Allgemeinen Zeitung*, Helen Christensens Zeitung und Verlag.

David machte eine wegwerfende Handbewegung. Sie wollte es nicht verstehen. Sie wollte die Gefahr nicht sehen. Noch immer nicht. «Wenn du Maddox und seinen Bluthunden die Hand reichst, wirst du auf Jahre damit beschäftigt sein, dich seiner menschenverachtenden Art des Journalismus zu erwehren. Es wird Desinformationskampagnen geben. Es werden wilde Verschwörungstheorien als reale Informationen verkauft werden. Erfundene Feinde und schlimme Ressentiments werden in Schlagzeilen auftauchen. Du kannst gegen seine Methoden nicht gewinnen.»

«Außer ich behalte die Kontrolle.»

«Die du verlieren kannst, wenn du einen Teil deiner stimmberechtigten Anteile abgeben musst. Die Vertragsfassung, die ich kenne, sieht zum Beispiel keinen Schutz deinerseits vor, wenn Maddox eine Kapitalerhöhung durchdrückt, an deren Ende er mehr stimmberechtigte Anteile hat als du.»

«Ich habe gute Anwälte. Ich werde aufpassen.»

«Ach ja!», sagte er wegwerfend. «Du passt auf?»

Helen missverstand seine Geste als abfällig. Aus ihrem Gesicht wich die Farbe. «David», sagte sie, nur äußerlich ruhig, «bei meinen letzten Gesprächen haben Frank Maddox und Anthony Zara einen Deal vorgeschlagen, der sehr gut klingt und den ich eigentlich von dir erwartet hätte. Sie sichern zu, sich journalistisch komplett rauszuhalten aus politischen Fragen.»

«Zara? Dieser unauffällige Wunderknabe, der im Verborgenen die Fäden zieht?»

«Genau der.»

«Fragst du dich nicht, was ihn antreibt? Geld, Anerkennung – oder einfach nur die Macht, die ihm Maddox, Rycart und Komplizen gegeben haben?»

«Hör auf mit deinen Vorurteilen. Du kennst ihn nicht.»

«Aber du kennst ihn?» David betonte seine Worte wie eine Frage. Dabei wusste er es besser. A. Z. – diese beiden Initialen am Tor der Villa hatte er nicht vergessen, als Helens Jaguar ihn ein paar Nächte zuvor wie auf unsichtbaren Schienen bis vor das schmiedeeiserne Tor gebracht hatte.

Helens Augen flackerten kurz. «Nein, woher sollte ich? Wir haben immer nur per Videocall miteinander geredet. Die ganze Vorarbeit hier bei uns machen seit Wochen Frank Maddox sowie deren Anwälte und Buchprüfer.»

David machte eine Geste, die ausdrückte, dass dann ja alles geklärt sei.

Helen bemerkte seine Skepsis. «Er ist ein … gewinnender Typ. Und klug, würde ich sagen. Sein Optimismus ist ansteckend. Ein interessanter Mann.»

Davids Miene verriet eine Andeutung von Widerwillen. «Du würdest ihm also die Entscheidung überlassen, was politische Fragen sind?»

«Nein. Das entscheiden wir hier in München.»

«Für die Maddox-Leute könnten aber die Entscheidungen, die du für politisch hältst, *nicht* politisch sein. Und dann mischen sie sich ein. In keinem Vertrag kann man all das konkret benennen, wovon sie sich fernhalten sollen.»

Helen schüttelte den Kopf. «David, bitte. Ich habe nach wie vor die entscheidende Machtposition, solange ich den Verlag nicht existenziell in Gefahr bringe. Ich könnte einen Teil der Schulden abbauen, und wir wären wirtschaftlich unabhängig von allen Einflüsterungen, sei es vonseiten der Regierenden, sei es vonseiten der Wirtschaft, sei es vonseiten der Anzeigenkunden. Darum, und nur darum, werde ich mich für die Leute aus New York entscheiden. Ich muss ihnen nur einen Wunsch erfüllen, der für sie unverhandelbar ist …»

David starrte sie an. Jetzt dämmerte ihm, warum ihre Meinungsverschiedenheit in einen verletzenden Kampf ausgeartet war.

«Mich rauszuschmeißen», sagte er leise.

Sie nickte. «Dir zu kündigen, ja. Sie glauben, dass du … dass du …» Sie suchte nach Worten, die nicht beleidigend klangen. «Dass du als Berater nicht unbedingt in der ersten Liga spielst. Du bist ein glänzender Reporter, David, aber keine Führungsfigur. Du schreibst sehr gute Texte – aber bist du strategisch ein Genie? Kannst du in personellen Dingen hart sein? Du bist kein Betriebswirt, hast noch nie einen Verlag geführt. Du bist zu nett. Aber ich brauche einen Strategen mit Visionen und Durchsetzungsvermögen, der alle Tricks kennt und auch bereit ist, sie einzusetzen. Keinen Zweifler und feingeistigen Reporter mit Skrupeln.»

«Sagt wer?»

«Anthony Zara.»

Langsam beugte er sich ihr entgegen und sagte leise: «Das ist eine hässliche Anschuldigung, Helen.»

Sie blickte ihn trotzig an. Obwohl sie den Kopf zur Seite wandte, sah er in ihren Augen, dass ihr Streit über den Einstieg der Maddox Corporation nicht der einzige Grund war für ihre Entfremdung. Es musste noch etwas anderes dahinterstecken, etwas, das erst in der zurückliegenden Woche ihre Haltung ihm gegenüber ins Wanken gebracht hatte. Hatte sie ihm nicht eben noch entgegengeschleudert *Sie mögen dich nicht*? Und: *Mit dir werden wir nicht erfolgreich sein?* Was meinte Helen damit? Diese beiden Sätze betrafen seinen Charakter, seine Integrität, seine Ausstrahlung, sein Auftreten, und offenbar war sie hier nicht zufällig verletzend, sondern sie wollte ihn verletzen. Aber wer waren «sie»? Die Anwälte, die bei den Vertragsverhandlungen stets dabeisaßen? Der mächtige Deutsch-Amerikaner Zara, der seit ein paar Monaten der neue Generalbevollmächtigte der Maddox Corporation war? Oder war es Rupert Maddox selbst, der Medientycoon und Executive Chairman der Corporation, der David nicht mochte und ihn nicht in Ruhe lassen würde, solange er ihm in die Quere kam?

Helen zögerte einen Moment und suchte nach einer begütigenden Erklärung für ihr verletzendes Urteil. Schließlich war sie es gewesen, die David erst vor eineinhalb Jahren mit einem hoch dotierten Vertrag in die Chefetage ihrer Zeitung gelockt hatte. In der Folgezeit war er Helens smarter, feinfühliger Sherpa gewesen, wie David sich selbst sah. Er beriet sie. Er half ihr bei ihren Reden. Er organisierte ihre Reisen. Er redigierte ihre Leitartikel. Und als Wichtigstes: Er nahm großen Einfluss auf die strategisch bedeutsamen Verlagsentscheidungen und saß bei den meisten Gesprächen mit Anwälten, Geschäftspartnern, Wirtschaftsvertretern und Bankern an ihrer Seite. Sein Einfluss ging sogar so weit, dass Helen ihn fragte, was sie zu welcher Gelegenheit anziehen sollte.

Sie beobachtete ihn, als er in ihre Küche ging und sich an der Granitspüle ein Glas Wasser einschenkte. Er war mit seinen 48 Jahren noch immer eine ansehnliche Erscheinung. Ebenmäßige Züge, aufrechter Körper, knapp 1,90 groß. Sie hoffte inständig, dass ihre Entscheidung die langjährige Freundschaft, die sie beide verband, nicht zerstören würde.

Als er ins Wohnzimmer zurückkam, hatte er nur ein Glas Wasser in der Hand – er hatte sie nicht gefragt, ob sie auch eins wollte. Stattdessen sagte er: «Du wirst jemanden brauchen, der dir hilft, dir den Ärger vom Leib zu halten. Wer soll das sein?»

Sie zuckte mit den Schultern. «Die Chefredaktion, also Alex Khan. Die Rechtsabteilung, also Mackenroth. Und natürlich Zara.»

«Zara gehört zur Boygroup von Frank Maddox. Wenn der Alte abtritt, hast du es mit diesen beiden Buddys zu tun. Zara wird bei Konflikten nie auf deiner Seite sein.»

Helen wog zweifelnd den Kopf. «Da habe ich einen anderen Eindruck. Er wirkt eigenständig und zugewandt.»

«Seine Frau hat vor einem Jahr Selbstmord begangen.»

«Hör auf, David. Niemand weiß, warum.»

«Er wird es wissen.»

«Ich habe keine schlechten Erfahrungen mit ihm gemacht und auch nichts Negatives gehört. Und wie gesagt, was meinen Verlag betrifft, steht Tony unter mir.»

«Ah, Ihr seid schon beim Vornamen.»

«Sei nicht albern, David. Ein Mann wie Zara ist das Letzte, was mich interessiert.»

Helen ging ein paar Schritte auf und ab, jetzt doch etwas verunsichert. An der großen Schiebetür zur Terrasse wandte sie ihm den Rücken zu, und er hatte beim Blick auf ihren schmalen, geraden, selbstbewussten Körper das erste Mal das kalte Gefühl, verstoßen zu werden. Was sich da anbahnte, war eindeutig eine Demütigung.

«Okay, Helen. Letzte Frage: Wie soll es jetzt weitergehen?»

«Am Dienstag kommen Rupert Maddox, sein Sohn Frank, Anthony Zara und ein paar von deren Anwälten nach München. Geplant ist, dass wir am Mittwoch oder Donnerstag die Verträge unterschreiben. Dann werden die Männer einen kleinen Ausflug nach Neuschwanstein machen, sich abends in München vergnügen und am Morgen darauf über London in die USA zurückfliegen.»

David schüttelte den Kopf. «Ich meinte ausnahmsweise einmal mich. Wie soll es mit mir weitergehen? Ich packe meine Sachen, verlasse mein Büro, gebe das Auto und den Hausausweis zurück und verschwinde aus deinem Leben – ist es das, was du willst?»

«Sei nicht albern, David. Natürlich bleibt erst einmal alles beim Alten.»

«Erst einmal?»

Er starrte sie an. Und da sie nicht antwortete, wurde ihm das wahre Ausmaß der Kränkung bewusst. Helen war offenbar bereit, ihn fallen zu lassen. Sie schien sich absolut im Klaren darüber zu sein, was sie tat.

«Hör zu», sagte sie begütigend, als sie merkte, dass sie zu weit gegangen war. «Wir finden schon eine Lösung, die dich glücklich macht …»

Aber David wollte nichts mehr hören. Während sie mit einem ebenso einnehmenden wie falschen Lächeln auf ihn zukam, stand er auf, nahm an der Garderobe seinen Mantel und zog die Haustür hinter sich ins Schloss. Helen schaute ihm verblüfft nach.

Zur selben Zeit kletterten Emma und Max die Böschung neben der Reichenbachbrücke hinauf und kauften an dem Kiosk auf der Südseite der steinernen Bogenbrücke zwei Flaschen Bier, aus denen sie im Stehen tranken. Ihre Suche hatte nichts gebracht, sie war ernüchternd gewesen. Der Schlafplatz der Obdachlosen unter der Brücke war ein paar Tage zuvor in Brand geraten, weshalb die beiden misstrauisch und von manchen auch aggressiv empfangen worden waren – viele hatten das Wenige, was sie besaßen, verloren. Die hier an der Isar Gestrandeten waren in Decken gehüllt, bekleidet mit mehreren Schichten von Hemden und Pullovern, und Emma und Max scheuten sich zunächst, die abweisenden roten Gesichter unter den Wollmützen direkt anzusprechen. Alle hatten den Kopf geschüttelt, als Max ihnen das Foto von Brandon zeigte. Einer hatte einfach einen Stein nach ihnen geworfen, als sie auf ihn zugingen.

«War eine dumme Idee», murmelte Emma. «Ein Typ wie Brandon wird sich nicht verstecken, wo jeder ihn suchen würde.»

Sie gaben die leeren Flaschen zurück, kassierten das Pfand und gingen die Fraunhoferstraße entlang, bevor sie rechts in die Corneliusstraße einbogen.

«Tut mir leid, dass ich heute keine Stimmungskanone bin», murmelte sie.

«Bist du jemals eine gewesen?», fragte Max und grinste. Er konnte sich besser mit den sozialen Brüchen der Gesellschaft abfinden. Vor allem, weil er nicht so viel über sie nachdachte.

Emma schaute ihn von der Seite an. «Merkt man das so deutlich?»

«Na ja. Sieht so aus, als würdest du eine schwere Last mit dir rumtragen.»

Schweigen.

Emma schlug den Mantelkragen hoch. «Um ehrlich zu sein: Ich bin in letzter Zeit ziemlich wütend. Der Scheiß in der Redaktion. Der Eindruck, nicht ernst genommen zu werden. Dann dieses seltsame Gefühl, das ich immer habe, wenn ich Brandon treffe. Und schließlich noch die Erfahrung mit dir …»

«Mit mir?»

«Für dich ist alles so … so leicht. So erklärbar. So … lässig unentschieden.»

«Verstehe ich nicht.»

«Das ist es ja gerade. Du merkst es nicht einmal. Es ist doch verrückt, dass wir schon wieder zusammen durch die Stadt latschen und uns insgeheim überlegen, in welcher Katastrophe der Abend wohl diesmal wieder enden wird.»

Max blieb stehen und hielt sie am Arm fest. «Kannst du das irgendwie so ausdrücken, dass ich das verstehe?»

Sie löste sich von seinem Griff. «Ich … Ich fühle dich nicht, Max. Ich habe mir in den letzten Tagen in meiner Vorstellung eine Figur von dir gebastelt, die ich toll finde. Und es ist ungerecht, dich damit zu vergleichen. Ich mag es nicht, dass mich jemand anzieht, den ich nicht … den ich nicht durchschaue. Das macht mich wütend, verstehst du? Ich fühle mich unsicher und winzig und unattraktiv und uncool, wenn ich mit dir zusammen bin.»

«Blödsinn. Du bist genau das Gegenteil.»

«Das muss ich wohl besser wissen, verdammt. Jeder sieht etwas in mir, das ich nicht bin. Die einen finden mich zu dünn. Die anderen zu wild. Wieder andere nicht ehrgeizig oder souverän genug, während ich darunter leide, dass es sagenhaft begabte und kluge Leute gibt, an die ich nicht im Entferntesten heranreiche.»

«Na ja …», murmelte er und wusste nicht weiter. Er fand auch das atemberaubend souverän, was sie da über sich sagte. Diese zerknirschte Selbsteinschätzung. Verlegen suchte er nach Worten, und er hatte Glück, dass er keine fand.

Schweigend gingen sie ein paar Minuten nebeneinander her.

«Okay, Emma», rettete er sich ins Grundsätzliche. «Kann ich über was Persönliches mit dir reden?»

«Lieber nicht. Ich mach's dir einfach: Vergiss mich. Dann hast du's leichter.»

Sie vergrub die Hände in ihrem Mantel. «Ich glaube, ich bin anders als andere Menschen. Ich reagiere einfach anders auf die Dinge. Auf das, was passiert. Was Leute mir sagen. Verstehst du?»

«Nicht so richtig.»

«Ich war zu früh zu groß. Als ich jünger war, war ich immer größer als die anderen in der Klasse, auch größer als die meisten Jungs. Ich war schüchtern. Und habe viel zu wenig gegessen, was man mir ansah.»

«Sieht man heute nicht mehr.»

«Heute kann ich ja auch wieder in den Spiegel schauen. Aber lass uns aufhören mit dem Thema.»

Sie blieben kurz an einer Buchhandlung stehen und starrten auf die Ratgeberliteratur. Keiner von beiden ließ sich ernsthaft von den zum Teil seltsamen Titeln verführen, ihr Blick ging ausschließlich nach innen.

«Woher kommst du eigentlich?», fragte Max schließlich und löste sich von dem Schaufenster.

«Aus einem Dorf bei Hamburg, wohin meine Mutter gezogen war, als ich zehn war. Geboren bin ich hier in München. Clara, meine Mutter, unterrichtet Deutsch als Fremdsprache. Und Tom, mein erster Vater, war Fotograf. Er ist vor zehn Jahren in Afghanistan getötet worden.»

«Erster Vater?»

«Wie ich dir schon erzählt habe, dachte ich bis vor vier Jahren, dass Tom mein Vater ist, mit ihm war meine Mutter bis zu seinem Tod verheiratet. In Wirklichkeit aber ist es …»

«… David Jakubowicz.»

«Genau. Er hat es mir irgendwann gestanden.»

«War's ein komisches Gefühl?»

«Sehr sogar. Ist es immer noch. Ich sehe ihn als meinen besten Freund. Er ist ständig irgendwie verlegen, wenn er mich sieht. Hat ein schlechtes Gewissen, dass er es mir nicht früher gesagt hat. Und ich denke oft, was ich wohl von ihm geerbt habe.»

«Zum Beispiel?»

«Keine Ahnung. Vielleicht, dass ich gut allein sein kann. Das kann David auch.»

«Könnte uns dein David eigentlich helfen, wenn wir Brandon knacken würden und unsere Story hätten?»

«Ich denke schon. Er ist immerhin stellvertretender Chefredakteur und der älteste Freund von Helen Christensen.»

Max blieb abrupt vor einer Schiefertafel stehen, auf der mit Kreide ein paar Tagesgerichte notiert waren. Unter anderem Gnocchi mit Gorgonzola, Pasta und Halloumi-Salat, alles einigermaßen preiswert.

«Sag mal», fragte Max. «Hast du nicht auch Hunger?»

Der Fehler | Samstag, 19 Uhr

Brandon Lee stand am östlichen Ende des Promenadeplatzes am Rand des Bürgersteigs und schaute über die Menge der Demonstranten hinweg auf die schwarzen Limousinen, die vor dem Haupteingang des Bayerischen Hofs vorfuhren und eine nach der anderen ihre wertvolle menschliche Fracht abluden: den Staatsrat aus China, den Kanzler aus Deutschland, den Präsidenten aus Paris und zahlreiche Diplomaten aus den USA, die Brandon auch dann nicht erkannt hätte, wenn er sich näher an das Geschehen herangewagt hätte. Der Himmel war bewölkt, es war kalt und feucht, aber das Wetter störte ihn nicht, nur der dumpf pochende Schmerz in der Wade machte ihm zu schaffen. Gut möglich, dass es in der nächsten halben Stunde zu regnen anfing.

Ein Gedanke, bei dem ihm Zofia einfiel, die hoffentlich ihr Methadon in der Caritas-Ambulanz bekommen hatte. Er würde ja gleich sehen, ob sie gut drauf war, wenn er sie in ihrer geschützten Höhle im Untergeschoss der Bank traf, die auf der gegenüberliegenden Seite des Promenadeplatzes aufragte. Er machte sich Sorgen um seine junge Begleiterin, die ihn in ihrer Verletzlichkeit rührte und für die er sich verantwortlich fühlte. Vor allem beunruhigte ihn, dass sie am Morgen seltsam entspannt und weggetreten war. Hatte sie sich doch wieder eine Spritze gesetzt? Er hatte keine Ahnung, woher sie das Heroin hätte haben können, aber die Beschaffung war auch in München kein Problem.

Er wollte sich gerade abwenden, da geriet die Menge vor ihm in Aufruhr. Pfiffe wurden laut, Plakate wurden in die Höhe gereckt, Verwünschungen wurden skandiert. Offenbar stiegen gerade besonders verhasste Konferenzteilnehmer aus den Limousinen. Brandon konnte nicht erkennen, wem vor allem der Protest galt.

Für die Menschen um ihn herum war er nichts anderes als ein großer, kräftiger Mann, der sich lange nicht mehr rasiert hatte und sich offenbar neugierig fragte, was dieser Trubel vor dem Bayerischen Hof bedeutete. Muskulöse Oberarme, einen breiten Nacken und mächtige Schultern hatten auch viele Bayern, das war also nichts, wodurch er auffallen würde. Dass hohe Regierungsvertreter und der Nationale Sicherheitsberater aus seinem Heimatland die Wut der Demonstranten abbekamen, berührte ihn nicht. Er interessierte sich nur am Rande für Politik. Er hatte ja auch den Sturm aufs Kapitol nicht mitgemacht, weil er Anhänger der Republikaner war oder Adam Rycart für einen guten Präsidenten hielt, sondern einzig und allein, weil er einen Auftrag hatte, für den man ihn gut bezahlte.

Fünf Minuten blieb er noch auf den Eingangsstufen des Geschäfts an der Ecke Maffeistraße stehen, dann kämpfte er sich gegen den Strom der Menschen auf die andere Seite des Platzes. Nicht weit von der Passage zur Löwengrube schlenderte er schließlich im Rücken der Demonstranten die Auffahrt der Tiefgarage hinunter, durchquerte den halb leeren, dunklen Raum und öffnete am entfernten Ende eine Stahltür, die zu den Katakomben der Bank führte. In der Tiefgarage wie auch in dem Untergeschoss herrschte eine Stille von jener summenden Art, die in den Ohren nachschwingt, wenn man plötzlich von einem lauten, lärmenden Umfeld abgeschnitten ist. Obwohl er keinen Anlass dazu hatte, beschlich ihn ein ungutes Gefühl, eine vage Unruhe, die er sich nicht erklären konnte. Alles, was ihm in letzter Zeit passiert war, stürmte plötzlich auf ihn ein. Und schon war er nicht mehr in der Gegenwart, andere Bilder blitzten auf. Der nachtdunkle, eiskalte Wald auf der Insel im Südwesten Bayerns. Das bleiche Gesicht der Frau, die er gerade erschossen hatte. Der betrunkene Mann in dem Wohnwagen. Flüchtige Bilder von der nächtlichen Motorradfahrt zurück in die Großstadt. Zofia, die neben ihm auf der Rampe des Möbelgeschäfts lag und unruhig schlief. Everett am Telefon. Die junge Journalistin, deren Handgelenke er zusammenpresste. Seine entzündete Wade. Sein offener Rucksack auf der Schlafmatte, in dem Zofia nach etwas suchte. Die logische Abfolge seiner Gedanken hatte sich aufgelöst, er bewegte sich eindeutig in verschiedenen Zeitebenen. Er schloss die Augen. Schmerz und Müdigkeit waren kaum noch zu ertragen.

Zwanzig, vielleicht dreißig Sekunden mochte dieser traumähnliche Zustand gedauert haben, während er in dem dunklen Gang vor dem Aufenthaltsraum des Sicherheitspersonals stand und zu ergründen versuchte, was da nicht stimmte. Er hörte ein Klatschen, als ob eine Hand auf etwas Festes schlüge. Dann folgte eine lange Stille. Spielten ihm seine überreizten Nerven einen Streich? Langsam tastete er sich zu dem Spalt vor, durch den schummriges Licht aus dem Raum nebenan zu ihm hereinfiel. Wieder dieses Klatschen, und dann noch einmal. Und wieder diese seltsame Stille. Langsam schob er seinen Kopf an den vielleicht zehn Zentimeter breiten Türspalt.

Da sah er sie.

Zofia.

Ihr Gesicht war bleich und die Haut straff gespannt. Ihre Augen waren dunkel und weit aufgerissen, gleichzeitig presste sie die Lippen zusammen, sie zwang sich, nicht das geringste Geräusch von sich zu geben. Brandon sah nur ihren Kopf, das braune, straff zurückgekämmte Haar, das mit einem Gummi zu einem Pferdeschwanz gebunden war. Und den nach vorn gebeugten Oberkörper. Zofias Unterarme lagen auf dem Resopaltisch, den Kopf hatte sie hochgereckt. Da bemerkte sie ihn, sah sein Gesicht im Türspalt. Sie schüttelte unmerklich den Kopf, sie war bereit, alles zu erdulden, nur ihre Augen nahmen jetzt einen flehentlichen Ausdruck an. Als wollte sie Brandon etwas mitteilen, was ihr Mund sich nicht zu sagen traute, während das klatschende Geräusch wieder einsetzte. Und jetzt erkannte auch Brandon, was dort geschah. Mit langen Stößen schlug ein männlicher Körper gegen Zofias nacktes Hinterteil, was Brandon aus dem ruckartigen Vorschnellen von Zofias Oberkörper schloss. Jetzt hörte er das erste Mal auch das leise Stöhnen. Brandon wusste eher, als dass er es sah, dass es der Nachtwächter war, der diese Geräusche von sich gab.

Als Brandon die Tür aufdrückte, erfasste er alles mit einem Blick. Den hochgeschobenen langen Rock. Das nackte Hinterteil. Die heruntergelassene Hose. Das schwitzende Gesicht und die geschlossenen Augen des Mannes. Ruhig ging er, wie er es gelernt hatte, zu dem Nachtwächter, der jetzt erschrocken von der jungen Frau abließ, ein paarmal hektisch schwankte, während Brandon ihn mit der einen Hand zu sich zog und ihm mit der anderen Hand die Faust ins Gesicht schlug. Der Kopf des

Nachtwächters flog zurück, und in diesem Moment, in dem die Zeit stillzustehen schien, sah es so aus, als schwebte er in der Luft, während er Brandon mit traurigen Augen gleichermaßen verzweifelt und vorwurfsvoll anblickte. Zwei, drei kurze, trippelnde Schritte rückwärts folgten, doch der Mann hatte wegen der Hose in den Kniekehlen keine Chance, sich zu fangen. Er stolperte, der Oberkörper geriet in die Rücklage, und wie ein gefällter Baum stürzte er nach hinten, bis sein Genick auf die Kante des Waschbeckens krachte. Lautlos sackte er mit verdrehtem Kopf und grotesk verrenkten Beinen auf den Boden, während Zofia hinter Brandon aus dem Raum huschte.

Eine lange Stille folgte.

Brandon wartete noch einen Moment, beobachtete, ob sich der Wärter vielleicht doch noch bewegte. Dann war er sich sicher. Er legte seine Finger auf die Halsschlagader des Mannes und schloss dessen Augenlider. Dann hob er ihn vom Boden auf und trug ihn durch die Stahltür hinaus in das Untergeschoss der Garage, hielt sich rechts und ging zu den Versorgungsschächten, wo er noch am Morgen einen Baucontainer gesehen hatte. Brandon öffnete mit einer Hand die Abdeckplatte, während der tote Wärter auf seiner Schulter lag, und wuchtete ihn auf den Bauschutt. Dann schloss er die Abdeckung wieder. Bis zum nächsten Morgen würde niemand den Toten entdecken oder vermissen.

Brandon stand vor dem Spiegel im Waschraum der Sicherheitsbeamten und wusch sich sorgfältig Hände und Gesicht. Sein Puls war nicht erhöht, er hatte einen Job erledigt. Diesmal nicht, weil er einen Auftrag dazu hatte, sondern weil er sich selbst in der Pflicht sah, einen Menschen zu schützen. Doch schon in dem Moment, als er das dachte, spürte er, dass er einen Fehler begangen hatte. Denn als er durch den Raum nebenan gegangen war, hatte er gesehen, wie Zofia mit wiegendem Oberkörper auf ihrem Schlafsack kauerte und ihn fassungslos anschaute. Sie hätte unter Schock stehen müssen, aber das tat sie nicht. Sie zeigte auch keine Spur von Erleichterung.

Sie rappelte sich auf, stolperte auf ihn zu und umschlang seinen mächtigen Körper. Aber nicht aus Dankbarkeit, sondern aus Verzweiflung. Denn er spürte am Zucken ihres Kopfes, dass sie weinte. Schließlich stieß sie sich von ihm ab und schlug mit ihren dünnen Armen und Händen auf ihn ein, während sie schluchzte. «Warum hast du das getan? Warum? Er hat mir Geld gegeben. Und er wollte mir noch mehr geben.» Sie hörte nicht auf, kraftlos auf ihn einzuschlagen. Da erkannte er, dass sie high war.

Und dann erzählte sie, was passiert war. Der Wärter hatte ihr etwas von seinem Essen abgegeben und sie gefragt, wovon sie träume. Was denn ihr sehnlichster Wunsch sei. Eine Wohnung zu haben? Einen Job?

Sie hatte geantwortet: Dass Brandon keine Schmerzen mehr hat. Er braucht Medikamente. Sein Bein sieht schrecklich aus. Aber wir haben kein Geld.

Der Wärter hatte sie lange angeschaut. Dann hatte er gesagt: Ich kann dir was geben. So viel du willst. Ich mag dich.

Sie hatte sofort gewusst, was er dafür haben wollte. Also hatte sie gesagt: Gibst du es mir vorher?

Ja, hatte er gesagt und dreihundert Euro auf den Tisch gelegt.

Sie hatte die Scheine in Brandons Rucksack gestopft. Dann war sie auf den Nachtwächter zugegangen und hatte gefragt: Wo wollen wir es machen?

Brandon betrachtete sein Gesicht im Spiegel und trocknete es mit einem Papiertuch ab. Da sah er hinter sich, oben in der Ecke des Raums über einer Versorgungsleitung, einen kleinen schwarzen Kasten. Er ging rückwärts, bis er genau darunter stand. Es war eine Kamera. Er war ausgebildet für solche Situationen, er bemerkte, dass sie keinen eigenen Speicher hatte, was hieß, dass sie mit einem Überwachungsraum verbunden war, wo auch immer der sein mochte. Es würde also nichts bringen, die Kamera zu zerstören. Es würde nur etwas bringen, so schnell wie möglich zu verschwinden.

Keine fünf Minuten später hatten er und Zofia ihre wenigen Habseligkeiten zusammengepackt und stolperten mit ihren Rucksäcken die Ausfahrt der Parkgarage hinauf. Als Erstes liefen sie den Reinigungskolonnen in die Arme, die bereitstanden, um den Müll der Demonstranten aufzukehren. Die Straßen waren voll, die Menschen strömten zum Stachus oder zum Sendlinger Tor. Niemand beachtete die beiden, als sie sich unauffällig unter die anderen mischten.

Unter den Bäumen vor der Frauenkirche blieb Brandon schließlich stehen. Er griff in seinen Rucksack und entdeckte die dreihundert Euro. Er gab sie Zofia und legte noch eintausend Euro obendrauf, die er aus einem Geldgürtel fischte, was Zofia mit großen Augen verfolgte.

«Hier. Fahr zurück nach Hause.» Dann zeigte er auf den Eingang des Klosterwirts auf der anderen Seite des Frauenplatzes. «Hinter dem Eingang rechts kannst du dich waschen. Bleib im Flur und verlass das Lokal auf der anderen Seite. In dem Hof ist rechts ein überdachter Abgang. Geh die Treppe hinunter bis zur hintersten Ecke. Dort kannst du erst mal schlafen.»

«Und du?»

«Ich muss verschwinden.»

Er nahm sie in die Arme und verharrte so einen Moment. Obwohl er sich Gefühle abtrainiert hatte, fühlte er den Stich in seinem Herzen angesichts dessen, was er verlieren würde. Und was vor ihm lag. Und tief unter diesem seltsamen Gefühl lag die Erschöpfung wie ein Felsen auf dem Meeresboden. Die beiden so verschiedenen, verlorenen Menschen umschlangen den

Körper des jeweils anderen. Es war ein tröstliches und gleichzeitig trauriges Bild.

Dann ließ Brandon Zofia ruckartig los und ging, ohne sich noch einmal umzudrehen, auf die Kirche zu, hinter deren Nordturm er verschwand. Zofia schaute ihm nach. Sie hatte noch nicht begriffen, was passiert war.

Anruf in der Nacht | Samstag, 23 Uhr

Fünf Minuten vor elf in der Nacht läutete das Telefon in Max' Wohnung, Emma war gerade gegangen, was die Anruferin nicht wissen konnte, aber vielleicht geahnt hatte. Max, der gerade eine Tablette gegen die Kopfschmerzen genommen hatte, starrte auf das zerwühlte Bett, stellte die leere Flasche Rotwein neben den Abfalleimer und ging ans Telefon.

Er wusste, wer es war, er hatte Tilda Hansson auf seinem Handy einen eigenen Klingelton gegeben.

«Max, Sie wollten um 20 Uhr anrufen», hörte er sie vorwurfsvoll sagen.

«Sorry», sagte er. «Da waren wir noch im Lokal.»

«Man kann auch aus einem Lokal eine Nachricht schicken.»

«Wir sind dann noch in eine Bar gegangen.»

«Man kann auch aus einer Bar ...»

«Ich weiß. Aber sie ist eben erst zur Tür raus.»

«Max, Sie müssen unsere Termine einhalten, wenn das mit uns was werden soll.»

«Tut mir leid, Frau Hansson. Es wäre zu auffällig gewesen, heimlich eine Nachricht loszuschicken. Emma lag noch in meinem Bett.»

Einen Moment schwieg Tilda.

«Das Letztere war nicht Teil der Abmachung», sagte sie kühl.

«Sie hatten mir für die Anbahnung und Durchführung des

Kontakts keine Vorschriften gemacht. Ich sollte es auf meine Art machen.»

«Das haben Sie offenbar.»

«Und? Nicht zufrieden mit dem Ergebnis?»

«Doch, doch, alles gut, Herr Goldberg. Immerhin haben Sie die junge Frau heute Nachmittag länger abgelenkt, als nötig war.»

«Alles da, wo es sein soll?»

«Ja.»

«Dann gedulden Sie sich, bis ich mehr weiß. Es kann aber ein paar Tage dauern.»

Keine zweihundert Meter entfernt, auf dem Weg durch die Zwingergasse, blickte Emma auf ihre Armbanduhr. Sie schob ihr Fahrrad die paar Meter nach Hause, mit müdem Blick und einem ebensolchen Schritt, der Reißverschluss der Jacke war hochgezogen, der Helm baumelte am Lenker. Es war später geworden als geplant, viel später. Samstagabends ging sie selten aus, da machte sie es sich meist gemütlich, schaute sich eine Kultursendung bei Arte an oder einen Spielfilm. Aber heute war einiges anders verlaufen. Nach dem Abendessen in dem Lokal in der Reichenbachstraße und dem Kurzbesuch einer Bar war sie noch mit zu Max gegangen. Geplant hatte sie nur einen kurzen Absacker. Mehr sei nicht drin, hatte sie gesagt, als sie hinter ihm die Treppe hinaufging. Und vor seiner Tür hatte sie dann noch einmal betont, dass sie wirklich sehr gut allein sein konnte.

Dann aber hatte sie irgendwie den Überblick verloren über das, was sie sich vorgenommen hatte – und über das, was sich anschließend wie von allein ergab: dass sie sich über Beziehungen unterhielten.

«Ich denke, ich will noch ein paar Jahre warten», sagte Emma mit überraschendem Ernst. «Ich will erst noch was erleben und Erfahrungen sammeln, rumkommen in der Welt, bevor ich dann … bevor ich dann irgendwas Festes anfange. Im Moment warte ich immer nur darauf, was als Nächstes geschieht. Rase immer weiter, ohne festes Ziel. Ich komme nie zu dem, was ich wirklich machen möchte. Dann sag ich mir: Verdammt, warum genieße ich nicht einfach das Leben, verstehst du?»

«Sehe ich genauso.»

«Um ehrlich zu sein», fuhr sie fort, «bin ich im Moment noch nicht bereit, an ein anhaltendes Glück zu glauben.»

«Klingt vernünftig.»

«Findest du das also auch?»

«Absolut. Für mich ist das Leben im Moment auch nur eine … eine willkommene Ablenkung.»

«Von was?»

«Keine Ahnung. Von dem, was ich nicht weiß? Von dem, was ich liebe? Von dem, wovor ich Angst habe?»

So ging das hin und her, die Sätze wurden immer gewundener, die Gedanken verworrener, die Gefühle verwirrter und die Geschichten ihrer sexuellen Eskapaden immer wilder, sodass es fast zwangsläufig war, dass ihre leichtfertigen Beichten auch ihre Lust auf Intimitäten wachsen ließen, was der Rotwein zusätzlich befeuerte, den Max aufgemacht hatte. Und alles nahm seinen erwartbaren Lauf.

Als Emma jetzt, eine knappe Stunde später, vor ihrer Haustür stand, spürte sie die Erschöpfung. Die stundenlange Sucherei in der Stadt und die Zeit bei Max hatten sie ausgelaugt. Müde öffnete sie ihre Wohnungstür. Alles schien wie immer zu sein, aber sie war dann doch wach genug, um zu bemerken, dass etwas nicht stimmte. Das Licht unter der Badezimmertür? Sie vergaß doch nie, alles auszumachen, wenn sie das Haus verließ. Außerdem war es noch hell gewesen, als sie Max im Café getroffen hatte.

Andererseits hatte Friederike einen Ersatzschlüssel von ihrer

Wohnung. So wie auch Lars, mit dem sie die letzte längere Beziehung gehabt hatte und der schon einmal unangemeldet aufgetaucht war. Gut möglich, dass er das wiederholt hatte. Und da sie ihm das letzte Mal klargemacht hatte, dass sie das nicht noch einmal tolerieren würde, ging sie zur Badtür, drehte den Schlüssel um und fragte: «Bist du's, Lars?»

Das war der Moment, in dem Max aus seinem Bad kam. Eigentlich hatte er keine Lust, noch zu arbeiten, aber nach Tilda Hanssons Anruf fühlte er sich verpflichtet, seine Erlebnisse vom Tag jetzt doch noch zu protokollieren. Er setzte sich vor seine beiden Laptops und weckte sie aus dem Ruhemodus. Auf dem linken befand sich der Anfang seines Protokolls. Auf dem Splitscreen des rechten waren drei schwarze Felder und das Standbild der Kamera von Emmas Flur zu sehen. Genau genommen war es nur ein verschwommenes Standbild. Die Videoaufzeichnung begann immer erst, wenn sich etwas bewegte.

Und Emma hatte sich bewegt. Augenblicklich bemerkte Max, dass etwas ungewöhnlich war, denn das Bild war scharf geworden.

«Ist da jemand?», hörte er sie fragen. Emmas Stimme kam aus einem Lautsprecher, der mit seinen Laptops verbunden war.

Sofort reagierte er, indem er die versteckten Kameras in Emmas Bad und Wohnzimmer aktivierte. Und erkannte sofort die mächtige Gestalt. Brandon Lee stand neben dem Waschbecken, ein Fuß auf dem Badewannenrand, und tupfte seine eiternde Wunde mit etwas ab, vermutlich mit einer desinfizierenden Tinktur. Er bot einen schockierenden Anblick. Sein Vollbart war zerzaust, die Haare standen zu Berge, sein rotes Gesicht glänzte.

Langsam drehte sich Brandon um und starrte auf die Tür.

«Lars?», wiederholte Emma und drückte ihr Ohr an die Tür. «Was soll das?»

Max hielt den Atem an.

Schweigen. Gefährliche Stille. Dann sah Emma, wie sich die Klinke langsam bewegte.

Genial, dachte Max. *Du hast ihn eingeschlossen*.

Dumm nur, dass Emma nicht wusste, wer sich in ihrem Bad befand.

Augenblicklich griff er nach seinem Handy, drückte eine Kurzwahlnummer und sagte: «Tilda? Brandon ist in Emmas Wohnung.»

Dann starrte er wieder auf seinen Laptop.

«Was soll das?», hörte er Emma durch die Tür hindurch fragen.

«Fuck. Mach auf», sagte Brandon, der jetzt zwischen Wanne und Tür an der Wand lehnte.

«Brandon?», fragte Emma erschrocken. «Du hier?»

Bedächtig zog Brandon die .22er Automatik aus seinem Hüftgurt und schraubte den Schalldämpfer darauf.

Max erstarrte.

«Spinnst du?», sagte Emma. «Du kannst doch nicht einfach bei mir einbrechen.»

Brandon hob die Waffe mit beiden Händen vor seine Brust und wartete.

Wieder hielt Emma ihr Ohr an die Tür, nur wenige Zentimeter von der Waffe entfernt. Sie versuchte zu hören, was dort drinnen geschah.

«Sorry, tut mir leid», antwortete Brandon. «Ich dachte, du bist zu Hause. Ich hab was zum Desinfizieren gebraucht.»

«In dem Spiegelschrank, oben links.»

Max sah, dass Brandon weiter auf die Tür schaute.

«Ich weiß», sagte er. «Hab's gefunden.»

Einen Moment schwiegen beide.

«Lässt du mich raus?», fragte er.

«Ich weiß nicht.»

«Tut mir leid, dass ich dich erschreckt habe. Die Schmerzen

waren unerträglich. Ich hab gehofft, dass du vielleicht was Antibiotisches hast.»

«Hab ich nicht.»

«Fuck.»

«Du musst zu einem Arzt. Ich kann dir nicht helfen.»

«Will ich ja. Aber dafür musst du mich rauslassen.»

Sie dachte einen Moment nach.

«Ich … ich trau dir nicht, sorry.» Ihr fiel ein, dass er im Kapitol eine Waffe in der Hand gehabt und damit auf Ashli Babbitt geschossen hatte.

Sie holte tief Luft. «Ich mach jetzt Folgendes: Ich rufe die Polizei. Der kannst du alles erklären. Ich warte in der Zeit unten auf der Straße … Ist mir zu gefährlich, wenn ich mit dir hier allein …»

Weiter kam sie nicht, ein heftiger explosiver Einschlag unterbrach sie. Und noch einer. Und dann noch einer. Brandon hatte dreimal auf das Schloss geschossen. Er hatte mit seiner .22er auf die Stelle gezielt, hinter der sich der Riegel befand. Das Holz splitterte, die Einzelteile des Schlosses flogen auseinander, der Riegel löste sich aus der Zarge. Emma sprang erschrocken zurück, griff an ihren Oberarm, ein Querschläger hatte die Haut am Arm verletzt. Ein feiner, blutiger Sprühregen landete auf der Wand des Flurs, und schon stand die Badtür offen.

Blitzschnell sprang Brandon heraus, umfasste Emma mit der Linken, zog sie zu sich heran und drückte ihr mit der Rechten die Waffe an die Schläfe.

«Ganz ruhig», sagte er leise. «Keinen Ton.»

Er lauschte, ob jemand draußen im Hausflur etwas von den Schüssen bemerkt hatte.

Emma empfand nichts. Nicht einmal einen Anflug von Erleichterung darüber, dass sie noch lebte. Sie stand hoffnungslos unter Schock. Selbst die Schmerzen am Oberarm drangen nicht in ihr Bewusstsein.

Max war aufgesprungen und hatte wieder sein Handy am Ohr. «Sie ist in seiner Gewalt», flüsterte er und beendete das Gespräch sofort wieder, während er unentwegt auf seinen Laptop starrte.

Brandon, der Emma noch immer an sich gedrückt hielt, zog sie rückwärts zurück ins Bad.

«Ich brauch was gegen Schmerzen», sagte er. Max hörte es.

Zitternd wies Emma auf eine Schublade unter dem Waschtisch.

«Hol's raus», befahl er, sie weiter festhaltend.

«Das?»

Er nickte, und sie drückte eine Tablette aus einer Folie, die sie ihm mit einem Glas Wasser gab. Brandon schluckte die Tablette, steckte die Waffe in seinen Hosenbund und zog Emma ins Wohnzimmer.

«Hast du die Polizei gerufen?»

Sie schüttelte den Kopf.

Er schob Emma zu der Pinnwand über ihrem Schreibtisch, die übersät war mit Zetteln, Fotos, Zeitungsausrissen, Telefonnummern und Notizen. Er zeigte mit der Hand auf eines der Fotos.

«Der Mann – wer ist das?»

«Ein Kollege.»

«Und weiter?»

«Nichts weiter.»

«Was hast du mit ihm?»

«Nichts. Er ist mein Vater.»

«Dein Vater?»

«Ja.»

Verblüfft schaute er sie an.

«Hat der dich auf mich angesetzt?»

«Nein.» Heftig schüttelte sie den Kopf. «Der hat noch nie was von dir gehört.»

«Was hat er mit der amerikanischen Regierung zu tun?»

251

«Nichts.»

Er hielt Emma immer noch fest, zerrte sie zu ihrem Kleiderschrank und schob sie zwischen die Kleider und Mäntel. Sie wehrte sich nicht, sie wusste, dass es nichts bringen würde.

Brandon verschloss die Schranktür und steckte den Schlüssel ein. Und während sie in der Dunkelheit den Ärmel eines ihrer Kleider so fest wie möglich um ihren Oberarm wickelte, um die Blutung zu stoppen, ging er zum Bücherregal hinter dem Schreibtisch und zog eine Puppe heraus, die zwischen zwei Buchstützen stand. Eine russische Schachtelpuppe, eine Matrjoschka. Geschickt zog er die einzelnen Figuren eine nach der anderen heraus, bis er schließlich die letzte Figur in der Hand hielt, die nicht größer war als ein Finger. Er drehte sie um und schob in den Hohlraum einen winzigen USB-Chip. Dann stellte er die anderen Teile der Matrjoschka wieder zurück ins Regal und verließ die Wohnung.

Als Brandon auf die Straße trat, zog er die Kapuze seiner Jacke über den Kopf und bemerkte aus den Augenwinkeln, wie eine dunkle Limousine mit großer Geschwindigkeit die Straße herunterfuhr und auf dem gegenüberliegenden Bürgersteig parkte. Auffällig war, dass niemand ausstieg.

Zügig, und ohne den Wagen weiter zu beachten, ging Brandon die Straße hinunter in Richtung Viktualienmarkt. Erst als er am Ende nach rechts auf den Dreifaltigkeitsplatz bog, schaute er kurz zurück und sah, wie drei Personen eilig die Straße überquerten und in der Hauseinfahrt verschwanden, aus der er vor wenigen Augenblicken herausgekommen war.

Eine der Personen war Tilda Hansson. Die anderen beiden waren Frieda und Niklas.

Brandon hatte sie noch nie gesehen.

In diesem Moment läuteten die Glocken der Pfarrkirche Sankt Peter zwölf Mal. Mitternacht. Brandons letzte Stunden hatten begonnen.

ACHTER TEIL

Jacob Wood, der Ex-Secret-Service-Mann mit dem kurz ge-
schnittenen Haar, war nicht vorbereitet auf das, was sich im
Folgenden ereignen würde. Ausgerechnet an diesem Montag-
morgen verspätete er sich – was Anthony Zara Zeit gab, seinen
Plan noch einmal zu durchdenken. Als Wood seinen Wagen in
der Tiefgarage des Wolkenkratzers parkte, war Zara oben in der
Wohnung bereits zu dem Entschluss gelangt, jetzt definitiv die
letzten Lücken in dem Verteidigungswall zu schließen, den er
um Rycart und dessen künftige Existenz gezogen hatte.

Jacob Wood war mit dem Treffpunkt sehr einverstanden gewesen. Die Adresse *One Madison* brauchte man ihm nicht näher
zu erläutern, denn sie war stadtbekannt: Bei dem Wolkenkratzer
handelte es sich um einen der luxuriösesten in New York. Ent-
worfen hatte ihn der niederländische Architekt Rem Koolhaas
zusammen mit dem New Yorker Büro CetraRuddy ausschließlich für betuchte Interessenten. Das Penthouse zum Beispiel
hatte ein paar Jahre zuvor 70 Millionen Dollar eingebracht.

Der besondere Clou der wertvollen Immobilie lag darin,
dass zu ihr eine Drei-Zimmer-Wohnung gehörte, die unter
dem Penthouse lag und nur von oben über eine Treppe zu erreichen war. Oder von ganz unten, von der Tiefgarage aus,
über einen eigenen Aufzug. Keine andere Wohnung war an
diesen Fahrstuhl angeschlossen, was Jacob Wood sehr gefiel.

Denn in dieser Wohnung wollte Zara mit ihm die Details ihres finalen Plans besprechen.

Als Wood in der Tiefgarage vor dem Aufzug stand, wählte er Zaras Nummer, so hatten sie es vereinbart. Nur wenige Sekunden später schoss die Kabine nach oben.

Kaum zu glauben, dachte er unterwegs, dass ihm das vergönnt war. Er hatte sich schon früher gefragt, wie wohl die teuerste Wohnung New Yorks aussehen mochte. Und wer der Besitzer war. Es hatte Wood vier Stunden und fünfhundert Dollar gekostet, den geheimen Eigentümer der Immobilie herauszufinden. Es war Rupert Maddox, der milliardenschwere Medienmogul.

«Sie kommen zu spät», sagte Zara kühl, als Wood den Aufzug im 56. Stock mit einer zerfurchten Aktentasche in der Hand verließ und in den Eingangsbereich trat. Offenbar gefiel es Zara, so aufzutreten, als sei er der Eigentümer.

Wood antwortete nicht. Er entschuldigte sich auch nicht, sondern folgte seinem Gastgeber wortlos in den Salon, nachdem er die Aktentasche an der Garderobe abgestellt hatte. Der große Raum hatte an der Frontseite eine durchgehende Glasscheibe und war in einem Stil möbliert, der deutlich machte, dass der Innenarchitekt finanziell freie Hand gehabt hatte: helle Teppiche, weiße Möbel, nussbaumgetäfelte Wände, futuristische Deckenlampen und großflächige abstrakte Gemälde, eines von ihnen ein Baselitz. Dazwischen, unerwartet und überraschend, ein riesiger alter Billardtisch.

«Was zu trinken?», fragte Zara und zeigte auf einen der weißen Sessel in der Nähe eines gasbefeuerten Kamins, der mit dunklem Marmor eingefasst war.

«Tonic, wenn Sie haben», antwortete Wood und setzte sich.

Während Zara in die Küche ging, fiel Wood die dezente Musik auf, die ihn sofort in eine erinnerungsselige Laune versetzte. Unverkennbar Lou Reed, der aus unsichtbaren Boxen zu hören war. *Holly came from Miami, F. L. A.*, Wood summte mit, was der 2013 gestorbene Sänger der Velvet sang. *Hitch-hiked her way across the U. S. A. ...* Unwillkürlich wippte sein Fuß im Rhythmus der Basslinie, bis zu der Stelle, die jeder Lou-Reed-Fan kannte: *Hey, honey, take a walk on the wild side | And the colored girls go «Doo do doo do doo do do doo ...»*

Just in dem Moment, in dem das Saxophon zum Glissando von A nach E ansetzte, dieser aufwärtsdrängenden, elegant ansteigenden Tonfolge, und damit das Ende des Songs ankündigte, kehrte Zara mit dem Tonic Water zurück, stellte es vor Wood ab und setzte sich ein paar Meter entfernt auf ein Sofa. Er selbst trank nichts.

Noch bevor der Song ganz verklungen war, drückte er auf die Fernbedienung, und die Musik erstarb.

Dann kam er zur Sache: «Neue Erkenntnisse aus Deutschland?»

«Die Bilanz unserer Operation ist in einem Punkt leider nicht zufriedenstellend», antwortete Jacob Wood mit einem gleichmütigen Gesichtsausdruck.

«Was ist der unerfreuliche Teil?»

«Es gab einen Zeugen.»

«Tot?»

«Nur wenige Sekunden nach den Schüssen auf die Zielperson.»

«Hat Ihr Mann den Zeugen identifiziert?»

«Nein.»

«Sonst jemand?»

«Wir haben den Verdacht, dass es sich um einen journalistischen Hochstapler handelte, der in einem Campingwagen unweit des Tatorts lebte.»

«Und das slowenische Fotomodell?»

«Wird nichts mehr sagen. Und wird auch nicht mehr untersucht werden können. Sie ist verbrannt.»

Zara nickte. Man konnte nicht erkennen, ob er zufrieden war. Aber Wood ging davon aus.

«Wo ist Ihr Spezialist jetzt?», fuhr er fort.

«Untergetaucht.»

«Seit wann?»

Diesmal zögerte Wood. «Ich habe ihn vergangenen Mittwoch das letzte Mal gesprochen.»

«Und gesehen? Wann haben Sie ihn das letzte Mal gesehen?»

«Am Abend des 6. Januar, nach dem Einbruch ins Kapitol, als er mir die Mappe mit den Originaldokumenten gab. Aber das sagte ich doch bereits bei unserem Treffen im Rycart Tower am 9. Februar.»

«Sagten Sie nicht, Jacob. Und genau das ist mein Problem: Ich bin mir nicht sicher, ob Sie sämtliche Originale am Abend des 6. Januar auch tatsächlich vernichtet haben. Das ist die einzige Schwachstelle unseres Plans. Ich muss sicher sein, dass es keine Beweise mehr gibt.»

Zara hatte seinen Verdacht absichtlich hart formuliert, härter als notwendig. Er wollte eine Reaktion provozieren. Und das gelang ihm.

«Die Akte bestand insgesamt aus sieben Mappen», sagte Wood. Auf der siebten und letzten Mappe stand: *Medizinisches Gutachten.* Da waren wohl die Schlussfolgerungen des Ärzteteams zu finden.»

«Warum sagen Sie ‹*waren* zu finden›.»

Wood zog die Augenbrauen zusammen: «Ich habe sie auftragsgemäß verbrannt. Haben Sie Zweifel?»

Zara beantwortete die Frage nicht, sondern sagte nur: «Sie haben den Mann, der Ihnen das Material gegeben hat, also seit dem 6. Januar nicht mehr gesehen?»

Wood nickte.

«Könnten Sie Ihn erreichen?»

Wood schüttelte den Kopf. «Er nimmt im Moment nur von sich aus Kontakt auf.»

«Das ist unerfreulich. Sie sind der Einzige, der weiß, wie er heißt und wie er aussieht. Was machen wir, wenn Ihnen etwas zustößt?»

Wood zuckte mit den Achseln. Das war seine Sicherheitsgarantie. «Keine Sorge», sagte er begütigend. «Unser Mann bekommt noch die Hälfte seines Honorars. Irgendwann wird er sich schon melden.»

Zara fixierte Wood aufmerksam. Sein Gast hatte das zu gleichmütig gesagt. *Irgendwann wird er sich schon melden* – das war zu unbestimmt. Angesichts der Summe, die der Mann bekam, war das Prozedere überaus ungewöhnlich. Irgendetwas stimmte hier nicht. Nachdenklich biss er sich auf die Lippen.

Wood sah es und fügte hinzu: «Er ist eben sehr, sehr vorsichtig.»

Als er dies sagte, machte er den Fehler, die Augen für einen Sekundenbruchteil weit zu öffnen, und hätte Zara ihn nicht weiterhin fixiert, wäre es ihm nicht aufgefallen.

Doch jetzt war er alarmiert.

«Jacob, Sie sagen nicht die Wahrheit.»

«Wie bitte?»

«Ich glaube Ihnen nicht. Sie lassen einen Mann von diesem Kaliber doch nicht unerreichbar an der langen Leine laufen. Dafür ist er zu gefährlich. Außerdem weiß er zu viel.»

Wood warf ihm einen fragenden Blick zu.

«Ihre Augen», sagte Zara. «Die haben Sie verraten. Fangen wir noch einmal an?»

Jetzt hielt Wood seinem Blick stand. Dann nickte er langsam.

«Okay», sagte Zara. «Diesmal die ganze Story.»

Wood holte Luft. «Das Finale unserer Operation fand am vergangenen Montag auf einer Insel im Süden Bayerns statt. Im Niemandsland, ungefähr 130 Kilometer südlich von München. Unsere Leute hatten den Farmer mit allem ausgestattet, was er brauchte.»

«Wie?»

«Über Schließfächer im Hauptbahnhof.»

«Wie ist Ihr Mann an die Schlüssel gelangt?»

«Im Vorbeigehen. Er lebt auf der Straße. Würde mich nicht wundern, wenn er die Schlüssel in seiner Basecap gefunden hätte.»

«Er tarnt sich als Obdachloser?»

«Ja.»

Zara starrte auf die Innenseiten seiner Hände. Dann stand er auf, ging zur Fensterfront und schaute auf die Hochhausland-schaft Manhattans, die sich vom Hudson River auf der linken Seite bis zum East River auf der rechten Seite hinzog. Was für eine ungewöhnliche Tarnung für einen hoch bezahlten Profi.

Doch er war noch nicht zufrieden. Auch wenn der Mann Hilfe bekam, Wunder konnte er nicht vollbringen.

Zara drehte sich um und sagte: «In der Nacht von Montag auf Dienstag hat er also den Job in Deutschland erledigt. Und bereits am Donnerstagmorgen hat er sich hier in Washington um den deutschen Korrespondenten gekümmert, der sich in Chicago nach Porter Jefferson erkundigt hat? Lediglich zwei Tage später?»

«54 Stunden später, um genau zu sein», präzisierte Wood.

«Wie ist er hierhergekommen? Anreise zum Flughafen in München, mindestens zwölf Stunden Flugzeit bis LaGuardia, dann weiter von New York nach Washington, Vorbereitung der Operation in der Hauptstadt. Für einen Mann, der auf der Straße lebt, keine Kleinigkeit, denke ich.»

Wood zuckte mit den Achseln. Aber der gleichmütige Ge-sichtsausdruck gelang ihm jetzt nicht mehr so überzeugend. Wenn Zara seine Kontakte bei der CIA anzapfte, würde er bald wissen, dass niemand den Farmer mit einer Extra-Maschine nach Washington gebracht hatte. Und an zwei Stellen gleich-zeitig konnte er nicht gewesen sein.

Er gab auf.

«Tut mir leid, Anthony, es war nur zu Ihrem Schutz», sagte

er mit einer entschuldigenden Geste. «Der Farmer ist noch in Deutschland. Ich konnte ihn nicht wie geplant zurückholen …»

Er stockte.

«Was? Warum nicht?», fragte Zara.

«Ich würde es vorziehen, das nicht zu beantworten.»

«Verdammt, Jacob. Ich will es wissen.»

Lange Pause.

«Es gibt noch eine Person, die Rycart gefährlich werden kann.»

«Wie bitte?!»

«Ja. Tut mir leid.»

«Mann oder Frau?»

«Mann.»

«Wie wurde er in unsere Geschichte hineingezogen?»

«Er war in jungen Jahren mit der Frau liiert, die wir liquidiert haben. Die beiden und der Typ auf der Insel haben während ihrer Studentenzeit zusammengelebt. Nach unseren Erkenntnissen war er am Tag vor und ein weiteres Mal am Tag nach der Aktion auf der Insel. Das allein hätte mich nicht alarmiert. Aber drei Tage später war er in Slowenien, in Piran. Nicht nur am Grab des Jungen. Sondern auch bei der Mutter des Fotomodells. Und was mich am meisten beunruhigt: Er war in der Klinik in Ljubljana, wo Spezialisten den Jungen kurz vor dessen Tod untersucht hatten.»

Zara starrte Wood an, riss sich aber zusammen.

«Wie haben Sie von all dem erfahren?»

«Ich habe ihn beobachten lassen.»

«Hätten Sie mir das auch gesagt, wenn ich nicht danach gefragt hätte?», fragte Zara mühsam beherrscht.

«Nein.»

«Halten Sie das für richtig?»

«Anthony, Sie haben mich engagiert, um die Zeugen zum Schweigen zu bringen. Und haben mir freie Hand gelassen in Bezug auf die Methoden.»

«Was also haben Sie in die Wege geleitet?»

«Kurz bevor ich hierhergekommen bin, hat sich der Farmer gemeldet. Das ist auch der Grund, warum ich mich verspätet habe. Tut mir leid, ich musste ihm die Dringlichkeit dieses letzten Auftrags in diesem *fucking Germany* deutlich machen.»

Zara beugte sich nach vorn und legte seine Hand auf Woods Arm. Sein Gast hatte alles umsichtig geregelt, das merkte er jetzt.

Wood entspannte sich. «Haben Sie vielleicht etwas Gin, mit dem ich das Tonic Water verfeinern könnte?»

«Natürlich, kommen Sie. Nehmen Sie sich an der Bar, was immer Sie wollen. Ich gehe eine rauchen.»

Zara schlenderte auf die andere Seite des Raums. Ruhig ging er in Gedanken noch einmal durch, was er eben gehört hatte. War alles damit auf dem richtigen Weg? Nachdenklich nestelte er nach seinen Zigaretten und steckte sich eine zwischen die Lippen. Dabei öffnete er den französischen Balkon im Erker zwischen Esszimmer und Wohnraum. Was aussah wie eine kleine Kanzel, war in Wirklichkeit der Einstieg zu einer Fluchttreppe hinauf aufs Dach, wo sich ein Hubschrauberlandeplatz befand.

Zara trat auf den kleinen Vorsprung, zündete die Zigarette an und lehnte sich mit dem Rücken an die Brüstung.

«Jacob», rief er durch die offene Tür in den Raum hinein. «Ich habe Sie nie gefragt, was Sie von unserer Operation halten. Ich meine: Sie persönlich.»

«Ganz ehrlich?»

«Natürlich.»

«Dass allein bis heute sechs Menschen sterben mussten, nur um den Ex-Präsidenten vor einer Demütigung zu bewahren – tut mir leid, das ist zu viel für mich.»

Zara schaute Jacob Wood verblüfft an. Hatte dieser Mann etwa Skrupel?

«Wenn man es bis an die Spitze geschafft hat, kann man

nicht auf beiden Seiten sein», sagte Zara nach einem Zug an der Zigarette. «Wir müssen uns entscheiden, auf welcher Seite wir stehen wollen: auf der Seite der Macht, wo wir mit aller Wachsamkeit dafür sorgen müssen, sie nicht zu verlieren. Oder auf der Seite unseres Gewissens, das uns Gewaltanwendung zum reinen Machterhalt verbietet. Das Problem ist nur: Wenn wir uns einmal für eine Seite entschieden haben, gibt es kein Zurück mehr.»

Schweigend standen sie sich eine Zeitlang gegenüber. Zara rauchend. Wood mit seinem Gin Tonic in der Hand.

«Jacob, Sie haben noch nicht erklärt, ob auch Ihre Unkenntnis in Bezug auf das aktuelle Versteck eine Lüge war. Also: Wo ist Ihr Mann im Moment?»

«Sagte ich doch. Irgendwo in München. Auf der Straße. Unter einer Brücke. In irgendeinem Hinterhof …»

«Nein, nein, ich meine nicht den Farmer. Ich meine die Person, die den Job hier in Washington erledigt hat. Wer ist das? Wo ist er? Was macht er? Was weiß er?»

Jacob musste lachen. Es war ein befreiendes Lachen, laut und ansteckend, so ansteckend, dass selbst Zara nach einem Moment der Verblüffung zu grinsen anfing.

«Warum lachen Sie?», fragte er.

«Sorry, ich hatte nicht verstanden, dass Sie diese Person meinen. Um es kurz zu machen: Sie ist die perfekte Wahl für den Job hier in Washington gewesen.»

Zara warf ihm einen ratlosen Blick zu.

«Der Mann sah genauso aus wie unser Mann in Bayern. Zum Verwechseln ähnlich.»

«Ein Zwillingsbruder?»

«Ja. Auch im Kapitol haben sie zu zweit gearbeitet. Als ich vor ein paar Tagen bei CBS eine Dokumentation über den Sturmlauf gesehen habe, habe ich beide in der Menge gesehen. Sie waren nur an ihren Baseballkappen zu unterscheiden. Auf der einen stand *Make America Great Again*. Auf der anderen

Adam Rycart. Aber seien Sie unbesorgt, der Zwillingsbruder sollte Sie nicht mehr beunruhigen.»

Zara schüttelte den Kopf. «Ich kann nicht folgen.»

«Ich habe den Mann persönlich in Sicherheit gebracht, nachdem er mir die Rechercheunterlagen über Porter Jefferson übergeben hatte, auf die er in dem Loft des deutschen Korrespondenten gestoßen war. Sie sind in der Tasche vorne an der Garderobe. Einschließlich der Festplatte aus dem PC.»

«Oh. Das ist gut. Sehr gut. Gute Arbeit, Jacob.» Zara pustete den Rauch seiner Zigarette Wood entgegen. «Darf ich noch erfahren, wann und wie Sie ihn in Sicherheit gebracht haben?»

«Vorgestern. Sehr elegant übrigens.» Er lächelte. «Wissen Sie», fuhr er fort, «seit Kashoggis Besuch in dem saudi-arabischen Generalkonsulat in Istanbul und dem – wie soll ich sagen – etwas blutigen Empfang durch die Saudis dort habe auch ich meine Methoden verfeinert.»

Zara brauchte eine Weile, bis er verstand, was Wood meinte. Dann pfiff er leise durch die Zähne und bewegte sich langsam rückwärts, bis er an die Brüstung stieß. Jacob Wood hatte diese Ungeheuerlichkeit so teilnahmslos geäußert, als habe er von einem Goldfisch gesprochen, der in einem riesigen Aquarium gelangweilt durchs Wasser paddelt.

Was für ein skrupelloser Kerl, dachte er. Er durfte Wood wirklich keine Sekunde aus den Augen lassen.

Auf dem Fluchtbalkon stellte er sich daher so, dass er sowohl seinen Besucher als auch die 23. Straße und den Madison Park im Blick hatte, wo ihn vor allem das Gewusel um das Gelände von Jemmy's Dog Run zu faszinieren schien. Weshalb er nicht bemerkte, wie der untersetzte Mann in Arbeitsklamotten auf dem Dach des gegenüberliegenden Wolkenkratzers die Traufe und das reparierte Entwässerungssystem von *One Madison* filmte und dabei den Fluchtbalkon von Maddox' Penthouse streifte.

Zara nahm einen letzten Zug und schnippte den Rest der

Zigarette in die Tiefe. Bei genauer Betrachtung gab es jetzt nur noch vier Personen, die in die Operation eingeweiht waren. Adam Rycart. Jacob Wood. Den Farmer. Und ihn selbst.

Wunderbar, dachte er. Alles fügte sich.

«Ob die Leute dort unten glücklicher sind als wir?», fragte er, während er auf die Straße sah, über die um diese Zeit vor allem Männer und Frauen in Business-Outfits eilten. Die einen zog es in den Madison Park, wo sie mit einem Sandwich in der Hand still und ungestört ihre Kollegen verfluchen konnten. Andere suchten sich abzulenken von dem Stress ihrer Tätigkeiten, indem sie einen Moment die Augen schlossen. Wieder andere schritten hastig dahin, weil sie für eine Verabredung zu spät dran waren.

Wood trat neben Zara und blickte ebenfalls hinunter.

«Die mit den Hunden wollen alle zu Jemmy's», murmelte Zara. «Der absolute Lieblingstreffpunkt für die Vierbeiner dieser Gegend.»

«Wäre nichts für mich», sagte Wood. «Ich hasse Hunde.»

«Sogar Pitbulls lassen die dort von der Leine, sehen Sie?»

Zara trat ein Schritt zurück und machte Wood Platz, der sich an die Brüstung lehnte und die Augen zusammenkniff.

«Meinen Sie den Hund neben dem Typ in der schwarzen Lederjacke?»

«Genau den. Der Hund hat mich gebissen, als ich ein Kind war.»

Wood tat Zara den Gefallen und beugte sich über die Brüstung, um den gefährlichen, nicht angeleinten Hund in der Menge der Tiere und Menschen zu finden.

Erst in dem Moment merkte er, wie verrückt das war, was Zara gerade gesagt hatte.

Aber da war es schon zu spät.

Anthony Zara ging schnellen Schrittes durch die Lobby des Wolkenkratzers, grüßte kurz den Wachmann hinter seinem Counter und trat hinaus auf den Bürgersteig der von Bäumen gesäumten 23. Straße. Die dreißig Minuten hatten ihm gereicht, sämtliche Spuren zu beseitigen, die auf Jacob Woods Anwesenheit hätten hindeuten können. Die Aktentasche mit den Unterlagen aus Bobby Meyers Appartement, die Wood an der Garderobe hatte stehen lassen, hatte er in einem Safe eingeschlossen, dessen Benutzung ihm Rupert Maddox erlaubt hatte. Von Maddox hatte er auch den Code.

Unten auf der Straße blickte sich Zara kurz um. Noch immer stand nicht weit vom Eingang entfernt ein Reporter von NYC Media mit seinem Kameramann inmitten von rund zwanzig Zuschauern, er hatte seinem Sender gerade einen Kurzbericht über den tödlichen Zwischenfall vor *One Madison* durchgegeben. Die anderen Zuschauer, die vorher noch den Straßenrand bevölkert hatten, waren mittlerweile weitergegangen. Der Fenstersturz eines mutmaßlichen Selbstmörders aus großer Höhe war nicht unbedingt die Art Sensation, die in New York sofort für Breaking News sorgte. Lediglich die Tatsache, dass der Mann auf die Staatskarosse des russischen Außenministers gefallen war, hatte das Fernsehteam angelockt. Lavrov war auf dem Weg zu einer Konferenz der Vereinten Nationen gewesen, bei der es passenderweise um die Begrenzung von Kollateralschäden durch kriegerische Gewaltakte gehen sollte.

Zara schaute sich suchend um und sah das gelbe Taxi weiter vorn in zweiter Reihe warten. Seine Verabredung war tatsächlich pünktlich. Er ging an der Reihe der Neugierigen vorbei, die beobachteten, wie die Limousine mit dem eingedellten Dach und den zersplitterten Fensterscheiben auf einen Abschleppwagen gehievt wurde. Kurz bevor er an dem Taxi angekommen war, stieg seine Verabredung aus. Die schlanke, geschmackvoll gekleidete Frau mit den kurzen, grau melierten Haaren begrüßte ihn mit einer angedeuteten Umarmung und ließ ihn dann im Auto durchrutschen. Dann stieg auch sie ein, schloss die Tür – und das Taxi fuhr los.

«Was ist denn da passiert?», fragte Helen Christensen neugierig und schaute durch das Rückfenster auf die Menschenansammlung und den Abschleppwagen.

«Weiß ich auch nicht genau. Aber der Wachmann sagte, dass sich jemand aus dem Fenster gestürzt hat.»

«Selbstmord oder Unfall?»

«Ersteres vermutlich. Von den Bewohnern putzt niemand die Fenster selbst, denke ich.»

«Und sofort sind wieder die sensationslüsternen Schaulustigen da. Schrecklich.»

«Die würde ich diesmal in Schutz nehmen, Helen. Die sind hier nicht aus Sensationslust, sondern vor allem, weil der russische Außenminister in dem Wagen saß, auf den der Selbstmörder gefallen ist.»

«Lavrov?»

«Ja.»

«Oh. Ist er verletzt? Sollte ich meine Nachrichtenredaktion anrufen?»

«Nein, nein. Er ist gleich nach seiner Befreiung von seinen Personenschützern weggebracht worden. Sagte wenigstens der Wachmann.»

Helen schwieg einen Moment und schaute hinaus auf die Häuser, Banken und Boutiquen des New Yorker Geschäftsviertels Flatiron.

«Wohin fahren wir?», fragte sie. «Wo haben Sie reservieren lassen?»

«Noch nirgendwo», antwortete Anthony Zara. «Ich würde Sie zunächst gern in den Botanischen Garten entführen, der von Japanern gestaltete Teil ist besonders eindrucksvoll. Dort könnten wir uns ein wenig die Beine vertreten und den einen oder anderen noch offenen Eckpunkt unseres Fusionsvertrags beleuchten. Nur wir beide. Wenn wir uns annähern, steht einer finalen Vertragsfassung nichts mehr im Weg.»

Sie lächelte Zara von der Seite an. «Das habe ich mir schon gedacht, als Sie gestern anriefen und fragten, ob wir uns heute Mittag treffen könnten.»

«Sie sind hier wegen des Termins der Atlantikbrücke beim Präsidenten, nicht wahr?»

«Sie sind gut informiert.»

«Um 16 Uhr müssen Sie im Weißen Haus sein.»

«So ist es. Ich habe den anderen und vor allem dem früheren niedersächsischen Ministerpräsidenten gesagt, dass ich direkt zu dem Termin komme.»

«Sind Sie schon lange in dem Elite-Netzwerk?»

Sie nickte. «Ich bin im Vorstand.»

«Wunderbar. Dann sollten wir nach unserem Spaziergang auf jeden Fall noch eine Kleinigkeit zu uns nehmen. Denn eins müssen Sie wissen: Von dem, was Sie im Weißen Haus zu essen bekommen, werden Sie nicht satt.»

Im Botanischen Garten | Montag, 12 Uhr

Sie nahmen den Weg über die Washington Avenue und stiegen am eleganten Visitor Center aus dem Taxi von wo aus es nicht mehr weit bis zum Japanese Hill-and-Pond Garden war. Bereits am Visitor Center fiel Helen Christensen auf, dass Anthony Zara mit seinen Gedanken woanders war. Seine Fragen, mit denen er den Small Talk in Gang zu halten versuchte, wurden zunehmend belangloser und passten oft auch nicht zu dem, was Helen gesagt hatte. Sie blickte ihn kurz an und bemerkte den angespannten Gesichtsausdruck. Das war nicht der lockere und lässige Mann, der mit jeder Situation klarkam, sondern ein Mann, der eine Krise zu bewältigen hatte.

Als Zara eine flache Bordsteinkante nicht bemerkte und ins Stolpern geriet, packte sie ihn am Arm.

«Anthony, wir sind nicht hier, weil Sie mit mir über den Vertrag reden wollen, nicht wahr?»

«Merkt man das?»

Sie nickte. «Was bedrückt Sie?»

Zara machte ein düsteres Gesicht, während sie an einem Tümpel entlanggingen, dessen Oberfläche sich kaum kräuselte, obwohl er mit Hunderten von japanischen Koi-Fischen gefüllt war. An den zurückliegenden Tagen hatte es durchgehend geregnet, die Folgen des menschengemachten Klimawandels waren auch in New York zu spüren, denn im Winter war es häufiger als früher entweder sehr kalt, sehr heiß oder überaus nass.

Sie stellte sich vor ihn. «Ist es so schlimm, dass sie mir nicht antworten mögen?»

Zara zögerte einen Moment, dann sagte er: «Der Mann, der sich eben in den Tod gestürzt hat, war mein Gesprächspartner. Ich war gerade im 22. Stock, im hauseigenen Restaurant, und bestellte etwas zu essen, da sprang der Mann vom obersten Stock in die Tiefe. Ich sah ihn am Fenster vorbeifliegen.»

«Mein Gott!» Helen starrte ihn an und hielt ihre Hand vor den Mund. «Haben Sie ihn unten auf der Straße liegen gesehen?»

«Nein. Unser Treffen war ja geheim. Ich bin in die Wohnung zurückgeeilt und habe die Tür zum Fluchtbalkon geschlossen. Und sämtliche Spuren beseitigt.»

«Wer … Wer war der Mann?»

«Ein Informant.»

«Können Sie ihm einen Namen geben?»

«Jacob Wood», sagte er. Und wie selbstverständlich fügte er an: «Ein früherer Secret-Service-Agent.»

Anthony Zara hatte eine brillante Verteidigungsstrategie gewählt. Er hatte sich entschlossen, mit Ausnahme eines winzigen Details die Wahrheit zu sagen. Das hatte den Vorteil, dass er seine Geschichte, ohne zu zögern, schlüssig und überzeugend vorbringen konnte. So schlüssig, dass Helen Christensen nicht bemerkte, dass Zara das Wichtigste wegließ: das Detail, ohne das seine Geschichte nicht der Wahrheit entsprach. Lügen durch Unterlassen. Dafür erschütterten sie die tragischen Zusammenhänge zu sehr. Selbstmord. Zerschmetterter Körper. Der russische Außenminister als Beteiligter. Alles Triggerworte, die Aufmerksamkeit absorbierten. Das Detail betraf die zwanzig, dreißig Sekunden an der Brüstung über dem Abgrund. Der Blick aus großer Höhe auf den Pitbull, der Zara angeblich schon gebissen hatte, als er noch ein Kind gewesen war. Und der Arm im Rücken von Jacob Wood, der plötzlich eine gewaltige Kraft entwickelt hatte und ihn in die Tiefe stieß.

«Wir haben uns getroffen, weil er mir Beweise zeigen wollte», fuhr Zara fort. «Beweise, mit denen wir den Ex-Präsidenten Adam Rycart der Anstiftung zum Mord überführen können.»

«Halt, halt, Anthony. Anstiftung zum Mord?»

«Ich kann Sie nicht in alles einweihen, Helen. Nur so viel: Rycart hätte vor vier Jahren nicht Präsident werden dürfen, denn er war schwer krank.»

«Das hat Ihnen der Informant gesagt?»

«Ja. Zeitpunkt. Diagnosen. Krankheitsverläufe.»

«Haben Sie eine Ahnung, warum sich der Mann das angetan hat? Einen Sturz aus dieser Höhe?»

Zara zuckte mit den Schultern. «Ich kann es nur vermuten. Mitten in unserem Gespräch rutschte ihm heraus, dass er die beiden Personen rekrutiert hätte, die beauftragt worden waren, die Zeugen der Krankheit aus der Welt zu schaffen.»

«Aus der Welt zu schaffen?»

«Habe ich auch gefragt. Mit denselben Worten.»

«Und? Was meinte er?»

«Zu töten.»

Helen hatte das Gefühl, als spähte sie über den Rand eines Abgrunds.

«Das … Das müssen Sie der Polizei melden.»

«Ich weiß, ich weiß. Aber ich habe noch nicht alles bis zu Ende durchdacht. Auf der einen Seite haben wir eine rechtliche Pflicht. Auf der anderen Seite haben wir eine Sensationsstory.»

Sie schaute ihn fragend an.

«Das Problem ist», fuhr er fort, «dass ich mich nicht auf Quellenschutz berufen kann, weil es ja nicht um eine Aussage dieses Mannes geht. Sondern um seine Anwesenheit in dem Penthouse kurz vor seinem Sturz in die Tiefe. Und darum, warum ich ihn getroffen habe. Es gibt keinen Quellenschutz, wenn der Mann ein Verbrechen begangen hat. Denn dann wären wir Mittäter.»

«Anthony, bitte. Ich will nichts mehr hören.»

«Sie haben gefragt.»

«Noch einmal: Sie müssen die Polizei informieren.»

«Ich muss erst herausbekommen, ob Wood persönlich in etwas verwickelt war, was unsere Möglichkeiten rechtlich einschränkt. Verstehen Sie, ich will unsere Story retten.»

Sie gingen ein paar Meter hinauf zu einer Bank und setzten sich. Wie üblich um diese Jahreszeit war die Luft kühl und frisch, Helen spürte es auf den Wangen.

«Helen», sagte Zara und zwang sich, bedächtig zu sprechen. «Ich will Ihnen die Zusammenhänge andeuten, und ich tue das auch nur, weil wir in Kürze gemeinsam aus diesem Wissen Kapital schlagen könnten. Wir – und damit meine ich die findigsten Reporter der Maddox Corporation – sind seit ein paar Wochen im Besitz von Hinweisen, dass Rycart einen speziellen Gendefekt hat, der bei seinen Nachkommen zu einem grausamen Tod führen kann. Bisher haben wir das nicht zweifelsfrei beweisen können. Jacob Wood, der Informant, wollte mir den Beweis liefern. Was er jetzt nicht mehr kann, was alles erschwert.»

Er machte eine Pause und beobachtete eine Katze, die vor ihnen um eine Pfütze herumschlich und dann unter den herabhängenden Blättern eines Strauchs verschwand.

«Aber ich habe noch eine andere Möglichkeit, einen Plan B, den ich bereits in Gang gesetzt habe. Wir haben eine Person in das private Umfeld von Rycart eingeschleust, die uns ein Glas mit der Spur seines Speichels, einen Kamm mit einem Haar oder ein Pflaster mit Blutresten bringen soll. Irgendwas, mit dem man eine Genanalyse erstellen kann. Solange wir diese Chance haben, sollten wir warten und nicht die Polizei aufschrecken, die naheliegenderweise sofort zu Rycart rennen würde, um ihm Fragen zu stellen, und die all unsere Arbeit zunichtemacht.»

Helen wurde schwindlig. Ihr Blutdruck war hochgeschnellt, jetzt sackte er ab. Denn Zara hatte recht. Wenn die Polizei Fragen stellte nach einer Krankheit, wäre Rycart alarmiert. Und würde sich komplett abschotten in einem seiner goldenen Paläste.

«Helen, drehen wir's mal um. Was hätten Sie heute Morgen getan?»

«Ich hätte die Polizei gerufen.»

«Und dann?»

«Hätte ich ihr alles erzählt.»

«Und damit unsere Pläne begraben? Wir könnten nichts mehr aus der unwiderstehlichen Geschichte machen, die uns durch viel Glück in die Hände gefallen ist.»

Er winkte ab. Nein, das war kein Weg, den er gehen wollte. «Die Polizei entscheidet nur nach dem Gesetz», fügte er hinzu. «Wir aber müssen auch wirtschaftlich denken, wenn wir überleben wollen.»

Lass ihn reden, sagte eine Stimme, ihre eigene Stimme in ihrem Kopf. Und sofort spürte Helen wieder die Angst, alles zu verlieren, wofür sie in den letzten Monaten gekämpft hatte, um ihren Verlag zu retten. Sie musste Anteile verkaufen, weil sie wirtschaftlich in Not war. Sie wollte die Anteile verkaufen an einen Player wie Maddox, der ihr die Entscheidungsfreiheit ließ. Und mehr Geld bot als jeder andere.

Natürlich müsste sie darauf dringen, die Polizei zu informieren, das war ihr klar. Sie hatte seit ein paar Minuten Kenntnis von einer Straftat. Von einem Selbstmord oder einem Unfall. Und von einem Komplott, in das der Ex-Präsident angeblich persönlich verwickelt war. Sie war zwar keine direkte Zeugin, aber sie wusste von Zara mehr als jeder andere über den Hergang des Fenstersturzes. Und über die Hintergründe.

Der Zwiespalt war unerträglich. Und faszinierend zugleich.

Die Lösung war: Sie musste Zeit gewinnen. Sie würde das Thema jetzt beenden und den Anschein erwecken, als wäre sie an diesem Montagmittag nicht in der Nähe der Madison Avenue gewesen. Wenigstens sich und die sie beunruhigenden Gedanken konnte sie damit besänftigen.

Sie hatte Anthony Zara an diesem Tag nicht getroffen. Punkt. Sie hatte einen Einkaufsbummel gemacht und war von dort gleich zu ihrem Termin ins Weiße Haus gefahren.

Erleichtert hob sie den Kopf und schaute Zara an.

«Ich muss gehen, Anthony, tut mir leid. Ich habe ganz vergessen zu sagen, dass ich etwas früher am Weißen Haus sein wollte, um noch ein paar Fragen zu klären.»

Er griff nach ihrem Arm. «Denken Sie in Ruhe über alles nach. Und lassen Sie mich wissen, wie Sie sich entscheiden. Nur gemeinsam können wir diesen Scoop landen. Jeder wird das verstehen: die erste gemeinsame Enthüllungsstory unseres fusionierten, internationalen Verlags. Ich denke, dass wir in den nächsten Tagen verwertbare Genproben von Adam Rycart bekommen werden. Und ich bin sicher, dass wir kurz nach der Vertragsunterzeichnung die Bombe platzen lassen können.»

«Wir hätten also noch vier Tage.»

«Ja. Bis Freitag.»

Kaum hatte das Taxi Helen Christensen vor dem Weißen Haus abgesetzt, griff Anthony Zara nach seinem Smartphone. Er wartete, bis das Taxi von der Pennsylvania Avenue abgebogen war, dann wählte er eine Nummer.

«Maddox», meldete sich der Angerufene.

«Frank?»

«Ja.»

«Ich glaube, wir haben sie», sagte Zara. «Sie hat es geschluckt.»

Alles vorbei | Montag, 16 Uhr

Zum dritten Mal innerhalb einer Woche stand Emma Bricks in dem Videoraum von *Goldberg Forensic Architecture* und wartete darauf, aufgeklärt zu werden über das, was in der zurückliegenden Nacht geschehen war – und was Max und Greta damit zu tun hatten. Ihr gegenüber lehnten die beiden Geschäftsführer des Start-up-Unternehmens mit verschränkten Armen und seltsam angespannten Mienen an dem großen Besprechungstisch. Ihre neugierige und zugewandte Haltung, die sie bei ihren ersten Begegnungen mit Emma gezeigt hatten, war verschwunden. Die beiden schienen auf jemanden zu warten, und nach allem, was Emma spürte, freuten sie sich nicht auf das, was kommen würde.

«Ist was?», fragte Emma. Sie war gleich vom Krankenhaus, wo man sie bis zum frühen Nachmittag beobachtet hatte, mit einem Taxi in die Factory gefahren.

Max zog die Schultern hoch. Dann bat er Emma, sich zu setzen, und zeigte auf den Verband an ihrem Oberarm.

«Was meinen die Ärzte?»

«Streifschuss. Die Kugel hat Gott sei Dank keine lebenswichtige Ader getroffen.»

«Trotzdem haben sie dich über Nacht dabehalten», sagte Greta. «Sehr vernünftig.»

Max räusperte sich. «Hast du deiner Zeitung schon was gesagt?»

«Noch nicht.»

«Ich meine, deine Chefs wollten doch heute Brandon befragen. Verdammt. Vier Wochen Arbeit umsonst. Können wir alles in die Tonne treten.»

«Die Polizeibeamtin, die mich aus dem Schrank befreit hat, meinte, ich sollte mit niemandem reden. Sie würde sich melden und mir berichten, wo ich da reingeraten sei. Und dann kam auch schon der Krankenwagen und nahm mich mit. Sie hatte den Notarzt gerufen.»

«Sehr gut», murmelte Max. «Wann hat sie dich hierher bestellt?»

«Vor einer Stunde.»

Greta nickte. «Da hat sie auch uns angerufen.»

Emma lehnte sich vorsichtig auf ihrem Stuhl zurück und passte auf, dass sie mit ihrem Arm nirgendwo anstieß.

Sie fragte: «Wie habt ihr eigentlich von dem Einbruch erfahren?»

«Warum willst du das wissen?», gab Greta zurück.

«Na ja, die Kriminalbeamtin meinte, ein Nachbar habe die Polizei alarmiert.» Sie blickte zu Max. «Das kann doch nur heißen, dass du mal wieder dein Fernglas rausgeholt hast, oder?»

Max schaute Greta an, die sofort reagierte. «Ist das alles, was du ungewöhnlich findest?»

«Du meinst, weil meine Vernehmung ausgerechnet bei euch stattfinden soll?»

Beide nickten.

«Und», fragte Max, «was meinst du?»

«Weil du alles gesehen hast und Zeuge bist, nehm ich an.

Wenn wir beide dasselbe erzählen, kann die Polizei davon ausgehen, dass es stimmt. Außer sie vermuten eine statistische Zufallshäufung, was ich mir aber nicht vorstellen kann.»

Wieder nickten beide.

«Wisst ihr, ob sie Brandon erwischt haben?», fragte Emma. «Denn kaum war er abgehauen, da tauchten die Beamten auch schon auf.»

Greta schüttelte den Kopf. «Mir haben sie nichts gesagt.»

«Mir auch nicht», fügte Max an.

«Aber du warst es, der die Polizei gerufen hat, oder?»

«Kann man so sagen, ja.»

Emma blickte ihn dankbar an. «Dann hast du ja vielleicht mein Leben gerettet. Danke. Ich habe im Schrank schon darüber nachgedacht, wann ich wohl verblutet sein würde.»

In diesem Augenblick ging die Tür auf, und Tilda Hansson betrat eiligen Schrittes den Technikraum. Toni hatte sie vorne in Empfang genommen. Unter dem Arm trug sie eine Ledermappe.

«Entschuldigung, bin aufgehalten worden. Habe ich was verpasst?», fragte sie und gab jedem die Hand.

Emma hätte die Frau fast nicht wiedererkannt. Nichts an ihr deutete auf eine Polizeibeamtin hin, die Tag für Tag in einem schlichten Büro saß und Einbrüche und andere Straftaten untersuchte. Die Frau strahlte eine souveräne Autorität aus in ihrem dunkelblauen Kostüm. Emma war überrascht. In der Nacht, als sie die Frau das erste Mal gesehen hatte, hatte sie Hosen und eine schusssichere Weste getragen. Im Gegensatz zu ihr waren Greta und Max nicht erstaunt. Sie schienen die Frau zu kennen.

«Emma Bricks hat gerade gesagt, dass Max ihr vielleicht das Leben gerettet hat», meinte Greta.

Tilda lächelte. «Das werden wir wissen, wenn wir uns einen Überblick über die Ereignisse verschafft haben.»

Sie nahm an der Stirnseite des Tisches Platz und wandte sich an Emma. «Mein Name ist Tilda Hansson. Wollen wir anfangen?»

Alle drei nickten.

Tilda drückte auf den Aufnahmebutton ihres Smartphones und stellte es in die Mitte des Tischs. Links von ihr saßen Greta und Max. Rechts von ihr Emma.

Sie ließ ihren Blick von einer Seite zur anderen wandern. «Hat jemand eine Frage?»

Niemand schien eine zu haben. Doch da rutschte Emma auf ihrem Stuhl nach vorn. «Ja», sagte sie. «Wer sind Sie? Ich scheine die Einzige zu sein, die keine Ahnung hat.»

«Das kann ich leider nicht erschöpfend beantworten. Ich gehöre zu einer Abteilung, die politische Straftaten verfolgt.»

Emma runzelte die Stirn. «Ist das der Grund, warum wir hier sind und nicht in Ihrer Behörde?»

«Zum einen, ja. Zum anderen haben wir ein Gespräch des Einbrechers aufgezeichnet, zu dem ich Sie gerne befragen würde. Solch eine Ausstattung wie hier» – sie lächelte und machte eine Geste, mit der sie die gesamte Technik des Raums einbezog – «haben wir leider nicht zu bieten. Aber dazu später mehr.»

Emma faltete ihre Hände. Allmählich fing sie an, die Situation zu begreifen. Sie hob den Kopf und fragte: «Wieso waren Sie gestern eigentlich so schnell bei mir?»

«Als wir von dem Einbruch in Ihre Wohnung erfuhren, waren wir sofort alarmiert.»

«Verstehe ich nicht.»

«Sehen Sie es mir bitte nach, dass ich das im Detail nicht erklären kann. Nur so viel: Wir haben die Person, die bei Ihnen eingebrochen ist, bereits seit einer Weile im Visier. Die Dinge sind dann etwas aus dem Ruder gelaufen, aber wir kriegen das schon wieder hin.»

Emmas Augen flackerten. «Sie haben mitbekommen, wie der Bursche bei mir eingebrochen ist?»

Tilda nickte.

«Aber gesehen hat das …» Emma zeigte auf Max. «… er?»

Tilda zog kurz die Augenbrauen hoch. «Ja. Manchmal kommt uns auch der Zufall zu Hilfe. Aufmerksame Nachbarn sind Gold wert.»

«Tut mir leid, ich … Ich glaube Ihnen nicht. Und Sie … Sie sind auch nicht von der Polizei …»

Schweigen senkte sich über den Raum, alle vermieden es, Emma in die Augen zu blicken. Doch je länger die Stille anhielt, umso deutlicher spürten sie, dass es zwecklos war, Emma weiterhin etwas vorzuspielen. Auch wenn sie danach versuchten, sich gegenseitig mit Blicken immer wieder zu bremsen, vor allem nicht zu sehr ins Detail zu gehen, so erfuhr Emma dann doch recht schnell, dass Tilda Hansson zu einer geheimdienstlichen Abteilung gehörte. Das konnte sie noch schlucken. Aber als sie weiter bohrte und Greta schließlich zugab, dass *Goldberg Forensic Architecture* die gesamte Überwachung Brandon Lees im Auftrag des Bundesnachrichtendienstes durchführte, verlor Emma die Fassung.

«*Sie* stehen hinter diesem Laden hier?», fragte sie mit Blick auf Tilda. «*Sie* zahlen das alles?»

«Das habe ich dir doch angedeutet», mischte sich Max entschuldigend ein. «Schon, als du das erste Mal hier warst.»

«Da hast du gesagt, dass ihr mit möglichst vielen ins Geschäft kommen wollt. Was offenbar geklappt hat.» Emma schüttelte stirnrunzelnd den Kopf und blickte zu Tilda. «Brandon Lee ist von Interesse für den … für den Geheimdienst?»

Tilda nickte.

«Warum?»

«Sein richtiger Name ist Malik Wheeler, Frau Bricks. Weswegen wir auch eingreifen mussten, als er ganz am Anfang unserer Observation Ärger mit der Polizei bekam. Sie waren ja dabei, als er in der Ettstraße ohne Pass wieder gehen durfte.»

«Sie haben die Szene beobachtet?», fragte Emma.

«Ich selbst nicht, nein.»

«Und der Grund für Ihre Hilfe war ...? Ganz allgemein gesprochen ...?»

«Laut unseren Informationen stand Wheeler alias Brandon Lee beim Einbruch in das Kapitol an vorderster Front. Er wird verdächtigt, in dem Getümmel eine Frau erschossen zu haben.»

Emma hob ihr blasses Gesicht, strich sich eine widerspenstige Locke hinters Ohr und kniff die Augen zusammen. «Ich weiß, ich weiß. Aber interessiert so etwas nicht eher das FBI?»

Tilda lächelte flüchtig. «Ja, das ist richtig. Wir sind allerdings der Überzeugung, dass der Mann bei dem Sturm auf das Allerheiligste in Washington eine Aufgabe hatte, die nicht nur die Politik der Vereinigten Staaten beeinflussen könnte, sondern darüber hinaus von Bedeutung ist.»

Emmas Augen weiteten sich. «Woran denken Sie?»

«Ist noch zu früh, das zu sagen.»

Emma wandte ihren Kopf Greta und Max zu. «Ihr habt also damit gerechnet, dass Brandon eines Tages bei mir zu Hause auftauchen würde. Deshalb hast du mich auch ständig im Blick gehabt ...»

Sie unterbrach sich. Ihr kam ein Gedanke, und für einen Moment erstarrte sie.

«Sag mal, Max, wie lange wohnst du eigentlich schon auf der anderen Seite meines Hofs?»

Verlegen wand er sich. «Das tut nichts zur Sache.»

«Doch. Tut es.»

Er räusperte sich und blickte zu Tilda Hansson, die ein Nicken andeutete. «Na ja ... Also ... Schon vor ein paar Wochen ist mir die Wohnung angeboten worden ...»

«Max, hör auf! Lüg mich nicht an!»

Greta erbarmte sich. «Genau genommen wohnt er dort seit dem Tag, an dem ihr euch kennengelernt habt.»

«Wow. Das ist ein Hammer.»

Es entstand eine lange Pause. Tilda veränderte ihre Sitzhaltung und rutschte näher zu Emma. Begütigend sagte sie: «Bevor Sie voreilige Schlüsse ziehen, Frau Bricks – es war eine spontane Aktion. Wir haben erst am Abend davor entschieden, Sie für den Job zu nehmen. Sie wurden erst in letzter Minute ausgesucht.»

Jetzt wurde Emma trotzig. «Heißt das, dass Sie erst am Nachmittag Max' persönliche Sachen in diese Wohnung gebracht haben?»

Sie nickte.

«Fotos, Notizen, Tagebücher, Kalender und so weiter?» Emma sah vor ihrem geistigen Auge die Fotos an Max' Pinnwand: seine Eltern am Meer, den Onkel in Tennisklamotten, Max mit seinen Geschwistern auf einer Luftmatratze, er mit der gehäkelten Badehose.

«Vor allem das, ja.»

«Na prima.» Emma runzelte die Stirn. Das Ganze nahm Ausmaße an, die ihre Vorstellungskraft sprengten.

«Wie konnten Sie denn wissen, dass ich abends in der Bar auftauchen würde?»

«Wir hatten unsere Informationen», sagte Tilda, ohne eine Miene zu verziehen.

Greta mischte sich wieder ein. «Max und ich haben am Tag davor deine Freundin in der Robinson's Bar kennengelernt. Friederike. Sie hat neben uns am Tresen gestanden. Sie war sauer, weil du sie versetzt hattest. Weshalb sie sich geschworen hatte, sich am nächsten Tag zu rächen – auf die gleiche Weise. Dabei hatten wir an dem Abend noch gedacht, diese Friederike sei unser Lockvogel.»

«Und warum war sie's dann nicht?»

Greta und Tilda wechselten einen Blick. Doch Greta schaute zu schnell zurück zu Emma, weshalb sie Tildas warnenden Gesichtsausdruck nicht mehr bemerkte.

«Sie kam für Max nicht infrage.»

«Kam nicht infrage – was … Was meinst du damit?»

«Sie … Sie ist nicht sein Typ.»

Langsam fühlte Emma, wie ein schweres Unwetter auf sie zurollte. Ein Unwetter, dem sie nicht standhalten würde, und ein schrecklicher Gedanke keimte in ihr auf.

«Nicht sein Typ? Für … Für was?»

Tilda hob ihre rechte Hand. «Halt! Genug jetzt!»

Emma wandte sich Tilda zu. «Haben Sie etwa Max gebeten, mich aufzureißen und … und … zugänglich zu machen …? Weil ich zufällig so aussehe, dass ich für Was-auch-immer infrage kam?»

Tilda antwortete nicht. Niemand war bereit, etwas zu sagen.

«Man kann also sagen», murmelte sie, «dass alles, was an dem Tag und in der Nacht nach unserer Begegnung in der Bar passiert ist, Teil eines großen Plans war?»

«So weit würde ich nicht gehen», antwortete Tilda. «Das war improvisiert. Für die Details habe ich Greta und Max freie Hand gelassen. Immerhin sind die beiden ein Paar. Sie wussten genau, wie weit Max bereit war zu gehen.»

Es dauerte einen Augenblick, bis Emma die Wirkung des Schlags spürte, den Tilda Hansson ihr mit diesen Worten versetzt hatte. Sie fühlte, wie das Blut aus ihrem Gesicht wich und ihr schwindlig wurde. Sie hielt sich generell für geübt darin, ihre Stimmungslage nicht nur zu registrieren, sondern auch in Worte zu fassen. Aber das hier kam so überraschend, dass es einen Schock auslöste, der es ihr unmöglich machte, überhaupt noch etwas zu sagen.

Max und Greta – nicht nur ein Geschäftspaar, natürlich nicht! Wie hatte sie nur so naiv sein können. Alles war geplant gewesen. Die Nähe. Die Verführung. Max' einfühlsame Leidenschaft. Seine gespielte Sorge um ihre Sicherheit. Wenn sie nur etwas aufmerksamer gewesen wäre, hätte sie misstrauisch werden müssen. Es war alles zu einfach verlaufen, zu reibungslos. Er gefiel ihr. Sie schien ihm zu gefallen. Von Anfang an hatte sie das Gefühl gehabt, dass Max trotz aller Reibungspunkte und Widersprüche der Typ war, den näher kennenzulernen sich lohnte. Mit dem es vielleicht sogar eine Zukunft geben könnte. Dass er ihr am Ende wehtun musste und sich offenbar nichts daraus machte, das hatte sie nicht erwartet.

Erst jetzt bemerkte sie, dass alle im Raum sie beobachteten. Sie warteten darauf, dass sie etwas sagte.

Aber das konnte sie nicht. Noch nicht.

So lässig wie nur möglich breitete sie die Hände aus und signalisierte: Sorry! Bitte! Keine weiteren Fragen!

Dann stand sie mit angespannter Miene auf und sagte langsam: «Ich werde mich jetzt ein bisschen frisch machen. Dann komme ich zurück. Es wäre schön, wenn ihr in der Zeit alles vorbereiten würdet, um mir das Gespräch vorzuspielen, von dem ihr eben gesprochen habt. Dann werde ich euch sagen, was ich dazu zu sagen habe. Und danach verschwinde ich. Endgültig, wenn ich das noch hinzufügen darf.»

Entschlossen ging sie auf den Ausgang des Raums zu. Sie zwang sich, nicht darüber nachzudenken, was sie verloren hatte. Egal, was alles an Bedrohlichem in den zurückliegenden Tagen passiert war, sie hatte sich mit Max gut gefühlt. Das war jetzt vorbei. Damit und mit den Folgen seines Verrats würde sie sich später beschäftigen.

Als sie im Waschraum der Factory ihr Gesicht unter das kalte Wasser hielt, klingelte ihr Smartphone, aber das hörte sie nicht. Erst als sie ihren Kopf aus dem Strahl nahm, bemerkte sie den Anruf.

Sie trocknete die Hände an ihrer Jeans ab und nahm das Gespräch an. Es war Friederike.

«Wo bist du?»

«Erzähl ich dir später.»

«Alles okay? Hab seit gestern nichts mehr von dir gehört.»

Emma betrachtete sich im Spiegel. Sie sah schrecklich aus. «Ja, alles okay.»

«Ist was? Du klingst so komisch.»

«Nein. Alles gut.»

«In der Konferenz eben haben sie jemanden gesucht, der einen Text fürs Panorama schreibt. In New York ist ein Mann aus dem obersten Stockwerk des luxuriösesten Wolkenkratzers der Stadt auf eine Limousine mit Diplomatenkennzeichen gefallen.»

«Friederike, ich kann jetzt nicht …»

«Die Madison Avenue war mehr als eine Stunde gesperrt. Emma, du kennst doch die Ecke. Warst du nicht vor einem Jahr in New York und hast über die Hundeschule in dem Park eine Geschichte geschrieben?»

«Nein, sorry, nein, ich komm dafür nicht infrage. Im Ernst. Ich hab gerade andere Sorgen. Außerdem interessiert in New York niemanden, wenn einer von einem Hochhaus auf ein Auto fällt. Passiert dort ständig.»

«Außer es sitzt in dem Auto der russische Außenminister auf dem Weg zu einem seiner Lügenauftritte bei den Vereinten Nationen. Der Gag ist nämlich, dass der Tote auf der Limousine das Dach so tief eingedellt hat, dass der Außenminister flach auf seinem Rücksitz lag, um nicht erdrückt zu werden. Außerdem konnte er zehn Minuten lang nicht aus dem Wagen raus, weil ein zähnefletschender Pitbull an seinem Fenster hochsprang. Khan meinte eben, das sei eine super Panorama-Geschichte. Zwei Pitbulls Auge in Auge. Russland gegen Amerika. Ein Kläffer gegen einen Lügner.»

«Friederike, bitte. Ich hab jetzt wirklich anderes im Kopf. Ich werde gerade vernommen, weil gestern bei mir eingebrochen wurde.»

«Was!?»

«Ich erzähl's dir nachher, okay?»

Als sie wieder in den Raum kam, saß Max an dem Misch-pult, an dem bei ihren ersten Besuchen Toni, ihr Techni-ker, gesessen hatte. Max hatte die Tondatei gefunden, die Laut-sprecher im Raum überprüft und war jetzt bereit. Er vermied jeden Augenkontakt mit Emma.

Tilda Hansson, die bemerkte, wie die junge Frau litt, sagte: «Bevor Sie gestern Abend nach Hause kamen und Brandon Lee überraschten, hat der in Ihrem Wohnzimmer ein Gespräch geführt. Das haben wir aufgezeichnet …»

«Wie?», fragte Emma knapp.

«Um es kurz zu machen: In Ihrer Wohnung sind Kameras und Mikrofone installiert.»

«Seit wann?»

«Seit gestern Nachmittag.»

«Auch im Schlafzimmer?»

«Auch im Schlafzimmer. Deshalb haben wir mitbekommen, dass Sie im Schrank eingesperrt waren.»

«Über Max.»

Tilda räusperte sich. «Über Max, ja. Was Ihnen wahrschein-lich das Leben gerettet hat.»

«Danke noch einmal dafür», sagte Emma, ohne eine Re-gung zu zeigen.

«Okay», sagte Tilda und gab Max ein Zeichen. «Am Anfang fehlen ein paar Worte …»

Und schon füllte Brandons Stimme den Videoraum.

«… natürlich nicht. Ich muss nur Geduld haben», hörten sie ihn sagen.

«Willst du etwa enden wie euer Vater?» Die Stimme am an-deren Ende der Leitung – die Stimme einer Frau um die fünf-zig – klang besorgt.

«Nein, Ma.»

«Dann vergesst nicht, dass ihr beide mir versprochen habt, so schnell wie möglich nach Hause zu kommen.»

Emma faltete ihre Hände und versuchte, sich die Mutter von Brandon vorzustellen. Wie sie irgendwo in Wyoming in der Küche einer Ranch saß, das Telefon am Ohr, und mit ihrem Sohn redete, der sich in einem Land befand, das für sie weiter entfernt war als der Mond.

Brandon sprach jetzt leise, flüsterte fast. Kaum zu glauben, dass das Gespräch vor rund zwölf Stunden in ihrem Wohnzimmer stattgefunden hatte.

«Ich weiß. Vertrau mir. Ich mach nur noch das hier. »

«Werd nicht leichtsinnig, Malik. Kommst du klar?»

«Geht so.»

«Du weißt, du musst nur Angst haben vor dem, was du nicht verstehst.»

«Ja, Ma. Mach dir keine Sorgen.»

«Zu meinem Geburtstag bist du aber wieder bei mir, okay?»

Pause.

«Malik?»

«Ja.»

Seine Mutter merkte, wie er zögerte. Wie er mit der Antwort kämpfte.

«Schaffst du das?», hörte Emma sie fragen. Ihre Stimme klang jetzt drängend.

Die Pause, die folgte, zog sich hin. Brandon schien unschlüssig zu sein, wie er das sagen sollte, was er jetzt sagen musste.

«Hör zu, Ma. Wir haben noch nie darüber geredet.»

«Worüber.»

«Über … über diese Möglichkeit.»

«Was …» Emma hörte durchs Telefon den alarmierten Unterton. «Was ist passiert?»

«Ich kann nicht zurück. Ich muss noch was klären … Dann verschwinde ich …»

«Das hast du auch schon Everett gesagt.»

«Weil es diesmal für länger ist. Für lange … Für sehr, sehr lange.»

Die Pause wirkte plötzlich bedrohlich. Emma meinte den Schock durch das Rauschen der Leitung hindurchzuhören.

«Was?!», sagte die Frau schließlich. «Was soll der Unsinn? Du hast deinen Leuten doch gegeben, was sie wollten.»

«Ich musste noch was versprechen, erst dann lassen sie mich nach Hause. Im Ernst, wir können jetzt nicht mehr miteinander reden.»

«Was will denn die Regierung?»

«Ich weiß es nicht. Und ich weiß nicht, ob es richtig ist.»

«Bullshit, Malik. Was hast du auf einmal?»

«Die Frau, die ich treffen sollte, die war auf einer einsamen Insel, Tausende Kilometer von unserem Zuhause entfernt. Was hat so jemand mit unserer Regierung zu tun?»

«Sie hatte Informationen, hat Everett gesagt.»

«Und jetzt soll ich noch jemanden besuchen. Einen, den sie gekannt hat. Keiner sagt mir, worum es geht.»

«Hast du doch noch nie gewusst, Junge.»

«Aber jetzt will ich es wissen. Die Frau saß vor einem Campingwagen, es war Nacht und sehr kalt. Ich hatte das Gefühl, dass ich ihr helfen müsste. Sie sah nicht so aus, als könnte sie der Regierung was antun.»

«Dann frag J. J.»

«Kann ich nicht … Ma, es sieht so aus, als wäre das unser Ende.»

«Nein. Bleib ruhig, Junge …»

«Eine Kopie der Dokumente steckt in einer Schachtelpuppe, wie sie Großvater mal aus Moskau mitgebracht hat. Die schick ich dir. Du musst nur reinschauen. Wenn sie mich erwischen, könnt ihr mir helfen mit den Dokumenten, weil ihr dann alles wisst.»

«Sehr gut, so machst du's. Ich rede mit Everett und sag's ihm. Wann rufst du wieder …?»

«Gar nicht. Ich muss Schluss machen, Ma. Leb wohl.»

«Nein, nicht, Malik. Das kannst du mir nicht antun!»

«Ich muss weg. Sag Everett, er soll auch verschwinden.»

«Nein, Junge, du darfst jetzt nicht auflegen.»

«Keine Zeit mehr.»

«Hey! Nein! Malik! Verdammt, du legst jetzt nicht …»

Aber es war zu spät, Brandon hatte das Gespräch bereits beendet.

Schweigend blickten sich Emma und Tilda an, während Max hinter dem Mischpult hervorkam.

«Was meinen Sie?», fragte Tilda.

Emma wog den Kopf hin und her. «Ich nehme an, Ihnen geht es um den Satz mit den Dokumenten. Vor wem könnte Brandon Angst haben? Er sagte: *Wenn sie mich erwischen.*»

Tilda zuckte die Achseln. «Haben Sie eine Idee?»

«Keine Ahnung. Mich beschäftigt viel mehr», fuhr Emma fort, «dass er noch jemanden besuchen will.»

NEUNTER TEIL

Ein Baum wird gefällt | Dienstag, 16. Februar, 9 Uhr

Als am nächsten Morgen die Leute mit der Säge kamen, ahnte David noch nicht, wie gefährlich dieser Tag für ihn werden würde. Er hatte nicht mit Besuchern gerechnet, im Gegenteil: Nach dem frustrierenden Gespräch mit Helen Christensen am Wochenende hatte er in der Redaktion angerufen und Frau Rösner mitgeteilt, dass er zu Hause den Essay schreiben würde, den er dem Feuilleton versprochen hatte. In Wirklichkeit wollte er nach Helens ernüchternder Eröffnung niemanden sehen.

Die Leute, die den Baum fällen sollten, kamen zu dritt. Sie hatten einen Kran, einen Bagger, einen Häcksler und einen Container dabei, der groß genug war, die hundert Jahre alte Buche in zerkleinerter Form abzutransportieren. Die Männer maßen zweimal mit großer Sorgfalt den Tatort aus, was nicht leicht war, denn die Grenze verlief von einer Mauer neben der Terrasse bis hinunter zur Außenkante des Bootshauses. Die Grenze war allerdings unsichtbar, denn sie kreuzte eine große Wiese voller Maulwurfshügel. Dennoch bestätigten sich die Männer gegenseitig, dass sich der größere Teil des mächtigen Stamms auf dem Grundstück befand, dessen Eigentümerin sie beauftragt hatte, ihren Vernichtungsauftrag zu exekutieren.

Als die Männer sich mit der Säge neben dem Baum aufbauten, lief David hinaus, hob schon von Weitem abwehrend die linke Hand, rief «Halt! Moooment!» und kündigte an, die Polizei zu rufen, wenn sie den Baum nicht in Ruhe ließen.

«Wie heißen Sie?», fragte der Vorarbeiter. Er schien der einzige Deutsche in der kleinen Gruppe zu sein. Die anderen beiden Männer – vollbärtig, breit und kräftig der eine, nervös, schmalgesichtig und glatzköpfig der andere – hielten sich gelangweilt im Hintergrund und zündeten sich filterlose Zigaretten an, die der Nervöse mit einem Schwung aus einer Packung hatte hervorschnellen lassen.

«Ihr Name?», wiederholte der Vorarbeiter.

«David Jakubowicz.»

«Jakubowicz finde ich nicht hier auf dem Auftrag.» Er blickte ihn an, als täte ihm diese Auskunft leid.

«Du da» – er meinte einen seiner beiden Begleiter – «leg den Hüftgurt an. Und du, Almir, hol den Bagger. Und Sie», sprach er jetzt zu David, «sind so nett und klären den Sachverhalt, okay? In zehn Minuten machen wir weiter.»

Eine Viertelstunde später gab David auf und fügte sich ins Unvermeidliche. Die Auftraggeberin, deren Namen der Vorarbeiter ihm genannt hatte, war telefonisch nicht zu erreichen. Die Polizei im nahegelegenen Ort fühlte sich nicht zuständig für Nachbarstreitigkeiten. Und ein befreundeter Anwalt, den er um Rechtsrat bat, verwies darauf, dass David kurzfristig nichts gegen das Fällen des Baums ausrichten könne, solange nicht zu beweisen sei, dass sich der Baum zweifelsfrei auf seinem Grundstück befand.

«Und? Können wir endlich?», rief der Vorarbeiter, als David mit dem Telefon in der Hand wieder auf die Terrasse trat.

Er war offenbar ein etwas rauerer Geselle, denn als David sich, ohne zu antworten, ins Haus zurückzog, reichte der Mann dem vollbärtigen Arbeiter die Kettensäge, die der an seinem Hüftgurt befestigte. Obwohl ihm das Klettern schwerfiel, war der Arbeiter schnell in rund fünf Metern Höhe angelangt, wo er die Säge anwarf.

Das Verbrechen an dem friedlichen Baum ereignete sich ausgerechnet an dem Tag, an dem David den Essay in Angriff nehmen wollte, den er ein paar Tage zuvor leichtsinnigerweise dem Feuilleton versprochen hatte. Das Thema hatte Maurice Zettel, der Feuilletonchef, an ihn herangetragen. Die Frage, die David auf 250 Zeilen beantworten sollte, lautete: «Stirbt die Menschheit bald aus?»

David verfluchte sich, nicht geistesgegenwärtig genug gewesen zu sein, eine seiner vielen Verpflichtungen als Ablehnungsgrund vorgeschoben zu haben. Denn als Dr. Zettel das Thema in der Konferenz vorschlug, erwähnte David eine Szene in Woody Allens Film *Der Stadtneurotiker*, in der eine Mutter mit ihrem deprimierten Kind zum Arzt geht. Auf die Frage des Arztes, was denn los sei, habe das Kind gesagt: «Das Universum expandiert, eines Tages wird es kollabieren. Und das ist dann das Ende von allem.» Worauf die Mutter das Kind anherrscht: «Verdammt! Was geht dich das an!?»

Zettel war daraufhin der Ansicht, dass es keinen geeigneteren als David gäbe, das Thema zu bearbeiten.

Jetzt, eine halbe Stunde nach der Auseinandersetzung mit dem Vorarbeiter, starrte er auf den blinkenden Cursor. Erst fünfzig Zeilen hatte er geschrieben, und leicht war ihm der Text bisher nicht von der Hand gegangen angesichts des Dramas draußen an der Grenze seines Grundstücks.

Da hörte er ein leises Klopfen hinter sich. Er wandte sich um.

«'Tschuldigung. Könnte ich kurz Ihre Toilette benutzen?»

Der vollbärtige, kräftige Typ mit den freundlichen Augen stand in der Tür. Sein Deutsch klang irgendwie ulkig, der Mann hatte wohl längere Zeit in den USA gelebt. Er war es gewesen, der mit der Kettensäge in der Hand den Baum hinaufgeklettert war. Aus der Ferne hatte er gar nicht so kräftig gewirkt.

«Natürlich», antwortete David. «Vorne, neben der Haustür.»

«Danke», sagte der Mann höflich.

Mit den Händen in den Hosentaschen trat David auf die Terrasse und verfolgte reglos den Rest des Schauspiels. Zuerst wurden die Äste der Krone, die mittlerweile auf dem Boden lag, zersägt. Danach zerteilten die Arbeiter, die wieder zu dritt waren, den oberen Teil des Stamms und transportierten ihn zur Straße. Der untere Teil folgte wenig später. Es brach David das Herz, schließlich auch noch mitansehen zu müssen, wie der Bagger mit seinem gefräßigen Maul an der letzten, tief im Boden verankerten Wurzel zerrte. Er hatte das Gefühl, als klammerte sich die einst so stolze Buche an das Seegrundstück, auf dem sie hundert Jahre lang eine unübersehbare Attraktion gewesen war. Da erzitterte der Boden mit einem schnalzenden Geräusch – der Bagger hatte ein paar beindicke Wurzeln herausgerissen, die er langsam in seiner stählernen Schaufel gen Himmel reckte, bevor er sie in den Container fallen ließ.

Emma gesteht ihr Scheitern | Dienstag, 11 Uhr

Ziemlich genau 48 Stunden, nachdem Emma in der Factory erfahren hatte, dass sie von Max, Greta und einer ihr bislang unbekannten Geheimdienstabteilung des BND unwissentlich als Informantin missbraucht worden war, durchquerte sie das verwaiste Vorzimmer der Chefredaktion und blieb vor der Glastür von Khans Büro stehen. Sie sah ihn und Helen Christensen nebeneinander an der Fensterfront Richtung Süden schauen, auf eindrucksvoll dahinjagende Wolken. Verlegerin und Chefredakteur standen mit dem Rücken zur Tür, die lediglich angelehnt war, weshalb Emma, als sie anklopfen wollte, Helen sagen hörte: «… weshalb ich mich nach meinen Gesprächen in New York auch entschlossen habe, das Kaufangebot anzunehmen.»

Emma sah, wie sich Khan, massig und unerschütterlich,

nicht bewegte und schließlich nur sagte: «Was meint Jakubowicz dazu?»

«Ich habe lange über seine Bedenken nachgedacht, sie dann aber verworfen.»

«Ist die Gefahr ausgeräumt, dass die Maddox Corporation Ihr Entscheidungsrecht als Mehrheitseigentümerin aushebeln kann, wenn eine existenzielle Gefahr für den Verlag besteht?»

«Ist vom Tisch. Schlicht und einfach auch deshalb, weil mir bisher weder Mackenroth noch die zusätzlich hinzugezogenen Experten für Gesellschaftsrecht ein existenzbedrohendes Szenario nennen konnten.»

«Na ja», fuhr Khan fort. «David hat die Angewohnheit, nie ganz falschzuliegen … Vielleicht sollten Sie seine Bedenken doch …»

«David berät mich nicht mehr, Alex.»

Khan bewegte sich jetzt das erste Mal. «Wenn David nicht mehr dabei wäre, wäre das ein großer Verlust. Und übrigens auch alles andere als ein vertrauenerweckendes Signal an die Redaktion, die in der Mehrheit die Ziele der Maddox Corporation ablehnt.»

«Ich weiß. Darum habe ich ihn ja auch gebeten, bei den Treffen mit den Amerikanern noch dabei zu sein. Zumindest so lange, bis die Ausgliederung der Digitalsparte über die Bühne ist.»

In dem Moment hörte Emma, wie sich in der Ferne das Geräusch eines Servierwagens näherte. Eine Mitarbeiterin der Kantinencrew brachte Tassen, Teller und etwas zu essen und zu trinken ins Eckzimmer am Ende des Flurs, in dem die Betriebswirte und Anwälte der Maddox Corporation seit ein paar Tagen die Bücher prüften.

Umgehend klopfte sie an Khans Tür, sie wusste, dass Khan und Helen sich jeden Moment umdrehen würden.

«Ah, Frau Bricks», sagte Khan, als er ihrer ansichtig wurde.

«Haben Sie Ihren geheimnisvollen Zeugen ausfindig gemacht?»

Emma trat in sein Büro, nickte kurz Helen Christensen zu und schüttelte dann den Kopf. «Tut mir leid. Ich muss die Story abblasen. Der Mann ist in der Nacht von Sonntag auf Montag bei mir eingebrochen und hat mir eine Waffe an den Kopf gehalten.»

Beide starrten sie an.

Helen fing sich als Erste. «Sind Sie verletzt?»

«Nur ein Streifschuss am Oberarm.»

Khan reagierte so, wie er immer reagierte, wenn ihn etwas gefühlsmäßig berührte.

«Sie sagen das nur, weil Sie in Ihren alten Job zurückwollen, nicht wahr?»

Emma zog die Strickjacke aus und zeigte auf den Verband, sie trug eine ärmellose Bluse. «Professionell verbunden, sehen Sie? So was kann ich nicht.»

«Entschuldigung», sagte er, keine Spur verlegen.

Dafür meldete sich Helen wieder. «Bleiben Sie ein paar Tage zu Hause, Emma.»

«Mach ich.»

Doch jetzt war Khan neugierig: «Was wollte der Typ denn bei Ihnen – wie hieß er noch mal?»

«Brandon Lee. Er hatte sich verletzt und dachte, ich könnte ihm helfen bei der Wunde. Aber ich war nicht da. Als ich nach Hause kam, war er in meinem Badezimmer. Er ist durch mein Küchenfenster eingestiegen. Ich konnte die Polizei rufen – aber bevor die da war, verschwand er.»

«Und wo waren Sie?»

«In meinem Kleiderschrank. Er hatte mich eingesperrt, bevor er abgehauen ist.»

«Wollen Sie darüber schreiben?», fragte Khan. Er betrachtete jedes Ereignis immer und vor allem zuerst als Journalist.

«Auf keinen Fall. Aber dieser Bursche geht mir nicht aus

dem Kopf. Mittlerweile habe ich erfahren, dass ihn auch der deutsche Geheimdienst im Visier hat. Und dass der Mann nicht nur einfach nach Deutschland geflohen ist nach dem Sturm aufs Kapitol, sondern hier möglicherweise irgendwelche Straftaten verüben wollte. Vielleicht sogar verübt hat.»

Das war genug für Helen. «Bitte entschuldigt. Beim Stichwort Geheimdienst muss ich passen. Bis nachher, Alex.»

«Bis nachher.»

Khan wandte sich wieder Emma zu und setzte sich hinter seinen Schreibtisch.

«Eine Straftat?», sagte er. «Wie kommen Sie darauf?»

«Durch das, was er mir erzählt hat. Und was ich aus den Umständen schließe. Außerdem hat er eine Waffe und ist irgendwie – gefährlich.»

Sie schwieg kurz und dachte nach.

«Herr Khan», sagte sie dann, «erinnern Sie sich zufällig an eine Tat, vielleicht sogar an eine Tat mit politischem Hintergrund, die sich am Montag vor einer Woche, also am 8. Februar, zwischen 21 Uhr und Mitternacht in oder um München ereignet hat?»

Khan runzelte die Stirn. «So präzise eingegrenzt?»

«Ja. Es kommt nur dieser Zeitraum infrage.»

Khan hatte schon das Telefon in der Hand. Und lediglich Sekunden später das Archiv am Ohr. Er hatte seinem Wunsch hinzugefügt, dass er eine Antwort in fünf Minuten erwartete.

In seinem langen Leben als Journalist hatte er gelernt, dass der Wahrheitsgehalt einer Geschichte wächst mit der Präzision der Eckdaten, die jemand recherchiert hatte. Also nahm er Emma trotz der vagen Auskünfte ernst und sagte: «Lassen Sie mich kurz zusammenfassen, was wir haben. Wir haben offenbar einen Rycart-Anhänger, der am 6. Januar an vorderster Front im Kapitol für Chaos gesorgt hat und jetzt in München als Obdachloser lebt.»

«Mehr als das: Der deutsche Geheimdienst ist sich sicher,

dass der Mann am Eingang zur Speaker's Lobby eine Frau namens Ashli Babbitt erschossen, mindestens aber angeschossen hat.»

«Beweise?»

«Gibt es, ja. Die könnten wir bekommen über ein Start-up-Unternehmen namens *Goldberg Forensic Architecture*, das sich auf digitale Ermittlungsmethoden spezialisiert hat.»

«Ah, das ist interessant. Von denen hab ich gehört. Den Kontakt müssen Sie mir mal herstellen. Was uns zu der Frage führt: Warum lässt sich dieser Brandon Lee von Ihnen befragen, wenn er ein Verbrechen begehen will oder sogar begangen hat? Der würde doch eine Journalistin meiden wie der Teufel das Weihwasser.»

«Vielleicht, weil er davon überzeugt ist, dass niemand ihn mit dem Verbrechen, was immer es sein mag, in Verbindung bringt. Eben weil niemand einem Obdachlosen in Deutschland die Tat zutraut.»

«Dann wäre die Obdachlosigkeit seine Tarnung. Und wenn ja, dann müsste er Hilfe von anderen haben. Haben Sie Erkenntnisse in dieser Richtung?»

«Nein.»

«Bleiben zwei zentrale Fragen: Was ist Bedeutsames passiert? Und vor allem: Warum ist das passiert, von dem wir noch nicht wissen, ob es passiert ist.»

In dem Moment klingelte Khans Telefon. Reglos hörte er, was die Archivmitarbeiterin ihm durchgab.

«Das ist interessant», sagte Khan, als er den Hörer zurück in die Schale stellte und Emma breit angrinste: «Am vergangenen Montag sind zwei Menschen auf einer Insel in der Nähe des Forggensees erschossen worden. Und dann bei einer Explosion verbrannt. Zusammen mit dem Wohnwagen und dem Baumbestand der halben Insel.»

«In dem Zeitraum, den ich genannt habe?»

Khan nickte. «Die Explosion ereignete sich gegen 23 Uhr.

Gebrannt hat es bis nach Mitternacht. Und erschossen wurden die beiden Personen laut örtlicher Polizei vor der Explosion. Ein Mann und eine Frau.»

«Das passt», sagte Emma aufgeregt. «Das passt haargenau.»

«Ich erinnere mich, dass der Bayernteil das Thema angeboten hat. Keiner hat es ernst genommen, wir haben es lediglich als Einspalter gebracht. Verdammt.»

«Konnte vorige Woche ja noch niemand ahnen.»

«Doch, doch, ich hätte die Zusammenhänge erkennen müssen.» Khan machte eine kurze Pause. «Vor ein paar Monaten hat mir jemand erzählt, dass Lennart Forsberg in der Nähe des Forggensees als Einsiedler leben soll. Sie erinnern sich: *der* Forsberg. Ich habe das unbestimmte Gefühl, dass er einer der Toten ist. Genug Feinde dürfte er sich ja gemacht haben.»

Er schaute sinnierend vor sich auf den Boden. «Schon verblüffend, wie schnell man einem Menschen keine Beachtung mehr schenkt, der noch ein paar Jahre zuvor mit seinen Betrügereien die gesamte Branche in Aufregung versetzt hat.»

Emma schaute Khan mit großen Augen an. Ihre Geschichte war ja vielleicht doch noch nicht zu Ende. «Dann könnte ich eventuell weiter recherchieren …?», fragte sie vorsichtig.

«Ja. Holen Sie sich Hilfe, wenn's nötig ist. Und bekommen Sie vor allem heraus, welchen Grund Ihr Brandon Lee gehabt haben könnte, einen Hochstapler wie Lennart Forsberg umzubringen.»

«Klar. Mach ich.»

«Dann los, Frau Bricks. Und vergessen Sie die freien Tage, von denen Frau Christensen gesprochen hat. Fürs Nachdenken brauchen Sie nicht Ihren Oberarm. Ich sage gleich Wuttke Bescheid, dass Sie eine Spezialaufgabe haben.»

«Oberarm?», fragte sie verständnislos.

«Der Streifschuss.»

David hatte den Mann, der nach seiner Toilette gefragt hatte, längst vergessen, als er mit den Händen in den Hosentaschen langsam zum See hinunterschlenderte. Noch immer war er fassungslos über die Schandtat an der Grenze seines Grundstücks. Er konnte sich nicht erinnern, schon einmal so hilflos gewesen zu sein, weshalb er auch nicht merkte, wie der bärtige Mann mit einer Zigarette in der Hand hinter ihm her ging, so als brauchte er einen kurzen Moment der Pause, während die anderen beiden einen Teil des zersägten Baums auf den Laster luden.

Als er einen Ruf hörte, drehte er sich um und wäre fast in den Mann gelaufen. David entschuldigte sich mit einem knappen *Sorry* und ging hinauf zu dem Schlachtfeld, während der Arbeiter weiter zum Bootshaus schlenderte. Überall waren die Späne und das zersägte Holz zu riechen, was die Frau nicht zu bemerken schien, die ihn gerufen hatte und ihm jetzt zuwinkte. Sie stand an dem tiefen Loch. David erkannte sie. Sie hieß Johanna Lindström, war Medizinprofessorin und leitete das Neurogenetische Institut der Universität München. David hatte sich diese Informationen gemerkt, nachdem er am Wochenende einen Artikel über sie im Lokalblatt gelesen hatte.

Die Frau war außer Atem, ihr Gesicht war gerötet, ihr Haar zerzaust, und ihre Bluse hing ihr halb aus der Hose. Freundlich lächelte sie ihn an und sagte: «So eine Kreissäge ist schrecklich, nicht wahr?»

Er hatte keine Lust, ihr zu antworten.

Sie trat vor und hielt ihm die Hand hin, die er kurz berührte. «Johanna Lindström», sagte sie. «Mir gehört das Grundstück.»

Wieder wusste er nicht, was er sagen sollte. Also trat er, um sich abzulenken, zu ihr an den Rand des Kraters. Es war ein schrecklicher Anblick.

«Ich weiß», fuhr sie fort, «Sie leben hier erst seit Kurzem.

Und ausgerechnet in dem Moment müssen Sie mitansehen, wie der Baum … Also, das tut mir leid. Ich hatte ja geschrieben, dass, wer immer sich hier aufhält, in den Stunden der Operation am besten das Weite suchen sollte. Aber man hat mir schon gesagt, dass Sie neugierig waren und sich das Schauspiel nicht entgehen lassen wollten.»

«Das war kein Schauspiel», sagte David. «Das war eine Tragödie.»

«Absolut, ja. Grauenvoll. Darum habe ich es ja auch nicht über mich gebracht herzukommen, während das alles passierte. Wissen Sie, ich habe hier als kleines Mädchen gespielt, wenn ich die Tante besucht habe. Immer in den Sommerferien war ich hier. Als wir klein waren, sind wir – meine Schwester und ich – in dem Baum hochgeklettert und haben versucht, ein Podest zu bauen. Was ein Ende fand, als meine Schwester hinunterfiel und sich den Arm brach.» Sie schüttelte den Kopf. «Ich hätte es nicht ausgehalten, den Baum sterben zu sehen.» Sie machte mit dem Kopf eine Bewegung in seine Richtung. «Sie hätten sich das auch ersparen sollen.»

David starrte sie an, biss die Zähne zusammen und sagte dann so ruhig wie möglich: «Gibt es irgendeinen Grund oder auch nur den Ansatz eines Grundes für … für diese Schandtat?»

«Natürlich. Habe ich Ihnen doch geschrieben.»

«Ich habe nichts, absolut nichts von diesem … Verbrechen gewusst. Ich habe nur etwas geahnt, als hier vor drei Tagen ein paar tätowierte Halbstarke auftauchten, ein Loch gruben und wieder abzogen, als sie sahen, dass der Baum auf meinem Grundstück steht. Darum habe ich ein großes Schild drangehängt. Es war nicht zu übersehen.»

Johanna Lindström trat einen Schritt zurück, ihr Lächeln verschwand.

«Halt, halt, ich fürchte, da muss ich was korrigieren. Der Baum stand auf meinem Grundstück. Sonst hätte ich ihn ja auch nicht abholzen dürfen, als das mit den Wurzeln bekannt wurde.»

«Wurzeln?», stieß David hervor.

«Ja. Die Wurzeln haben sich in das Abwasserrohr gebohrt, das dort hinunter zur Ringkanalisation führt. Tag für Tag sickern hier Abwässer ins Grundwasser.»

«Meines Wissens muss bei so was der Nachbar nicht nur gehört, sondern auch gefragt werden», sagte David.

Sie schaute ihn betroffen an. «Aber das habe ich doch … Mehrmals. Mein Gott, sagen Sie bloß, Sie kennen die Vorgeschichte nicht?» Sie schüttelte den Kopf. «Das läuft doch alles schon seit mehr als einem Jahr. Ich habe mehrere Briefe geschrieben, aber nie eine Antwort bekommen … Sie heißen doch Bricks und wohnen in Hamburg?»

«Tut mir leid. Ich heiße Jakubowicz und wohne hier. Mein Baum und ich. Friedlich und glücklich, seit zwei Jahren.»

Sie runzelte die Stirn. «Clara Bricks ist nicht Ihre Frau?»

Er schüttelte den Kopf.

«Ihre Mutter?»

Er schüttelte wieder den Kopf. Sie holte Luft, um weitere Vermutungen anzustellen, doch er unterbrach sie unwirsch. «Wenn Sie noch weitere Frauen aufzählen, die Sie familiär mit mir in Verbindung bringen wollen, kann das ein langer Tag werden.»

Sie wurde ernst. «Das ist ja schrecklich. Laut Grundbuch ist Clara Bricks die Eigentümerin dieses Grundstücks.»

«Ist sie auch. Aber sie hat mir das Haus überlassen. Sie hat es mir vor allem auch deshalb überlassen, damit ich aufpasse, dass nicht irgendjemand hier herumwütet.»

Johanna Lindström drehte sich zum See um, sie dachte nach. Ihr wurde klar, dass diese Geschichte nicht so einfach aus der Welt zu schaffen sein würde. Und entfernt keimte der Gedanke in ihr auf, was sich da möglicherweise über ihr und dem riesigen Loch neben ihr zusammenbraute.

Sie wandte sich wieder David zu. Doch bevor sie noch etwas Versöhnliches sagen konnte, bemerkte sie, dass er gar nicht mehr dort stand, wo sie ihn gerade noch gesehen hatte. Sie sah nur noch seinen Rücken, denn David stapfte bereits hinauf zu seinem Haus.

Nur wenige Minuten später stellte er sich verdeckt an die Verandatür und bemerkte, wie die Frau rechter Hand wieder in sein Gesichtsfeld trat. Ohne zum Haus zu blicken, schritt sie über den Rasen hinüber auf die andere Seite des Gartens. Sie war auf dem Weg zu seiner Haustür, während der kräftige, vollbärtige, schweigsame Mann mit den freundlichen Augen, der eine Stunde zuvor mit der Kettensäge den Baum hinaufgeklettert war, unter dem halb geöffneten Garagentor hindurchschlüpfte und es sofort wieder hinter sich zuzog. Seine Kollegen waren wenige Minuten zuvor ohne ihn davongefahren.

Während Johanna Lindström die Klingel betätigte, ließ der Mann, der sich an diesem Tag den Baumfällern angeschlossen hatte, in der Garage das Licht seiner Taschenlampe kurz aufblitzen, um sich zu orientieren. Anschließend tastete er sich vor zu der Tür, die Garage und Haus verband. Dummerweise bemerkte er in dem kurzen, von der Taschenlampe erleuchteten Augenblick nicht, dass ihm ein Wagenheber unter einer Werkbank mit seinem scharfkantigen Fuß den Weg versperrte. Jedenfalls stieß er, als er in der Dunkelheit Richtung Tür schlich, mit der Außenseite seiner Wade gegen die Stahlkante. Und zwar genau an der Stelle, an der sich eine Woche zuvor in der Nacht auf der Insel ein spitzer, rostiger Eisenstab in sein Fleisch gebohrt hatte, als er auf den plötzlich bellenden Hund reagierte. Wie vor einer Woche, so schoss auch jetzt wieder ein heißer, glühender Schmerz in sein Bein, und er musste alle Beherrschung aufwenden, um nicht laut aufzustöhnen.

Als er das Läuten hörte und David die Haustür öffnete,

schob auch Brandon – der Mann, der aus der Garage kam – vorsichtig die Verbindungstür zum Haus auf. Hinter dieser Tür befand sich ein Flur, der rechter Hand in eine Treppe mündete. Gegenüber lagen zwei weitere Türen. Durch die eine klang die Stimme der Frau.

«Oh, Sie schon wieder», hörte er die männliche Stimme sagen.

«Herr … Jakubowicz, nicht wahr?», begann sie zögernd. «Ich … ich glaube, ich muss mich entschuldigen. Bitte glauben Sie mir … Ich möchte nicht, dass wir so auseinandergehen. Was halten Sie davon, wenn wir noch einmal von vorn anfangen?»

«Kaum möglich.»

«Okay, lassen Sie es mich so sagen: Was kann ich tun, dass wir hier nicht gleich … dass wir hier nicht gleich zu … zu Feinden werden?»

«Sie könnten den Baum wieder aus dem Container holen, ihn zusammenflicken und ihn erneut einbuddeln. Aber ich bin mir nicht sicher, ob Ihnen das gelingen wird.»

«Gibt es eine Alternative?»

«Wir könnten», sprach dumpf Davids Stimme, «das Ganze vor Gericht bringen und einen Richter entscheiden lassen, ob die Grenze genau da verläuft, wo Ihre Virtuosen mit der Kettensäge sie vermutet haben.»

Schweigen. Bahnte sich da ein Waffenstillstand an? Was Brandon nicht sah: Johanna Lindström fasste in die Tasche ihres Mantels und hielt David Jakubowicz ihre Visitenkarte hin.

«Bitte, lassen Sie uns noch einmal in Ruhe miteinander reden. Das ist das Letzte, was ich will: mit einem Nachbarn Krieg anfangen. Ich bin Ärztin. Ich weiß, wie man etwas wieder heilt. Wir kriegen das hin.»

Sie versuchte, ein Lächeln in ihr Gesicht zu zaubern. «Bitte», fügte sie leise hinzu.

Brandon Lee hatte sich in diesen Minuten nicht bewegt. Wie erstarrt hatte er dagestanden. Jetzt holte er Handschuhe aus seiner Tasche, streifte sie über, huschte auf die andere Seite des Flurs und öffnete die Schrankwand, hinter der er den Hauswirtschaftsraum vermutete.

In dem kleinen Raum standen rechts Waschmaschine und Trockner, auf der linken Seite Staubsauger, Bügelbrett und ein Regal mit Schubladen. Leise schloss er die beiden Lamellentüren hinter sich und setzte sich auf einen Schemel zwischen Waschmaschine und Wand. Er musste noch ein paar Minuten warten, er wollte sicher sein, dass die Frau verschwunden war.

Prüfend tastete er nach der .22er, die hinten unter dem Gürtel seiner Hose steckte. Er nahm sie in die Hand – für den Fall, dass seine Zielperson zufällig die Kammer betrat und er sein Werk auf der Stelle zum Abschluss bringen musste. Andernfalls würde er die paar Minuten warten, bis auf der anderen Seite der Tür kein Geräusch mehr zu hören war.

Leise zog Brandon einen leeren Wäschekorb heran, drehte ihn um und legte sein rechtes Bein darauf. Prüfend tastete er nach der kleinen Holzfigur, nach der Matrjoschka mit dem Chip. Er holte sie aus der Tasche seiner Arbeitshose und stellte sie vor sich auf die Waschmaschine. Dann schloss er die Augen und versuchte, den Schmerz zu ignorieren, der sich mittlerweile pochend über das gesamte Bein ausdehnte.

Lange musste er nicht mehr leiden. Er dämmerte weg und wachte nicht mehr auf.

ZEHNTER TEIL

Maddox' Irrtum | Mittwoch, 17. Februar, 16 Uhr

Nichts hatte David Jakubowicz davon bemerkt, dass er mehrere Stunden Wand an Wand mit einem Toten gelebt hatte. Das war auch nicht überraschend, denn er betrat seinen Hauswirtschaftsraum lediglich, wenn er die Waschmaschine benutzte oder wenn es etwas zu reparieren gab, denn dort befand sich auch sein Werkzeug.

Sein Ziel, das eindrucksvolle Verlagshochhaus, stand an diesem Mittwochnachmittag schwarz am Himmel. Er bemerkte es kaum, denn es regnete in Strömen, als er auf die Stahltür zulief. Mit der rechten Hand hielt er seine Aktentasche über den Kopf, mit der anderen kramte er in seinem Mantel nach dem Vierkantschlüssel für die Garage und wich, so gut es ging, den Pfützen aus. Dann war er in dem weitläufigen, von fahlem Licht erhellten Untergeschoss, das er rasch durchquerte.

Jetzt, kurz vor 16 Uhr, würde oben in den Etagen der Redaktion alles auf Hochtouren laufen. Wenn er den hintersten Aufzug nahm, einen Lastenaufzug, konnte er sicher sein, niemandem zu begegnen. Ausgerechnet jetzt in Small Talk verwickelt zu werden, das wollte er sich ersparen.

Seit dem unerfreulichen Gespräch mit Helen, bei dem sie ihm mehr oder weniger den Abschied nahegelegt hatte, war er nicht mehr im Büro gewesen. Dass er jetzt doch wieder das Haus betreten hatte, war allein die Folge von Helens Bitte, an der Konferenz teilzunehmen, auf der sie ihre künftigen Geschäftspartner den Ressortleitern und Leitenden Redakteuren des Verlags vorstellen wollte. «Bitte», hatte sie am Telefon angefügt, «du musst mir helfen.» Also war er bei diesem Scheißwetter von seinem Refugium am See hierhergefahren und hatte den Wagen in einer Sackgasse um die Ecke geparkt.

Er hatte also wie üblich die Situation antizipiert und mit einem Plan darauf reagiert, den er für vernünftig hielt. Dass der dann so danebengehen würde, damit hatte er nicht rechnen können. Denn just in dem Moment, in dem er um die letzte Ecke hinter den Fahrradständern bog, sah er, wie Helen Christensen und Frank Maddox in den Lastenaufzug traten. Zwar machte David geistesgegenwärtig einen schnellen Schritt zurück, um einer quälenden Fahrt zu dritt zu entgehen, doch Frank Maddox hatte ihn gesehen. Er winkte dem ihm fremden David zu und hielt seinen Arm zuvorkommend in die Lichtschranke, sodass sich die Türen nicht schlossen.

Erst als David auf den Aufzug zulief, bemerkte er, dass noch zwei weitere Personen zu der kleinen Gruppe gehörten. Rupert Maddox, der Patriarch, saß in einem Rollstuhl. Die vierte Person war unschwer als eine Krankenschwester zu identifizieren, sie hatte die Infusionslösung in dem Tropf im Blick, der über dem alten Mann an einem Galgen hing und dessen Schlauch mit einer Vene in Maddox' Hand verbunden war.

Es war also doch etwas dran an dem Gerücht, dachte David, das seit einigen Tagen kolportiert wurde. Maddox war nicht nur in München, um knapp die Hälfte von Deutschlands größter seriöser Zeitung zu kaufen. Sondern auch, um sich in einer der Spezialkliniken inkognito einer Herzoperation zu unterziehen. Offenbar hatte der alte Mann die OP inzwischen hinter sich und anschließend seinen Klinikaufenthalt auf eigenen Wunsch verkürzt.

Helen Christensen war die Situation ebenso unangenehm wie David, das sah er ihr an, als er den Aufzug betrat, aber sie verbarg ihr Gefühl geschickt. «Einer unserer ältesten und geschätztesten Kollegen», murmelte sie auf Englisch und vernuschelte Davids Namen. Dann fuhr sie mit einem Blick zu David fort: «Unsere Gäste aus New York muss ich dir ja nicht vorstellen.»

David nickte den Herren zu und neigte kurz den Kopf in Richtung Krankenschwester, während sich der Aufzug ruckelnd in Bewegung setzte und David sein feuchtes Haar mit einer fahrigen Geste trocken zu rubbeln versuchte. Er war verlegen, denn er rechnete für die lange Fahrt hinauf in den 26. Stock mit einer unangenehmen Stille.

Doch es passierte etwas Unvorhergesehenes. Rupert Maddox schenkte dem durchnässten Mann überraschend seine Aufmerksamkeit. Er drehte sich in seinem Rollstuhl so, dass er an David hinaufsehen konnte, und sein Gesicht begann zu strahlen. Maddox schien David zu erkennen. Mit der Hand, die mit dem Infusionsschlauch verbunden war, griff er nach Davids Rechter, was diesen veranlasste, ängstlich auf die Kanüle zu schauen. Maddox' Griff war trocken und fest, und zu Davids Verblüffung schien dem Gründer und Executive Chairman der Maddox Corporation jetzt sogar eingefallen zu sein, wer da vor ihm stand.

«Es freut mich sehr, Sie hier zu treffen», sagte Maddox. «Ich bin ein großer Bewunderer Ihrer Arbeit.»

«Danke», erwiderte David höflich. Er war beeindruckt. Offenbar war etwas dran an dem, was man sich erzählte: dass Rupert Maddox über ein ausgezeichnetes Gedächtnis verfügte und nicht nur die Namen all der Menschen parat hatte, denen er je begegnet war. Sondern auch die Namen von Leuten, denen er noch nicht begegnet war.

«Besonders Ihre Ausstellung vor zwei Jahren im Deutschen Historischen Museum war … Sie war hinreißend.» Er sagte *amazing*, was ungewöhnlich war für einen nüchternen Geschäftsmann seiner Generation.

«*No Exit* hieß sie, nicht wahr? Durchgehend schwarz-weiß fotografiert. Beeindruckend.» (Er sagte *stunning.*) «Schwarz-weiß ist das Maß aller Dinge, nicht wahr? Besonders für die Verdichtung einer Situation, da bin ich ganz Ihrer Meinung. Und natürlich für die Reduktion auf das Wesentlichste. Jerry und ich sind damals extra nach Berlin geflogen, um die Ausstellung zu sehen.» Er schüttelte noch einmal Davids Hand, was die Krankenschwester mit einer Geste zu stoppen versuchte, und fuhr fort: «Zwei Ihrer Fotos hängen in unserem Penthouse in Manhattan. Sie sind großartig.»

«Oh … Ich … Ich bin mir nicht ganz sicher, ob …», sagte David abwehrend.

«Doch, doch», beharrte Maddox. *Keine falsche Bescheidenheit*, schien sein Blick auszudrücken.

«Na ja, ich weiß nicht», stotterte David. «Ich denke, Sie …»

«Fragen Sie Jerry. Seit ihrer Zeit mit Mick sammelt sie Schwarz-weiß-Fotos. Eines hat sie vergrößern lassen … Ich weiß, das tut man nicht bei Originalen … Aber jetzt nimmt es die halbe Wand in unserem Living Room ein. Die mächtigsten Staatsmänner beim G7-Treffen auf Schloss Elmau. Wunderbar, Sie haben damals absolut den perfekten Moment getroffen, die eine Sekunde, die alles entscheidet, als Sie abgedrückt haben. Wie diese Männer hilflos durcheinanderlaufen vor dem Gruppenfoto und alle mit ihren Blicken Obama suchen. Verräterisch. Es hängt direkt gegenüber unserer Fensterfront mit Blick auf den Madison Park.»

«Tut mir leid, Sir, Sie … Sie irren sich», sagte David, der sich gefangen hatte. Aber es war ihm peinlich, den Enthusiasmus des alten, so wach blickenden Mannes auszubremsen. Und erst bei diesen Worten ruckte für einen Moment Maddox' Kopf nach oben, und David sah flüchtig den Selbstzweifel in dessen Augen. *Irrte er sich etwa?*

Doch es war zu spät, irgendetwas zu erklären oder gar zu entschuldigen, denn der Aufzug war an seinem Ziel angelangt.

Erleichtert schob die Krankenschwester ihre wertvolle Fracht den Gang hinunter in Richtung Konferenzzimmer. Das ferne Gemurmel ließ darauf schließen, dass sich eine größere Menschenmenge eingefunden hatte.

David ließ Helen den Vortritt. Ihr irritierter Blick sagte: *Was war das denn?*

David zuckte mit den Schultern und ging hinter ihr her. Wenn er ehrlich war, mochte er jetzt auf gar keinen Fall in ihrer Haut stecken. Nach wenigen Schritten blieb er stehen, betrat den Waschraum, wusch sich die Hände und ordnete sein Haar.

Rebecca | Mittwoch, 16:30 Uhr

Als David den Waschraum wieder verließ, sah er, wie Frau Rösner mit dem Telefon in der Hand winkend von der anderen Seite des Gangs auf ihn zugelaufen kam.

«David, endlich», sagte sie. «Rebecca Wright hat angerufen. Schon mehrmals.» Sie umschloss das Telefon mit der Hand und hauchte einen Namen. «Bobby Meyers Freundin», sprachen ihre Lippen.

Er nickte dankend und nahm das Telefon. «Rebecca, Entschuldigung. Ich bin gerade erst reingekommen. Warte, ich gehe in mein Zimmer.»

Als er das Sekretariat durchquerte, drehte er sich um und sagte zu Frau Rösner: «Rufen Sie bitte Alex Khan an. Er muss herkommen. Jetzt.»

Frau Rösner nickte und hatte schon den Hörer in der Hand.

Wenige Sekunden später stand David hinter seinem Schreibtisch. Die Tür zwischen seinem Zimmer und dem Sekretariat hatte er geschlossen.

«Bevor wir weiterreden, Rebecca: Von wo rufst du an?»

«Das Smartphone gehört dem Sohn einer Freundin.»

«Sehr gut. Wie alt?»

«Zwölf.»

«Noch besser. Wie geht's dir?»

«Nicht gut. Er … Er fehlt mir …»

Ein Moment der Stille folgte.

«Ich weiß, Rebecca. Es ist schrecklich. Hat die Polizei dich …?»

«Nein. Niemand scheint etwas von mir zu wissen. Gott sei Dank hatte Bobby sein Notizbuch in meinem Wagen liegen lassen … An dem Abend, als wir im Kino waren … Bevor er …» Ihr versagte die Stimme. «In dem Notizbuch steht überall mein Name. All seine Termine hatte er dort eingetragen, verstehst du …?»

«Klar, mach ich auch so. Lass es nicht aus den Augen, okay? Sonst noch was, was uns helfen könnte?»

«Ja. Darum rufe ich an.»

In dem Moment betrat Alex Khan den Raum. Er mochte mit seinem schweren Körper und seinem ungewöhnlichen Gang den Eindruck erwecken, langsam oder gar träge zu sein. Aber das war ein Irrtum. Gedanklich erfasste er schneller als andere, was zu tun war, wenn schnelle Entscheidungen zu treffen waren. Frau Rösner hatte ihm gesagt, dass Rebecca am Telefon war. Er wusste, dass David im Haus war. Und sie hatte hinzugefügt, dass Rebecca schon mehrmals angerufen hatte. Das genügte. Umgehend hatte er seinen Small Talk mit Anthony Zara unterbrochen und den Vorraum des Konferenzzimmers verlassen, wo sich mehrere Gruppen um Frank Maddox, Helen Christensen und andere wichtige Mitglieder von Verlag und Redaktion gebildet hatten, die redend, kleine Häppchen in der Hand, auf Rupert Maddox warteten, der im Waschraum von der Krankenschwester hergerichtet wurde für die Konferenz.

David sagte: «Alex Khan ist gerade reingekommen. Rebecca, ich stell mal auf laut, okay?»

«Ja.»

«Hallo, Rebecca», rief Khan. Und zu David, leiser: «Worum geht's?»

«Rebecca hat Aufzeichnungen von Bobby. Sein Notizbuch.»

«Ich nehme an, ihr wollt wissen, was er in Chicago recherchiert hat», sagte sie. «Als er in dem Gefängnis war.»

«Und?»

«Nichts, was einen Sinn ergibt.»

«Kannst du mal was vorlesen?», fragte David.

«Auf der letzten beschriebenen Seite steht: «*Untersuchungsergebnisse und Blutproben. Arztbericht. Lebt Stormy noch? Wer ist Dr. Sean J?*» Sie ratterte das runter, ohne nach einem sinnvollen Zusammenhang zu suchen. Und fuhr dann fort: «Jeweils in einer neuen Zeile. Schnell hingekritzelt.»

Khan beugte sich zu dem auf dem Tisch liegenden Smartphone. «Hatte Bobby irgendwelche Beschwerden? Wollte er zum Arzt?»

«Nein. Ich glaube, das hat was mit dem Strafgefangenen zu tun, der sich umgebracht hat. Mit diesem Porter Jefferson.»

Khan blickte David an. «Diese Geschichte hat er uns doch vor ein paar Tagen angeboten», murmelte er.

David nickte und gab ebenso leise zurück: «Wir wollten sie nicht.»

«Verdammt», entfuhr es Khan. Und in Richtung Telefon: «Haben Sie sonst noch was über diesen Porter Jefferson, Rebecca?»

«Nur Unzusammenhängendes.»

«Lies mal vor», rief David.

«*Porter zuständig für Essensverteilung … Unerwartet packt er gusseiserne Pfanne und schleudert sie durch Küche. Verfehlt nur knapp Kopf eines Mithäftlings … Reißt Loch in Wand und landet scheppernd auf Boden.*» Rebecca hob die Stimme. «Die Pfanne, nicht der Häftling. Bringt euch das was?»

«Auf jeden Fall», antworteten die beiden Männer gleichzeitig.

«Hier, hier habe ich noch was», fuhr Rebecca fort, die offenbar das Notizbuch durchblätterte. «Ordentlicher geschrieben. Hat er offenbar nach dem Gefängnisbesuch notiert.»

«Okay, wir hören», rief Khan.

«*Seine Pupillen waren erweitert, groß vor Adrenalin, wie Hai-Augen.*»

«Wie was für Augen?», unterbrach sie Khan.

«Wie Hai-Augen», wiederholte sie. Und fuhr dann fort: «*Doch das war es nicht, was alle erschreckte. Es war der Ausdruck in den Augen, der alle frösteln ließ. Wild, wirr, voller Wut.*»

«Das hat er so geschrieben?», fragte David.

«Ja.»

«Typisch Bobby», murmelte Khan. «Sonst noch was?»

«Ja. *Am Ende saß P. nur noch stumm, ausgemergelt und besessen von wütenden, hin und her jagenden Gedanken auf seinem Bett. Sie hatten ihn in die psychiatrische Abteilung gebracht. Dorthin, wo er nur noch auf den Tod warten konnte. Deshalb der Selbstmord. Selbstmord als Erlösung.*»

«Selbstmord als Erlösung?»

Wieder schaute Khan mit hochgezogenen Brauen zu David und fragte mit dem Kopf nahe am Telefon: «Ergibt das für Sie einen Sinn, Rebecca?»

«Nein. Für euch?»

«Vielleicht», sagte David. «Danke dir. Sehr sogar. Versteck das Notizbuch. Bitte. Zeig's keinem.»

Und Khan fügte an: «Zaschke wird von New York zu Ihnen rüberfliegen. Geben Sie ihm die Notizen. Auch von meiner Seite: Danke.»

Er schaute David lange an, nachdem der den Hörer aufgelegt hatte. Stille breitete sich im Raum aus.

«Denkst du auch das, was ich denke?», fragte Khan.

David nickte. «Wir haben den Zipfel einer Geschichte, die uns vermutlich ein paar Wochen Schlagzeilen liefern könnte.»

«Ja», sagte Khan. «Kommst du nachher zu mir? Nach diesem Maddox-Firlefanz?»

David und Khan betraten den Konferenzraum just in dem Moment, als Helen aufstand, um die Anwesenden zu begrüßen. Augenblicklich erstarb das Gemurmel im Raum. Da die Fusion strenger Geheimhaltung unterlag, fand der Auftakt der finalen Vertragsphase in dem Konferenzzimmer statt, das direkt neben Helen Christensens Büro lag.

Helen verkündete, dass sich Rupert Maddox und Anthony Zara etwas verspäteten, die beiden säßen noch mit ihren Anwälten und Buchprüfern in den Räumen der Finanzbuchhaltung. Sie schlage deshalb vor, die Wartezeit zu nutzen und noch einmal die Vor- und Nachteile des Spin-offs zu diskutieren, denn sie erhoffe sich eine breite Zustimmung der Mitarbeiter. Während sie das sagte, schaute sie David Jakubowicz und Alex Khan nach. Khan fand einen freien Stuhl vorne zwischen dem Verlagsgeschäftsführer Fritz Rosental und dem Justitiar Emil Mackenroth. Jeder Platz am Tisch war besetzt, weshalb sich David am gegenüberliegenden Ende in die zweite Reihe verkrümelte, nicht weit von Emma entfernt, die an der Tür zum Gang saß.

Gedankenverloren starrte er durch die verglaste Fensterfront, während Helen ausführlich die positiven Seiten der Fusion herausstellte. Soweit David es beurteilen konnte, kamen alle Stichworte vor. Die Synergieeffekte. Das neue, frische Kapital. Und dass es in der Zukunft vor allem dank des frischen Kapitals um den Ausbau neuer journalistischer Angebote wie Podcasts und Videofilme gehen würde. Und dass sie sich freute, künftig eng mit Anthony Zara zusammenzuarbeiten, der einen hervorragenden Draht zur jüngeren Generation habe.

Da öffnete sich die Tür – und alle sahen zunächst nur Rupert Maddox. Er saß im Rollstuhl, trug einen dunklen Anzug und eine blau-weiß gestreifte Krawatte. Die Krankenschwester schien ihn ein bisschen frisch gemacht zu haben, denn sein Gesicht wirkte nicht mehr so eingefallen wie noch im Aufzug. Seine Augen aber hatten das Wache verloren. Er lenkte nicht länger kraftvoll die Geschicke seines Imperiums, diese Aufgabe hatte er an Anthony Zara abgetreten, der auch den Rollstuhl schob.

Eilfertig machten die Anwesenden in Türnähe Platz und setzten sich näher an den Tisch. Der eine oder andere stand sogar höflich auf und bot seine Hilfe an, was Anthony Zara dankend ablehnte.

Emma Bricks erkannte ihn sofort. Es war ein zweifaches Erkennen, geistig und körperlich. Es erschreckte sie, diesen Mann hier zu sehen, und ihr Herz schlug augenblicklich höher. Das hätte sie sich vor einem Dreivierteljahr sparen können, dachte sie, während sie ihren Stuhl etwas zur Seite zog und sich hinter dem breiten Rücken des Sportchefs versteckte. Damals machten viele in ihrem Freundeskreis gerade ihre Erfahrungen mit Tinder, und da hatte sie auch mitreden wollen und sich dort angemeldet. Das Ergebnis einiger unerfreulicher Begegnungen, die nicht länger als eine Stunde dauerten, war schließlich Zara – der sich damals allerdings anders nannte. Er war die einzige nähere Erfahrung dieser Art. Jetzt, vor knapp zwei Wochen, hatte sie sich noch einmal über diese Plattform verabredet, das war ein Reinfall gewesen. Gut, dass der Interessent – ein Mann namens Timo – nicht aufgetaucht war. Dafür hatte sie an dem Abend Max kennengelernt. Offenbar auch ein Reinfall, dachte sie.

Emma beugte sich zur Seite und sah, wie Helen Christensen die Besucher per Handschlag begrüßte, wobei sie Anthony Zara freundlicher anlächelte als den alten Mann, der mit seinem sperrigen Gefährt beschäftigt war. Alle waren abgelenkt, denn an der Schmalseite des Konferenztischs versuchten Helen Christensen und Anthony Zara, für den Rollstuhl Platz zu schaffen. Emil Mackenroth musste sich an die Längsseite begeben, woraufhin die dort Sitzenden gezwungen waren, enger zusammenzurücken. Dann setzte sich auch Zara, berührte Helen kurz vertrauensvoll am Arm, machte leise eine Bemerkung, sie lachte hell, er kontrollierte kurz, ob auch alle schauten. Und erst in diesem Moment sah er sie: Emma. In ihrer Ecke hinter dem Sportchef, neben dem sich mittlerweile auch die Leute von der Rechtsabteilung breitgemacht hatten.

Zara zögerte nur einen winzigen Moment, blinzelte zweimal. Er hatte sich in der Gewalt, hielt nur einen Sekundenbruchteil inne und schob dann betont gelassen die aufgekrempelten Ärmel ein wenig höher.

Nun erhob er sich und steckte die Hände in die Hosentaschen. Er räusperte sich, wandte sich Rupert Maddox zu, der aufmerksam in seinem Rollstuhl saß, und sagte, dass Maddox Probleme mit der Stimme habe und ihn deshalb gebeten habe, die Sicht der Maddox Corporation darzulegen. «Sie werden meinen Lebenslauf kennen», begann er auf Deutsch mit amerikanischem Akzent. «Es hat deshalb keinen Sinn, Ihnen etwas vorzumachen. Ich weiß, dass der Deal, den wir anstreben, auf Widerstand stößt. Was ich verstehen kann: Es ist immer gefährlich, wenn es irgendwo eine Ballung von Medienmacht gibt. Und genau das wird durch die Fusion passieren. Deshalb bin ich eigentlich der Letzte, der unsere Pläne verteidigen sollte.»

«Das erwartet auch niemand», sprang ihm Helen Christensen bei und blickte zu ihm hoch. Sie wusste schließlich, was er dachte, ihr Gespräch mit ihm im Japanischen Garten in New York war gerade einmal 48 Stunden her.

«Ich will Ihnen nicht verhehlen, wie stolz ich bin, ein paar Monate mit Ihnen arbeiten zu dürfen», fuhr Zara fort. «Und ich will Ihnen gleich reinen Wein einschenken: Wir, also dieser Verlag, erweitert um die Power der Maddox Corporation, können nicht so weitermachen wie bisher. Wir müssen mehr investieren als nur Geld: mehr an Kraft, mehr an Intelligenz, mehr an Einsatz. Vor allem brauchen wir Sensationstorys. Storys, die sonst keiner hat. Wir müssen überall zitiert werden. Und das Wichtigste: Wir dürfen den Regierenden nicht durchgehen lassen, wenn sie lügen, nur um bei der nächsten Wahl wiedergewählt zu werden. Wir müssen die Kontrollinstanz der Mächtigen überall in der Welt sein, auch wenn wir deswegen unsere geschäftlichen Ziele verfehlen sollten. Kurzum: Wir müssen den Menschen die ungeschminkte Wahrheit sagen. Wir müssen diese ungeschminkte Wahrheit uns und unseren Lesern zumuten. Und wir müssen es hinbekommen, unsere Leser zu Komplizen zu machen in unserem Kampf für das Gute, Richtige und Wahre. Dafür, vor allem dafür will ich mich einsetzen mit allem, was ich bin und habe.»

Er machte eine Pause, als wartete er auf Applaus. Da niemand sich rührte, begann Helen, auf den Tisch zu klopfen. Erst zaghaft, dann heftiger, woraufhin nahezu alle es ihr nachtaten und schließlich selbst die in der zweiten Reihe Sitzenden klatschten, die auf keinen Tisch klopfen konnten. Khan zog sich aus der Affäre, indem er nur ab und zu patschend seine Hand auf den Tisch fallen ließ. Zara bemerkte, dass David Jakubowicz die Arme verschränkt hielt, und spürte einen Anflug von Argwohn. Dieser David Jakubowicz würde, das schwor er sich, am Ende des Übernahmeprozesses die Befugnisse einer toten Katze haben.

In dem Moment vibrierte Davids Smartphone, das er auf lautlos gestellt hatte. Ein Anruf zur rechten Zeit. Denn es war auch seinen Nebenleuten aufgefallen, dass er sich zu keiner positiven Reaktion hatte durchringen können.

David nahm das Gespräch an. Und nur Sekunden später wurden seine Züge hart. Mit dem Handy am Ohr stand er auf und schob sich an den eng sitzenden Kollegen vorbei Richtung Ausgang.

Helen hob die Hand und rief: «David, wir sind noch nicht …»

Doch das hörte er nicht mehr, er hatte den Raum bereits verlassen. Hätte er sich umgedreht, hättc er in mehr als dreißig verblüffte Gesichter geblickt.

Ungefähr eine halbe Stunde später – die Begrüßung im kleinen Konferenzzimmer war gerade vorbei – klappte Emma in ihrer Arbeitsecke im siebten Stock ihren privaten Laptop auf. Ein paar Klicks, da wusste sie, dass Anthony Zara sein Tinder-Profil von damals gelöscht hatte. Aber sie hatte ja noch den Screenshot. Den hatte sie vorsichtshalber abgespeichert, man konnte ja nie wissen, an wen man geriet.

Es überraschte sie nicht, dass sich Anthony Zara damals anders nannte. Vor einem knappen Jahr hatte er gesagt, dass er freier Literaturagent sei mit einer besonderen Leidenschaft für Gedichte. In seinem Profil hatte er seine poetischen Neigungen betont, was sie hätte misstrauisch machen müssen, denn er hatte nichts von einem sensiblen Poeten. In der Robinson's Bar, in der sie sich getroffen hatten, hatte er erzählt, dass er immer die besten Ideen hätte, wenn er in seiner Heimat Maine durch die einsamen Wälder am Allagash River wandern würde.

Emma schüttelte den Kopf, ging zu ihrem Regal und entnahm einem kleinen Holzkästchen einen handgeschriebenen Zettel mit einem Gedicht, das er ihr damals geschenkt hatte. Sie konnte sich nicht mehr erinnern, was sie gefühlt hatte, als sie die acht Zeilen das erste Mal gelesen hatte. Sie erinnerte sich nur noch gut, dass sie damals nach dem Besuch der Bar mit ihm in seine Suite im Charles Hotel gegangen war, wo er wohnte. Damals war er nach eigener Aussage privat in München, jetzt wusste es Emma besser. Er hatte erste Anbahnungsgespräche mit Helen Christensen geführt über den Einstieg der Maddox Corporation in Helens Verlag. Und sie war die hübsche Girlande gewesen, mit der er sein anstrengendes Leben attraktiver gestaltete.

Mein Gott, war das alles peinlich. Wenn alles so kam, wie es im Moment den Anschein hatte, würde dieser Anthony Zara bald einer ihrer Chefs sein.

Als David mit seinem Wagen den Seeweg hinunterrollte, bemerkte er bereits von Weitem, dass etwas nicht stimmte. Das Haus lag völlig im Dunkeln. Selbst das Gartenlicht am Tor, das regelmäßig vom Einbruch der Dunkelheit bis zum Sonnenaufgang brannte, leuchtete nicht.

Keine Polizei. Kein Notarztwagen, keine Spurensicherung. David beschleunigte die Schritte. Seine Putzfrau hatte am Telefon aufgeregt von Polizeiautos, Kriminalbeamten, Mitarbeitern der Spurensicherung und einem Amtsarzt gesprochen, der eine Leiche begutachtet hätte, bevor sie abtransportiert worden sei. Und jetzt, knapp eine Stunde später, war keine Seele mehr zu sehen.

Verblüfft betrat er das Haus und versuchte, Licht zu machen. Erfolglos. Vorsichtig tastete er sich durch den Vorraum Richtung Wohnzimmer.

Und schreckte zurück. In seinem Lieblingssessel, einem abgewetzten alten Lehnsessel am Fenster, saß jemand. Die Person hielt etwas in der Hand.

Als er näherkam, erkannte er, dass es ein Foto war.

Dann erkannte er die Person.

«Tilda!»

«Kommen Sie näher, David», sagte sie, ohne sich zu bewegen.

«Was … Was soll das?»

«Heutzutage ist es nahezu unmöglich, ein Geheimnis zu bewahren, nicht wahr?», sagte sie. «Es bringt einfach nichts, sämtliche Spuren zu verwischen. Früher kam man noch damit durch, einen Zeugen umzubringen und die Tatwaffe in einen

See zu werfen. Ist mittlerweile nicht mehr die beste Lösung. Heutzutage führen einen die Daten im Internet nicht nur zum Aufenthaltsort möglicher Zeugen, sondern auch zu demjenigen, der ein Motiv hat. Wenn der Zeuge, auf den sich alle konzentrieren, also plötzlich tot ist, weiß man als Verfolger Bescheid.»

«Was reden Sie da?» David setzte sich auf die Lehne des Sessels, der Tilda gegenüberstand. In dem hereinfallenden Mondlicht war er nur in Umrissen zu erkennen.

«Ich rede von dem Toten, der in Ihrem Hauswirtschaftsraum lag.»

«Sie waren sofort hier? Das war doch kein Zufall.»

«Sage ich doch. Seit Ihrer Rückkehr aus Slowenien hatten wir Ihr Haus im Blick. Mir war klar, dass Sie in Gefahr waren.»

«Warum haben Sie mir nichts gesagt?»

«Ihnen galt nicht mein Interesse, David. Wir waren nur an dem Mann interessiert, der jetzt tot ist.»

«Und … Wer ist es?»

Tilda stand auf und zündete zwei Kerzen mit einem Streichholz an. Dabei erklärte sie ihm, dass im gesamten Haus das Licht ausgefallen sei, als die Kriminaltechniker ihre Scheinwerfer angeschlossen hatten. Die Sicherungen seien herausgesprungen, und niemand habe den Sicherungskasten finden können.

Sie hielt ihm das Foto hin und zeigte auf zwei Jungen, die zehn oder zwölf Jahre alt sein mochten.

«Habe ich in der Seitentasche des Toten gefunden. Ein Bild aus den Kindheitstagen. Ich kann allerdings nicht sagen, welcher von den beiden der Tote ist.»

«Offenbar Zwillinge», sagte David. In der Tat sahen die beiden Jungen absolut gleich aus. Sie waren von vorn fotografiert worden, standen an einer Pferdekoppel und hatten die Arme auf den obersten Querbalken gelegt.

David drehte das Foto um und las leise, was dort in einer einfachen, kindlich anmutenden Schrift geschrieben stand: «Malik and Everett, twelve years old, at the Jackson Hole Rodeo.»

«Scheint die Mutter geschrieben zu haben», sagte Tilda.

«Was … Was bedeutet das?»

Sie antwortete nicht, sondern sagte nur: «David, sind Sie so nett und zeigen mir, wo der Sicherungskasten ist? Ohne Strom können wir kein Licht ins Dunkel dieser Geschichte bringen. Denn die Polizei hat nichts gefunden, was mir weiterhilft.»

Eine Viertelstunde später – mittlerweile waren die Räume in dezentes Licht getaucht – hatten sie Brandon Lees Weg von draußen über die Garage bis in den Hauswirtschaftsraum nachverfolgt. Tilda hatte Blut am Wagenheber entdeckt und einzelne Tropfen am Boden. David wiederum war aufgefallen, dass die Waschmaschine etwas schräg in der Wandaussparung stand, der Eindringling hatte wohl kurz vor seinem Tod den Schmerz zu verringern versucht, indem er mit Gewalt das entzündete Bein gegen die Maschine gepresst und sie dabei verschoben hatte. David kniete sich auf den Boden, schaute unter die Waschmaschine – und fand dort eine winzige Holzfigur.

«Was Sie alles haben», sagte Tilda.

«Gehört mir nicht», antwortete David lapidar.

Kurz darauf schob er in seiner Arbeitsecke den Chip, den er mit einer Pinzette aus der Matrjoschka gezogen hatte, in ein spezielles Lesegerät. Nach ein paar Befehlen fand er den Chip in der Geräteliste des Explorers.

«Ohne Ihre Tochter wären wir übrigens nicht hier», sagte sie, während sie ihm über die Schulter blickte.

Konsterniert drehte er sich um. «Emma?»

«Sie war es, die den Toten angesprochen und tagelang im Blick behalten hat.»

Jetzt dämmerte es David. «Sie meinen den Zeugen, der beim Sturm aufs Kapitol dabei war?»

Sie nickte.

«Was wollte der bei mir?»

«Sie töten.»

David stieß ruckartig seinen Schreibtischstuhl zurück.

«Wir ahnten das Unheil», sagte Tilda ungerührt. «Deshalb haben wir Ihr Haus beobachtet. Irgendwann würde er auftauchen, davon war ich überzeugt.»

«Was er nicht tat, weil ich in der Redaktion war.»

«Im Gegenteil. Sie lebten die ganze vergangene Nacht und den heutigen Morgen mit ihm unter einem Dach.»

David zog seinen Stuhl wieder an den Schreibtisch. «Darf ich fragen, warum Ihre Leute das nicht verhindert haben?»

«Wir sind erst aufgetaucht, als er gestern bereits im Haus war. Wir haben die Aktion mit dem Baum nicht mitbekommen. Wir saßen oben an der Straße und beobachteten den Wald und die Zugangswege. Dabei war der Mann schon längst drin.»

«Großartig.»

Tilda legte ein Foto vor ihn auf die Tastatur. Es war das Foto, das Max' Leute gemacht hatten, als Brandon Lee knapp zwei Wochen zuvor die Rolltreppe neben dem Hauptbahnhof heraufgekommen war. Der Mann, der David nach der Toilette gefragt hatte.

Tilda tippte auf das Bild. «Sein Name ist Malik Wheeler. Er stammt nach allem, was wir wissen, aus Wyoming, wo er mit seiner Mutter und seinem Zwillingsbruder Everett auf einer Ranch lebt. In Deutschland ist er seit drei Wochen und nennt sich Brandon Lee. Es gibt nicht viele mit seinen Fähigkeiten. Er und sein Bruder sollen zu den besten Spezialisten gehören, die von den Amerikanern für besonders schwierige Operationen eingesetzt werden. Und wenn Brandon keine Blutvergiftung bekommen hätte, hätte er auch den Auftrag, Sie zu töten, erfolgreich beendet.»

«Klingt fast, als ob Sie diesen Menschen bewunderten.»

«Beruflich gesehen ja.»

«Wem habe ich dann mein Leben zu verdanken?»

«Dem Schicksal», sagte sie. «Und der Gnadenlosigkeit eines biochemischen Prozesses.»

David schüttelte den Kopf. «Wissen Sie vielleicht auch, warum er mir nach dem Leben trachtete?»

Tilda zeigte auf den Bildschirm des PCs. «Das kann ich Ihnen vielleicht sagen, wenn wir den Inhalt des Chips kennen.»

Einbrecher | Mittwochnacht, 0 Uhr

Helen hörte ein ploppendes Geräusch. Es klang, als ob jemand den Kühlschrank geöffnet und dann wieder geschlossen hätte.

Ruckartig setzte sie sich auf.

Stille.

Leise erhob sie sich, zog einen Morgenmantel an und schlich auf bloßen Füßen in der Dunkelheit den Flur hinunter.

Da sah sie, wie ein Mann dem Kühlschrank eine Flasche Wasser entnahm. Der kurze Moment, in dem das Licht auf den Mann fiel, genügte.

«Verdammt! David!»

Der fuhr herum.

«Ich habe geläutet», sagte er entschuldigend. «Erst dann bin ich ums Haus herumgegangen.»

«Ich habe geschlafen.»

«Das habe ich gemerkt. Du hast mal wieder die Terrassentür offen gelassen.»

«Zum Teufel. Um mir das zu sagen, kommst du her?!»

«Darf ich's dir erklären …?»

«Erklären? Was denn?»

«Helen, wir können Adam Rycart zu Fall bringen. Wenn wir alles richtig machen, ist er politisch so gut wie tot.»

«Hast du … Hast du …?»

«Nein, ich habe nichts getrunken. Wenn wir es richtig anstellen, kann unsere Zeitung die Schlagzeilen beherrschen. Und du kannst Maddox und seine Truppe nach Hause schicken. Du wirst sie nicht mehr brauchen.»

«Hör auf, David. Hör einfach auf. Ich habe genug von deinen Fantastereien.»

«Ich bin nicht verrückt.»

«Klingt aber so.»

«Darf ich jetzt …?»

«Was?»

«Erklären, was ich herausgefunden habe, seitdem die Polizei heute Abend einen toten Mann in meinem Haus gefunden hat?»

Helen starrte ihn an. Dann nickte sie, ging hinaus und kam – angezogen mit einem Pullover und einer Leggins – wieder zurück in die Küche. Sie zeigte auf einen Tisch am Fenster und setzte sich. Es war dunkel, nur das Licht auf der Anrichte erleuchtete den Raum.

Und David begann: «Du weißt, dass sich jeder neu gewählte US-Präsident vor seiner Vereidigung einem eingehenden Medizincheck unterziehen muss. Jeder Präsident wird im Walter-Reed-Militärkrankenhaus auf Herz und Nieren geprüft, ob er amtstauglich ist. Das große Programm. Der Leiter des Ärzteteams verfasst dann ein Gutachten, das nur dem Präsidenten vorgelegt wird.»

Helen rührte sich nicht. Reglos blickte sie David an.

«Normalerweise ist das kein schöner Termin», fuhr David fort, «denn selbst ein Präsident hat – wie jeder andere auch – gesundheitliche Schwachstellen, von denen er nicht möchte, dass sie öffentlich diskutiert werden. Grover Cleveland zum Beispiel hatte Anzeichen von Mundhöhlenkrebs, er wurde deshalb 1883 heimlich auf einer Jacht operiert. Oder Woodrow Wilson. Der hatte Durchblutungsstörungen im Gehirn, die 1919 zu einem Schlaganfall führten. Von Ronald Reagan weißt du, dass er zunehmend vergesslich wurde und nach seiner Amtszeit an Alzheimer litt. Und so weiter und so weiter.»

Helen ließ ihre Augen nicht von David. Er holte weit aus, aber ihr war klar, dass die Beispiele nur das vorbereiteten, was gleich kommen würde. Ihr war schließlich durchaus noch präsent, was ihr Zara in New York erzählt hatte.

«Sicher war bei all den Untersuchungen immer eines: War der angehende Präsident nicht gesund, erfuhr die Öffentlichkeit nichts davon. Denn die Betroffenen bestimmten selbst, was mit den Ergebnissen ihres Medizinchecks geschah. Die Ärzte waren an ihre Schweigepflicht gebunden. Egal, wie schlimm die Diagnose war, sie waren gezwungen, dichtzuhalten. Also blieben die Ergebnisse unter Verschluss. Ein Exemplar des abschließenden Berichts bekam der Präsident persönlich. Das andere Exemplar, das Original, kam in das Archiv der medizinischen Abteilung des Weißen Hauses und später dann, nach Ende der Amtszeit, in die Präsidentenbibliothek, aber auch nur, wenn er damit einverstanden war. Es heißt, dass viele dieser ärztlichen Berichte verschwunden sind, und solange der jeweilige Präsident lebt, darf eh niemand anderer als er selbst auf die geheimen Dokumente und Diagnosen zugreifen. Kein Wissenschaftler, kein Journalist, niemand.»

«David, bitte», unterbrach ihn Helen. «Was hat das alles mit Adam Rycart zu tun?» Ungeduldig war sie nicht. Im Gegenteil: eher besorgt und müde. Sie ahnte, worauf die Ausführungen hinauslaufen würden.

«Adam Rycart ist ein Sonderfall», beeilte sich David fortzufahren. «Er drängte geradezu darauf, untersucht zu werden, denn er war überzeugt davon, gesünder zu sein als jeder andere seines Alters. Je mehr in der Öffentlichkeit diskutiert wurde, ob ein Mann, der sich nur von Cola, Milchshakes und Big Macs ernährt und nie Sport getrieben hat – ob ein solcher Mann gesund genug sein würde, Präsident der Vereinigten Staaten zu werden. Aber je mehr Menschen Zweifel an seiner Gesundheit äußerten, je mehr Kritiker ihn außerdem als geistig instabil beurteilten, umso mehr wollte Rycart das Gegenteil unter Beweis stellen. Deshalb ließ er alles freudig über sich ergehen: das große Blutbild. Komplettcheck der Genstruktur, Belastungstests.»

«Und?» Helen wurden die Ausführungen zu lang und machte eine kreisende Bewegung mit der Hand.

«Dann kam sein genetischer Makel heraus, eine wirklich sensationelle Diagnose: Rycart hat die Huntington-Krankheit, die bei ihm nicht oder noch nicht ausgebrochen ist, bei seinen Nachkommen aber zu Siechtum, Elend und Tod führen kann.»

«David!» Helen wurde ärgerlich. «Was redest du da! Das ist doch Unsinn.» Sie versuchte, empört auszusehen. Dabei war sie einfach erschrocken darüber, dass David das Geheimnis kannte, das Anthony Zara unbedingt noch unter der Decke halten wollte.

Wortlos stand David auf, hob die alte Aktentasche auf den Küchenblock und entnahm ihr sieben Papierstapel, die er nebeneinander auf die Granitplatte legte.

Helen erhob sich, setzte ihre Lesebrille auf und beugte sich über den ersten Stapel.

«Mappe 1: *Untersuchungsergebnisse Blutproben*» las sie leise.

Auf jedem Stapel lag ein Deckblatt, auf dem David handschriftlich den Inhalt notiert hatte, er hatte also bereits alles durchgesehen. Dass er dabei nicht allein gewesen war, sagte er nicht.

Helen ging langsam an den Stapeln entlang:

«Mappe 2: *Ergebnisse Intelligenztests*

Mappe 3: *Psychische Belastbarkeit*
Mappe 4: *Laborberichte*
Mappe 5: *Gesprächsprotokolle*
Mappe 6: *Ergebnisse der genetischen Analyse*
Mappe 7: *Medizinische Gutachten und Schlussfolgerungen».*

Sie blickte David an. «Die Dossiers beziehen sich alle auf Rycart?»

«Ja.»

«Und sind eindeutig Originale?»

«Die Kopien der Originale, um genau zu sein», antwortete David. «Schau … hier oben … TOP SECRET. Normalerweise ist der Stempel rot, das hier ist die schwarze Farbe meines Druckers. Die Original-Dokumente hat derjenige, der sie entwendet hat, vermutlich seinem Auftraggeber übergeben. Und für sich von allem eine digitale Kopie behalten.»

«Das könnte ein Problem werden.»

«Nicht, wenn wir die Echtheit anderweitig beweisen.»

«Das wäre wirklich eine Sensation», murmelte Helen. «Und die haben wir exklusiv?»

«Haben wir.»

«Wieso?»

«Der Mann, der die Dokumente aus dem Kapitol geklaut hat, lag vor ein paar Stunden tot in meinem Haus. Und neben ihm am Boden ein USB-Stick, auf dem diese Beweise abgespeichert sind. Das hier sind die Ausdrucke.»

«David, das ist doch verrückt.»

«Der Mann war bei mir, weil er mich umbringen wollte. Ahnst du jetzt, von wem ich rede?»

«Von unserem geheimnisvollen Zeugen?»

«Brandon Lee, exakt.»

«Und das alles hat dieser Brandon deiner Meinung nach während des Tohuwabohus am 6. Januar entwendet?»

«Ich bin mir sicher. Während die Verrückten in Nancy Pelosis

Büro einbrachen und die Zimmer der anderen Abgeordneten verwüsteten, hat unser Mann unbemerkt die Tür zu dem geheimen Raum aufgebrochen und sich an die Arbeit gemacht.»

«Woher wusste er, dass Rycarts Patientenakte nicht mehr im Weißen Haus lag?»

«Die Räume der medizinischen Abteilung wurden zwischen Oktober 2020 und Mitte Januar 2021 umfassend renoviert, weshalb man die Patientenakten ins Kapitol gebracht hatte. Dort gibt es seit dem letzten großen Umbau zwischen 2000 und 2008 wegen eines Berechnungsfehlers des Architekten einen Raum, der in keinem offiziellen Plan auftaucht. In diesem Raum wurden die ärztlichen Dokumente zwischengelagert. Ich vermute, dass sie danach unauffällig verschwinden sollten. Aber dann verlor Rycart die Wahl. Und hatte nicht mehr die Macht, das zu veranlassen.»

«Das heißt», sagte Helen, «dass Rycart und seine Vertrauten damit rechneten, alle Präsidentschaftspläne ein für alle Mal beerdigen zu müssen, wenn das Ergebnis der Untersuchung publik würde.»

«Für einen Mann mit seinem Ehrgeiz undenkbar.»

Jetzt war Helen hellwach. Ihre Wangen waren gerötet, ihr Körper stand unter Spannung, die Müdigkeit war verflogen.

«Wir reden von der ärztlichen Untersuchung 2017?»

David nickte.

«Nach allem, was wir gerade gesagt haben, hätte Rycart also vor vier Jahren den Amtseid gar nicht ablegen dürfen.»

«Genau.»

«Wow. Rycart wäre der Erste in der amerikanischen Geschichte gewesen, der als designierter Präsident schon Ex-Präsident gewesen wäre, noch bevor er auch nur einen Schritt ins Oval Office hineingetan hätte.» Ungläubig schüttelte sie den Kopf. «Eine irre Geschichte.»

Helen und David standen in der Diele und umarmten sich, ohne etwas zu sagen. Dann knöpfte er seinen Mantel zu und stellte den Kragen hoch. Es war weit nach zwei Uhr und sehr kalt.

Helen ordnete fürsorglich den Schal unter seinem Kinn. «Schreibst du bitte heute Nacht noch an alle Leitenden und bittest sie für acht Uhr zu einer außerordentlichen Konferenz in mein Büro? Wir hätten exklusiv brisante Neuigkeiten und müssten klären, wie wir am besten damit umgehen sollen.»

«Was soll ich als Thema schreiben?»

«Rycarts Ende», schlug sie vor. «Wir müssen nur noch den Zeitpunkt festlegen, wann wir die Story bringen.»

David schaute sie verständnislos an. «Was meinst du mit Zeitpunkt?»

«Na, wann?»

«Sofort natürlich. Was sonst?»

Sie zögerte einen winzigen, verräterischen Augenblick. «Klar. Aber ich will alle miteinbeziehen. Wir haben mächtige Gegner.»

David nickte. «Okay, acht Uhr. Die üblichen Verdächtigen inklusive Geschäftsführer, Mackenroth von der Rechtsabteilung und Archivchef?»

«Ja. Es muss schließlich noch recherchiert werden, wer von den Ärzten vor vier Jahren die Krankheit herausbekommen hat.»

David schob die Hände in die Manteltaschen. Dabei fiel ihm noch etwas ein.

«Was ist mit deinem Überflieger?»

«Zara? Auf keinen Fall.»

David konnte sich ein Lächeln nicht verkneifen.

«Wäre es nicht besser, ihn dazu zu bitten?», fragte er gegen seine Überzeugung.

Sie legte den Zeigefinger an ihre Nase. Überraschenderweise nickte sie jetzt. «Ja, vielleicht hast du recht. Er soll sehen, wie wir solch einen Scoop der Öffentlichkeit präsentieren. Ich werde ihn anrufen.»

«Keine Angst, dass die Konkurrenz etwas von ihm erfährt?»

Helen schüttelte energisch den Kopf. «Nein, David. Glaube mir, er ist nicht dumm.»

ELFTER TEIL

Helens Entscheidung | Donnerstag, 18. Februar, 9:30 Uhr

Am nächsten Morgen waren tatsächlich alle, die David in der Nacht benachrichtigt hatte, bereits vor acht im Redaktionsgebäude. Still, ernst und seltsam angespannt hatten sie sich in Helens Eckbüro eingefunden, denn sie hatten gespürt, dass es an diesem Morgen um mehr ging als um eine Alltagsentscheidung. Auch jetzt, eine Stunde nach heftigster Diskussion und zum Teil lauten Wortwechseln, saßen noch alle auf denselben Plätzen wie zuvor und suchten nach einer Entscheidung, hinter der sie sich versammeln konnten. Niemand war aufgestanden, um sich Kaffee oder Tee zu holen. Niemand war auf die Toilette gegangen. Niemand hatte sich während der diversen und zum Teil klugen Wortbeiträge von seinem Handy ablenken lassen, was David noch in keiner anderen Konferenz erlebt hatte. Was ein Zeichen dafür war, dass es um viel ging. Eigentlich um alles, was diesen Verlag ausmachte: um die Existenz der Zeitung. Um ihre journalistische Glaubwürdigkeit. Und damit um die Grundlage ihres Berufs.

Denn was immer gesagt wurde – ihnen war bewusst, dass es keinen Kompromiss gab. Es gab nur ein Entweder-oder. Entweder Veröffentlichung – oder Fusion. Und es wurde schnell deutlich, dass Gefühle und Vermutungen einen viel zu großen Raum einnahmen, denn wie bei jedem Blick in die Zukunft waren diese Gefühle unkalkulierbar und schon gar nicht zu beweisen.

Während des gesamten frühen Morgens hatte es Helen vermieden, David unter vier Augen zu sprechen. Sie ahnte seine Position, und ohne es sich recht erklären zu können, nahm sie ihm übel, dass er sie alleine ließ mit ihrer Angst, sich falsch zu entscheiden. Er hatte es gut – es war ja nicht sein Verlag.

Es war einer der Momente, in denen ihr Bauchgefühl etwas anderes sagte als ihr Kopf. Adam Rycarts Zukunft lag in ihren Händen. Die Zukunft eines Mannes, den sie aus tiefstem Herzen verachtete. Eines Mannes, der als Präsident die überwiegende Mehrheit seines eigenen Volks verachtet hatte. Der mit Verachtung aufgewachsen und in Verachtung erzogen worden war. Zeit seines Lebens hatte er nur für sich selbst gekämpft. Nur für seinen eigenen Vorteil und dafür, nicht dorthin zu müssen, wohin er gehörte: ins Gefängnis. Sie war jetzt, in diesem Moment, in der Lage, dem endlich ein Ende zu setzen, wofür man sie schätzen und feiern würde. Denn jeder war der Ansicht, das sah sie in den Augen der vor ihr Sitzenden, dass ohne diesen Adam Rycart die Welt eine bessere sein würde.

Mit angespanntem Gesicht blickte sie auf ihre Armbanduhr. Es war höchste Zeit. Sie konnte sich nicht länger vor einem abschließenden Wort drücken.

«Jeder hat jetzt seine Meinung geäußert», begann sie langsam, «und ich danke Ihnen allen sehr für Ihre Offenheit.» Dann räusperte sie sich und sagte mit fester Stimme: «Lassen Sie mich noch einmal kurz die Sachlage zusammenfassen. Wenn ich das richtig sehe, ist das Wertvollste, was wir haben, das Dossier der Ärzte, die vor vier Jahren bei Rycart Chorea Huntington festgestellt haben.»

Ruhig schaute sie in die Runde. «Reicht das?»

Mackenroth hob entschuldigend die Hände. «Noch einmal. Wenn wir die Originale hätten, ja. Aber wir haben leider nur die Kopien.»

Sie wandte sich an David. «Wie steht es um die Beweiskraft der Kopien?»

«Na ja … Brandon Lee hat insgesamt 94 Seiten inklusive der Tabellen über die Details des Blutbilds digital kopiert und auf einem Stick gespeichert. Wer immer die Beweiskraft unserer Kopien anzweifelt, müsste uns die Manipulationen zeigen. Was meiner Ansicht nach unmöglich ist, weil es keine Manipulationen gibt.»

«Könnte der damals federführende Arzt etwaige Zweifel an dem Untersuchungsergebnis als Zeuge ausschließen?»

David schwieg.

«Ich entnehme deinem Schweigen, dass das nicht möglich ist, weil der Mann tot ist. Richtig?»

David nickte.

«Bleiben meines Erachtens nur zwei Wege, um zu einem eindeutigen Urteil zu gelangen. Weg Nummer eins wäre: Rycart persönlich um eine Blut- oder Speichelprobe zu bitten und anhand dieses Originalmaterials eine Genanalyse durchführen zu lassen …»

Sie schaute in die Runde. «Hält das jemand für machbar?»

Da niemand etwas sagte, fuhr sie fort: «Habe ich mir gedacht. Kaum möglich bei einem Mann, der sich abzuschotten weiß. Wir könnten also nur noch im Ausschlussverfahren über die erkrankten Kinder und deren jeweilige Mütter die Person herauszufinden versuchen, die das defekte Gen vererbt hat.»

Wieder blickte sie David an. «Was meinst du?»

Der schwieg. Und sagte dann leise: «Nach dem Tod das Feuer.»

«Wie bitte?»

«Nach dem Tod kam in allen uns bekannten Fällen das Feuer», sagte David jetzt lauter. «Die an Huntington erkrankten Kinder Rycarts wie auch deren Mütter … – sie sind alle tot und verbrannt.»

Helen machte eine lange Pause. Dann betrachtete sie nickend ihre Hände.

Schließlich blickte sie auf. «Okay … Ich hoffe, Sie alle werden verstehen, dass ich angesichts dieser Sachlage nicht anders kann, als folgende Entscheidung zu treffen: Wir werden unser Wissen über Adam Rycarts Erbkrankheit in dieser Zeitung … *nicht* bringen. Ich bitte sie, alles zu vergessen, was in der vergangenen Stunde besprochen wurde. Und ich bitte darum, jeden Beweis – oder besser: jeden angeblichen Beweis – noch am heutigen Tag zu vernichten. Ich für meinen Teil werde nie etwas von dieser Sache gehört haben.»

Sie stand auf und packte ihre Unterlagen zusammen. «Und nun an die Arbeit. Wir sehen uns gleich bei der Themenkonferenz.»

Als Emma beim Rausgehen an Frau Rösner vorbeikam, rief ihr diese zu, dass Friederike Blomeyer in der Cafeteria auf sie wartete. Eine Aufzugfahrt später standen Emma und Friederike Blomeyer nebeneinander an der Theke des Cafés. Emma bestellte ein Croissant und einen Milchkaffee. Sie beachtete kaum, was die Bedienung vor sie hinstellte, sie war mit ihren Gedanken woanders.

«Beim Rausgehen wirkten alle ganz schön mitgenommen», sagte sie. «Ich glaube, niemand hat geahnt, wie ernst die wirtschaftliche Lage tatsächlich ist.»

«Damit steht die Fusion jetzt also fest?»

Emma nickte. «Ich hatte ziemlich bald den Eindruck, dass Helen gegen die Veröffentlichung sein würde. Als sie dann sagte, dass Maddox auf keinen Fall in unseren Verlag einsteigt, wenn wir Adam Rycart hinhängen, war auch dem Letzten klar, dass wir klein beigeben.»

Sie reichte ihren Hausausweis der Bedienung, die den Betrag für Kaffee und Croissant abbuchte.

«Ist schon ein doofes Gefühl», sagte Friederike. «In Filmen gewinnen immer die Mutigen, die in Kauf nehmen, alles zu verlieren.»

«Ich denke sogar», sagte Emma, «dass am Ende die Mehrheit der Anwesenden so dachte wie Helen. Außer David, Khan, Winterberg und ein paar der Hartgesottenen aus dem Verlag vielleicht. Die meisten fürchten das wirtschaftliche Ende der Zeitung mehr als den Reputationsverlust.»

«Gab's denn keinen, der sich für unseren seriösen Journalismus stark gemacht hat?»

«Doch. Khan natürlich. ‹Wir werden uns für den Rest unseres Lebens Vorwürfe machen, wenn wir die Geschichte nicht bringen›, hat er gesagt. ‹Wenn wir jetzt nicht mutig sind, treten wir alles mit Füßen, was uns bis jetzt heilig war›. Er war ziemlich aufgebracht, du kennst ihn ja. Für ihn ist unsere Unabhängigkeit das Maß aller Dinge.»

«Ich wäre auch für die Veröffentlichung der Story gewesen», sagte Friederike.

«Kannst du leicht sagen. Solange dein Papa die Miete zahlt und du keine Familie ernähren musst, kannst du mutig auf dein Gehalt verzichten.»

Sie gingen mit ihren Getränken und dem Croissant zu einem der freien Stehtische. Beim Vorbeigehen hörten sie, dass auch an den anderen Tischen Helen Christensens Entscheidung Gesprächsthema Nummer eins war.

Friederike stellte ihren Tee ab. «Ist wirklich sicher, dass der Verlag ohne das Geld der Neuen wirtschaftlich nicht überleben kann?»

«Sieht so aus.»

«Grauenhaft. Möchte nicht wissen, was in einem halben Jahr hier los ist.»

«Will ich auch nicht wissen. Aber noch habe ich die Hoffnung, dass sich Helen mit Ihrer Mehrheit diesen Burschen widersetzen kann. Wenn nicht, hätte ich noch eine Idee, wie man die Fusion verhindern könnte.»

«Träum weiter, Emma. Darauf warten die nur, dass du sie fertigmachst.»

In dem Moment trat David Jakubowicz an ihren Tisch.

«Kann ich kurz mit dir reden, Emma?»

«Klar.»

«Können wir in dein Büro gehen?»

«Natürlich.»

In ihrer Arbeitsecke, einem kleinen Raum am Rand der Lokalredaktion, saß Emma an ihrem Schreibtisch, und David ging unruhig vor ihr auf und ab.

«Emma», begann er, «wenn morgen die Verträge unterschrieben sind, werden die Amerikaner unseren Verlag über kurz oder lang zerschlagen, da bin ich mir sicher. Sie werden die Ausgliederung der Digitalsparte durchdrücken, das Druckzentrum und das Redaktionshochhaus verscherbeln. Deshalb haben wir nur noch eine Chance: Wir müssen Anthony Zara so weit bringen, Garantien für unsere Zukunft abzugeben. Inhaltlich, politisch und arbeitsrechtlich. Und zwar vor der Unterzeichnung.»

«Das wird er nie machen.»

«Vielleicht aber doch. Denn noch haben wir ein Druckmittel: das Rycart-Dossier. Wenn wir das bringen, bekommt Maddox Ärger mit seinem besten Freund. Und erst recht Anthony Zara, der ja immerhin Rycarts Wahlkampfmanager war. Wir müssen ihm glaubhaft damit drohen, alles auszupacken.»

«Er wird zurückdrohen und die Fusion platzen lassen.»

«Wäre doch erst einmal nicht das Schlimmste. Der Verlagskredit läuft noch zwei Monate, bis dahin sind wir einigermaßen sicher. Aber Rycart eben nicht, denn wir könnten ihn in dieser Zeit als verantwortungslosen Menschen hinstellen, der sein Volk betrogen hat und der zwei seiner Kinder durch eine Krankheit verloren hat, die nur er ihnen vererben konnte.»

«Und wenn dann die Prozesswelle anrollt und der Verlag die Anwälte nicht zahlen kann?»

«Ist Rycart politisch schon so gut wie tot. Denkt wenigstens Khan. Und ich auch. Außerdem drohen wir mit alledem ja nur. Anthony Zara muss nur denken, dass wir die Drohung wahr machen.»

«Glaubst du im Ernst, er lässt sich auf so was ein?»

«Nicht freiwillig. Wir müssen ihn öffentlich dazu zwingen. Ich überlege die ganze Zeit, wie wir mit ihm ein Hintergrundgespräch führen können, in dem wir ihn fragen, was er programmatisch vorhat, wenn unsere Verlage verschmolzen sind.»

«Und da willst du ihm dann zufällig Fragen stellen nach Brandon Lee, der Krankenakte, den mutmaßlichen Verbrechen des früheren Präsidenten – und was wir mit all diesen Informationen machen sollen?»

«Das wäre perfekt. So solltest du's machen.»

Emma setzte sich ruckartig aufrecht. «Hast du gerade gesagt, *ich* soll das machen? Ich soll mit ihm reden?»

«Ja.»

«David, ich bin nur Redakteurin im Lokalteil. Ich bin dem Typen doch gar nicht gewachsen.»

«Du sollst doch mit ihm nicht über Cashflow, Verschuldungsquote, Rendite pro Mitarbeiter oder die Prolongation unseres Kredits sprechen, sondern nur ganz harmlos ein paar Fragen stellen, die sich auch normale Leser stellen. Für den Digitalauftritt der Zeitung. Für diese Filmchen auf der Website, am Rande, neben den Texten.»

«Die du eigentlich grauenvoll findest.»

«Jetzt aber nicht.»

Er schaute Emma ernst an.

«Verdammt, du musst mir helfen, Emma. Heute Abend gibt Helen einen Empfang in ihrer Villa im Vorgriff auf die Vertragsunterzeichnung. Maddox wird da sein, Zara, die Anwälte, die leitenden Mitarbeiter des Verlags und die Crème de la Crème der Redaktion. Ich hab gehört, dass du auch eingeladen bist.»

«Stimmt. Ich darf sogar jemanden mitbringen.»

«Sehr gut. Am Rande der Veranstaltung trittst du an ihn heran, sagst, du hättest ein paar Fragen zur Fusion – und schon gehst du mit ihm ein paar Schritte zur Seite und legst los, während im Hintergrund die Leute ihren Prosecco trinken und den Deal feiern.»

«Irgendwann wird Zara aber merken, dass ich ganz andere Fragen stelle als die, die ich angekündigt habe.»

«Wenn alles gut geht, hast du dann schon das, was wir wollen.»

Sie dachte einen Moment nach. Sie war noch jung. Sie konnte es wagen.

«Okay, okay», sagte sie. «Ich versuch's. Willst du das Gespräch aufnehmen? Ich bin nicht so gut, wenn ich Fragen stelle und gleichzeitig filme.»

«Würde ich gerne machen. Aber ich bin heute Abend nicht dabei. Kannst dir denken, warum.»

Er dachte kurz nach.

«Bring doch deinen Max Goldberg mit.»

«Oh nein, das nicht auch noch! Auf keinen Fall!»

Da fiel ihr etwas ein. «Aber gut, dass du Max erwähnst. Er will dir was zeigen, was dich interessieren könnte, meint er. Ruf ihn doch mal an.»

Vor Helens Villa | Donnerstagabend, 20:30 Uhr

Helens Villa war hell erleuchtet, als David am Abend in der Einfahrt vor dem schmiedeeisernen Tor des Grundstücks hielt. Er machte den Motor aus und griff zum Hörer. Es schüttete wie aus Kübeln, die Scheibenwischer wurden der Wassermassen nicht mehr Herr.

Es war halb neun, nur ein paar vereinzelte Straßenlaternen spendeten etwas Licht. David wählte Helens Nummer, während er im Rückspiegel die parkenden Autos am Straßenrand betrachtete. Durch die Bank waren es Limousinen der höheren Preisklassen, die sich auf der schmalen Vorortstraße hintereinander reihten. David sah Fritz Rosentals Porsche und den 7er BMW von Mackenroth. Dazwischen ein paar teurere Leihwagen, offenbar die Fahrzeuge der Männer aus New York. Und ganz am Ende den alten Volvo von Khan, der offenbar als Letzter eingetroffen war.

Zweimal ließ David Helens Telefon klingeln. Zweimal nahm sie das Gespräch nach dem zweiten Klingelton an und unterbrach es gleich wieder, ohne etwas zu sagen. Der dritte Versuch scheiterte, weil Helen ihr Handy ausgeschaltet hatte.

David lehnte sich zurück. Es würde nicht lange dauern.

Kurz tastete er nach dem Tablet, das er in den Zwischenraum zwischen Sitz und Handbremse geschoben hatte.

Da sah er auch schon, wie Helen mit einem Schirm die Auffahrt heruntergeeilt kam, die Tür auf der Beifahrerseite öffnete und mit Regentropfen im Gesicht in seinen Wagen sprang.

«Fahr bis zum Wendehammer und dann langsam wieder zurück», befahl sie. «Mehr Zeit kann ich dir nicht geben.»

«Ich will dir nur kurz was zeigen, Helen. Dann lass ich dich in Ruhe.»

«Tu, was ich dir sage», zischte sie, starr nach vorne blickend. «Wenn ich dich hätte dabeihaben wollen, hätte ich dich eingeladen. Fahr los, oder ich steige wieder aus.»

«Warum bist du so ungehalten?»

«Ich kann mir nicht helfen, aber ich habe das Gefühl, dass du bis zuletzt dafür kämpfen willst, dass die Fusion nicht zustande kommt. Und ich traue dir zu, dass du im letzten Augenblick noch alles torpedierst. Ich kenne dich.»

«Weißt du nicht selbst, dass du einen Fehler begehst?»

«Nein und noch einmal nein. Ich will den Verlag und die Zeitung retten. Und das geht nur mit dem Kapital dieser Leute. Kannst du dir wenigstens ansatzweise vorstellen, wie schwer es für mich ist, gerade dich gegen mich zu haben? Nach all dem, was wir zusammen erlebt haben?»

Sie holte tief Luft, atmete langsam aus und versuchte, sich zu beruhigen.

Schließlich sagte sie: «Also: Was willst du?»

David wendete, fuhr rechts ran und parkte den Wagen am Ende der Sackgasse halb auf dem Bürgersteig. Eine Hecke gab ihnen nach vorne, in Richtung auf Helens Grundstück, ausreichend Deckung. Käme jemand aus ihrer Einfahrt, würde man sie in dem Wagen nicht sehen.

«Ich will dir was zeigen.»

Während er ihr das Tablet reichte, sah er, wie in rund zweihundert Metern, am Beginn der Straße und jenseits von Helens Grundstück, eine dunkle Limousine langsam einbog und hinter Khans Volvo stehen blieb, während Helen das Tablet aufklappte.

«Was soll das?» Sie zeigte auf das Display.

«Starte den Film», sagte er und sah aus den Augenwinkeln, wie das Licht der Limousine ausgeschaltet wurde. Doch niemand stieg aus.

David merkte, dass Helen zögerte. Er drückte deshalb selbst auf den weißen Pfeil, der über dem ersten Bild lag. Zu sehen war der Establishing Shot des Wolkenkratzers *One Madison* in New York. Und während die Kamera langsam den 58 Stockwerke hohen Turm aus Stahl und Glas nach unten fuhr bis zum Bürgersteig der Madison Avenue, hörten die beiden die Stimme eines Reporters, der nach den ersten Worten aus dem Off leibhaftig auftauchte und in die Kamera sprach.

«Vor einer halben Stunde kam es hier, nur einen Steinwurf vom Madison Square Park entfernt, zu einer ungewöhnlichen Begegnung zwischen dem russischen Außenminister Sergej Lavrov und einem New Yorker Pitbull. Just in dem Moment, als die Limousine des Ministers an der roten Ampel stoppte, stürzte ein Mann aus einem der obersten Stockwerke des

Hochhauses auf den Wagen und drückte das Dach so weit ein, dass sich der Politiker nicht mehr rühren konnte …»

Helen drückte auf die Pause-Taste des Tablets, das auf ihrem Schoß lag.

«Was soll das. Meine Gäste warten …»

«Einen Moment noch», sagte David und ließ den Nachrichtenbeitrag weiterlaufen.

«Der bislang nicht identifizierte Mann auf dem Autodach war sofort tot, die Personen im Wagen blieben wie durch ein Wunder unverletzt», fuhr der Reporter fort. «Lavrov war auf dem Weg zu einer Sitzung der Vereinten Nationen, der Hund hatte sich wenige Augenblicke zuvor von der Leine seines Besitzers losgerissen. Die Limousine wurde durch den Aufprall so stark beschädigt, dass sich der prominente Fahrgast nicht selbst befreien konnte. Bis zum Auftauchen des Hundebesitzers, der seinen Hund wieder an die Leine nahm, kam es deshalb zu einer eher unfreundlichen Begegnung zwischen diesem schwarzen Bullterrier namens Titan …»

Im Bild erschien ein eindrucksvoller Hund, der trotz Maulkorb und Leine von seinem Besitzer kaum zu bändigen war und bedrohlich knurrte.

«… und Sergej Lavrov, dem Außenminister der Russischen Föderation» – eingeblendet wurde ein besonders grimmig schauender Lavrov hinter der zersplitterten Fensterscheibe des Fahrzeugs. «Die Polizei traf erst am Tatort ein, als der Minister von seinen Leibwächtern bereits in Sicherheit gebracht worden war.»

Jetzt war es David, der den Film stoppte. «Erinnerst du dich?», fragte er.

Helen drehte sich ruckartig zu ihm. «Was soll das? Woher hast du das?»

«Von NYC Media, dem lokalen Nachrichtensender.»

Sie blickte stirnrunzelnd auf das Tablet, auf das eingefrorene Bild.

«Siehst du neben dem Reporter die Zuschauer mit ihren Handys? Die Leute haben die Szene von allen Seiten aufgenommen. Sogar den Toten auf dem Dach der Limousine.»

«Na und?»

«Emmas Freunde von *Goldberg Forensic Architecture* haben die ins Netz gestellten Filme und Fotos der Leute analysiert und ausgewertet. Facebook, Instagram, Twitter. Es waren insgesamt fast hundert. Unter anderem haben sie auch folgende Bilder gefunden.»

Helen erstarrte, während dicke Regentropfen weiterhin auf das Dach des Wagens trommelten.

«Tipp auf weiter, Helen. Einfach draufdrücken.»

Und sie sah zwei kurze Filme.

Der erste zeigte, wie Anthony Zara schnellen Schrittes aus dem Eingang von *One Madison* kam, an der Menschenmenge vorbeiging und etwas weiter vorne auf die Straße trat, wo in zweiter Reihe ein gelbes Taxi wartete.

Und dann den zweiten Film – aus einem anderen Blickwinkel –, wie eine Frau im hellen Kaschmirmantel aus dem Taxi stieg, den Mann kurz begrüßte, ihn mit einem Lächeln umarmte – und ihn dann mit einer Geste aufforderte, als Erster hinten in das Taxi zu steigen.

David warf Helen einen bedauernden Blick zu. Denn die Frau im Film war Helen Christensen.

Sie sagte nichts. Sie hatte bei dem Schlussbild auch gar nicht mehr auf das Tablet geschaut. Sie wusste ja, was es zeigte.

Jetzt öffnete sie die Wagentür, blieb aber noch sitzen. Dabei sagte sie: «Ich bin dir keine Rechenschaft schuldig für das, was ich mache. Egal, wo und wann.»

«Ich will ja auch nur, dass du mir bestätigst, dass du am vergangenen Montag um kurz nach elf Uhr amerikanischer Zeit Anthony Zara vor *One Madison* mit dem Taxi abgeholt hast.»

«Warum ist der Zeitpunkt so wichtig?»

«Weil man heute alles fälschen kann. Und du wärest ein Zeugenbeweis. Der beste, den ich mir in unserer Situation vorstellen kann.»

«Was sagen die Metadaten des Films?»

«Date taken: Monday, February 15, 11:03 am.»

«Dann wird das wohl stimmen. Sonst noch was?»

David schaute sie einen Moment ernst an.

«Ja, Helen. Ich hätte da noch einen kleinen Film. 58 Sekunden lang. Hättest du noch so viel Zeit?»

«Nein. Tut mir leid.»

«Ich bitte dich trotzdem, einen kurzen Blick draufzuwerfen.»

Helen zog ihr Regencape, das seitlich aus dem Wagen hing, zu sich zurück auf den Sitz und schloss die Autotür, während David wieder auf das Tablet tippte. Der Film, der ruckelnd anlief, war qualitativ nicht zu vergleichen mit dem, was David ihr vorher gezeigt hatte. Er war sogar lausig und zum Teil verwackelt. Und langweilig, wie die ersten Bilder zeigten. Denn man sah in der Mitte des Ausschnitts lediglich die Traufe eines Hochhausdachs, an der die Kamera ruhig entlangschwenkte.

Doch gerade, als Helen zornig protestieren wollte, erstarrte sie.

«Kannst du mir das Ende noch einmal zeigen?», fragte sie leise, als der Film zu Ende war.

«Natürlich.»

Und David tat, wie ihm geheißen.

Helen saß da wie gelähmt. Ihr Gesicht wurde blass. Unruhig knetete sie ihre Hände.

Es dauerte fast eine Minute, bis sie etwas sagte.

«Du hast die Echtheit geprüft?»

Er nickte. «Ich habe das Material erst heute Nachmittag bekommen. Von derselben Quelle, diesem Start-up-Unternehmen.»

Ihre Gedanken rasten, ihr Puls war beschleunigt, äußerlich aber wirkte sie wie erstarrt.

Sie richtete sich auf und sagte tonlos: «Das ändert alles.»

David nickte. Schweigend.

«Ich gehe jetzt wieder ins Haus», sagte sie nach einer Weile und zwang sich, klar zu sprechen. «Kannst du in rund zehn Minuten nachkommen? Du hast dich etwas verspätet, wenn dich jemand fragt.»

«Gut.»

«Ich sehe, du hast ein weißes Hemd und ein Sakko an. Du hast offenbar mit allem gerechnet.»

«Habe ich, ja.»

«Muss ich jemanden um Hilfe bitten?»

«Nein.»

«Könnte es gefährlich werden?»

«Ich denke nicht. Aber du könntest Emma unterstützen, bei allem, was sie machen wird.»

Helen öffnete die Wagentür, stieg aus und wollte gerade die Tür wieder schließen.

«Helen?»

«Ja?»

«Dein Schirm.»

Sie bückte sich, nahm wortlos den Schirm in Empfang und eilte zurück zu ihrer Villa.

Als sie verschwunden war, schaute David die Straße hinunter. Noch bevor er das Standlicht einmal an- und wieder ausmachte, wie sie es vereinbart hatten, sah er, dass Frieda und Niklas die Limousine hinter Khans Volvo verließen. Erst als die beiden die Auffahrt zu Helens Haus hinaufgingen, stieg auch Tilda Hansson aus.

Was für ein genialer Schachzug des Schicksals, dass Helen der Vertragsunterzeichnung eine Art Party vorangehen lässt, dachte David, während Tilda die Straße herunterkam.

Helen betrat ihr Haus, hörte das gewohnte Knarren der Dielen im Eingangsbereich und blickte zur Garderobe. Anthony Zara stand dort neben der alten Holzbank, auf die sie sich immer setzte, wenn sie ihre Schuhe anzog. Er betrachtete, eine Zigarette in der Hand, eine Reihe dunkel gerahmter Schwarzweiß-Bilder, die Helens verstorbener Mann dort vor Jahren aufgehängt hatte.

«Ich sehe, dass wir in ein altehrwürdiges Unternehmen mit langer Geschichte eintreten», sagte Zara lächelnd und zeigte auf ein Foto, auf dem Helen mit Ulrich Christensen zu sehen war, dem ehemaligen Herausgeber und langjährigen Chefredakteur der DAZ. Helen hatte ihn kurz nach der Journalistenschule geheiratet und mit ihm, bis zu seinem Tod vor sieben Jahren, zusammengelebt.

Sie trat neben Zara, blickte flüchtig auf die Aufnahme, sagte «Erstaunlich, wie die Zeit dahinfliegt», hängte ihr Regencape an die Garderobe und stellte den Schirm in einen Ständer hinter der Tür. Ihre Gefühle waren noch in hellem Aufruhr von dem, was sie wenige Minuten zuvor auf Davids Tablet gesehen hatte, aber sie zwang sich, ungezwungen zu erscheinen.

«Sie waren plötzlich weg», sagte Zara. «Ist nicht gerade das Wetter, um frische Luft zu schnappen …» Er schaute Helen kurz von der Seite an und drückte dann die Zigarette in einer Tonschale aus.

«Ich hatte einen langen Tag», sagte sie. «Und der Regen hört einfach nicht auf.»

Sie versuchte erst gar nicht, eine Erklärung für ihr Verschwinden zu finden, sollte er doch denken, was er wollte. Sie empfand nicht einmal Wut oder Groll, so erschöpft fühlte sie sich.

«Gehen wir rein», sagte sie und wies auf die offen stehende Doppeltür am Ende des Eingangsbereichs. Lautes Gewirr aus

Small Talk, Gläserklirren und Lachen klang heraus, die Stimmung der rund fünfzig Gäste schien exzellent zu sein.

Helen hatte das «Gehen wir rein» so matt gesagt, dass er sie genauer ansah.

«Ist was passiert?», fragte Zara.

«Nein, nein, alles okay.»

Er trat mit ihr durch die Tür des riesigen Wohnraums. «Emma Bricks hat mich gefragt, ob ich kurz ein paar Worte sagen könnte zu den Chancen unserer geschäftlichen Verbindung. Die Onliner, wie sie es nannte, könnten den Film mit dem Gespräch morgen zu der Nachricht über die Vertragsunterzeichnung stellen. Ich wollte Sie fragen, ob das für Sie okay ist?»

«Natürlich, Anthony. Gute Idee.»

Er blieb kurz stehen.

«Was meinen Sie – wo sollten wir es am besten machen?»

Helen blickte über die Gruppen von Menschen hinweg. Die gesamte linke Seite des Raums bestand aus Glas, die meisten Türen zu der teilweise überdachten Terrasse waren aufgeschoben. Sie sah Rupert Maddox im Hintergrund in seinem Rollstuhl, umringt von seinem Sohn Frank, seinen Anwälten und Betriebsprüfern. Auf der anderen Seite sah sie Alex Khan im Gespräch mit Mackenroth in ihrer hellen Sitzgarnitur, die beiden diskutierten heftig. Sie entdeckte Emma Bricks in einem Pulk von Redakteuren an einem der seitlichen Stehtische. Und sie sah Max Goldberg – den jungen Mann, den Emma mitgebracht hatte – in der Nähe des Buffets mit einer der Serviererinnen reden. Wenn er hier schon niemanden kannte, dachte er wohl, dann sollte er an diesem Abend wenigstens kulinarisch auf seine Kosten kommen, denn er hatte seinen Teller ziemlich vollgeladen.

Zara zeigte auf die gegenüberliegende Seite, auf die dunkelrot gestrichene Wand, auf der einige großformatige Gemälde hingen, im hinteren Bereich schlossen sich Regale und der Stutzflügel an.

«Nein, dort nicht», meinte Helen, bevor Zara etwas sagen konnte. «Die Bilder sollte man auf keinen Fall erkennen. Die könnten den einen oder anderen auf dumme Gedanken bringen.»

«So wertvoll?»

«Nein. Aber wertvoll genug.»

«Dann nehmen wir doch den Wintergarten. Dort können wir uns so hinstellen, dass wir im Hintergrund die feiernden Gäste sehen und auch noch die Pflanzen am Rand der Terrasse ahnen.»

«Einverstanden. Ich rede kurz mit Emma. Aber ein wenig sollten wir noch warten. Zumindest so lange, bis sich die meisten am Buffet bedient haben.»

Da hörte sie die Glocke an der Haustür.

«Ich geh schon. Holen Sie sich selbst was zu trinken, Anthony, ja?»

Vor der Haustür standen David und Tilda in ihren Mänteln, begrüßten die Gastgeberin und entschuldigten sich für ihr Zuspätkommen. Helen Christensen bat sie herein, David half Tilda aus dem Mantel und hängte ihn an die Garderobe. Bewundernd schaute er sie an. Es war schon eine Weile her, dass er eine Frau in einem so geschmackvollen und zugleich unaufdringlichen Kleid gesehen hatte. Und Tilda schon gar nicht. Das dunkelblaue, perfekt sitzende Outfit mit den floralen Mustern fiel auch Helen auf, die Davids Begleitung neugierig musterte. Sie kannte Tilda Hansson ja nicht, und es fiel ihr schwer, in ihr die Person zu sehen, die an diesem Abend den nötigen Schutz bot, falls es gefährlich werden sollte. Aber David hatte gesagt, sie solle sich keine Sorgen machen, also machte sie sich keine Sorgen. Jedenfalls bemühte sie sich darum.

David und Tilda standen allein an einem Stehtisch in der Nähe des Buffets. Vor ihnen standen Champagnergläser und ein paar feine Häppchen, die Helen von einem Feinkost-Caterer hatte liefern lassen.

Die beiden hatten die Begrüßungen hinter sich, David hatte Khan zugewunken und Emma mit einem kurzen Nicken bedacht. Und die Männer aus New York, alle in dunklen Anzügen und Krawatte, jeder zweite mit einem Gin Tonic in der Hand, hatten erwartungsgemäß beim Eintritt der beiden im Gespräch innegehalten und Tilda bewundernde Blicke zugeworfen. David und Tilda waren bereit, denn Helen hatte den beiden beim Hereinkommen gesagt, sie kämen gerade rechtzeitig. Emma Bricks habe eben angekündigt, ein kurzes Gespräch mit Anthony Zara führen zu wollen, am Ende des Wohnzimmers, im Wintergarten. Ob sie das vielleicht interessiere?

«Haben Sie das auch bemerkt», sagte David zu Tilda, als sie wieder allein waren, «dass wir hier ganz selbstverständlich als Paar wahrgenommen werden?»

Tilda nickte. «Das war die Absicht.»

«Ich freue mich jedenfalls sehr, mit Ihnen hier zu stehen.»

«War das jetzt ein Kompliment?»

«Vielleicht?»

«Dann sollte ich wohl klarstellen, dass es wirklich lange her ist, dass ich jemanden gedatet habe, wie man das heute nennt.»

«Ach, kommen Sie. Ich glaube Ihnen kein Wort.»

«Sollten Sie aber. Geheimdienst, geschieden, Mitte vierzig, Workaholic und ständig leidend unter den Ungerechtigkeiten der Welt – klingt das nach einem verlockenden Angebot für Sie?»

Er lächelte sie an. «Klingt vertraut, wenn ich ehrlich bin.»

Sie tranken einen Schluck.

«Ich werde mich gleich, wenn es losgeht, mit meinem Glas

346

an die Terrassentür stellen», sagte Tilda im gleichen Plauder-ton. «Sie sollten in der Nähe von Emma bleiben. Die Ein-gangstür und die vorderen Terrassentüren übernehmen Frieda und Niklas.»

«In Ordnung. Sie haben sich vorbereitet, wie ich sehe.»

Da trat Helen zu ihnen, sagte entschuldigend zu Tilda «Darf ich kurz David entführen?» und ging mit ihm Richtung Win-tergarten. Auf dem Weg dorthin versuchte sich David einzu-prägen, wo sich die wichtigsten Personen befanden. Zara löste sich gerade von der Gruppe um Rupert Maddox, dessen Roll-stuhl von seinem Sohn Frank herangeschoben wurde. Niklas – der Kellner in der nur mangelhaft gebügelten weißen Jacke – hatte gerade etwas unbeholfen einen Drink gemixt und ihn Emma gereicht. Und Max Goldberg, der seine Warteposition am Buffet verlassen hatte, stellte sich in die Nähe des großen Bildschirms, der auf der seitlichen Wand des Wintergartens an-gebracht war.

Max trat zu Emma und Zara, die sich gegenüberstanden, und steckte ihnen winzige Mikros an. Da nicht alle im Raum mitbekommen hatten, was hier vorbereitet wurde, war der Geräuschpegel nach wie vor hoch, als Emma ihr Kreuz durchdrückte und das Gespräch begann.

«Herr Zara, tut mir leid, dass ich Sie aus Ihrer Unterhaltung reiße. Darf ich Ihnen kurz ein paar Fragen stellen zur Fusion der beiden Verlage?»

«Ist schon recht, ja», antwortete Zara.

«Auf der einen Seite vertreten Sie einen international auf-gestellten Milliardenkonzern. Auf der anderen Seite erwerben Sie nur eine Minderheit der Anteile. Glauben Sie, dass Sie auch mit Ihrer eingeschränkten Entscheidungsmacht Ihre Ziele erreichen können?»

«Ja. Wir wollen das, wofür die DAZ steht, stärken. Wir wol-len in Deutschland und in Europa Einfluss gewinnen mit der

Art von Journalismus, die wir für richtig halten und mit der wir weltweit sehr erfolgreich sind.»

«Heißt das auch: mehr politischen Einfluss?»

«Das könnte durchaus sein, ja. Ich denke, das ist legitim.»

«Könnten Sie eine Arbeitsplatzgarantie für die Mitarbeiterinnen und Mitarbeiter der DAZ geben? Oder erwägen Sie möglicherweise einen Stellenabbau?»

«Oh, wir wissen, dass das grundsätzlich eine große Sorge ist. Nein, so etwas haben wir nicht vor. Aber natürlich können wir Konkretes erst sagen, wenn wir sehen, wie sich die Bilanzen nach ein, zwei Jahren entwickeln.»

«Wenn der eine Verlag – in dem Fall der Verlag der DAZ – andere politische Ziele für richtig hält als Sie und der Konzern, den Sie vertreten – was passiert dann?»

David drehte sich um zu Tilda. Sie nickten sich kurz zu. *Läuft doch*, schienen ihre Blicke auszudrücken.

«Dann werden wir schon einen Konsens finden», antwortete Zara, «da bin ich mir sicher. Denn in erster Linie wollen ja beide Verlage Geld verdienen.»

«Das führt mich zu einem aktuellen Thema: Die *Deutsche Allgemeine Zeitung* könnte im Moment viel Geld einnehmen mit der Aufdeckung eines politischen Skandals. Hat das Ihre Pläne beeinflusst, vielleicht sogar befördert, Anteile an der DAZ zu erwerben?»

Zara schwieg zwei, drei Sekunden.

«Oh», sagte er schließlich. «Da scheinen Sie mehr zu wissen als ich. Das wäre großartig. – Die Zeitung steht vor der Aufdeckung eines Skandals?»

An seinem winzigen Zögern hatte Emma erkannt, dass sie auf dem richtigen Weg war. Den ganzen Tag über war sie nicht so ruhig gewesen wie jetzt. Zara schien doch mehr als sie zu fürchten, dass Emma mit einer Anspielung ihr persönliches Geheimnis verraten könnte. Diese eine Nacht vor einem Dreivierteljahr. Zaras betonte Distanz seit ihrem Wiedersehen. Sein ausweichender Blick. Sein verräterisch ostentatives Desinteresse an ihr. Er glaubte offenbar mehr als sie zu verlieren, wenn die nächtlichen Eskapaden von damals publik würden.

Es war die richtige Entscheidung gewesen, dachte sie, David zu helfen und in den Ring zu steigen. Jetzt konnte sie sich von all dem Vergangenen befreien.

Sie blickte an Zara vorbei und sah, dass immer mehr Zuhörer nähergekommen waren. Entsprechend ruhiger war es im Raum geworden. Die meisten hatten bemerkt, dass es hier nicht um einen oberflächlichen Austausch von Floskeln und Befindlichkeiten ging.

«Ja», sagte Emma, und sie sah großartig aus, wie sie aufrecht dastand, die Hände ruhig hielt und mit selbstbewusster Stimme fortfuhr: «Ja, die Zeitung steht vor der Aufdeckung eines Skandals. Man hat mir gesagt, dass Sie vergangene Nacht die Verlegerin der DAZ gebeten haben, ihn auf keinen Fall in die Zeitung zu bringen.»

Schlagartig konnte man spüren, wie Zaras Haltung das Verbindliche und Lässige verlor. Und stattdessen das zum Vorschein kam, was ihn bisher alle Gefahren hatte überstehen lassen: die blitzschnelle, eiskalte Abwägung der richtigen Gegenwehr in Verbindung mit einem überraschenden Angriff.

Sein Blick war stahlhart, als er sagte: «Frau Bricks, entschuldigen Sie, aber ich befürchte, dass ich jetzt nicht mehr der richtige Ansprechpartner bin.»

Sie nickte und lächelte. Dann sagte sie: «Oh, Entschuldigung. Ich wollte nur nicht versäumen, die Straftaten zu erwähnen, die der Ex-Präsident Adam Rycart hat begehen lassen, um einen genetischen Defekt zu vertuschen, der bei ihm festgestellt wurde.»

Zara starrte sie an.

«Darf ich das mit ein paar Bildern untermauern?»

Bevor Zara antwortete, trat sie ein paar Schritte zur Seite, um einen besseren Blick auf den Bildschirm zu haben, und Zara folgte ihr.

«Folgende Menschen starben infolge der Vertuschungsversuche …»

Sie gab Max ein Zeichen. Auf dem Bildschirm erschien das verschmitzte Gesicht eines sechsjährigen Jungen.

«Vincent Semkov aus Piran in Slowenien, den Adam Rycart vor seiner Präsidentschaft mit der Schwester seiner Ehefrau Liliana in Slowenien gezeugt hatte, als diese wegen eines Beinbruchs im Krankenhaus lag. Nach der Beerdigung des Jungen ließ er dessen Grab aufbrechen. Die Leiche wurde entwendet und vermutlich verbrannt.»

«Das ist ja schrecklich», sagte Zara. «Was hat das mit …?»

Jetzt war es völlig ruhig. Auch die letzten Gäste versammelten sich vor dem großen Bildschirm, auf dem eben der Kopf einer schönen Frau von etwa vierzig Jahren erschienen war.

«Irina Semková», sagte Emma. «Die Mutter des Jungen. Sie wusste bis zu ihrem Tod nicht, dass ihr Sohn einen genetischen Defekt hatte, an dem er unweigerlich in den nächsten Jahren gestorben wäre – denn Vincent litt an Chorea Huntington. Irina Semková wurde vor elf Tagen im Süden Bayerns erschossen, weil über ihre DNA hätte bewiesen werden können, dass ihr Kind die tödliche Krankheit nicht von ihr, sondern von Adam Rycart geerbt hatte. Irina Semková verbrannte in dem Feuer nach einer Explosion, die der Mörder ausgelöst hatte.»

Jetzt erschien der Kopf von Lennart Forsberg.

«Zur selben Zeit, am selben Abend, starb auch dieser Mann», fuhr Emma fort. «Lennart Forsberg. Ein journalistischer Hochstapler, der seit der Entdeckung seiner erfundenen Geschichten und dem Verlust von Ehre und Würde in einem Wohnmobil in der Wildnis am Forggensee lebte. Er war ein Freund von Irina Semková und übrigens auch von meinem Vater David Jakubowicz. Sein Tod war nicht geplant. Er war der Kollateralschaden.»

Zara hatte ihr reglos zugehört. Jetzt drehte er seinen Kopf und sah Emma in die Augen.

«Wollen Sie wirklich diesen schönen Abend mit Geschichten zerstören, die in keinem Zusammenhang zu uns und unseren wunderbaren Plänen stehen?»

«Nur einen Moment noch», rief Emma.

Es erschien der Kopf von Bobby Meyer.

«Der Amerika-Korrespondent der DAZ, Bobby Meyer», sagte Emma.

Ein Raunen ging durch den Raum, alle anwesenden Mitarbeiter der DAZ kannten ihn.

«Bobby Meyer hatte den Tod eines 24-jährigen Raubmörders namens Porter Jefferson recherchiert, der sich vor zwei Monaten in seiner Zelle im Cook-County-Jail von Chicago erhängt hat, weil er an Chorea Huntington litt und erfahren hatte, dass er nur noch wenige Monate unter erbärmlichen Umständen leben würde. Ihn hat Adam Rycart 1999 mit der Nacktänzerin und Pornodarstellerin Stormy Jefferson gezeugt, die 2009 an einer Überdosis Oxycontin starb und ebenfalls verbrannt wurde. Bobby Meyer wurde vor acht Tagen in seinem Appartement in Washington erschossen, noch bevor er seine Geschichte für die DAZ hatte schreiben können. Seine Notizen hat der Täter mitgenommen.»

Emma wandte sich wieder an Max.

«Bleibt nur noch ein Fall …»

«Nein. Kein Fall mehr. Ich denke, das reicht.» Helen Christensen war zu Emma und Zara getreten. «Tut mir leid, liebe Gäste, liebe Freunde», wandte sie sich jetzt an alle, «dass ich Ihnen als Gastgeberin diese schrecklichen Nachrichten nicht ersparen kann. Auch für mich sind das erschütternde Wendungen, die ich nicht im Entferntesten geahnt habe und von denen ich auch noch nicht weiß, zu welchen Konsequenzen sie führen werden.»

«Helen», rief David. «Das dort ist Dr. Sean Jacoby, der Arzt, der vor vier Jahren den genetischen Defekt bei Adam Rycart entdeckt hat.»

Helen merkte, wie alle wieder auf den Bildschirm schauten, wo inzwischen der Kopf eines Mannes mit grau melierten Schläfen aufgetaucht war.

«Dr. Jacoby starb im Januar 2017», rief David von hinten. «Sieben Tage vor der Inauguration Rycarts. Er hatte die Herrschaft über seinen Wagen verloren und knallte gegen einen Baum unweit seines Ferienhauses in East Hampton. Damals hieß es, die Bremsen seines Wagens seien manipuliert worden.»

«Stop! Stop!», rief Anthony Zara und wandte sich an alle. «Bitte verzeihen Sie, dass ich mich einmische. Ich bin mit den Gepflogenheiten in Ihrem Land nicht so vertraut, aber ich denke, man kann auf einem Fest, auf dem das Zusammengehen zweier befreundeter Verlage gefeiert wird, nicht die Stimmung verderben, indem man unappetitliche Behauptungen in den Raum stellt. Bitte, lassen Sie uns dies alles für heute Abend vergessen und morgen im Kreis von Juristen weiterdiskutieren.»

Es wurde still. Unschlüssig schauten sich die Gäste an.

Da hörten sie Emmas klare Stimme: «Ich sage Ihnen, warum wir hier sind, Herr Zara. Wir möchten uns vergewissern, dass Sie wissen, was Sie getan haben.»

Sie machte eine Pause.

«Denn wir sind sicher, dass niemand anderes als Sie und Ihre Helfer diese Todesfälle zu verantworten haben.»

Zara erstarrte.

«What!?», hörten alle Frank Maddox rufen.

Rupert Maddox wandte sich mit fragendem Blick an seinen Sohn. Er war unschlüssig, wie er reagieren sollte.

«Entschuldigung», rief David. «Die Geschichte ist noch nicht zu Ende.»

Frank Maddox und die Männer um ihn herum schauten sich verständnislos an.

«Max?», rief David.

Max Goldberg ließ den Film anlaufen, den er vorbereitet hatte. Wenige Sekunden später stoppte er ihn. Auf dem Fluchtbalkon von *One Madison* standen zwei Männer. Der, den man von vorn sah, war gerade an die Brüstung getreten und blickte über das Geländer in die Tiefe.

Max ließ den Film weiterlaufen, Bild für Bild. Der andere Mann drehte sich um und wies mit ausgestrecktem Arm in die Tiefe.

«Wow», sagte jemand. Alle hatten erkannt, dass dies Anthony Zara war.

Und sie sahen, wie Zara hinter Wood trat, der noch immer über das Geländer gebeugt auf die Straße schaute, ihn mit einer kräftigen Bewegung anhob und in die Tiefe stieß.

Die Stille, die folgte, war ohrenbetäubend.

Helens Läuterung | Donnerstag, 23:30 Uhr

Es dauerte etwas, bis David bemerkte, dass Helen verschwunden war. Nachdem Tilda Hansson Anthony Zara festgenommen hatte – er ließ sich ohne Gegenwehr die Handschellen anlegen – und zuallererst die amerikanische Delegation zum Teil grußlos gegangen war, schaute er in die Küche, blickte in ihr Arbeitszimmer, ins Schlafzimmer, klopfte an die Badtür, öffnete sie – auch dort war sie nicht. Also übernahm er die Gastgeberpflichten und kümmerte sich darum, dass möglichst alle sich zum Ausgang bewegten und diejenigen, die wie Khan und die Mitarbeiter der Zeitung noch nicht gehen wollten, noch einen letzten Schluck bekamen.

Zu diesem Zeitpunkt war Helen bereits unterwegs nach München. Der Nachtpförtner schaute nicht schlecht, als er sie so spät durch die abgedunkelte Eingangshalle des Redaktionsgebäudes gehen und im Aufzug verschwinden sah. Eigentlich war jetzt nur noch der Newsroom besetzt. Dass die Verlegerin um diese nachtschlafende Zeit auftauchte, war mehr als ungewöhnlich.

Helen betrat die Chefetage und machte ein Licht in ihrem Regal an. Wenn es heimelig dunkel war, waren die Ängste vielleicht zu ertragen, dachte sie. Sie setzte sich in einen Sessel, zog die hohen Schuhe aus und legte ihre Füße auf einen der lederbezogenen Hocker, die sie hier überall stehen hatte. Sie hatte den Trubel auf der Party nicht mehr ausgehalten, wollte allein über alles nachdenken.

Sie hatte nicht die geringste Lust, mit wem auch immer darüber zu diskutieren, ob sie vorschnell oder auch leichtsinnig gewesen war, diese Fusionsverhandlungen mit Rupert Maddox und seinen Leuten überhaupt zu beginnen. Und sie konnte im Moment den Anblick Davids kaum ertragen. Er hatte recht behalten, aber nicht, weil ihr genereller Plan schlecht gewesen wäre, sondern weil einer ihrer potenziellen Partner zum Mörder geworden war. Damit hatte sie in der Sache selbst ja noch nicht unrecht. Aber würde das David verstehen? Hatte er die Größe zuzugeben, dass es auch anders hätte ausgehen können? Eigentlich hätten sie sich jetzt richtig streiten müssen, lang und ausführlich, und vielleicht würden sie das ja auch noch tun. Aber jetzt – jetzt war es dafür noch zu früh. Es konnte noch Tage dauern, vielleicht sogar Wochen, ehe sie mit ihm wieder so vertrauensvoll würde umgehen können wie zuvor. Wie eigentlich ihr ganzes Leben, seitdem sie ihn kennengelernt hatte.

Sie stand auf und genehmigte sich ein Glas Calvados, die Flasche nahm sie aus dem Schreibtisch. Alles würde jetzt also bleiben, wie es war. Die Finanznot. Die hohen Papierpreise. Die aufgebrauchten Rücklagen. Denn die Fusion konnte es jetzt auf keinen Fall mehr geben. Und damit auch nicht das Kapital, das sie und den Verlag hätte retten können. Sollte sie weiterkämpfen? Hatte sie überhaupt noch die Kraft? Die sich zunehmend verändernden Lesegewohnheiten sprachen gegen eine Rettung, denn die jüngeren Leser nutzten eher das Digitalangebot, gleichzeitig gingen das Anzeigengeschäft und die Auflage der gedruckten Zeitung zurück, und die vor allem brachte das Geld. Lauter unsichtbare Ängste und Befürchtungen, die sie bedrückten. Es war zu viel für sie. Besonders an einem Abend wie diesem, an dem sie eigentlich hatte triumphieren und den Ausweg aus der Krise hatte feiern wollen.

Sie bückte sich, nahm ihre Schuhe, holte aus einem Schrank eine dicke Decke und ging auf Strümpfen hinüber zu ihrem Sofa. Sie streckte sich aus, zog die Decke über sich und barg ihr Gesicht in einem Kissen. Dann gab sie endlich ihre Anspannung auf und weinte. Das Licht im Regal ließ sie brennen.

ZWÖLFTER TEIL

Die Tage danach

Gretas Geheimnis | Sonntag, 28. Februar, 23 Uhr

Sonntagabend, drei Tage nach den aufwühlenden Ereignis-sen. Max schaute mit düsterem Blick auf seine gefalteten Hände. Die Kämpfe mit seinen Gefühlen, die ihn seit seiner letzten Begegnung mit Emma quälten, hatten ihn nicht zur Ruhe kommen lassen. Er hatte nichts, absolut nichts mit sich anzufangen gewusst. Und er war heilfroh, dass er am nächsten Morgen wieder in die Factory gehen konnte und abgelenkt sein würde.

Es war nach 23 Uhr, das Lokal war voll und durchtränkt von jener Schwermut, die in einer Bar wie dieser um diese Zeit herrschte. Erst recht, wenn man sich so fühlte wie er. Selbst die leise, beruhigende Jazzmusik konnte ihn nicht trösten.

Wie es ihre Gewohnheit war, saßen er und Greta im hinteren Bereich der Bar über Eck an einem Tisch. Greta wusste, dass Max noch immer litt, sie hatte es ihm angesehen, kaum dass er aus der Haustür getreten war. Bis zum Ende des Monats würde er noch in der Wohnung an der Frauenstraße wohnen können, dann, hatte Tilda Hansson ihnen gesagt, müssten sie dem rechtmäßigen Besitzer ihre vorübergehende Bleibe zurückgeben. Max würde dann wieder in der Factory einziehen, wo er sich seit eineinhalb Jahren eine Etage mit Greta teilte.

Er nippte an seinem Drink und registrierte gar nicht, was er trank. Wenn er ehrlich war, dachte er ständig an Emma. Alle haben etwas, das sie nicht loslässt, Max hatte Emma. Nichts konnte ihn befreien von der Sehnsucht nach ihr. Er dachte an ihr Lachen, an ihre Schlagfertigkeit, ihre Ernsthaftigkeit und an so vieles mehr, das unbeschreiblich war.

«Geht's dir langsam besser?», fragte Greta.

«Nein.»

«Du machst Fortschritte mit der Geschwindigkeit eines abtauenden Gletschers.»

«Ich weiß. Nur Nerven wachsen langsamer.»

Greta nippte an ihrem Aperol Spritz.

Dann sagte sie: «Max, wir wissen doch beide, dass die meisten Menschen ihre Biografie aufhübschen, zumindest diejenigen, die in der Öffentlichkeit stehen.»

«Ich weiß, hör auf.»

«Sie sagen nicht alles. Schon gar nicht die Wahrheit.»

«Hör auf, bitte.»

«Die einen sagen, sie hätten einen Wahnsinnsabschluss, obwohl sie keinen haben. Andere haben ihre Doktorarbeit abgeschrieben. Journalisten haben nahezu alle Auslandssemester in mehreren Städten der Welt absolviert, wenn man sich ihre Kurzbiografien im Internet anschaut, obwohl sie nur mal kurz mit dem Flugzeug über die Städte hinweggeflogen sind. Die meisten sprechen angeblich drei oder vier Sprachen. Adam Rycart wiederum hat immer erzählt, dass er es wegen legendärer Deals zum Milliardär gebracht habe. Dabei hat er das Vermögen seines Vaters geerbt und es im Laufe der Jahrzehnte systematisch verkleinert. Und trotzdem haben diese Leute Partner, Menschen, die sie lieben oder wenigstens vorgeben, es zu tun. Das heißt: Es ist doch gut, dass wir mit unseren Methoden all die Unwahrheiten und Schwindeleien aufdecken.»

«Bei Emma war es aber nicht gut.»

«Aber sie hat ja auch gar nichts Unwahres erzählt. Wir wollten doch nur herausbekommen, ob sie stark genug sein würde, diese nicht ganz ungefährliche Recherche für uns durchzuziehen.»

«Wir hätten sie nie durchleuchten dürfen, Greta. Schon gar nicht hätten wir sie abhören dürfen. Ich selbst stand stundenlang mit dem Fernglas am Fenster.»

«Hey, Max, schon vergessen? Wir haben sie nicht überwacht, um etwas Schlimmes zu entdecken, sondern weil wir sie schützen wollten, falls sich unsere Zielperson plötzlich als Killer herausstellt.»

«Hast du das jemals ernsthaft gedacht?»

«Nein, natürlich nicht. Deshalb wäre ich heute auch nicht mehr dafür, Außenstehende wie sie einzusetzen. Das war verantwortungslos.»

«Und ich Depp verliebe mich auch noch in sie.»

«Immer noch so schlimm?»

«Wie am Anfang. Nur hab ich's da noch nicht gemerkt.»

Pause. Er trank einen Schluck von seinem Bier.

«Sie hat uns übrigens kein einziges Mal Vorwürfe gemacht, dass wir sie in Gefahr gebracht haben. Das ist schon sensationell.»

«Ja. Sie ist total in Ordnung», sagte Greta nickend.

«Und es war toll, wie sie Anthony Zara enttarnt hat. Sie war völlig ruhig.»

«Was wird jetzt mit dem?»

«Er sitzt in Untersuchungshaft. Tilda meinte, er müsste mit einer Mordanklage rechnen. Allerdings in New York, denn dort ist der Tatort.»

«Es wird also ein Auslieferungsverfahren geben.»

«Sieht so aus.»

«Und Adam Rycart?»

«Solange er keine Blut- oder Speichelprobe rausrückt, ist seine Erbkrankheit nicht zweifelsfrei nachzuweisen. So lange kann ihm keiner was.»

«Außer Zara rückt mit der Wahrheit raus, wenn es ihm an den Kragen geht.» Greta schaute Max nachdenklich an. «Deshalb könntest du jetzt auch endlich Emma die Wahrheit über uns beide sagen.»

«Geht nicht.»

«Warum nicht?»

«Weil sie dann fragen würde, warum ich verdammt noch mal unsere Beziehung erfunden habe.» Er zeigte auf Greta und sich.

«Das war deine Idee, Max. Damit sie auf Abstand bleibt», sagte Greta bestimmt. «Du warst es, der ihr was vorgemacht hat. Schon vergessen?»

«Hat ja auch ganz toll geklappt, das mit dem Abstand. Schon gleich am ersten Abend», murmelte Max.

«Selbst schuld.»

«Und was mache ich jetzt?»

«Fang noch mal von vorne an. Und sei zur Abwechslung mal ehrlich. Du vergibst dir nichts, wenn du Gefühle zeigst.»

In dem Moment ging die Tür des Lokals auf, und Emma trat herein. Sie schob die Kapuze ihres Regenmantels nach hinten und stellte den Schirm in eine Ecke. Dann hängte sie den Mantel auf und ließ ihren Blick suchend über die Gäste gleiten, zog unergründliche Schlüsse hinter einer undurchdringlichen Miene und sah schließlich Greta, die ihr zuwinkte.

Max blaffte sie an: «Verdammt, hast du sie herbestellt?»

«Du bist seit einiger Zeit unerträglich. Das muss ein Ende haben.»

«Unter welchem Vorwand hast du sie hergelockt?», zischte er ihr von der Seite zu, während Emma näherkam.

«Dass ich deine Halbschwester bin und nicht im Traum auf die Idee käme, in dir mehr als meinen Bruder zu sehen.»

«Und das hat sie geglaubt?», fragte er, während Greta aufstand und nach ihrem Anorak griff.

«Offenbar», sagte sie. «Sonst wäre sie nicht hier.»

In dem Moment war Emma an ihrem Tisch angelangt.

«Super, dass du gekommen bist», sagte Greta und gab Emma die Hand. «Ich muss nämlich weg.»

«Was soll das?», fragten Max und Emma gleichzeitig.

Greta antwortete nicht, sondern schob sich durch die Reihe dicht gedrängter Gäste Richtung Ausgang.

Emma, die noch immer vor dem Tisch stand, fixierte Max, der aufgestanden war.

«Du siehst schlecht aus», sagte sie, ohne ihn richtig angeschaut zu haben.

Max blinzelte zweimal mit müden Augen. «Wann tu ich das nicht.»

«Wenn ich gewusst hätte, dass du hier bist, wäre ich nicht gekommen.»

«Wenn ich gewusst hätte, dass du hier auftauchen würdest, wäre ich auch nicht gekommen.»

«Ich glaube dir kein Wort.»

«Ich dir auch nicht.»

«Okay. Und jetzt?»

«Jetzt setz dich bitte endlich», sagte Max und zeigte auf den Stuhl, den Greta freigemacht hatte. «Ich muss mit dir reden. Sorry – ich *möchte* mit dir reden.»

«Das wird ja was.»

Vergraben und Vergessen | Montag, 1. März, 11 Uhr

Am späten Vormittag des nächsten Tages, kurz nach elf Uhr. Der Rumäne, dem David ein paar Wochen zuvor als Erstem auf der Insel in der Nähe des Forggensees begegnet war, trat auf die Lichtung und kontrollierte am Waldrand im Unterholz die Köder zweier Kaninchenfallen. Die Köder waren weg, die Fallen leer. Er bestückte sie neu und schaute über die schwarz verbrannte Lichtung, auf der weit hinten noch immer die verkohlten Teile des explodierten und ausgebrannten Campingwagens herumlagen.

Er wollte sich gerade abwenden, da hörte er ein Schaben. Und ein Geräusch, als ob jemand etwas in den Boden rammte.

Er überquerte die Lichtung, auf der sich bereits wieder neues Leben zu regen begann. Jetzt sah er die Ursache des Geräuschs: einen Mann mit einem Spaten, der ein Loch grub, Spatenstich für Spatenstich.

Der Rumäne erkannte den Mann. Es war derjenige, der als Letzter beim Wohnmobil und dessen Bewohner gewesen war, bevor es in der Nacht explodiert war. Der Mann, der dann noch einmal gekommen war, um den verletzten Hund zu holen.

Der Rumäne zeigte auf den in eine Decke gewickelten kleinen Körper und fragte: «Der Hund?»

David nickte und schaufelte weiter.

«Arzt gefunden?»

David hielt inne. «Ja», sagte er.

«Kann ich helfen?»

«Danke», sagte David und schüttelte den Kopf.

Doch der Rumäne blieb.

Als das Loch tief genug war, schlug David die Ecken der Decke auf, und beide betrachteten das tote Tier. Dr. Gondorf, die Tierärztin, hatte den Hund wieder so hergerichtet, dass er aussah, als würde er schlafen. Aber man sah noch die Stellen, die sie rasiert hatte, um an die tief in der Haut liegenden Splitter zu gelangen.

David nahm dem Hund das Halsband ab und betrachtete es. Mit dem Zeigefinger fuhr er die Naht auf der Innenseite entlang und bemerkte Reste von Klebstoff. Und einen kleinen Spalt, an dem das Halsband aufgerissen war. Hätte er ihn mit dem Nagel seines Daumens weiter geöffnet, wäre er auf einen Chip gestoßen.

David hielt dem Rumänen fragend das Halsband hin. «Willst du?»

Der Mann schüttelte den Kopf.

David legte das Halsband auf den Hund, breitete die Enden der Decke wieder über ihn, und zusammen hoben sie den Körper vorsichtig in die Grube. Nicht weit von der Stelle entfernt, an der der Hund in den letzten Monaten seines Lebens gelebt hatte.

Die beiden Männer nickten einander zu.

Dann nahm David den Spaten wieder in die Hand, während der Rumäne langsam zu seinem Haus zurückging.

ENDE

DANK

Diesen Roman gäbe es nicht in der vorliegenden Form ohne die Anmerkungen der Dramaturgin und Drehbuchautorin Hannah Hollinger. Auslöser der Geschichte war die seit Jahren geführte Diskussion über den Gesundheitszustand des Präsidenten, der auf Barack Obama folgte und der immer eine Wiederwahl anstrebte, auch nach seiner eindeutigen Niederlage im Anschluss an seine erste Amtszeit. Würde er körperlich und geistig in der Lage sein, das mächtigste politische Amt der Welt klug und zum Wohle aller auszufüllen, wenn er noch einmal antreten würde? Vor allem seine Prahlerei, sein Imponiergehabe, seine irrationalen Entscheidungen und die oft weitschweifigen, unverständlichen Reden sorgten dafür, dass ich mir die Frage stellte: Was wäre, wenn das seltsame und erratische Verhalten auf eine angeborene, krankhafte genetische Disposition zurückzuführen sei? Dass die erfundenen Figuren, ihre individuellen Eigenheiten und vor allem die im Roman geschilderten kriminellen Pläne und Aktionen nichts mit realen Personen zu tun haben, versteht sich in diesem Zusammenhang fast von selbst. Lediglich die außergewöhnlichen politischen Ereignisse wie der Sturm aufs Kapitol am 6. Januar 2021 sind so wirklichkeitsnah wie möglich wiedergegeben. Eine wichtige Quelle für die genaue Beschreibung der Ereignisse waren deshalb die Recherchen und Reportagen der SZ-Korrespondenten Hubert Wetzel und Christian Zaschke. Und wieder einmal kann ich nicht genug meiner Lektorin Dr. Frauke Meyer-Gosau danken, die nicht nur half, sprachliche Ungenauigkeiten zu vermeiden, sondern auch darauf gedrungen hat, die Figuren nicht durch Überteibungen zu beschädigen. Wenn es trotzdem noch logische oder sonstige Fehler geben sollte, so trage ich allein dafür die Verantwortung.

A. Z., München 2025

ACHIM ZONS

WER DIE HUNDE WECKT

THRILLER   C.H.BECK

399 Seiten | Klappenbroschur | 978-3-406-70408-6

Als der Journalist David Jakubowicz schwerverletzt in einem ins Hafenbecken gestürzten Auto erwacht, wird ihm bewusst, dass er Opfer eines Anschlags geworden ist. Die CIA-Agentin neben ihm ist tot. Sie hatte brisante Informationen über eine bevorstehende politische Aktion von extremer Skrupellosigkeit. Die Jagd auf die Verantwortlichen führt Jakubowicz von der Chefetage seiner Münchner Zeitungsredaktion bis nach Afghanistan.

C.H.BECK
WWW.CHBECK.DE

ACHIM ZONS

BEIM SCHREI
DES
FALKEN

THRILLER   C.H.BECK

430 Seiten | Klappenbroschur | 978-3-406-73965-1

In Damaskus wird der Leibarzt von Baschar al-Assad erschossen,
er ist schon das vierte Opfer aus dem engsten Umkreis des
Diktators. Aber auch auf den Anführer der syrischen Opposition
wird ein Anschlag verübt. Filmaufnahmen zeigen, dass sich der
Journalist David Jakubowicz in nächster Nähe aufgehalten hat.
Von Hongkong über Damaskus und München bis in die Schweiz:
Achim Zons erzählt mitreißend von Rache und Gerechtigkeit,
Geldgier und Verrat. Und von der Liebe in kriegerischen Zeiten.

C.H.BECK
WWW.CHBECK.DE